莲沐初光 作品

# 时光之蜗

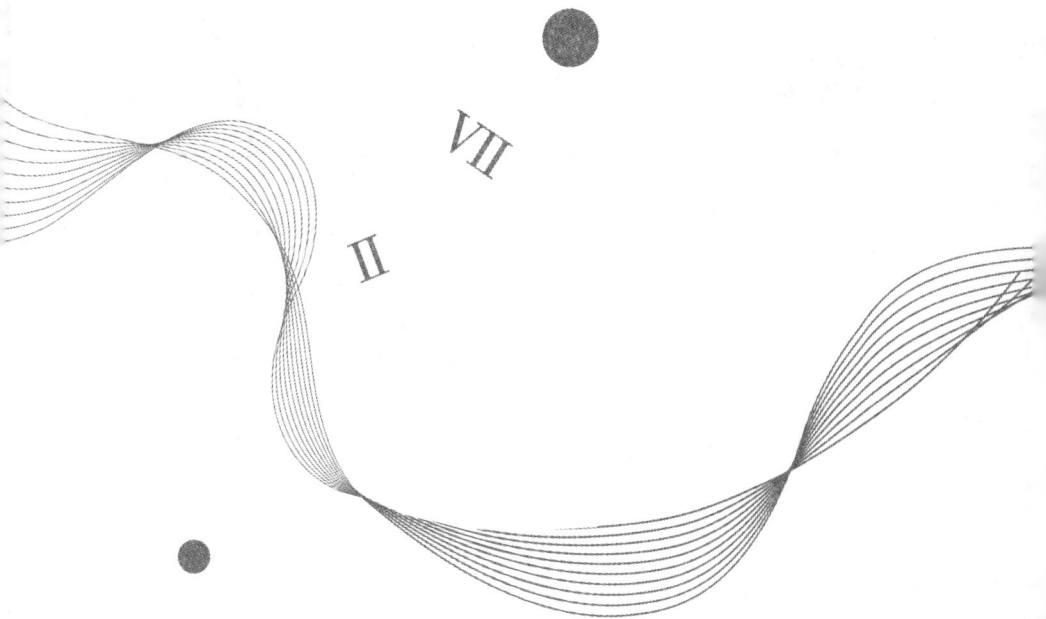

湖南文艺出版社
HUNAN LITERATURE AND ART PUBLISHING HOUSE

博集天卷
CS-BOOKY

# 目 录
### contents

# 楔子

**你说你爱我，那你愿意为我去死吗？**

有一个元朝公主，她叫图兰朵。

图兰朵说，只要谁能猜中她出的三个谜语，她就嫁给他。

痴心的王子们爱慕公主的美貌，陆陆续续地赶赴这个东方国度，想要抱得美人归。可是他们都没有猜出公主的谜语。

图兰朵毫不犹豫地杀了他们，将他们的头颅挂在城墙上，风吹日晒。

直到有一天，鞑靼王子猜出了图兰朵的谜语，可是图兰朵却反悔，不肯嫁给王子。

鞑靼王子于是告诉图兰朵，只要她在天亮之前猜出他的名字，他就愿意放弃她，一同放弃的，还有他的生命。

图兰朵答应了，然而使尽百般手段，也没有得到王子的名字。无奈之下，图兰朵只好依约嫁给了鞑靼王子。

王子的名字叫，Amora。

爱。

……

"又是一个以命偿爱的故事。"叶珩不以为然地说。

十二岁的男孩子，嗓音里已经褪去了童声，多了男孩子特有的磁性。他扭头看着坐在身旁的小女生，问："还有故事吗？"

"没有了。"小女生和他差不多大，声音细弱。

"一听就知道是胡编乱造的，在这世上，谁会爱一个要自己命的人，谁又

会拿自己的命去赌博？"叶珩嗤之以鼻。

夜色里，小女生抬起黑曜石般的双眼，定定地看着叶珩："这是普契尼最伟大的歌剧故事，也是他一生中最后的故事。不是胡编乱造。"

"喊。"

"我相信，这世上一定会有人为了爱另一个人，愿意献出自己的生命。这是一种虔诚的献祭。"

叶珩不再和小女生争辩，而是抬起头："也许吧，毕竟傻瓜那么多。讲真的，我现在只想离开这鬼地方。"

一场海难，将他们困在这座小岛上已经整整两天了。白天，叶珩和小女生四处觅食捡柴，发求救信号；晚上则聚在一起守望海面，打发时间。

可是眼前海面如墨，什么也看不清楚。响在耳畔的呜呜声，像是风声、海浪声，也像来自不知名的海怪发出的怪声。

天地之间，只有暗淡星光。

小女生微微叹了口气。

"别叹气，我们会被救出去的！"叶珩底气不足，心里打鼓。他掩饰地望向海面，看到一块黑乎乎的方形物件被海浪冲上了岸。

叶珩心念一动，忙跑过去，发现那物件果然是一块木板。他一喜，赶紧抓住木板的一头往回拉，虎口却一痛，原来是木头上的铁钉划破了道口子。

他忍着痛，回头朝着身后喊："能喘气吗？能喘气就来帮忙啊！"

小女生哀哀地说："没用的，飓风那么猛烈，他们可能也都死了，不会来救我们……"

"那我也不想死在这个鬼地方！老子来世上走一遭，还能连个墓碑都混不上？"叶珩砸了腕上的手表一下，痛骂，"什么玩意儿！还说是从国外带回来的，手表手机两用，结果完全没信号！"

手表的表盘，散发着微弱的光，照亮了他一截手臂。在手臂的皮肤上，叶珩看到了一个金色的小圆点。

"这是……"叶珩使劲摩擦着皮肤，发现那金色的小圆点居然会动，还有向上生长延伸的迹象。

一阵刺痛传来，似是尖刀刺入皮肉。叶珩疼得"啊"一声，一松手，木板重新掉回水里。

"痛，痛死了……"叶珩抱住胳膊，心里又惊又惧。这超出了他十二年来的认知，根本想象不到这个小圆点是什么东西。

"你怎么了？"小女生急了，踩着海沙向他跑过去。然而就在距离叶珩三四步远的地方，她忽然停下，痛苦地抓住自己的右胳膊。

小女生倒抽一口冷气，看自己手臂上出现的一个小银点。

"啊！"她跪倒在地上，半个身子在抽搐，忍耐着巨大的痛苦。

叶珩倒在沙岸上，半边脸颊被潮湿坚硬的海沙磨得十分疼痛。绝望涌上来，几乎将他淹没。

难道，他和她今天都要死在这里了吗？

小女生突然哭了起来："对不起……我不应该讲图兰朵的故事。我们，我们可能真的要死了……"

"不会的！"叶珩咬牙切齿。

"图兰朵的三个谜底是：希望、鲜血和图兰朵。"小女生瑟瑟发抖，瘦削的肩膀不停地抖动，"可能这就是我们的命运。"

希望在耗尽，鲜血会涌出，而图兰朵是死神。

## Chapter 1

## 看见死神的女孩

有人说，这世上最能治愈心灵的是星空、爱情和海洋。

可是星空会被乌云遮蔽，爱情会被辜负，海洋其实很神秘，也很可怕。

叶珩醒来的时候，阳光灿烂得不像话。

窗帘是双层的，遮光性非常好，偏偏留了一寸多的缝隙，正漏出一束阳光照在叶珩的眼睛上。他懊恼地拨了拨头发，无意中看到了手腕上的金色蜗形线。

他一怔，下意识地将睡衣的袖子往下放，盖住了那条蜗形线。

除了他自己，没人能看到这条线，但他还是尽量避免自己露出手腕。这是他的秘密。

十二岁那年，他随养父母出国游玩，有一段行程要乘船。没想到，他们遇到了海啸。

不幸中的万幸，他和一个小女生被海浪卷到一座荒岛上。那是一个磁力混乱的地方，别说手机信号，就连手表都静止不动。

吃了两天乱七八糟的食物后，叶珩和那个小女生发现手腕上都长出了一个发光的圆点。他的是金色的，她的是银色的。两人痛得晕了过去，醒来后，发现再也摆脱不掉那个圆点。

不痛不痒，除了固执地扎根在他们的皮肤上以外，再没有其他厄兆。

后来，他们抓住一块木板在海上漂流，三天三夜才得救。但是对于这三天里到底发生了什么，叶珩已记不清了。

更让人不自在的是，随着时间的流逝，叶珩在长大，这个圆点也在长大。十年过去，圆点从一个点长成了一条蜗形线，盘绕在他的手腕上。

"可笑啊……"叶珩从床上坐起身，失笑道。

他收回思绪，下床走到穿衣镜前，镜子里立即映出一个身材颀长、容貌俊美的年轻人。他有一双桃花眼，一张充满胶原蛋白的面孔，笑起来有几分孩子气，总会让人相信，岁月饶过刀，时光不留痕，无论过去多久，他还是这样年轻。

"您有新的来电，请接听。您有新的来电，请……"放在桌子上的手机突然振动起来。

叶珩腾出一只正在穿衬衫的手，接听手机后，就听到那头传来了叶菲慈爱和蔼的声音："小珩，你这孩子怎么还没到啊？婚礼就要开始了！"

叶菲是他的姑妈，年轻的时候要求太高，一辈子没有嫁人。可能正是因为这一点，叶珩的养父叶家明放心地让她做了公司的总经理。叶菲也确实能干，利用自己独到的眼光和敏锐的嗅觉，为叶家化妆品开拓国内外市场立下了汗马功劳。

即便如此，叶菲丝毫没有居功至伟的架子，反而做起了老好人，成了一个难得的和谐分子。

叶珩勾唇一笑，慵懒地回答："姑妈，我昨晚上给朋友过生日玩得太晚了，找了个酒店一直睡到现在。"

"好歹是你哥哥的婚礼，你表现得关心一点行不行？"叶菲开始了碎碎念，"这样吧，来的宾客都要在簿子上写一句祝福语，你想写什么，我先帮你写上，别让你哥哥觉得你不上心。"

叶珩轻笑："那就写'祝愿新郎新娘年年有今岁、岁岁有今朝'好了。"

"嗯，不错。"叶菲点头认同，顿了几秒钟后却咆哮起来，"等等！你什么意思？岁岁有今朝，这是要他们再婚啊？"

叶珩嘿嘿一笑，挂断了电话。

每位宾客都要在簿子上写上一句祝福语，这一听就是新娘的主意。而叶珩，生平最讨厌的套路就是玛丽苏。

"唐佳佳女士，你是否愿意这个男子成为你的丈夫，与他缔结姻缘？无论疾病还是健康，无论祸福还是贵贱，或任何其他理由，都爱他，照顾他，尊重他，接纳他，永远对他忠贞不渝直至生命尽头？"

神父还没说完，已经有人开始用纸巾擦眼泪。

叶珩坐在最前一排，扫了一眼此情此景，嘴角挂起了嘲讽的笑容。谁都明白，在婚礼上，没有新人会回答"不愿意"。可是人们的感动，总是会比誓言先来到。

他慢慢抬起双手，坐在一旁的姑妈立即紧张地问："小珩，你想干什么？这是你哥哥的婚礼，你别净出幺蛾子。"

叶珩歪头看着姑妈，她正紧张万分地盯着自己，连刚做的双眼皮埋线都给绷紧了。他感到可笑至极，原来他游手好闲的二世祖形象这么深入人心。

"姑妈，你误会了，我正准备鼓掌呢。"叶珩悠悠哉开口，"你放心，嫂子长得丑，我还看不上。"

姑妈的表情十分纠结，不知道该表示欣慰，还是该表示愤怒。

叶珩笑着转移视线，俊美侧脸顿时引起了许多女宾的注意。她们凑在一起，偷偷议论着他的身份和外貌。

没人发现叶珩的本质——一个浑蛋。

只是就连叶珩也没想到，有人比他更浑蛋。

十字架下面，唐佳佳身穿婚纱，眼眶通红，喉中哽咽，那三个字怎么都无法畅快出口。站在她身边的新郎，眉眼低垂，眸光深情。

这是她最幸福的时刻，她甚至有些舍不得这个时刻流逝得太快。她努力稳定了一下情绪，颤声说："我愿意。"

然而就在这时，教堂门口忽然传来了一声："我不愿意！"

众人皆惊。

叶珩太阳穴突突一跳，循声望去，便看到一个矫健的身影从眼前划过。

出乎所有人的意料，那是一个年轻女孩，扎着高马尾，穿着普通的T恤和牛仔裤，手腕上戴着一只黑色护腕。

唐佳佳震惊地看着不速之客："唐爱？"

"佳佳，跟我回学校去！"唐爱一把拉住唐佳佳的手，把她往外面拖。唐佳佳跟跄着被她拉向门口。神父没想到会有这种剧变，张口结舌地捧着《圣经》。其他宾客则当场呆在原地，不知所措。

叶珩望着唐爱的身影，摇头感慨："没想到啊，抢婚的是个女孩。"他转身看了看呆若木鸡的姑妈："姑妈，先澄清一下，这人不是我雇的。"

走到教堂外的草坪上，唐佳佳才一把甩开唐爱的手："放开我！唐爱，你犯了神经病啊？"

"我是你姐，爸妈都不在家的情况下就是有权管你！唐佳佳，你毕业证不要，实习不做，跑来这里结婚，是要干吗？"唐爱生气地问。

唐佳佳哼了一声："姐，你要是眼瞎我就送你一只导盲犬。你是真看不见叶尚新是钻石王老五，还是嫉妒我啊？再说了，就算我有千般不是，结婚没有通知爸妈和你，那现在事已至此，你也应该给我祝福啊！"

"佳佳，你听我说，叶尚新真的不能嫁！"

啪！

清脆的一个耳光。

唐爱捂住左脸，惊讶地看着唐佳佳。她居然打自己？

"从小到大，你什么都比我强，现在看我嫁得好就眼红了？"唐佳佳怒吼起来，"唐爱，你凭什么！就凭你是我姐？笑话！"

唐爱无奈："不管怎么说，这段婚姻太草率了，你不能嫁给他。还有，回去后我就通知爸妈。"

"你敢！你要是敢搅黄我的好事，我就……就自杀！"唐佳佳放了狠话，"叶尚新各种条件都很好，你凭什么说他不能嫁？"

两人说话间，新郎叶尚新匆匆赶来，随行的还有叶珩。叶家父母则站在教堂门口，目光里飞刀阵阵。

"佳佳，她是谁？"叶尚新敌意满满。

唐佳佳立即扑到他怀里撒娇："这位是我的大学室友，我想她只是和我开玩笑吧？"

说着，她狠狠瞪着唐爱，似乎在提醒唐爱不要乱说话。

几位女宾跑过来，打量唐爱的眼神像在看外星人。

"天啊，蕾丝边！"

"室友哎，难怪日久生情……"

"现在的大学生，啧啧。"

叶尚新蹙紧了浓黑的眉，打断了女宾们的絮絮议论："都别乱猜了，我的妻子我还不知道吗？轮不到外人指手画脚！"

女宾们赶紧闭嘴。

唐爱忽然感到面上一凉，是叶尚新看向她。他冷声开口："这位小姐，婚礼是一个人生命中的大事，不管你有什么理由，都不能破坏我和佳佳。"

说完，他搂着佳佳往教堂走去。唐爱不甘心地喊："我是佳佳的姐姐，我家事先都不知道她要结婚！"

可是无人理睬，大家都觉得唐爱在撒谎。

"佳佳，你还没听我的理由……"唐爱追了上去。

"唐小姐，别太过分。"有人拦在她的面前。唐爱立即嗅到一股好闻的古龙香水味，她仰起头，看到了叶珩那张俊脸。

"让开。"

"理由？"叶珩轻笑。

唐爱只觉对方浑身散发着一股浮夸和浪荡，更是气愤。她不管不顾地喊了出来："因为她嫁过去的第二天就会成为寡妇！这个理由充分吗？"

她声音不小，不仅唐佳佳听到了，就连几步开外的叶家亲友团也都听得一清二楚。叶家姑妈顿时大怒，率先冲了过来："胡说八道什么？叶珩，打她！"

"我不打女人。"叶珩伸出一只手，挡住了激动的姑妈，然后才回头看唐爱，"傻站着干什么？我不打女人，可是拦不住女人打女人。"

唐爱这才回过神，扭头就跑。叶家姑妈在身后愤怒地喊："你给我回来！站住！你这个没家教的……"

　　叶珩帅气地伸手一拨，姑妈就被拨得一个转身。他不由分说地搂住姑妈，带着她就往教堂走："姑妈，再不走，你就赶不上你大侄子的婚礼了。"

　　远处，唐爱一边跑，一边回头张望。她清楚地记得，刚才叶尚新牵起唐佳佳的手时，手腕露了出来。她看到他寸口位置有一条黑色蜗形线，只有末端一点闪着银光。

　　在唐爱眼中，每个人的手腕寸口处都有一条蜗形的银线。当银线全部变成黑线，就代表着这个人即将死去。叶尚新的蜗形银线几乎全部变黑，这代表着他的生命剩下不足二十四个小时。

　　十年前，唐爱遭遇过一次海难，手腕上长出一个银色圆点。这个银色圆点会慢慢长大，在她的手腕上盘成了一条蜗形线。在那之后，她身上就发生了一系列怪事。

　　她偶尔能看到每个人的寸口处出现一条半黑半银的蜗形线，很像是树桩上的年轮。

　　这条线，别人看不见，只有她能看到。

　　刚开始她很恐惧，以为是自己的视神经出了问题。后来，她偶然看到一位老人手腕上的蜗形线变成了全黑，没有一点点银色。十秒钟后，老人在过马路时被车当场撞死。唐爱这才意识到，那条蜗形线是一个人的生命时间轴！

　　这两年，她时不时地看到有人的蜗形线变成全黑。她想要挽回对方的生命，可是对方最终还是死了。

　　唐爱陷入了一种深深的恐惧中，不敢和任何人诉说，好在她不是每时每刻都能看到蜗形线，只能偶尔才会看到。今天，她目睹新郎的蜗形线即将全部变黑，怎么都无法眼睁睁地看着自己的妹妹新婚丧偶。

　　可是，她还是无法阻止悲剧的发生。

　　唐爱一边擦眼泪，一边往外跑。迎面走来一对小情侣，好奇地打量着唐爱。唐爱随意瞄了他们一眼，忽然站住了。

　　那对情侣的手腕上干干净净的，没有蜗形线。

　　"怎么回事？"唐爱后退了几步，仔细观察才发现那对小情侣手腕上的蜗形线，但只过了一两秒钟，那些蜗形线就消失不见了。

"看什么看，神经病啊？"小情侣被唐爱看得发毛，忍不住骂了一句，急匆匆地走了。

唐爱抬起手，手指颤抖，小心地拨开手腕上的护腕。护腕是运动风格的，和她的穿衣风格并不搭配。

"啊……"唐爱睁大眼睛。

护腕下面，那条银色蜗形线边缘的皮肤有些红肿。一阵轻微的刺痛后，一切又恢复了正常。

可是一个神秘的声音却响在耳畔，像是神秘的召唤，又像是巫女的蛊惑——回去，回去看个明白吧……

唐爱回身，犹豫地望向教堂。

她从来不敢去探知，为什么她只能偶尔看到别人生命剩余的时间。现在，真相就在眼前，只隔了一层薄薄的纱，她只要将轻纱撩开就能看到。

唐爱下定决心，往教堂的方向跑去。这一次，她不敢再贸然出现，只是在门口探出头观望。教堂里，上方飘落着玫瑰花瓣，唐佳佳和叶尚新正在拥抱。

很显然，他们已经完成宣誓。

这唯美的一幕，落在唐爱眼中却是恐怖万分。她又一次看到，不少宾客手腕上都出现了一半银色一半黑色的蜗形线，有一部分宾客的蜗形线银色所剩无几。

为什么她有时候能够看到，有时候却又看不到呢？

唐爱困惑，扫视全场，目光很快定在叶珩身上。

他坐在最前面一排，正在懒洋洋地打哈欠。即便是这样不雅的动作，由于他身姿挺拔，也带出许多潇洒超凡的气质。有人生来如此，能凝于万千星辉，吸引万众目光。

在他的腕上，唐爱看到了一条金色的蜗形线！

为什么他的蜗形线和别人的不一样？

唐爱怔在原地，百思不得其解。就在此刻，叶珩扭头回望，目光正好和她在半空中对接。

他勾唇一笑，轻佻地向她吹了个口哨。

唐爱脸上发烧，愤愤地瞪了他一眼，转身离开。

从教堂回来的路上，唐爱备受行人注目。

唐爱本来就很漂亮，平时回头率也很高，所以她没理会这些，一路奔回宿舍。刚推开门，室友素妮就惊叫："你的脸怎么肿成了这样！"

她赶紧去照镜子，这才发现被唐佳佳打的那一边脸颊已经高高隆起，又红又肿。难怪回来的路上那么多人看她，一个天鹅颈、大长腿的漂亮女生，偏偏一边脸颊又红又肿，这会让人忍不住遐想背后的故事。

"没什么，被蛇咬了一口。"唐爱伸手从书架上拿出一瓶红花油。她是护理系的大四学生，备用药箱里的药品很全。

"蛇？"素妮不明所以，"这看着不像蛇咬的啊。"

"是《农夫与蛇》里的那条蛇。"

素妮更不懂了。唐爱也懒得解释，简单收拾了一下东西："我去医院了，今天轮到我值班，你明天不也有夜班吗？早点休息。"

"啧啧，当护士就是辛苦，以后夜班是家常便饭了。"素妮叹了口气，忽然语气转为羡慕，"你听说没有，专升本班有个女生嫁入豪门，不考试不实习，直接放弃毕业证了，帅！"

唐爱含糊地应了一声，赶紧拿了一些洗漱用品出了门。她不想告诉素妮，那个"很帅"的女生就是她的亲妹妹。

直到走到楼梯口，唐爱才颓然靠在墙上，长长叹了一口气。

唐爱这个妹妹唐佳佳，从小就性格顽劣，成绩吊车尾。爸妈很疼爱优秀的唐爱，唐佳佳就认为父母偏心眼，整天跟她作对。这么多年，唐佳佳很少喊唐爱姐姐。

好在唐爸爸和唐妈妈基因强大，都是医学界的翘楚，所以唐佳佳再不上进，也一路磕磕绊绊地上了大学。眼看她就要专升本毕业了，没想到唐爱在教堂门口看到了唐佳佳穿着婚纱的海报。

三个月前，唐爸爸和唐妈妈作为医学志愿者去参加援非项目。唐爱原本以为这么短的时间，唐佳佳应该折腾不出什么幺蛾子，但她还是低估了唐佳佳。唐佳佳不知怎么认识了叶尚新，一意孤行要嫁给他。她本来就不喜欢当护士，这下爸妈出国没人管她，更是肆无忌惮，撒了个谎说父母双亡，就嫁了过去。

唐爱真的没辙了。她想象不到，要是爸妈回家，发现小女儿结婚了，还放弃了毕业证书，该是什么样的心情。

更糟糕的是，假如叶尚新真的快死了，那么可想而知，唐佳佳的下场该有多悲惨——没有学历，没有工作，还结过一次婚。

唐爱倒是真的希望，自己今天是眼花了，看错了叶尚新的蜗形线，他不会死，他会和自己宣读的誓言一样，陪伴唐佳佳到白头。

实习护士私底下调侃，青松医院，青松青松，一点也不轻松。尤其唐爱工作的科室是急诊科，每天忙得脚不沾地。

夜班算最清闲的时段，就是熬精神。快到天亮，唐爱开始腰酸背痛。她正在护士站里做拉伸动作，同事宋汀歌端着饭盒走了进来："哎哟，唐爱，你都不知道楼下有多吵，对面马路发生了个小事故。"

"车祸？有多少伤员？"唐爱下意识地问。

宋汀歌笑了："你看你，刚当上护士就有职业病了。放心吧，没伤员，就是个碰瓷的。"

唐爱哦了一声，往窗外张望，看到楼下果然聚集了一群人，其中有个身影模糊的中年男人坐在地上嚷嚷。这不需要专业判断，就能看出被撞的男人没什么大碍。

"别看了。值了一夜班，你肯定饿了，来，这份馄饨你吃吧。"宋汀歌将一盒馄饨推了过来。唐爱推辞了一番，便开始细嚼慢咽起来。

吃完馄饨，又熬了一阵子，总算到了下夜班的时间。唐爱和宋汀歌道别，起身去休息室，打算换衣服回家。然而就在她经过ICU病房的时候，忽然听到

Chapter 1
**看见死神的女孩**                                                        011

一阵吵闹。

她赶紧跑过去："怎么了？出什么事了？"

"护士姑娘！"一名老人死死地扒住门框，看救命稻草一般地看向唐爱，"我不要换病房，这里什么都好，万一我出点什么事，救我及时！"

几名家属模样的男女在旁边低声劝说，却无济于事。唐爱有些哭笑不得，蹲下来说："老大爷，您的病情已经稳定，可以从ICU转到普通病房了。在普通病房，也有医生和护士照顾您的。"

老人摇头："不，我觉得我快要死了，我哪儿都不去。"

这是人世间最悲哀的事——每个人都会一步步地靠近死亡，还未到达终点，惧心已生，整个人都被侵蚀成固执僵化的样子。

唐爱刚想说什么，忽然看到老人手腕上的蜗形线，银色段只有很少的一截，大部分都变成了黑色。她又能看到蜗形线了！

根据她的预估，老人只剩下三天的时间了。

严重的心脏病患者，各个器官会渐渐衰竭下去。人看着还行，可是免疫力不堪一击，一只未烫熟的苹果，一个喷嚏，甚至一只蚊子，都有可能让他们走上末路。

"不想出ICU就不出，回病床上吧。"唐爱站起身说。

"好嘞！"老人欢天喜地地折返回去，孩子似的窝在床上，怎么都不肯下来。

家属们大眼瞪小眼地相互看了看，然后一起向唐爱发难了："哎这位同志，ICU一天那么贵，你不帮着劝他挪地方，还帮着他说话，是不是想讹我们钱！"

"告诉你！我们住着ICU，就交普通病房的钱！"

唐爱哭笑不得："没有，你们别误会，我就是觉得这是老人最后的……"

"三床病人今天的血压不够稳定，要注意继续观察。"一个清冷的声音突然从背后响起，打断了她的话。

唐爱回身，看到楚轩平风度翩翩地走过来，走到那几名家属面前，推了推金丝边眼镜说："为了患者的健康，建议不要轻易转到普通病房。"

　　家属们不知道听谁的，嘀咕着埋怨："让转病房的是你们，不让转病房的也是你们，到底听谁的呀？"

　　"主治医生和科室主任有时候是会意见不统一。"楚轩平微微一笑。

　　家属们看了看楚轩平的"主任"胸牌，终于沉默了。当没有方向的时候，他们习惯的选择是，谁的职位高，就听谁的。

　　唐爱松了一口气，赶紧退后几步。她在心里暗自感慨，同样是笑，颜值高的人笑起来，效果就是不一样。楚轩平是医院的脑部专家，也是公认的禁欲男神，平时不苟言笑，偶尔一笑，简直就像太阳西升，火星撞地球。

　　"喂，唐师妹，我帮了你，你也没个谢字。"楚轩平皱了皱眉头。

　　唐爱敷衍地说了一句"哦，谢谢楚主任"，关注点就转移到楚轩平腕上的银色蜗形线上了。她发现，楚轩平非常高寿，时间轴至少还剩下五六十年。

　　"还好还好，老天有眼，不算暴殄天物。"唐爱由衷地感叹。像楚轩平这样有颜又技术高超的医生，应该活上两百年！

　　楚轩平眉头皱得更紧："叫我学长。"

　　"学长。"唐爱老老实实地喊了一声，"楚学长的确高我五届毕业，但这里是医院，我怕我们这样称呼对方会让别人误会。"

　　楚轩平是医学院的传奇，唐爱无数次从导师口中听说过他的故事。故事的关键词是：天才、优秀、谨慎。

　　而女生口中故事的关键词则是：颜值逆天。

　　所以当初刚被分派到青松医院实习，唐爱听说楚轩平也被调来这里当主任，还激动过一阵子。

　　"批评你，我更习惯用学长的身份，而不是领导。"楚轩平看了ICU病房一眼，"现在我郑重告诉你，下不为例。明天你就给我想办法，让三床病人转到普通病房去。刚才要是被护士长看见，你的实习分就完了。"

　　"知道了。"唐爱低下头。

　　"现在你告诉我，为什么你会答应病人没有道理的要求？"

　　唐爱脱口而出："因为那是老人最后的请求，我……"她说到一半，忽觉不妥，赶紧住嘴。

　　楚轩平却觉察出一丝异样："最后的请求？他的身体状况还可以，活上一年半载没问题，你怎么知道是最后了？"

　　他紧紧盯着她，不容她有一丝退让。因为靠得太近，她甚至都能感觉到他平稳而有力的呼吸。周遭的空气，也因此忽然生出一丝暧昧。

　　唐爱汗颜，正在脑海里胡编乱造的时候，楚轩平的手机忽然响了。他立即接听："喂？"

　　听了一两句话之后，他顿时寒霜覆面，急匆匆挂了电话："有急诊！是车祸，快准备！"

　　唐爱一阵头皮发麻，赶紧喊上几名护士，跟着楚轩平往电梯那边跑。电梯叮的一声开了，几名护士推着一个浑身是血的人冲了出来，后面还跟着两个人。一个是叶珩，一个是唐佳佳。

　　"尚新，尚新！"唐佳佳追着担架，号啕大哭。

　　叶珩一把将她拉住："别追了！赶紧让他进手术室要紧！"

　　唐爱和其他几名护士赶紧将担架车接过来，快步将叶尚新推到手术室里。楚轩平将她挡在门外："伤者脑部重创，必须马上进行手术。你在外面安抚病人家属。"

　　唐爱立即止步，手术室的门在她面前迅速关上。唐佳佳扑上来，哭喊道："让我进去！我要看尚新！"

　　此刻，她不是护理系的毕业生，而是一个丧失理智的妻子。唐爱看到唐佳佳身上也破了好几处皮，伸手将她搂住："走，我给你上药。"

　　"放开我！"唐佳佳一把将她推开。唐爱站立不稳，一个趔趄后退，正好倒进一个温暖的怀抱。

　　叶珩低头看怀里的唐爱。她眼下有乌青，光亮的额头上有汗迹，应该是刚值完夜班。不知怎么，他莫名心念一动。

　　唐爱回头见是叶珩，立即想到发生在教堂里的一切，赶紧让开。唐佳佳还想去掰手术室的门，唐爱拦住她："唐佳佳，你好歹也是护理系的，讲讲道理行不行！"

　　唐佳佳还想给她一个巴掌，手扬到半空中，却被叶珩一把抓住。叶珩很用力，手背上暴出了青筋。

他盯着唐佳佳，一字一句地说："我哥要是因为你抢救不过来，我就要你偿命！"

"你们都不安好心！"唐佳佳甩开他，指着唐爱，又指向叶珩，"唐爱，从小到大你都比我强，现在你看我这样倒霉，心里肯定乐开花了吧？还有你叶珩，你不就是一个养子吗？说白了你就是一个外人！你能真心为尚新好，算是见了鬼！你，你们……"

她说到最后，再也说不下去，蹲在地上呜咽起来。唐爱看着萎靡的唐佳佳，只觉得悲哀。

"哭也给我小声点哭！总之，在我爸妈到来之前，给我安静点。"叶珩往休息椅上一坐，冷冷地说。

唐爱忍不住多看了他两眼，这个纨绔子弟，这会儿倒有几分主心骨的气场。从侧面看，他的线条冷峻森寒，连带着手腕上那根金色的蜗线也失了几分暖色调的柔和。

为什么他的蜗形线，会是金色的呢？

唐爱心生好奇，想要凑近了仔细看看。叶珩却很警惕，猛然扭头，对上了她的目光："护士小姐，虽然我嫂子蠢了点，你可能也不太想认这样一个妹妹，但还是请你一视同仁，拿些药给她上一下。"

"啊，好的……"唐爱只好转身离开，同时在心里感叹了一下叶珩的毒舌功底。

叶珩低眸看了下手腕，迅速将袖子拉下，紧了紧袖口。

唐爱再次回来的时候，唐佳佳已经坐到了叶珩身边，看上去冷静了许多。她泪痕未干，眼睛里又蓄满了泪水，盈盈地几乎要落下来。唐爱心软了，将药车推到她身边，蹲下来为她处理胳膊上的伤口。

"姐，我，我怕。"唐佳佳忽然哽咽着说。她终于意识到自己的处境，唐爱是她唯一能依靠的人。

唐爱微微叹气："佳佳，到底是怎么回事？"

唐佳佳只摇头流泪，一句话也不说。

叶珩侧了侧脸，淡声说："我来替她说吧。我哥和嫂子打算去度蜜月，结果睡过头了，快到登机时间才匆匆出门。爸妈担心他们，让我开车跟他们一起去。结果在去机场的路上，我没看到他们的车，心里正奇怪呢，就接到了嫂子电话。等我赶到现场，汽车已经爆炸了。"

"城东新开了一条路，能快一点到机场……我把尚新从车里拖出来没多久，汽车'嘭'的一声，炸了，炸了……"唐佳佳语无伦次。

唐爱一边给她包扎，一边在心里叹气。根据她以往的经验，一个人的蜗形线一旦全黑，那这个人必死无疑。

"唐小姐，这种情况下你该说点什么吧？"叶珩忽然发问。

唐爱惊讶地抬头，看到他正打量着自己，深黑眼眸中的意味耐人寻味。她下意识地问："我该说什么？"

"说我哥吉人自有天相，让我嫂子不要太担心，留着体力照顾我哥。"叶珩盯着她说。

唐佳佳打了个激灵，也睁大眼睛看着唐爱。

唐爱顿时尴尬起来，忙解释："我，我是忘了说了。"

"对了，姐，你昨天就说，尚新快死了，我要守寡……"唐佳佳哆哆嗦嗦地说，眼神里充满了猜疑和恐惧。

唐爱心头猛沉，手上动作却没有停止，继续给唐佳佳上药。她知道蜗形线的事情无法解释，所以选择沉默。

走廊里忽然传来一阵嘈杂声。叶家明、叶夫人和叶菲一起快步跑过来，还没到手术室门前，就开始大喊："尚新！尚新！"

"病人家属，里面正在做手术，不能大声喧哗。"唐爱赶紧制止。

叶夫人几乎瘫在叶家明怀里："我的尚新，呜呜，怎么会这样……"

就在这时，手术室的门开了。楚轩平快步走出来，摘下口罩，神情有些低落。唐佳佳赶紧围了上去："医生，怎么样？"

"对不起，他的伤太重，我们已经尽力了。"楚轩平回答。

唐佳佳呆若木鸡，眼神空洞。叶菲立即痛哭失声。叶夫人闻言，软软地倒在叶家明怀里。叶家明强忍悲痛，握住楚轩平的手："医生，请你继续抢救！

小珩跟我打电话的时候，说尚新刚送医院，这才抢救多久，你们就放弃了？"

楚轩平使劲抽出手，有些无奈："生还的概率，和抢救的时长没有关系。请节哀。"

生还的概率，和命运有关。

尽管早知道结局，唐爱依然感到很悲伤。看透死神用意的人，比普通人更加心存敬畏。

她偷偷看了一眼唐佳佳，发现唐佳佳脸色煞白，忍不住扶了她一下。结果唐佳佳立即缩回胳膊："姐，都是你乌鸦嘴！你昨天说他要死，结果他今天就……"

唐佳佳声音不大不小，正好被众人听到。

世界仿佛被人按下了暂停键，短暂的静谧之后，是疯狂的喧闹。

叶菲最先反应过来。她扑过来揪住唐爱："是你！你就是那个大放厥词的人！你还在这里当护士……是你杀了尚新！"

"放开我！"唐爱使劲挣扎。楚轩平用力扯开叶菲，挡在唐爱身前："你们注意点！这里是医院！"

叶家明气愤地指着唐爱，手指发抖："我也记得她，她就是昨天大闹婚礼的那个人！佳佳，她到底和你什么关系？"

"我，其实我刚才只是瞎说的。"唐佳佳终于意识到，她和唐爱有血缘关系，在这种情况下给唐爱泼脏水，会一损俱损。

"说不定是她们一起……谋杀了尚新！你们勾搭成奸，其实就是为了骗尚新的钱……"叶菲震惊之余，思维已经奔向一个惊世骇俗的犯罪爱情故事。

叶珩打断了叶菲的联想："姑妈，不用猜了，唐爱是嫂子的姐姐。"

楚轩平回头，眼镜后的目光带着锐利："唐爱，你说实话，昨天真的说过那句话？"

唐爱很少看见楚轩平这样严肃，知道就连他心里也起了疑。她咬着下唇，不知该如何作答。那些夹杂着异样、震惊、猜忌的目光集中在她身上，让她无处躲藏。

在场的人只有叶珩最淡定。他将手插在裤子口袋里，眼神冷锐地盯着唐爱，似乎在思考着什么。

很快，唐爱被带到警察局接受调查。走出医院的时候，她才发现刚刚下了一场暴雨，水汽弥漫。

算一算时间，这场暴雨至少能够让飞机晚点一两个小时。就算叶尚新和唐佳佳不赶时间走那条新路，也能赶上飞机。如果是那样，叶尚新就不会死，他和唐佳佳现在应该徜徉在碧海蓝天之中。

可惜，一切只是如果。

"警察同志，你们一定要给这个恶毒的女人定罪！定罪啊！"叶菲冲上来嚷嚷。

唐爱坐在警车里，淡淡地说："这位太太，我给你科普一下，公安局只负责办案，定罪的是法院。再说我没有杀人，目前也仅仅是犯罪嫌疑人，不是罪犯。"

她不卑不亢，沉着冷静，让叶菲顿时愣住了。

"请你让一下，我们有我们的办案原则。"警察将叶菲拨到一边。

叶夫人突然走上来，咬牙切齿地说："警察同志，我要求调查我的养子，叶珩！"

叶家明在旁边听到，立即大惊失色："安柔，你在说什么？我们看着小珩长大，他不会害哥哥的！"

"人心隔肚皮，谁知道呢？他早就知道自己是养子，目睹我们的奢华生活，想到自己将来分不到多少家产，心理失衡也是会有的。"叶夫人眼泪簌簌而落，转而看向叶珩，"小珩，你爸爸把公司10%的股权给了尚新，什么都没给你，你难道心里没有一点恨？你整天游手好闲，结交狐朋狗友，就没人给你出主意，让你取代你哥哥？"

叶珩站在一旁，嘴角一弯："哦，我当然眼红了。不过，眼红就会去杀人？"

　　"你看，警察同志，他这是什么态度？"叶夫人更加激动，"他哥哥死于非命，他连滴眼泪都没掉，肯定心里有鬼！"

　　警察犹豫了一下，对叶珩说："听说就是你看到了现场，还把人送医院了？那跟我们一起去做个笔录吧。"

　　叶珩站着没动，只是向叶家明抬了抬下巴："爸，你说呢？"

　　他态度无礼傲慢，眼眶却微微发红。叶家明没看他，沉默了几秒钟说："小珩，你去做个笔录吧。"

　　"就因为我是养子，所以我就该被怀疑，被指控。你们对我有养育之恩，可你们何曾信任过我。"叶珩明明是笑着，眼角却落了一滴泪。他迅速用手背把眼泪擦去，又成了那个油头粉面的公子哥。

　　他将双手往警察面前一伸："用不用现在就把我铐起来？"

　　"只是做笔录，不用。"

　　"是这样啊？"叶珩站在车门处转身，目光扫过叶家三人，"但是在某些人心里，恨不得立即把我推向断头台。"

　　叶夫人厌恶地瞪了他一眼："你看看这说的什么话！他生父就是个贼，生母未婚先孕，难怪……"

　　"住嘴！"叶家明脸色铁青地打断了叶夫人的话。

　　可是已经晚了。

　　叶珩清清楚楚地听到了叶夫人的话。那一刻，他的眸光森冷得像狼，像豹，就是不像人。

　　"谁都没资格说我父母的不是！"叶珩一字一句地说，"谁也没资格以此来评判我是个罪人！"

　　说完，他转身上车，坐到了唐爱旁边。唐爱赶紧往旁边挪了挪。这一家的人物关系还真是复杂，她避之不及。



　　这次事故被定性为肇事逃逸，肇事司机在追尾撞车之后匆忙逃走。被撞车辆将路边一棵树撞成两截后侧翻，油箱漏油，几分钟后发生了爆炸。因为叶尚新伤势过重，送到医院的时候已经失去了抢救的最佳时间，最终去世。

罪魁祸首是那个肇事司机，和其他人没有太大关系。而且医院有监控，唐爱在值夜班，所以她有充分的不在场证明。

唐爱麻烦的地方，也就是在婚礼上说了一句不该说的话。她可以解释说是气话昏话，毕竟妹妹不打招呼就结婚，谁都会跳脚。

可是唐爱还是把问题想得太简单了。

审问她的女警叫林密，二十多岁，尖下巴，眼神锐利。唐爱一看到她，心里就打鼓。她翻开笔录本，问唐爱："请问你和叶珩是什么关系？"

"叶珩？"唐爱茫然。

林密举起一张照片，照片上的叶珩眉目俊美，黑色西装，身姿笔挺昂立，少了许多玩世不恭。

唐爱这才记起了那个玩世不恭的年轻人，忙说："不认识，我妹妹嫁给了他的哥哥，我是24号婚礼那天，才知道有他这个人的。"

"不对吧，我们调取了道路监控，你在一周前坐过他的车。"林密说。

唐爱目瞪口呆："我什么时候坐过？没有！"

林密推过来一张照片："你看看，这是不是你？"

照片很模糊，明显是道路摄像头拍摄的。画面上，叶珩开着一辆兰博基尼，而副驾驶座上的人正是唐爱！

唐爱这才记起，大概一周前，她有事外出，不料半路上自行车坏了。正着急的时候，一辆兰博基尼停在她面前，主动要载她一程。她就答应了。当时，她只记得车主外貌那不差，谁知道那是叶珩！

"真的只是巧合？"林密明显不信，"他长成这样，你都没认出他就是新郎的弟弟？"

"什么叫长成这样？他明显不是我的菜，我看过就忘了。"唐爱言之凿凿，同时在心里吐槽：怎么会这么巧！

"那好吧。据道路监控显示，你坐上他的车之后，去了一家汽车维修站点，对不对？"林密问。

唐爱点头："我以前在那家维修站点打工，那天去是结算工钱的。"

"唐小姐，请说实话。"

"我说的就是实话！"唐爱有些生气，"你到底想说什么？"

林密翻看笔录本："维修站点的人说，叶珩到了维修站点之后，顺便保养了一下那辆兰博基尼。在这期间，他和工人有说有笑，后来甚至自己亲自动手给兰博基尼换零件。"

唐爱眨巴了两下眼睛："虽然我和叶公子不熟，但如果工人是个女的，长得还很好看，以他的秉性……是可能会和她打成一片。"

"的确是女工人。"

唐爱默默点头。

"唐小姐，我都说到这个份儿上了，你还不肯说实话吗？"

唐爱一头雾水："我一直在说实话。"

"24号那天，在叶尚新的婚礼上，你说叶尚新快死了，有没有这回事？"林密忽然话题一转。

唐爱头皮一麻，知道最难以启齿的部分来了。她勉强一笑："我乱说的……我觉得叶尚新不靠谱，妹妹嫁给他不会幸福，所以信口胡诌。没想到，一语成谶，太惨了。"

林密微微一笑。唐爱心虚地低下头。讲真，这番话连自己都骗不住，更何况对方。

"别挣扎了，唐小姐。"林密说，"叶珩去保养的那辆兰博基尼，其实是叶尚新的，是叶珩借来开的。"

唐爱怔了怔："兄弟间换车开，也正常吧？"

"别掩饰了，唐小姐。"林密拍了拍桌子上的照片，"你早就和叶珩认识，并且在叶珩去保养兰博基尼的时候，就知道他在叶尚新的车上动了手脚！你良心难安，知道叶尚新早晚会死于这辆车，所以故意大闹婚礼，说出'叶尚新快死了'这种话，其实是一种提醒。我说的对吗？"

唐爱张口结舌，半晌才说："我谢谢你，还给我用了'良心难安'这个词。虽然整个推理很完美，可是你的结论是错的。"

"那事情该是怎样的呢？"林密咄咄逼人地盯着她，转身向摄像头方向打了个响指。很快，挂在墙壁上的电视机亮起屏幕，开始播放一段视频。

视频里是一个光头的中年男人，眼袋很重，穿着黄色号服，整个人都很萎靡。他两手交叉，不停地发抖，看上去很紧张。

有人问他："说说当时的情况。"

光头低声说："那是一条新路，我开得好好的，结果前面那辆兰博基尼突然失控，整个车左右直飘，很快就占了我前方的车道。我赶紧刹车，但是来不及了，就这样撞上去了。"

唐爱顿时反应过来，这就是肇事司机！

"为什么不报警，选择逃逸？"视频里，有人继续审问。

光头懊恼地捂住脑袋："这是我最后悔的事……那条路上没有摄像头，我怕说不清楚，一时犯浑就逃了。"

视频结束，唐爱依然呆呆的。

司机的供词对她和叶珩很不利。兰博基尼突然失控，在路况良好的情况下，基本上可以认定，要么是司机开车出了岔子，要么是车辆性能出了问题。

"我不知道，什么都不知道！"唐爱忽然记起了唐佳佳，"佳佳呢？她当时在车上，应该能证实到底是哪一种情况！"

林密打碎了唐爱的最后一点希望："唐佳佳受了刺激，一提到车祸细节就情绪激动，只说她不知道。"

唐爱心头猛沉："能让我见一见她吗？"

"等她平静一点吧，她的情况很糟糕。"林密简单利索地说，"唐小姐，我们不会冤枉一个好人，但前提是，你得是个好人。"

审讯室的门关上了。

唐爱绝望地闭上眼睛。她现在的脑子很乱很杂，充斥着各种声音。从小就品学兼优的她，没想到会和"杀人"扯上关系。

如果，真的是叶珩在叶尚新的车里动了手脚，那她可真是跳进黄河都洗不清了。

好死不死，她那天为什么要坏掉自行车，为什么偏偏坐上叶珩的车？

唐爱在脑海里仔细回忆那天的情形。那是一个周五，夕阳很美，她推着爆胎的自行车在马路上走着，而口袋里只剩下两块钱。

就在唐爱心里自嘲倒霉的时候，眼前景象忽然发生了变化。她看见过往行人的手腕上，渐渐出现了蜗形线。每个人的蜗形线，银色段都各不相同。

十年了，她时不时会看到这种诡异的现象，并陷入深深的恐惧中。她曾经因此失过恋，旷过课，喝过酒，只想忘记这个痛处。

可是越是想忘记，记忆就越来越清晰。记忆中的那片深海，令她窒息，令她难过。她所有的怪异事件，都是从那次海难之后出现的。

有人说，这世上最能治愈心灵的是星空、爱情和海洋。可是星空会被乌云遮蔽，爱情会被辜负，海洋其实很神秘，也很可怕。

就在唐爱吓得几乎要尖叫出来的时候，她转过了身。

一辆兰博基尼从落日的余晖中慢慢开了过来，夕阳在车身上散开绚丽的光晕。驾驶座上是一个面目清俊的年轻男子，他语气飞扬："同学，需要载你一程吗？"

唐爱问："多少钱？"

男子笑了笑："你要是长得丑，我就收你钱了。但是同学，你目前还不在我的收费范围内。"

唐爱觉得这人挺有趣，就将自行车放到后座，坐上了车。等到了汽车维修站点，那人对她说："下次见，86同学。"

她是真的没意识到那人是叶珩，就算他长相出众，经过七天时间的洗刷，也没能再次认出他来。

唯一让唐爱耿耿于怀的，就是她回到学校后，向素妮提起了这件事，并问她："你知道'86同学'是什么意思吗？难道是他载过的第86个女生？"

素妮猜测说："86，臀围？"

唐爱顿时吐血，愤怒地发誓，下次再见到这个登徒子，一定要将他碎尸万段。可是再次见到，她却一点也没认出他来。

"等一等，不对，哪里不对。"唐爱揉了揉发痛的太阳穴。

她最近三次看到银色蜗形线的时候，都会遇见叶珩。第一次，是在一周前，她自行车坏掉，叶珩载她；第二次，是在唐佳佳婚礼上；第三次，是在医院里，叶珩和唐佳佳送叶尚新来抢救。

难道，她能看到蜗形线的前提条件是附近有叶珩？

# Chapter 2

# 时间循环的创造者

不同的人物，运行在不同的轨迹上，却仍然发生了同样的事件。他们在尝试改变命运的同时，也改变了别人的命运。

可是命运是真的改变了，还是因为他们太渺小，只是棋盘上被挪来挪去的棋子？

唐爱这边情况不佳，叶珩那边也不乐观。

中年丧子，对于叶家来说不啻于塌了天，满腔哀怨悲伤都无从发泄。可是现在不同了，有一个疑似凶手的角色出现，等于凭空出现了一个靶子。叶夫人战意高涨，一口咬定，叶尚新的死和叶珩有关。

巧合的是，唐佳佳精神崩溃，兰博基尼爆炸导致行车记录仪被损坏，车辆也严重损毁，剩下的全是对叶珩不利的证据。

当然，这些证据不足以将他定罪，但他俨然是重大犯罪嫌疑人。

"你瞅瞅我这运气，也是绝了。丧子之痛无处发泄，正好家里有个养子，那就是我。"审讯室里，叶珩的坐姿像个大爷。他斜眼看林密："我要知道我运气这么绝，就应该去买彩票，而不是去杀人啊。"

"严肃点！"林密气场十足。

"严不严肃我都没有杀人，你让我交代，我没法交代。"叶珩很拽，"要不你考虑一下刑讯逼供？"

林密眯了眯眼睛："好，敬酒不吃吃罚酒，你等着！"

"等等，我有个请求。"叶珩突然收了笑意。

"说。"

"我想见唐爱，就是那个……"叶珩用手比画了一下，忽然对着林密笑了起来，"就是那个比你漂亮百倍，比你有女人味的女孩子。"

林密气极，恨不得对叶珩当场使出她在警校的三年所学。她压抑着冲动，冷冷地说："我知道了。"

她快步走出审讯室，将门砰的一声关上，眉头紧紧蹙起。一个小警察问："头儿，他软硬不吃，现在怎么办？"

"还是得从唐爱身上找突破口。"林密快步走进监视室，通过监视器看另一间审讯室。那间审讯室里，唐爱正在和审讯警察争执。

"我不见，谁都不见！"唐爱很执拗地说，"我只想见我妹妹唐佳佳，请你尽快安排我和她见面。"

"唐佳佳在接受治疗，不能见你。现在你的领导要见你，你都不见？"警察感到不可思议。

唐爱摇头："不见。"

她原本以为做一下笔录就可以走了，结果没想到被关了三四天。派出所的床很硬，她睡得不舒服，于是白天萎靡不振，晚上心事重重。

楚轩平上次来看她，追问她到底是怎么回事。唐爱说不出个所以然，只能央求他帮忙请假，她不想这件事被爸妈和学校知道。

"我答应帮忙，但是你要说实话，我才能真正帮到你。这件事越早解决越好，毕竟纸包不住火。"楚轩平提议。

唐爱讪讪地说："我说的是实话。"

"不是实话，这其中一定有更大的隐情。"楚轩平一语中的，"唐爱，三床病人走了。"

唐爱愣了一秒钟之后，才明白过来。三床病人就是那个扒着ICU病房门不肯离开的老人。

"你当时说，那是他最后的请求。几天之后，他突然病发，我们费了很大工夫也没能挽救他的生命。唐爱，为什么你知道他到了最后关头？"楚轩平的眼睛灼灼逼人。

唐爱浑身发冷，往椅子后靠了靠："他的脑肿瘤本来就很严重……"

"是吗？"楚轩平英俊的脸上浮出一抹苦笑，"原来你对病情的判断，比我还要精准，甚至能够超越医学。"

唐爱难过地低下头。她自然从楚轩平的语气中听出了失望和嘲讽，但她什

么都不能解释。

没有人会相信，她能看到预测人类寿命的蜗形线。一旦说出这样的话，她真的会被送到精神病院。而且，她现在需要的是证据，不是另一个麻烦。

"我不信唐佳佳精神崩溃，现在能证明我清白的人只有她了。"唐爱放软了语气，近乎哀求，"她能证明车祸是怎么回事，还能证明我根本不认识叶珩。让我见见她，我能说服她为我做证。"

警察摇头叹气："不可理喻，我都说了多少遍，唐佳佳情况很严重，正在接受治疗。"

监视器里，唐爱颓然坐到椅子里。这一幕落在林密眼中，却是黔驴技穷的表现。

林密摸着下巴，略一思索，说："让唐爱和叶珩见一面吧。"

直觉告诉她，唐爱和叶珩身上有疑点。如果让两个人共处一室，说不定能发现什么突破口。

五分钟后，唐爱面无表情地走进审讯室，一眼看到正吹口哨的叶珩。见到她，叶珩立即满脸堆笑："你来啦？"

唐爱一肚子火："叶二少！事情都这样了，你还笑得出来？"

"急什么急，没做过就是没做过，耗着呗。"

"我耗不起！因为这件事，我的实习分可能丢了，毕业证和工作都受影响……"唐爱懊恼极了。

叶珩"嗯"了一声，摇头："你还是不够惨，因为这件事，我损失了一两个亿都没说什么。"

"什么？"唐爱惊呆了，但立即明白了叶珩所说所指。叶家是国内生物科技的巨头，这个消息传出去的第二天，股价立即大跌，仅仅一天就已经蒸发了五亿之多。这是警察们在闲聊的时候，唐爱无意中听到的。

"那又怎么样？反正还会涨回来。"唐爱不以为然。

她一坐下来，叶珩秒变花花公子，上身前倾看着唐爱，笑嘻嘻地说："哎，他们都认定我哥的死跟我们有关。从这种意义上来说，我们是不是绝配啊？"

唐爱倒抽一口冷气："神经病。"

"难道不是吗？"叶珩往后一靠，跷起了二郎腿，"话说，你还没回答我，婚礼那天，你为什么要说我哥快死了？"

唐爱没理他，直接站起身走到门口："警察同志，他骚扰我。"

警察坐在外面，一动不动。

唐爱顿时汗毛竖立，往窗外一看，外面的景色也凝固不动了。不知道从何时开始，时间停止了！

"是这样的，我刚才把时间停止了。"叶珩伸出手，抚摸着手腕上的蜗形线。线上的金光照亮了他的脸庞，让唐爱毛骨悚然。

"你……"唐爱吓得说不出一个完整的句子。

"到现在，你还不承认我们是绝配吗？"叶珩淡淡地说，"从医生宣布我哥死掉的那一刻，我就在想，你可能也有这样一条蜗形线，和时间有关。我说的对吗，唐小姐？"

唐爱努力平静了一下心情："我能看见别人手腕上的蜗形线，银色段越长，表示这个人的生命越久。为什么你的是金色？"

叶珩眯了眯眼睛："你先回答我，你是什么时候发现自己能看到蜗形线的？"

"不记得了。"唐爱不打算说实话。

叶珩用手指轻敲桌面："让我猜一猜……可能你十年前去过大西洋，遭遇过海难，获救后不久，就能看见蜗形线了？"

唐爱浑身一震："你、你就是……"

那年夏天腥臭的海风从记忆里乍现，风里幽幽传来自己因为抑制恐惧而颤抖的声音。

图兰朵毫不犹豫地杀了他们，将他们的头颅挂在城墙上，风吹日晒。

你说你爱我，那你愿意为我去死吗？

唐爱打了个寒战，重新审视眼前的俊美男子。

她模糊记得有一个小小的身影，在十年前那个凶险的海面上陪伴着她。掌心互渡的温暖，维系着她脆弱的神经，让她不至于崩溃发疯。那是那段恐怖记忆里唯一的暖色。

现在，那抹暖色和面前的花花公子重合了。

叶珩居然是……他？

"就是我，当年那个救你于水火的盖世英雄。"叶珩像看穿了她的心思，促狭一笑。

唐爱迅速冷静下来，撇了撇嘴："你误会了，我只是想说'你就是疯子'！再见，我们没什么好谈的。"

她站起身，想要离开。

"难道你不想洗清嫌疑了吗？"叶珩一把拽住唐爱，唐爱猝不及防地往后倒去，用力扶住桌子才维持住身体的平衡。她抬头，刚想发火，便被眼前的景象惊呆了。

叶珩将手腕靠近她的脸，而那根金色的蜗形曲线，正在缓慢地转动着！

他眉心微蹙，手腕上的皮肤开始变得红肿。唐爱对这种状况再熟悉不过了，只看一眼就能想象出那种带着一股微热电流的灼痛感。这表示，蜗形线的能力开始发挥了。

"你！你要做什……"唐爱质问，却发现自己的舌头僵硬了。那根蜗形曲线越转越快，像一个旋涡，嗖的一声吸走了她所有的意识。

催眠？

灵异？

在唐爱最后的意识里，只来得及做出这两个猜想。她的意识仿佛坠入深渊，一片恍惚。金色的蜗形线呈螺旋状，转动起来像一张巨大的网，也像一个庞大的迷宫，将她网罗其中。

唐爱想要集中精力，思维却在渐渐涣散。等到她再次清醒的时候，一股消毒水的气味涌入鼻中。

消毒水？

唐爱一跃而起，才发现自己置身于青松医院的护士站。同事宋汀歌走进来："小唐，累了吧？要不你先回去。"

"我，我不累。"唐爱赶紧点开自己的手机看时间。25号，这是叶尚新出事的那天早晨！

她怎么会回到四天前？到底发生了什么！

唐爱呆呆地坐在那里，脑海里能想起的最后一幕，就是叶珩将那根金色蜗形线伸到她面前。

"算了，看你眼睛熬得红的，你就回去吧。"宋汀歌暧昧一笑，"有个帅哥在楼下等你，让我上来喊你一声，还给你带了早餐。是你男朋友吧？别值班了，快换了衣服下去。"

帅哥？

唐爱一跃而起，来不及跟宋汀歌打招呼，箭一般地冲向楼下。一楼大厅里，叶珩长身玉立地站着，见到她立即露出灿烂笑容："值夜班很辛苦吧？快把早饭吃了。"

叶珩的这张脸，无论何时何地都能骗人，顿时吸引无数目光。唐爱没好气地说："我不吃！这到底怎么回事？"

"你吃，吃了我再告诉你。"叶珩的语气里充满宠溺。在路人眼中，他无疑是最佳男友。但在唐爱眼里，他无疑很可怕。

她索性打开餐盒，狠狠咬了一口三明治："你的金色蜗形线，是不是能把我们拉回四天前？"

叶珩点头："简单来说，应该是时间旋涡。我们目前陷入了一个以四天为长度的时间循环。如果我不终止，那么我们将永远生活在这四天时间里。"

"我的天，"唐爱懊恼地抚摸额头，"我不想再被限制四天时间的自由，太难熬了。"

叶珩说："知足吧！你想回到更久之前，我还办不到呢！就这样的能力，还必须是你在我面前，我才能发挥出来。我尽力了，只能把循环的起点定到这个时候。"

"我在你面前，你才能实现大跨度的时间循环？"唐爱放慢咀嚼，若有所

思，"那么，只有你在我附近，我才能看到蜗形线……"

"没错，我们靠近，就能让能力发挥到极致，要不怎么说我们是绝配呢？"叶珩笑道，"你不想再被控制，那我们最好在第一遍循环的时候，就把利于我们的证据找出来。"

唐爱皱了皱眉头："现在这个时候，叶尚新还没死。我们要做的难道不是救他吗？"

"那样的话，我们就会永远陷入时间旋涡里。你也知道，属于我哥的时间不多了。让一个没有时间的人继续存活于世，会造成'时间悖论'，时间将永远不能向前流动。"

唐爱沉默。自从能看到银色蜗形线之后，她就尝试着去救一些快要死去的人，可是每一次都失败了。

试想，即便她成功了，又能怎样呢？她救了一个本该死去的人，改变了一个人的命运，很多人的命运也随之改写。最大的问题是，那个人不存在于后续的时间段里，所以时间将会凝固在这一刻，直到这个人死去。

"对了，我哥的蜗形线是什么样的？"叶珩问。

"大部分是黑色，只有一点点银色，银色表示剩下的时间。"

叶珩"哦"了一声，下意识地问："那你和我的蜗形线全部是金色和银色，是不是代表我们不会死？"

唐爱想过这个问题，却并不相信自己不会死。永生之人，是外国电影杜撰的吸血鬼。自己只是遇到了一场海难，莫名其妙就能永生？小孩才信！

"不可能！我们都会死。"唐爱没好气地回答。

"十年过去，你还是没变，当年你怎么跟我说的？为了爱而付出生命，是一种虔诚的献祭。"叶珩忍着笑说。

唐爱的脸火辣辣的，咬牙切齿："你记忆力也太好了。"

"很荣幸见证你的中二少女时期，我记得牢牢的。"叶珩打了个响指，大厅门口立即开来一辆黑色越野车。车窗摇下，一个黄头发青年从驾驶座上跑出来，谄媚地将车钥匙递给叶珩："老大，这是车钥匙。"

"上车。"叶珩做了一个"请"的动作。唐爱瞪了他一眼，大模大样地走过去，打开车门坐进了副驾驶座。

叶珩上车，发动车辆，黑色越野车飞快地驶出医院。晨光熹微，太阳并未完全升起，天空还是深蓝色。唐爱望着车窗外，发现路边的广告牌上标记着日期，显示今天是25号。

"我们现在是要赶往事发现场吗？"唐爱转移话题，看了一眼行车记录仪，"那个司机很可疑。我们只要用行车记录仪拍下发生车祸的瞬间，就能明白究竟是谁的责任。"

"没错，和时间赛跑！"叶珩开足马力，越野车立即加快速度，向郊外机场的方向驰去。

唐爱按亮手机，发现距离车祸时间只剩20分钟。她心急如焚，默默地祈祷着，一定要赶在车祸之前抵达现场。

然而就在这时，前方拐角处突然冲来一辆自行车。叶珩赶紧踩下刹车，但越野车速度太快，还是撞上了自行车！

砰的一声！

骑自行车的是一名中年男人，他抱着一条腿，躺在地上大声呻吟起来。唐爱看得很清楚，越野车虽然没能成功停下来，但也只是把自行车撞开了两三米远，那个男人仅仅是从车上跌倒了而已。

"撞人啦！救命啊！"男人躺在地上打滚。

唐爱和叶珩对视一眼，彼此都有些无奈。但事已至此，也只能面对了。

叶珩下了车，走到男人跟前："别装了大叔，本来就是你不遵守交通规则，现在又装伤残人士。戏别太多，不想陪你演。"

男人嗷的一声，扑过来抱住他的腿："饶命啊！你不能再撞我一次，我上有老下有小……"

唐爱跳下车，蹲下来："我是青松医院的护士，要不我帮你看看。"

"你们两个人欺负一个，还有没有公道了？别撞我，别……啊啊！"男人发出了杀猪一般的叫声。

叶珩打电话报警，交警很快赶到，开始记录现场，进行调解。唐爱心急如焚，催促道："警察同志，能快点吗？我们还有急事。"

"再有急事，也得处理完才能走。"交警看了她一眼。

尽管天还没亮，但有晨跑的行人经过，周围渐渐聚拢起一群围观者。唐爱忽然觉得这个场景很眼熟，她猛然记起四天前，也是同样的时间段，她从医院大楼的窗户看到同样的碰瓷场面！

不同的人物，运行在不同的轨迹上，却仍然发生了同样的事件。他们在尝试改变命运的同时，也改变了别人的命运。可是命运是真的改变了，还是因为他们太渺小，只是棋盘上被挪来挪去的棋子？

好不容易等到处理完毕，叶珩赔偿了对方，已经快一个小时过去了。他开门上车，狠狠砸方向盘："真衰！"

话音刚落，一辆救护车便呼啸着由远及近。叶珩和唐爱面面相觑，彼此都明白那辆救护车里载着谁。

他们失败了。

接下来的事情发展，和上一次差别不大。唐爱和叶珩分别被怀疑和叶尚新的死有关，被带到警察局。

楚轩平依然去看望唐爱，不过他这次没再提三床的病人，而是安慰唐爱："你放心，我相信你是无辜的，会尽自己所能帮你。"

"哦，谢谢楚主任。"唐爱勉强笑了笑。她心里太清楚了，能救她的人只有她和叶珩。

"你需要什么物品，我下次来带给你。"

"不用了，这里什么都有的。"唐爱连连摆手。她不敢做任何改变，生怕事情的发展会和上一次不一样。

可是她的表现落在楚轩平眼中，却充满着敷衍和莫名其妙。楚轩平蹙紧眉心，有些不解。不过，他向来是个有风度的人，并未多说，而是起身告辞："我走了，医院还有事，我得空再来看你。"

出去的时候，楚轩平故意放慢脚步。经过林密办公室时，他听到林密在对属下说："她只想见叶珩？我偏不让她见，谁知道他们见面了会密谋些什么！"

楚轩平愕然，不禁驻足。

在他的印象里，唐爱一直是个漂亮乖巧的小护士。他以为她和叶珩这类花花大少扯不上任何关系。可是在这样窘迫的时刻，她对自己没有半分求助信号，反而寄希望于叶珩？

"楚先生，你得走了。"领他出去的警察喊了楚轩平一声。楚轩平这才回过神，推了推眼镜："知道了，抱歉，刚才在思考。"

"不愧是青松医院的'神刀'，走路都在思考医学问题。"警察随口恭维了一句。

楚轩平淡笑着点头。唐爱刚才的表现如同一根错位的神经，一根不该存在的血管，一个令人警惕并胆寒的阴影区。他思考她的反常，也可以说是思考医学问题。

　

唐爱足足熬了四天，才被林密准许见叶珩。

叶珩一见到她，就呵呵一笑："怎么样，很爽吧？你比世界上任何一个人都多吃了四天饭……"

"少啰唆！"唐爱一拍桌子，"快循环！"

叶珩笑着举起手臂，将手腕上的金色蜗形线对准唐爱的眉心。那种失重感再次出现，唐爱立即晕了过去。

等到她嗅到消毒水的气味时，明白循环成功了。唐爱抬起头，揉了揉眼睛，果然发现自己在护士站。

"小唐，累了吧……"宋汀歌提着两个早餐盒，施施然走进护士站。唐爱霍然起身："知道了，我这就下楼。"

"哎，我还没说完呢，有个帅哥……"宋汀歌睁大眼睛，惊讶地望着唐爱的背影。

唐爱冲下楼，正看见叶珩人模人样地站在大厅门口。她冲上前，劈头就说："少弄花架子，快走！"

"遵命！"叶珩打了个响指。和上次一样，一名黄毛青年开来一辆汽车。

唐爱二话不说，打开车门坐上副驾驶座。

叶珩站在车外，看着她直笑。唐爱扒着车门喊："快啊！不然还要赶上那个碰瓷的。"

"OK！"叶珩这才开门上车，启动车辆。经过医院楼下的马路时，那个碰瓷的男人并没有出现。

唐爱不放心，回头看车尾方向，发现上次那个中年男人骑着自行车从后面摇摇晃晃地经过。

她松了口气："总算避开了。"

一路风驰电掣，叶珩总算来到了发生车祸的那条路上。

这里果然偏僻，道路两边的绿化都没有做全。叶珩一边开车，一边咬牙切齿地问："还有多久？"

"五分钟！"唐爱看着手机惊叫。

叶珩顿时心里火急火燎的，生怕赶不上车祸。然而祸不单行，越野车忽然撞到了什么东西，往旁边一滑。幸好叶珩经验十足，赶紧大幅度转动方向盘。在唐爱的尖叫声中，整辆车打了个转，撞到了一棵树上，才最终停了下来。

"你疯了！"唐爱惊魂未定。

"不抓紧时间找证据，我们还要被关四天！"

"那我也不想死！"唐爱气急。

叶珩下了车，看到刚才驶过的路上躺着一块断砖，也就是差点害得他们车翻人亡的罪魁祸首。他走上前，气愤地将断砖踢到路旁。

回到车上后，他重新启动车辆，发动机却迟迟启动不起来。唐爱急了："怎么回事？又出什么事了？"

叶珩狠狠地拍了一下方向盘，简洁利索地说："我下去看看。"

他掀开车前盖，并没有发现什么问题，然后才重新返回驾驶座。这一次，越野车终于成功启动，但他们的时间只剩下最后两分钟。

"叶珩，我们改变不了什么的。"唐爱浑身颤抖，"过去的你没办法在这条路上提前赶到车祸现场，现在的你依然无能为力。"

"就算只有一线希望，也要去做！"叶珩恶狠狠地说，"别人可以把我当作小混混、二世祖、风流花少，但不能把我当成杀人犯！"

他眼神凶狠，风从车窗缝灌进来，吹起了他的头发。唐爱有过一瞬间的恍惚，觉得叶珩仿佛忽然化身为古代战神，战沙场踏白骨，拼尽全身力量，只为了城墙之上军旗不倒！

吱嘎！

刺耳的声音传来，唐爱整个人都往前跃了起来，幸好有安全带紧紧地将她绑在座位上。她有些后怕地捂住胸口，看到叶珩紧紧地盯着前方。

他挤出两个字："到了。"

大概三十米处，那辆兰博基尼已经被撞得侧翻，被撞的大树也成了两截，而肇事车辆杳无踪影。他们，还是迟了一步！

唐爱赶紧下车，奔向兰博基尼。唐佳佳正吃力地爬出车外，然后哭着往外拖叶尚新。

叶尚新头部血流如注，很快就染红了他胸前的衬衫。唐爱赶紧用手捂住他的伤口，大声说："佳佳，跑！车马上要爆炸了！"

"尚新，尚新你醒醒……"佳佳只顾得趴在叶尚新胸口上痛哭。

叶珩飞奔过来，将唐佳佳推到一旁，架起叶尚新的胳膊就走。走到安全地带，他才停下来将叶尚新放到地上。

出于医者的本能，唐爱赶紧为叶尚新做紧急抢救，尽管她心里明白，叶尚新已经走到了生命的尽头。她熟练地让叶尚新侧卧，头向后仰，然后开始测算他的脉搏和心跳。

唐佳佳哭着将唐爱推到一旁："让我来！"

"唐佳佳，你能不能认清楚现在的情况！"唐爱有些生气，没想到唐佳佳在这种时候还争风吃醋。

"尚新，醒过来，求求你……"唐佳佳看也不看她，只顾着喃喃自语。

叶珩打完报警电话，不动声色地点开手机的录音功能，然后问："佳佳，你们当时怎么发生的车祸？"

"是那辆车撞过来，还是你们的车出了故障？"叶珩追问了一句。

唐佳佳丝毫不理，只给叶尚新做心脏按压。唐爱急了："佳佳你快说呀！

车祸的时候到底发生什么了？"

他们没拍到车祸的那一刻，现在唐佳佳是唯一能够证明他们清白的人。可是唐佳佳置若罔闻，只顾着给叶尚新进行急救。

她可能真的要疯了，也可能只是故意惩罚他们。

唐爱颓然坐在地上，心里充满了绝望。难道事情真的无法改变吗？她真的要背上污点毕业吗？

"叶珩，怎么办？"唐爱求助地看向叶珩。叶珩反倒笑起来："只能再来一次了。"

"不，谁要再来一次！"唐爱霍然起身，悲愤异常。她知道叶珩的意思，是要利用金色蜗形线再一次进行时间循环，这样他们又能回到车祸前的时间起点。可是前提是，他们还要忍受一次被怀疑成杀人犯的羞辱。

这四天里，她吃不下睡不着，还要忍受怀疑的目光，她真的受够了！

"轰隆隆！"天空乌云密布，一场暴雨即将来临。

叶珩微微叹气，抬起手腕看了看表，转身向兰博基尼跑过去。唐爱赶紧拉住他："你干什么？那边很危险！"

"我记得很清楚，雷声响起的两分钟后，兰博基尼才发生了爆炸！"叶珩快速说，"要收集证据，只能靠现在！"

"可是太危险了！"

叶珩回头，向她挤了挤眼睛："是很危险，但你是美女护士，肯定能把我救活的。"

唐爱气得直跺脚："回来！"

叶珩并没有依言回去，而是跑到兰博基尼跟前，蹲下身开始进行检查。汽车损毁严重，一股浓烈的汽油味扑鼻而来，他知道这是漏油了。

这种情况下，汽车随时都可能发生爆炸，危险至极。而关键的是，叶珩刚才所说的两分钟也只是估算，他并不确定汽车会在什么时间节点爆炸。

他自然知道这有多危险，但当他看到唐爱充满泪水的眼睛时，忽然就做了这个决定！

再循环一次，他也没把握争取到更多的时间。

　　叶珩先拍了车辆损毁情况，然后找到撞击点进行拍摄。就在这时，他看到兰博基尼车后有一长串的刹车痕迹，顿时一阵狂喜，赶紧用手机一一拍摄下来。

　　他不知道这些有没有用，但内心有个声音告诉他，先拍了再说。

　　"叶珩，太危险了，快回来啊！"唐爱等不及了，索性向兰博基尼跑去。叶珩这才直起身，潇洒地向她摆摆手，做了一个"OK"的手势。

　　他向唐爱跑了两步，忽然后脑勺炸起了一声巨响！

　　"轰！"兰博基尼爆炸了！

　　巨大的气浪冲过来，将唐爱摔出老远。她在地上打了几个滚，顾不上浑身疼痛，爬起来就往汽车那边跑："叶珩！你在哪儿？"

　　她吓得六神无主。叶珩是时间循环的制造者，要是叶珩死了，时间循环是会被破坏掉，还是会永远循环下去？

　　唐爱心里没底。叶珩的蜗形曲线是金色的，没有黑色段，她算不准他到底有多少剩下的时间。

　　"叶珩，回答我！"滚滚浓烟中，唐爱泪流满面，几乎嘶吼着喊，"别死！回答我！"

　　"咳咳……"一个微弱的声音突然从路边响起。

　　唐爱猛然回头，看到一个身影在草丛里蠕动。那人正是叶珩，浑身尘土，吃力地从地上坐起来。

　　"叶珩！"唐爱又惊又喜，将他搀扶起来，"你没死真是太好了！"

　　叶珩笑得露出一口白牙："这么不舍得我死，你是不是爱上我了？我可告诉你，我身边美女如云，你得先排个队……"

　　"浑蛋！"唐爱顿时冷了脸，将叶珩一把放开，气咻咻地往前走。她恨自己真是昏了头，公子哥就是公子哥，永远没个正形。

　　"喂，你要不愿意，我就让你插个队呗。"叶珩还在逗她。唐爱不理不睬，继续往前走，叶珩这才赶紧道："你别不理我啊……还有二次爆炸！"

　　唐爱吃了一惊，赶紧掉头走回去将他的胳膊架在肩膀上，责怪道："有二次爆炸你怎么不早说！太危险了！"

叶珩只笑不语。

走到安全地带，唐爱扶着他坐到地上，叶珩才嘿嘿笑着说："其实并没有二次爆炸。"

他摆明了是要占她便宜。

"你！"唐爱气得直跺脚。

暴雨就在这时倾盆而下，将兰博基尼上的大火浇灭，也冲刷掉了一切痕迹。救护车停下，两名医生跑过来，给叶尚新做了简单的诊断，之后将他小心地抬到担架上。

叶珩向救护车医生招了招手："医生，我也受伤了。"

"你的伤不重，只是擦伤，就别占用医疗资源了。"唐爱下意识地说。

"有一场好戏在等着我们，怎么能不去演呢？"叶珩意味深长地笑起来。唐爱顿时明白了他的话中深意，心头立即沉甸甸的。

她瞅了一眼叶珩的手机，心里还是没底。他就拍了那几张照片，能自证清白吗？

唐爱麻木地跟着救护车回到了医院，然后帮忙将叶尚新送进手术室。这一次，抢救大夫从楚轩平变成了周大夫。

唐佳佳和上次一样，哭喊着要进手术室。唐爱和叶珩在旁边默默地看着，没有像上次那样去拦她。毕竟，有没有人在手术室外喧哗，其实并不能改变叶尚新的结局。

"伤者怎么样？"楚轩平快步跑过来，身后还跟着几名护士。唐爱赶紧迎上去："大出血，已经送进手术室了。"

楚轩平一边往准备室方向走，一边回头问唐爱："伤者是你妹夫对吗？别担心，我也参与抢救。"

唐爱一怔，向楚轩平点了点头："哦，谢谢楚主任。"

楚轩平原本在洗手，闻言忽然脑中像炸开一般。他转过身，直直地盯着唐爱："你以前也这样谢过我吗？"

记忆中，那一声"哦"慵懒地长拖，这样敷衍的语气，他不是第一次听到，可是楚轩平怎么都想不起来具体的细节。

"有啊。"唐爱脱口而出，然而立即就后悔了。

她记起了前两次道谢，都是什么情况。

第一次，是她支持三床病人留在ICU病房，结果被家属围攻，楚轩平帮她解围。第二次，是在叶珩进行首次时间循环里，楚轩平来看望她，安慰她自己会尽全力救她。

可是，现在是第三次时间循环，前两次的事情过程已经改写，这些细节都不存在了！

"你忘了，上周你指出我的查房记录有错误，我这样谢过你。"唐爱硬着头皮说。

"有吗？"楚轩平怀疑地看着她。

唐爱干笑："楚主任，你还要做手术呢，我的妹夫就拜托你了。"

楚轩平却擦了擦手："抱歉，我今天状态有点不佳，不能进手术室了。"说完，他径直走出准备室。

唐佳佳看到楚轩平离开，赶紧上前哀求："楚主任，我知道你是青松医院的神刀，你救救我丈夫吧！"

楚轩平却面无表情，推开她就走。他总觉得自己遗忘了重要的事情，这种感觉前所未有。

就像发现了一根错位的神经，一根不存在的血管，一块令人警惕胆寒的阴影区，他忍不住一定要进行查探和清除！

唐佳佳不知道楚轩平脑子里闪过的念头，她只知道这名被外界誉为"神医"的人，放弃了救她的爱人。

她转身，看到唐爱也是一副失魂落魄的样子，顿时气不打一处来："唐爱，是你不让他救尚新的吗？他刚才明明要进手术室，我都看见了！"

"跟我没关系。"唐爱忧心忡忡，思考着楚轩平刚才的异常，无心和唐佳佳纠缠。

唐佳佳却不依不饶，扬手就要给唐爱一个耳光，然而手扬到半空，却被人一把攥住。

她回头，看到叶珩站在身后，眼睛里都是让她看不懂的神色。

"省着点力气，用在你的脑子上，行不行？"叶珩用力甩开唐佳佳的手，唐佳佳踉跄后退一步。

她冷笑着盯着唐爱和叶珩："好啊你们，狼狈为奸！唐爱，我真想不到，你这个当姐姐的会这样害妹妹！"

"是楚主任放弃做手术，我也不知道原因。"唐爱知道她要说什么，打断了她的话，"唐佳佳，你醒醒吧！你要是想亲自救叶尚新，当初就不该放弃毕业证，否则你现在也可以在手术室里！可是你现在除了等，还能做什么？"

唐佳佳顿时面白如纸。

见唐佳佳沉默下来，叶珩靠近唐爱，低声问："刚才发生什么事了？"

"楚医生有些奇怪，我怕他想起这次时间循环之前发生的事。"

"不可能……这次时间循环结束后，以前的事会变成平行时空。"叶珩摸着下巴，声音压得极低，"我做过试验，没有一个人能够想起来。"

唐爱叹气："你别忘了，距离这次时间循环结束，还有四天时间。只要这次循环不结束，以前的事就可能被记起来。"

叶珩一笑："这个留以后再担心吧。现在你要注意，演技不要那么浮夸，后面还有很多重头戏，做戏要做足。"

"知道。"唐爱点头。她刚才露出的破绽，已经引起了楚轩平的怀疑。接下来，她不能再犯同样的错误了。

事情的发展和上一次一样，唐爱被指控杀人，叶珩则经历了亲人反目。两个人又一起被送到了警察局。

人生如戏，全靠演技。他们提前拿到了人生的剧本，对很多事情已经有了足够的心理准备，要表现得天衣无缝倒也不难。

在审讯室里，唐爱目光坦然地看着林密拿着笔录本走进来。

林密微微皱眉。她虽然年纪轻轻，但已经破过许多大案，气场不是一般的足，很多人看到她都犯怵。但在唐爱这里，林密没有从她的眼神里看到任何惊慌。

但这也不能说明，唐爱和这件事没有任何关系。

"唐小姐，我们开始吧。"林密坐到唐爱的对面，"第一个问题，你和叶珩是什么关系？"

"朋友。"

"什么程度的朋友？"林密紧紧盯着她。

唐爱耸了耸肩："普通朋友。"

"普通朋友能接你下班，还给你带早餐？普通朋友，能带你去机场那边兜风？"林密反问。

唐爱扯了扯嘴角："事实确实如此。"

"我再问你一遍，你和叶珩是什么程度的朋友？"林密继续发问。

"男女朋友。"门口忽然传来叶珩的回答。林密和唐爱吃了一惊，同时往门口看去，只见叶珩和一名男警察站在门口。叶珩向唐爱挤了挤眼睛，语气宠溺："亲爱的，别怕。"

林密霍然起身："你把叶珩带这里来干什么？"

男警察为难地回答："头儿，这小子硬气啊，说不见他女朋友，他死也不回答任何问题，大不了他绝食。"

"女朋友？"林密怀疑地看向唐爱。

唐爱脸上红一阵，白一阵，不知道叶珩葫芦里到底卖的什么药。叶珩走到林密跟前，唇角微微上扬："林警官，我女朋友胆子小，你别吓着她。有什么事，你问我就行了。"

"你其实是想和她串供，对吧？"林密眼神犀利。

"这样问，就是认定我们有杀人嫌疑。林警官，你戴着有色眼镜，容易出冤假错案。"叶珩斜眼看林密。

林密坐回椅子，两手交叉："好，那我问第二个问题。一周前，你带着唐爱去了一家汽车维修站点，都做了什么？"

"没做什么，我哥让我去保养车，我就把车开过去保养了。"叶珩语气里充满了理所当然。

"证据呢？"

"没有证据，他当面和我说的。"

林密冷冷一笑，转身向摄像头方向打了个响指。很快，挂在墙壁上的电视机亮起屏幕，开始播放一段视频。

这是唐爱上次看到过的审问视频，关于那名肇事司机的。

有人问他："说说当时的情况。"

光头低声说："那是一条新路，我开得好好的，结果前面那辆兰博基尼突然失控，整个车左右直飘，很快就占了我前方的车道。我赶紧刹车，但是来不及了，就这样撞上去了。"

"为什么不报警，选择逃逸？"视频里，有人继续审问。

光头懊恼地捂住脑袋："这是我最后悔的事……那条路上没有摄像头，我怕说不清楚，一时犯浑就逃了。"

视频结束，林密扭头看叶珩："叶珩，事情也太巧了吧？你一周前去保养车，这一周，叶尚新因为筹备婚礼没有动用这辆车，后来他载着新婚妻子去机场就出了车祸。"

"我觉得肇事司机的嫌疑比我更大吧？"

"你们都有嫌疑。"

叶珩冷笑，从裤子口袋里掏出手机，调出一张图片："你看清楚了，这是我在现场拍摄的照片，其中一张是肇事车辆的轮胎痕迹，他当时根本就没有刹车，是故意撞上去的！"

林密将手机夺过来，紧紧盯着上面的一张照片。

"雨水可以冲刷掉很多痕迹，但幸运的是，我在下暴雨之前拍到了现场的蛛丝马迹。"

林密一惊，仔细看着叶珩："你好像早已预料到自己会被冤枉。"

"谢谢林警官用了'冤枉'这个词。其实用脚指头想也想得到，谁会一边策划杀人一边谈恋爱呢？"叶珩一笑，牵起唐爱的手，"现在该把我和我的女朋友一起放了吧？"

林密放冷神色："是，你们可以回去了。"

从警局走出来，唐爱见到了久违的阳光。天是那样蓝，跳跃在树叶缝隙里的阳光是那样绚烂。她闭上眼睛，贪婪地享受着这一刻的自由。

"走吧，你回学校还是回医院？"叶珩步下台阶，快步走到她身旁，手指上晃着一串车钥匙。

唐爱皱了皱眉头："回学校，不过你不用送我。"

"那怎么行？我们刚才还扮演一对情侣！这会儿就不演了，会被林警官怀疑的。"叶珩一边说，一边回头望了一眼。警局办公楼二楼的走廊里，林密双臂抱在胸前，皱着眉头望着他们。

防御式的姿势，表示她并不完全相信他们。

"她愿意怀疑就怀疑好了，有本事再抓我啊。可惜了，这世上没有'非情侣'罪。"唐爱白了叶珩一眼，径直走到公交车站。正好一辆公交车开过来，唐爱从口袋里掏出一枚硬币就上了车。

叶珩也跟着上了车，开始碎碎念："喂，我说你何必呢？我有车，就停在停车场。"

"这位先生，请你投币。"公交车司机不悦地提醒叶珩。叶珩这才站住，走到投币箱前问："多少钱？"

全车的乘客都倒抽一口冷气，包括唐爱。这年头，还有不知道公交车票价多少的人？

"一块钱。"公交车司机见怪不怪。

叶珩掏出钱包，抽出一张粉红色钞票投了进去："不用找了。"

在全车乘客的注目礼下，叶珩大摇大摆地走到唐爱身边坐了下来。唐爱不禁气恼，低声骂了一句："神经病啊你？"

"对，你说得没错。只要我把我们能看到蜗形线这件事说出去，立刻就有很多人说我们是神经病。"

唐爱警惕起来："你想干什么？"

"跟我一起研究这条蜗形线。"叶珩笑得很洒脱，"说不定我们有更神奇

的发现，你说呢？"

"你只要离我远点，我就看不见蜗形曲线了。所以要解决这个问题，就是你离我远点。"唐爱说。

叶珩笑嘻嘻地说："那不公平，你有看不见的时候，我可是每时每刻都看得见这条蜗形线的。你别只顾着自己。"

唐爱冷笑，忽然向叶珩的脚狠狠地踩了下去。叶珩顿时吃痛，龇牙咧嘴地弯下腰。唐爱就趁这个机会，猛然站起身，双手撑住叶珩的后背，从他背上轻盈地跃了过去。

恰好公交车到站了，唐爱冲下车。叶珩起身去追，车门却"哐"的一声关上了。叶珩拍着车门大喊："喂，你以为我想缠着你啊？我现在很危险，需要你的帮助！"

唐爱回身，冲他做了一个鬼脸，然后扬长而去。她生平最讨厌的人，就是叶珩这种花花公子。

"吱嘎！"然而刚过了四五秒钟，她就听到身后的公交车发出了刺耳的刹车声。

唐爱回头，正好看到公交车开了门，许多乘客拥了下来："有人晕倒了！快叫救护车啊！"

她赶紧跑回去，冲上车："怎么回事？"

话音刚落，她就看到面无血色、倒在地上一动不动的叶珩。来不及思考太多，唐爱手脚麻利地打开车窗，然后蹲下身摸着叶珩的脖子和手腕，给他测脉搏和心率。

"我不知道，他刚才还好好的，突然就晕倒了！"司机从座位上站起来，哆哆嗦嗦地大喊。

唐爱心头猛沉。叶珩大动脉搏动消失，心音消失，很可能是最为凶险的心源性猝死。她想也不想，迈腿跪在叶珩身旁，开始为他做胸外按压。

按压了大概一分钟，叶珩终于动了动手指。唐爱赶紧去摸他的手腕，果然有脉搏了！

在唐爱的努力下，叶珩的情况有所好转。他的眼珠开始转动，四肢不时地动一下。可是唐爱知道，叶珩现在的情况是室颤，仍然很凶险。

终于，一辆救护车呼啸着冲了过来。唐爱帮着医护人员将叶珩抬到车上，看着医护人员给叶珩开了静脉通道，才松了一口气。

刚才发生的事情太快了，快到她来不及思考什么。这会儿她想起叶珩晕倒前，对她喊的那句"我现在很危险，需要你的帮助"，才觉得有些不对劲。

他早就知道自己要猝死？

唐爱正胡思乱想着，忽然感到手背有些痒。她低头一看，发现叶珩醒了，正用手指划着她的手背。

"你……"唐爱讶然。揩油？

叶珩嘿嘿一笑："知道我为什么缠着你了吧？我早就说过，你是美女护士，会救活我的。"

"别说话。"

"好，听你的。"叶珩喘了口气，继续问，"你，你有没有给我做……人工呼吸？"

唐爱直瞪眼。

一旁的医护人员一脸被雷到的表情："小伙子，这会儿还泡妞？心源性猝死，没几个人能救下来，你刚才差点就死了！"

"牡丹花下死，做鬼也风流。"叶珩继续贫嘴。

唐爱确定，如果不是在救护车里，估计医护人员都要被叶珩雷飞了。

总算到了医院，急诊科立即对叶珩展开抢救。楚轩平闻讯赶来，步伐如飞，带着一名心脏专家走进手术室。

唐爱望着手术室上方的红灯亮起，在心里默默地祈祷。虽然叶珩这个人很不靠谱，但她也不希望他有任何意外。

一个小时后，医生才陆续从手术室里走出来。唐爱赶紧迎了上去："楚主任，患者没事吧？"

楚轩平神情古怪，对唐爱说："他没事了，很快就会转送到心内科病房，你可以去那边病房看他。"

"谢谢楚主任，我马上就去结清费用。"唐爱不自然地道谢。自从上次在

楚轩平面前露了破绽，她都不敢直视他了。

楚轩平摘下口罩，审视着唐爱："这次急诊我们完全没有用武之地，最后是护士给他做了简单的伤口缝合。伤口是他倒下去的时候，磕到了后脑勺。经过检查，他没有任何心脏疾病，脑部也没有损伤。你是他的朋友，知道这一点吧？"

"啊……不知道。"唐爱赶紧摇头。

"回头你帮我问问他，愿不愿意做进一步的全面检查，费用我来承担。"楚轩平说。

唐爱赶紧拒绝："不，他不会答应的。"

"为什么？这对他也有好处。"

"他这个人……特别怪。真的不好意思，楚医生。"唐爱含糊其词地说了两句，赶紧开溜，"我去病房看他。"

楚轩平眯着眼睛看唐爱离开，感觉她像是在逃跑。

"有秘密啊……"他自言自语地说。


心内科病房里，叶珩正躺在病床上玩游戏。

给他换药的两个护士在偷偷议论："这个人真可怜，长这么帅，这么年轻就得了心脏病了。"

"他没心脏病，"另一个小护士说，"却发生了心源性猝死，你说奇怪不奇怪……"

唐爱正好进来，听到两人的一番对话，微笑着插了一句："他是没心脏病，但是脑子有病。"

小护士们以为唐爱在开玩笑，打趣了几句便离开了。等到病房里终于无人，唐爱才气呼呼地坐到叶珩床前，伸手拿开他的手机："你能不能别玩命？"

"这样才刺激嘛。"叶珩去抢手机，"给我给我，这一局我要输了，我可不能坑队友。"

唐爱将叶珩的手机关机，往床头柜上一拍，数落起来："你差点没命，你知道吗？如果我反应不够快，公交车把你载远，或者我医术不精没把你救过来，你就死定了！"

叶珩不说话，只是看着她淡笑。

"我不懂！医院里的每一个人，都拼了命地想要活下去，为什么你就可以做出这种不负责任的行为！"唐爱越说越气。

叶珩微笑着说："刚才的这种猝死，我经历过五次。"

"是因为金色蜗形线吗？"唐爱看了他的手腕一眼。

叶珩点了点头："是，但也不全是。我制造24小时以内的时间循环，是不会有任何副作用的。可是我发现，我偶尔能够制造超过24小时的时间循环，还能静止时间。我猜测，这里面一定有什么玄机，比如你在我附近……可是制造超过24小时的时间循环会有很强的副作用，就是我随时都可能发生猝死。幸运的是，每次我都被救回来了。"

唐爱忽然明白了他话中深意，后背一片发寒。

"你想的没错，蜗形线有副作用。虽然你现在没有什么问题，但我相信，不久的将来，你也会有困扰的。"

唐爱摇头："不，我没有任何感觉。而且我只是能看到蜗形线，并没有你这种能力……"

"得了吧，蜗形线和十年前的那场海难有关，你和我都经历过，不可能我有事，你没事。"叶珩说，"而且我认为，我这种猝死的情况会越来越频繁。你呢？你以为你能幸免？"

唐爱深呼吸一口气，强迫自己冷静下来："那你的目的是……"

"我们合作，查清楚这条蜗形线是什么。知己知彼，百战不殆。"叶珩说，"我事先派人查过那片海域，还属于未知海域，是个类似于百慕大三角的地方。"

唐爱顿时起了一身的鸡皮疙瘩。她闭上眼睛，强迫自己镇定下来。自从那次海难之后，她就对海洋充满了深深的恐惧。

"我拒绝。"

"别回避问题，唐爱。"

"这不是回避问题，这是回避灾难！我生活挺正常，不想没事找事。"唐爱站起来，毫不客气地说，"好了，给我个联系方式，我会联系你家人来照顾你，然后我就不管了。"

"我家人只想掐死我，不会来照顾我的。"

唐爱毫不客气地掏出几张收据："谁说不是呢？我也知道没人会来照顾你。我的意思是，我垫付的医药费总得有人给我吧？"

"我没现金，身上只有信用卡。"叶珩拿起床头柜上的钱包，从里面掏出一张卡片，挑了挑眉毛，"要不然先欠着。"

"算了，你不用还了，反正我们以后也不会再见面了。"唐爱有些生气，将收据塞到包里，快速走出了病房。关上房门的时候，她听到叶珩在身后喊："别生气啊，我会给你打电话的！"

唐爱有一股把电话卡扔掉的冲动。

她一边以最快的速度走下楼梯，一边捂住护腕。唐爱有许多护腕，但只戴右手，就算是游泳课也不肯取下来。就因为这个，初高中的时候没少被老师训斥，说成绩不怎么样，怪癖倒是不少。

为此，她拼了命地学习，终于名列前茅。学校对优等生总是宽容的，于是再没有人去过问她的护腕。她筹谋这么多，就是不想让人发现自己的秘密。现在叶珩要她直面这个问题，无异于在她心头插刀。

随着她的脚步渐行渐远，唐爱看到人们手臂上的蜗形线开始变淡，最后完全消失不见。彻底离开叶珩，她的特殊能力就消失了。

世界正常了。

唐爱站在住院部楼下，估算了一下自己和叶珩的距离——大概是一百米。也就是说，只要自己不进入以叶珩为圆心的方圆一百米之内，她是看不到蜗形线的。

"叶珩，但愿你我后会无期。"

唐爱仰头望着叶珩所在的楼层，喃喃自语。

**Chapter 3**

# 四维世界的寿蜗

对于可怜的二维世界来说，我们是神，也是魔！唐爱，你以为四维空间的寿蜗有一副仁慈心肠？醒醒吧！

叶珩第二天就办理了出院手续。当时，楚轩平百般挽留，想要他多留院观察，但被叶珩拒绝了。

"多观察几天比较保险。你有必要一定要出院吗？理由？！"楚轩平百思不解。

叶珩回答："参加哥哥的葬礼。"

"如果你坚持出院，那你很快也会有一场葬礼的。"

叶珩耸了耸肩膀："楚医生，如果我缺席哥哥的葬礼，引起外界对叶家的胡乱猜测，那叶家真的会为我准备一场葬礼的。所以——签字吧！"

楚轩平只好在出院手续上签字，然后转头就将这件事告诉了唐爱。

"夸大其词！拿生命当儿戏！我就不信了，他缺席叶家长子的葬礼，真的能造成这么大的后果。"楚轩平眉心紧锁，将手上的医案往桌子上重重一拍，立刻有细小的尘土飘飞起来。

他将眉头皱得更紧，索性快步走到窗前，一把拉上窗帘。室内的光线立刻暗下来，那些微尘也看不见了。

唐爱抿了抿唇，楚轩平是精英，却多多少少有些古怪的洁癖。她赶紧擦了擦桌子，才回答："学长，就算叶珩还剩一口气，叶家也会将他架到葬礼上的。"

"这么夸张？"

唐爱想起叶珩复杂的家庭关系，重重地点了点头："他的家庭矛盾已经到了白热化的程度，所以有些事还是听他的处理方法比较好。"

唐佳佳说过，叶珩是养子，而且他的亲生父母还有些洗不掉的污点。当然，这些秘闻都存在于黑暗的角落，从未公之于众。

楚轩平眯了眯眼睛："原来如此。唐爱，你要离他远一点。"

"我会的。"唐爱犹豫了一下，才说，"楚主任，我想去见佳佳，你能帮忙安排吗？"

"等几天吧，她现在情绪不稳定。我上午只是在她面前提了一下你的名字，她就哭个不停。我想，她就是没脸见你而已，过几天自己想通了就好了。"楚轩平往后靠在转椅上，修长的手指交叉着放在膝盖上，表情无奈，"还有，'MRI'结果显示，她的后脑部位有个血肿，初步推断是当时车祸时撞击留下的，恐怕要让她多住几天。"

唐爱忙问："这个血肿要紧吗？"

"以我的经验来看，没大碍，但还是要观察一段时间。"

唐爱松了口气："只要别让她这么早出院就行。"

"为什么？"

唐爱怕的就是唐佳佳出院。要是唐佳佳赶去参加叶尚新的葬礼，还不知道会做出什么疯狂的举动。

"我懂了，我会让值班护士多盯着她的。"楚轩平推了推眼镜。

唐爱连连道谢，手机突然响起了一阵来电铃声。她歉意地向楚轩平点了点头，然后接听了电话。

电话是从非洲打来的。唐爱被手机那端的爸爸劈头盖脸地训斥了一番，无非是责怪她没有照看好妹妹。唐爱也不申辩，举着手机，默默地听完了里面传来的每一个字。

她能理解爸妈的感受——毕竟小女儿突然结婚，女婿还不幸暴毙，任谁都没办法轻轻松松地接受。

"我联系佳佳了，可是她不见我……是我的错，我错了……爸你放心，她现在在医院里住着，吃喝都有护工……不是，我是听说的，没亲眼见……是佳佳不见我啊……"唐爱向手机里解释着，越来越无助。

手机突然被人拿走，唐爱惊愕地回头。

楚轩平用两根手指捏着她的手机，一脸嫌弃地对着话筒说："唐医生，非常感谢您对援非事业所做的贡献，然而您在子女教育上的缺憾，是不能让您的大女儿，也就是唐爱来弥补的。唐佳佳已经成年，智力正常，在法律上是完全行为能力人，所以结婚是她自己的选择。无论她选择谁，唐爱都不用负责任，也没有义务帮她把关。至于您那个命苦的女婿……生老病死是每一个人都要面对的大事，您也是医者，希望您能够以专业的态度来看待。"

手机那端静悄悄的，像是酝酿着一场暴风雨。

唐爱吓得目瞪口呆，回过神后的第一反应就是夺回手机。楚轩平却潇洒地一转身，躲开她的手，继续快速地说："还有唐医生，尽快把医药费打过来，叶家现在忙着张罗葬礼，没人出面，给唐佳佳预存的费用今天就花光了。"

说完，他挂了电话，然后将手机还给了唐爱。

唐爱惊叫："我爸妈从非洲回来，肯定会抽我的！"

"父母和子女之间应该互相体谅，等你爸妈回来，也该消气了。就算没消气，我也会给你当靶子的。刚才对令尊失礼了，可是我就是见不得你受委屈。"楚轩平语气暧昧，故意含腰低头。

唐爱有些不自在："楚主任，办公室打扫好了，我该走了。"

她转身去拉房门，楚轩平却"啪"的一声按在门上："等等。"

唐爱愕然抬头，看到楚轩平的脸距离自己近在咫尺，顿时红了脸。楚轩平呵呵一笑："下午6点，有时间吗？"

"真对不起，我要看书。"

"有什么不懂的可以问我。吃顿晚饭而已，你不会这点面子都不给吧？"

"为什么要请吃饭？"

楚轩平扬了扬眉头："上周升职加薪，庆祝一下。"

唐爱见推辞不过去，只得同意："好。"

楚轩平这才收回手，向她笑开："那晚饭地点我来定，你先忙去吧。"

这是他第二次对着她笑。

有些人的笑容，只是众多表情的一种。而有些人的笑容，是晨光，是雨露，是春风，是一切美好的词汇。

唐爱差点醉倒在楚轩平的笑容中。她晕晕乎乎地告辞后，走出十几步仍然在回味刚才的对话。

楚学长，该不会是看上自己了吧？

下午换班，唐爱回了趟学校，很快就接到了楚轩平的短信。他居然把晚饭地点定在学校附近的一家西餐厅。

唐爱别别扭扭地洗了头，换了条雪纺长裙，提前五分钟来到了这家西餐厅。推开厚重的金属镶嵌玻璃的大门，唐爱一眼就看到已经在席位上等候的楚轩平，正在向她招手。

他穿了一身休闲西装，显然很重视这顿晚饭，又不会过于严肃。

餐厅里散发着一股淡雅的香气，衬着和缓的音乐，让人有些陶陶然。唐爱走过去，楚轩平起身为她拉开椅子："请坐。"

"学长，这么隆重，我可当不起。"唐爱受宠若惊。

楚轩平微微一笑："对你，我愿意这样。"他伸出手，打了个响指，立即有服务生迎上来。

"有忌口的吗？"楚轩平轻声问。唐爱摇了摇头："学长，你来点吧，我相信你的口味。"

"太过依赖医生，可不是一个好习惯。"楚轩平一边开玩笑，一边开始点餐。他极尽优雅，让唐爱感到十分舒适。

这种被人捧在手心里的感觉，有多少年没有体会过了？

唐爱记不清了，依稀记得上一次爸妈为自己过生日，还是在自己十八岁的时候。后来，爸妈的大部分关注点在工作上，剩下的就全都在唐佳佳身上。唐佳佳特别不招人喜爱，却也走了爸妈很多精力。上大学后，唐爱有不少追求者，但他们的目的不过是排解寂寞。唐爱一一拒绝了，最后却发现自己处在情感的孤岛。

"想什么呢？"楚轩平富有磁力的声线打断了她的思绪。

唐爱这才发现，自己盘中的牛排已经被楚轩平切成小块。楚轩平笑着问："我切的怎么样？"

"简直是庖丁解牛。"唐爱叉起一块吃了起来，"下刀快、利、准，不愧是青松医院的'神刀'。"

楚轩平呵呵一笑，问："那我能为你切一辈子的牛排吗？"

唐爱正端起高脚杯喝红酒，闻言被呛了一下。她忍住咳嗽，艰难地说："学长，你这样说很像告白。"

"就是告白。"楚轩平从口袋里掏出一只宝蓝色的小锦盒，打开来，露出钻光熠熠的一条银色项链。

链坠是个镶钻的心形，闪得唐爱眼前发晕。

"唐爱，从第一次见到你的那一刻起，我就已经爱上了你。如果你觉得我们合适的话，可以接受我的告白吗？"楚轩平一字一句地说。

唐爱怔怔地看着楚轩平。这个男人符合世间女子对良人的一切定义，英俊多金，儒雅有礼，职业体面，家史清白，可是她总觉得哪里不对劲。

"抱歉，学长，我想去下洗手间。"唐爱拿起手机，匆匆而逃。

楚轩平目送唐爱离开，将小锦盒合上，表情没有太大改变。他叹了口气："失败了。"

唐爱匆匆地冲进洗手间，打开水龙头，将冷水胡乱扑在脸上。脸上一片冰凉，她才确定刚才的一切不是做梦。

很奇怪，她丝毫没有被男神爱上的幸福感，反而充满了惶恐不安。到底是为什么？

唐爱抬起头，睁大眼睛看着镜中的自己。这一刻，她终于想通了这个问题——她并没有在楚轩平的眼睛里看到爱。

无论是喜欢还是爱，都会产生一种激动的情绪。可是楚轩平太冷静了，冷静得就连告白，都像是在问时间。

唐爱下定决心，拿起手机离开。刚走到门口，迎面撞来一个人，把她撞得一个趔趄。

"啪！"唐爱的手机摔在地上，手机后壳顿时飞了。撞人的是一个打扮妖艳的长发女人，她歉意地"哎呀"了一声，忙扶住唐爱："你没事吧？真对不起啊，我太急了。"

"没事，没事。"唐爱赶紧站好。

女人弯下腰，捡起唐爱的手机，将后壳安好，才递给她："抱歉啊，小妹妹，你在几号桌？我请你吃份点心吧。"

唐爱试了试手机，发现并无不妥，反而不好意思起来："不用了，手机没事，我也没摔着，你太客气了。"

"是吗？那真是谢谢了。"女人妩媚一笑，转身离去。

唐爱刚把手机放进口袋，就听到一阵电话铃声。她点开屏幕，发现是叶珩打来的。

"有事吗？"唐爱接起电话。

叶珩一反常态，紧张兮兮地说："你怎么没在宿舍？唐爱，我有重要的资料，你一定要看……"

唐爱顿时如临大敌："叶珩，我已经明确说过，我们以后不会再见面了。"

"唐爱，你这是讳疾忌医。"叶珩劝说，"你仔细想想看，你一个血肉之躯，凭什么能看出这辈子谁剩多少时间？你以为那条蜗形线，就只是一条线而已吗？我告诉你，你太天真了！"

走廊上没有人。唐爱有些不耐烦，加重了语气："那你说是什么？"

"这是一种生物的能力，换言之，是这种生物寄生在我们体内，才让我们有了改变，让你能看出别人还剩多少时间，让我能制造时间循环。"

唐爱浑身颤了一下："什么寄生生物，别乱说。"

"我没乱说，我正要向你证明呢！"叶珩急了，"你看过日本电影《寄生兽》吗？我们现在的情况跟这个电影的剧情差不多，算是感染了一种异生物吧，这种生物已经和我们融为一体，力量也为我们所用。我已经查到了这种异生物的资料，它不是我们这个三次元世界的。次元你懂吧？"

唐爱没回答，直接挂了电话。

学医的女生，想象力总和别人不同。刚才叶珩提起"寄生"这个词，她立刻联想到课上所学的猪肉绦虫、广州管圆线虫等寄生虫。一想起可能有类似的

生物寄存于自己体内，她就一阵恶寒。

她从不吃生肉，特别注意卫生，怎么会感染奇怪的生物呢？简直是无稽之谈！

唐爱将手机关机，愤愤然走了两步，脑中却忽然闪过一个念头。

她和叶珩的交集，只有十年前的那场海难。难道那次海难，让他们接触到了什么不得了的东西？

"不……不可能……"唐爱喃喃自语。

"这位小姐，需要帮助吗？"一名服务生恰好经过，看唐爱站着不动，忙上前询问。

唐爱摇了摇头。她这才想起，楚轩平还在大厅里等自己一个答案。

"头疼啊……"唐爱苦恼地敲了敲太阳穴。要如何分寸得当地婉拒楚轩平，她实在没有办法。

不过等她回到席位上，才发现自己想多了。

因为楚轩平主动开了口："唐爱，虽然你没有回答我，但我想你已经用行动给了我答案，是回绝我了，对吗？"

"啊……"唐爱硬着头皮说，"学长，真抱歉，我想我们不太了解。"

"明白，那就当我什么也没说，我们继续这顿晚餐吧。我会一如既往地关心你。"楚轩平为她斟上红酒。

他的态度依然没变，还是那样热情自持。唐爱松了口气，认定自己做了一件明智的事情。

掌控不了、琢磨不透、理解不了的男人，就算再优秀再耀眼，女人也应该坚定地拒绝。一段感情最好的状态是拥有和依靠，而不是雾里看花，若即若离。

经过告白事件，唐爱面对楚轩平总有些不自在。楚轩平倒是没太大改变，依然是那个性格冷淡的"神刀"。

唐爱迷茫起来，开始琢磨楚轩平向她求爱的目的。虽然她和楚轩平都是同一个医学院毕业的，但是两个人的交集实在不多。

到底是为什么？

唐爱坐在护士站里，揉了揉胀痛的太阳穴。急诊中心每天忙翻天，她只能趁着指甲盖大的休息时间，偶尔想一想这些烦心事。

只是，她刚翻开记录本，就听到走廊那边传来一声暴喝："楚轩平，你还有没有把我这个院长放在眼里！"

接着是一声闷响，好像有人将房门狠狠地关上，吵架声顿时低了几十个分贝。

唐爱吓了一跳，和坐在旁边的宋汀歌对视一眼。宋汀歌压低声音说："从楚主任办公室传来的，你去看看。"

"他们怎么在这里吵起来了？影响多不好。"

"好像是因为一个脑动脉瘤的病人。"宋汀歌指了指记录本。唐爱垂眸一扫，看到了一个熟悉的名字：黄楷。

熟悉，是因为这个名字的主人确实是个大人物。黄楷是本市的富豪，公司市值几十个亿，交际圈里有不少当红明星，又爱好公益。关键是他长得有些滑稽，平日里喜欢在网络上发一些唱歌做菜的视频，靠着这种"可爱的土豪"定位，居然圈了上百万的粉丝。他这次生病，不少网友都关注着他的病情。

唐爱不敢多想，赶紧走到楚轩平的办公室门口。那里已经聚集了一群病人家属，正在窃窃私语。她赶紧上前说："大家都别围在这儿，散了散了啊。"

病人家属这才陆续离开。

唐爱深吸一口气，抬手想要敲门。然而就在这时，办公室里的吵架声又高了起来，让她听得清清楚楚。

只听楚轩平斩钉截铁地说："黄先生不能转院，我有把握治好他！"

院长暴怒的声音传来："黄楷的瘤体太大，位置也不好，这是四级的大手术，全国都没几个人敢做！他从手术台上活着下来的概率有多大，你考虑过吗？"

"我这样的医生都没把握的话，那其他医生更不行了。你让黄先生转院，等于让他死！"

"轩平啊，你这是刚愎自用，过度自信！你会给我们医院惹来麻烦的！"

唐爱听到这里，心头涌起一股酸涩。这是医院里最常见的情形，医生放弃了濒死的病人，而病人还抱着一丝希望。不过，楚轩平这次的表现让唐爱有些意外，她没想到他看上去那样冷淡，居然还这样的热血。

想到这里，唐爱转身离开。她快步走到重症监护室，很快找到了那个名叫黄楷的富豪。

黄楷住的是独立病房，病房里有一名高级护工，按时为他检查血压、心率和呼吸情况。比较不幸的是，他的脑动脉瘤已经出血，必须尽快进行手术治疗，否则发生第二次出血，生命就会不保。

"请问你有事吗？"护工看到了唐爱，走出病房轻声问她。

唐爱忙说："哦，我就是例行查房，黄先生今天情况怎样？"

"还是老样子，得了这个病，不知道什么时候就走了。"

唐爱望向黄楷的手臂，除了输液针管和探测头，只能看到毫无血色的皮肤和微微凸起的血管。

她现在看不到任何人的蜗形线，无法预测黄楷的生命还剩下多少。不知道为什么，她莫名想起了叶珩。

要是他在，就好了。

唐爱摇了摇头，强迫自己收回这种不靠谱的念头，然后对护工说："那你多辛苦，有什么事立即喊医生。"

护工答应了一声，转身回房。

唐爱正打算离开，在转身的一刹那，腕上却猛然一痛。她心头涌起一股不祥的预感，果然眼底划过一道银色，护工的手臂上很快出现了一条蜗形线！

难道叶珩来到附近了？

唐爱顾不上细想，一把将门推开，快步走进病房。护工大吃一惊，跟着走过去，责怪地说："护士，病人刚睡着，你这样会吵醒他的。"

"我就看一眼，马上走。"唐爱走到黄楷病床前，往他的手臂上一看，顿时浑身冰冷。

黄楷的蜗形线几乎全是黑色，银色的部分只剩一个光点。这代表着他顶多只有几天的生命。

又一个生命要消逝了。

这个世界每天都有大量的死亡消息，人们看到此类新闻，可能会唏嘘，会遗憾，或者是麻木。可是亲眼看到一个人走向生命的终结，这是完全不同的感觉，冲击力更强。

"你没事吧？"护工看唐爱的脸色不好看，轻轻推了她一把。

唐爱恍若未闻，只是站在那里静静地看着黄楷。就在这时，楚轩平来到病房，意外地看着唐爱："你也在？"

"楚医生，你看……"护工求助地看向楚轩平。

楚轩平将唐爱拉到病房外，询问："到底怎么回事？"

"楚主任，你会拼尽全力，不惜一切代价救他吗？"唐爱忍不住哽咽，眼眶微红。

楚轩平一怔，肯定地回答："会！我刚刚已经说服了院长，做完必要的检查之后，就给黄楷手术，我主刀！"

"可是……万一失败呢？"唐爱的理智在这一刻打败了情感，她知道楚轩平接下这台手术，结果肯定是失败的。

楚轩平脸色一凛："你怎么知道会失败？"

唐爱赶紧低头掩饰："我只是这样担心。"

"放心吧，你还不相信你学长吗？"楚轩平笑得有些宠溺，"我会把黄楷治好的，他可是拥有百万粉丝的网红富豪，那么多人盼着他重新站起来。"

唐爱心里有些不自在。她原本以为楚轩平之所以坚持要做这个手术，是出于自身的良知和对医学的挑战，没想到他会把黄楷的名气和财富值考虑进去。

"学长，如果黄楷是个乞丐，你也会救他吗？"唐爱看着他的眼睛，认真地问。

楚轩平不由得一怔，然后伸手去搂唐爱的肩膀："会，医生的天职就是治病救人……"

还没等他的手落下去，楚轩平的手腕忽然被人一把攥住。他下意识地回头，看到叶珩面覆冰霜地看着他。

叶珩将他的手狠狠一甩："你是大夫，不是流氓，注意点。"

"一个流氓教育别人不要耍流氓，真是贻笑大方。"

叶珩哼笑："我流氓？我什么时候耍过流氓？"

唐爱想起叶珩曾经喊她"86同学"，对他翻了个白眼："别闹了，楚主任和我正在商讨病人病情。"

叶珩碰了一鼻子灰，甩开楚轩平，哼了一声不说话了。楚轩平一反常态："唐爱，看来他找你真的有正经事，你们聊，我先去忙了，回见。"

"回见。"唐爱心虚地摆摆手。

叶珩把唐爱拉到安全通道里，语气不善："那个楚医生一看就是人面兽心，你少跟他掺和。"

"总比你兽面兽心好。"

"兽面？"叶珩扯着自己满是胶原蛋白的脸，不服气地说，"你可以质疑我的居心，但是你不能侮辱我的颜值！"

唐爱翻了个白眼，扭头就往回走。叶珩赶紧把她拦下："好了，废话少说，我来是想告诉你一件事，蜗形线的事我查到了。"

"到底是什么？"唐爱小心地往前后左右看了几眼。

叶珩没直接回答，而是先从嘴里掏出一块口香糖，伸手一弹，口香糖便弹到了天花板的摄像头上。接着，他伸出手腕，露出了那条金色蜗形线。

他皱起眉头，似乎在忍受剧痛。唐爱只觉得眼前有些恍惚，就看到金色蜗形线蠕动了一下。还没等她惊叫出声，那条金色蜗形线便浮出了叶珩的手腕，变成了一只金色的蜗牛！

"蜗……蜗牛！"唐爱捂住嘴巴。叶珩的这条金色蜗形线，从一条线变成了一只动物！

"没错，它这几天成熟了，所以发生了形态改变。"叶珩收起了金色蜗牛，"唐爱，你想过没有，你也可能有这样一只蜗牛，只是它现在没长大而已，你还看不见。"

唐爱心里一寒："别说了。"

"讳疾忌医解决不了任何问题，你先看看资料吧。"叶珩从手提包里掏出一沓资料。

唐爱急忙接过来，翻开一看，里面记得密密麻麻，那些难懂的公式和理论，都指向一个方向：四维空间。

N维空间的理论很早之前就被科学家提出了，可是大部分人只理解一维空间、二维空间和三维空间，N维空间的争议一直没有停止过。唐爱在脑海中搜寻了一下，依稀记起了以前在杂志上看到过四维空间的介绍。

她试探地问："四维空间，就是和时间有关？"

"对。"叶珩点了点头，"在四维空间里，'时间'很可能是实物，可以被操纵，也可以被改变。当我们身体里寄宿了这种高维度生物的时候，也就有了和时间相关的特殊能力。"

唐爱动了动嘴角："太扯了。"

"就知道你不信。"叶珩并不意外，"《山海经》中有一段记载，古时有异兽，名曰寿蜗，可以测算凡人寿命。这个传说中的'寿蜗'设定，和我们的蜗形线太像了！也就是说，我们的三维世界里，可能早就有这种四维世界里的异生物存在，就是寿蜗。"

"这毕竟是传说。"

"是你和我都验证过的传说，寿蜗现在就生活在我们的身体里。"叶珩靠近唐爱，眸光深邃，"否则，你给我另一个解释让我信服。"

唐爱沉默了，她知道叶珩说的八成是真的，可是在心理上就是难以接受。她只是想过普通寻常的生活，为什么会惹上这种事？

"就算寿蜗是四维世界的异生物，那又怎样呢？"唐爱将资料递给叶珩，"叶珩，只要你离我远远的，我就完全是正常人。同理，我离你远远的，你也只能在短时间循环玩玩而已，根本犯不着循环24小时以上，去冒猝死的危险！"

叶珩冷笑，从衬衫口袋里掏出笔，翻开资料上的空白页，然后画了一条直线："看好了，这就是所谓的二维世界。"

根据N维空间理论，二维空间仅仅指长度和宽度，也就是点、线、面。唐爱不懂叶珩的意思："你想说明什么？"

叶珩掏出打火机，将那张纸点燃。艳丽火舌冒着淡淡的黑烟，转眼就吞噬了那张画着线条的白纸。

火光中，叶珩的笑容有几分残忍："我们是三维空间的人类，可以随时毁掉二维空间。对于可怜的二维世界来说，我们是神，也是魔！唐爱，你以为四维空间的寿蜗有一副仁慈心肠？醒醒吧！"

他将残纸扔到地上，用脚将余火踩灭，半点火星也没有留下。

唐爱低头看地上的黑痕："所以，你想说明什么？"

"我们必须联手合作，刻不容缓！等我们一起发掘出寿蜗的秘密，再决定是把寿蜗赶走，杀死，还是利用。"

唐爱摇头："不行。"

叶珩眯了眯眼睛："为什么？"

"上次就回答你了，这次说明白一些吧，因为我没有心情。"唐爱推开安全通道的门，回头补了一句，"还有，叶珩少爷，走的时候别忘记把摄像头上的口香糖清理干净。"

黄楷的手术很快就定了时间，5月5号，周六上午。

这次手术由楚轩平主刀，另外两名专家辅助。手术之前，专家进行了三次会诊。这短短两天里，楚轩平每次来去都是行色匆匆，表情比以前更加凝重。

唐爱知道，这场手术对于楚轩平的重要程度，不亚于黄楷本人。因为网络上已经掀起了一个热门话题，百万网友都在为黄楷祈福。

"这次我不想说什么天堂没有脑动脉瘤，黄先生，请你一定要康复！"

"黄先生一定要好起来，证明'好人不长命'这句话是错误的！"

"听说这次主刀医生很年轻，到底靠谱不靠谱呀？别坑了我们的黄先生！"

"呸，别乌鸦嘴！据我所知，能接黄先生手术的医院没有几家。我们要做的就是祈福！"

网友们将这个话题送上了热搜，也有人开始一点点地曝光楚轩平的身份信息。唐爱有些不安。水可载舟亦可覆舟，网友们这样关注黄楷的手术，对于楚轩平则是一种无形的压力，手术成功了他自然名利双收，但唐爱知道，手术肯定会失败，楚轩平会惹火烧身。

　　唐爱心里像压着块大石头，直到去诊疗室还在想着这事。

　　"这次手术方案已经确定，经过股动脉穿刺引入5F或6F导引导管，用导引导管再输入微导管，然后沿微导管释放五枚弹簧圈，消除脑动脉瘤。唐爱，你走神了。"楚轩平的声音打断了唐爱的思绪。

　　唐爱这才回过神，目光对上了楚轩平严肃的眼神。许多双眼睛也同时看向她，尤其是护士长，眉头几乎拧成麻花。按照惯例，手术之前要确定手术方案，实习的护士都要去旁听。

　　唐爱没想到自己走神被抓了个正着，连连道歉："对不起，我刚才没集中精力。"

　　"你要打起精神，多学东西，毕竟你以后也要进手术室，辅助主刀医生完成手术。"楚轩平淡淡地说，"等会儿你留下来。"

　　手术方案说完，众人都往外走，只有唐爱靠着墙根站着。等到办公室里的人都走光了，楚轩平才走到她跟前："你最近两天魂不守舍，能告诉我你在想什么吗？"

　　唐爱惭愧地说："对不起，我检讨。"

　　"我不要你的检讨。嗯，让我猜一猜，你在担心我手术失败，对不对？"楚轩平问。

　　唐爱咬了咬下唇，点头。

　　楚轩平淡淡笑开："我想你是想多了，这次手术我很有把握。"

　　"是吗？"

　　"唐爱，你有没有发现，你不太适合医疗行业。"楚轩平一针见血，"你的眼睛里有犹豫、悲伤和恐惧，作为一名医务人员，你时时刻刻都应该保持中立，要坚定地相信，每一名患者都能健康地从医院离开。"

　　唐爱攥紧拳头，手心微疼。

　　她知道这是医务人员的大忌，可是从十二岁到现在，她目睹了许多将死之人的蜗形线变成全黑，也想过要挽回他们的生命，却全部失败了。这让她如何

坚定信念?

"虽然我喜欢你,但还是想客观地奉劝你一句——也许你适合更好的职业,做不了,就辞职吧。"楚轩平毫不留情地说。

只是说完最后一个字,他看到唐爱猛然抬起头,目光里的倔强如同利剑一般尖锐。

他愣了愣。

"我,不会辞职。"唐爱冷冷地说,"楚主任,也许我的眼睛里有犹豫、悲伤和恐惧,但是我心里没有!"

唐爱转身离开诊疗室,将房门重重地关上。楚轩平脸上有些灰灰的,望着唐爱的背影自言自语:"生气了啊……"

他低头一笑,掏出一根烟点燃:"小丫头,总是不听人把话说完,我说你适合更好的职业,没有其他意思,只是觉得你……"

楚轩平吐出一个烟圈,说出了下半句话:"更适合当一只猎犬。"

去猎取,他想要的东西。

两天后,黄楷的手术开始了。

唐爱没进手术室,在护士站里忙着配药,只要一想到这次手术的成败,她就一阵恍惚。

楚轩平能打败蜗形线吗?那个在老师、同学和病患眼中近乎神的男人,能力挽狂澜吗?

唐爱觉得,楚轩平的成败也是她的成败。如果他胜了,她也有信心去面对寿蜗的问题。

"糟了,手术失败了……"宋汀歌突然匆匆忙忙跑到护士站,"我刚听到消息,手术中途,黄楷突然大出血!"

唐爱一阵眩晕,扶着桌边才勉强站住。宋汀歌赶紧扶住她:"你没事吧?"

"怎么就大出血了？手术前检查身体指标都是正常的呀！"唐爱眼睛酸涩难忍，追问一句，"是肿瘤出血吗？"

宋汀歌点头，又摇头："不清楚，反正人没了……"

尽管是早已预知的结果，唐爱还是浑身冰凉。宋汀歌见她精神涣散，也察觉到了事情的严重性："唐爱，你别吓唬我啊！你可从来没透露过你也是黄楷的粉丝啊！早知道这样我就不说了。"

"我没事。医务人员要用专业的态度去对待生死。"唐爱想起楚轩平说过的话，"该换班了，我回学校了。"

她把手上负责的药品交给宋汀歌，去更衣室换了衣服就往外走。回学校的公交车上，唐爱闷闷不乐地拽着扶手，望着车窗外来来往往的车辆发呆。

想哭，唐爱却不知道为何而哭。

世界很大，芸芸众生殊途同归，都在创造着同一个悲剧结局。其实一部苦情剧看上三遍，剧情再虐也能让观众麻木。可唐爱疑惑的是，她已经目睹许多次死亡，居然还学不会淡然。

公交车站牌距离医学院的校门口有段距离，路边摆满了杂货摊。唐爱本打算晚上听歌，收拾一下低落的心情，可又想起耳机坏了，便走到一个售卖耳机的摊位前："这副耳机多少钱？"

"二十，不还价。"小贩是个精瘦的年轻人。

唐爱掏出钱包，发现钱包里只有一张百元钞票，她迟疑地递了过去："能找开吗？"

"得换一下。"小贩拿起钞票走到旁边的杂货摊，和摊主磨磨叽叽了一会儿，居然将那张钞票原封不动地拿回来了。

"您收好吧，这张票子是假的。"小贩将那张钞票递向唐爱。

唐爱一惊："啊？这可是昨天从银行取的。"

"这可说不准，银行取的就没假钱了？"

唐爱盯着小贩手里那张百元钞票，一眼发现钞票右上角的一道折痕不见了。这不是她递过去的那一张！

"你偷梁换柱了，把我的钱给我！"唐爱生气了。小贩立即扯着嗓子叫起来："哎，还你什么钱哪啊？你还有理了！大家都来看看啊，她拿假钱来买东西还有理了！"

周围立即围上来一圈人，都是来看热闹的。

"你别血口喷人，明明是你刚才动了手脚……"唐爱说到一半，忽然感觉有些异样。小贩的手腕上开始发光，接着出现了一条半黑半银的蜗形线！

叶珩来到附近了！

唐爱四处张望，果然看到叶珩拨开人群，悠闲地往这边走来。富家少爷的面相就是好，肤白，眉俊，眼秀，身长，一身白色的休闲运动衣都能穿出俊雅非凡的味道。

他步履悠闲地走到她身边，将她肩膀一搂，居高临下地看着小贩："魔术玩得不错呀！别废话，趁早把我女朋友的钱还回来。"

唐爱直瞪眼，叶珩却把她的肩膀搂得更紧。

"喊，说我贪了她钱，有证据吗？兄弟们，有人要和咱们理论理论。"小贩毫不畏惧。

与此同时，旁边摊位的小贩也都站起身来，气氛更加剑拔弩张。说到底，还是因为叶珩的这双桃花眼似笑非笑，似嗔非嗔，就算是生气发怒也没有什么震慑力。

唐爱想退缩："算了算了，那一百块钱我不要了。叶珩，我们走吧。"

叶珩低头看她，勾唇一笑："一百块钱对我来说不算什么，但如果有人拿一百块钱欺负你，那我绝对不能放过！"

"呵！还来劲了！"小贩痞气毕现，从腰后抽出一根铁棍。围观人群顿时发出了一声惊呼！

叶珩眯了眯眼，右手纹丝不动地搭在唐爱肩上，左手出手如电，瞬间抢过铁棍。三四斤重的铁棍如同长了眼睛、生了翅膀，在他手上飞快地抢了几个圆圈。小贩和其他几名商贩只觉得眼前虚晃，鼻尖一凉，几秒钟后才反应过来，那是铁棍扫过了自己的鼻子，后背顿时密密匝匝出了一层冷汗。

"咚！"叶珩收起铁棍，往摊桌上一捣，眼中桀骜不驯："我就来劲了，怎么着？"

　　小贩想说什么，可是身边的"兄弟"商贩们都默默地坐了回去。他终于泄了气，从腰中钱包里掏出一张钞票："给！这是你刚才给我的。"

　　唐爱赶紧将那一百块钱收了回来，并确认了右上角的折痕。叶珩收起一身凌厉，搂着她往校门口走去："亲爱的，我们下馆子去。"

　　"放开我。"走出三五步，唐爱使劲推开叶珩的手。叶珩追上去："唐爱，我什么都答应你，你要怎样才能跟我合作？"

　　唐爱咬了咬牙："没可能！"

　　"你要是不答应，我就赖在你宿舍楼下不走了。"叶珩笑得无赖。唐爱当然不肯屈服，没好气地说了句"你随意"，就转身走进了医学院。

　　叶珩一笑，将手插在裤兜里，跟着唐爱走进学校。走到宿舍楼下，素妮正好打水回来，一看到唐爱和叶珩，忍不住惊呼："唐爱，他是谁？新的追求者？"

　　"走，别理他。"唐爱拉着素妮快步走了。一口气上了三楼，唐爱才说："他不是谁，就是个无赖。"

　　"这年头，无赖也长这么好看了吗？"素妮忍不住犯花痴。

　　唐爱无语，"脸即正义"这句话果然没有说错。她将背包往凳子上一放，哼了一声："长得再好看，也是无赖！"

　　为了躲避叶珩，唐爱连食堂都没去，晚饭用一碗泡面草草打发了事。到了晚上8点左右，她走到阳台上，试探地往楼下一看，发现叶珩居然还没走。

　　夜灯昏黄，将叶珩的身影照得更加颀长。来往的女生不约而同地注视着他，简直挪不开目光。而叶珩毫不在意，兀自低头玩手机。

　　可能是有所感应，叶珩猛然抬头，正对上唐爱的目光。唐爱一惊，赶紧往回退了两步，可是已经晚了。

　　叶珩将手拢在嘴边，高声喊道："谢谢关心！唐爱，你不下楼，我不走，我等定你了！"

　　许多女生从阳台伸出头来，指着叶珩低声议论。还有大胆的女生冲着他喊："帅哥，你等不到她，你就等我吧！我这就下楼！"

　　"抱歉，我非等她不可！"叶珩半开玩笑的回答，顿时引起了女生们的咯咯笑声。

"无耻!"唐爱听着这一唱一和,红了脸。

素妮眼冒红心,几乎要变成一摊水软下去:"太浪漫了!唐爱,你赶紧抓住黄昏恋的尾巴,不然马上就要毕业了!"

"这种公子哥也就三分钟热度,等腻味了,他跑得比夸父还快!"唐爱走进卫生间,换上一套睡衣,然后将换下来的衣服放在水盆里,"素妮,我去洗衣服了,过一个小时你再帮我看看他走了没有。"

这栋宿舍楼全部住着女生,一层楼里大概有四十间宿舍,每一间都配了阳台和卫生间。但是为了方便女生们洗漱,走廊的正中央还有一个大水房。许多女生都会在夜间来水房里洗衣服。

因为今天是周末,所以宿舍里的学生很少,水房里更是静悄悄的。唐爱走进来的时候,发现水房里一个人也没有。

白炽灯的光惨白惨白的,照得水房有些阴森。靠墙的一排水龙头静静地立着,有的没有拧紧,滴下水珠,发出的声音响在这静寂的夜里,竟让人从骨缝里往外冒冷气。

唐爱的心顿时揪成了一团。她甚至有些后悔,刚才就应该亲自下楼打发走叶珩。虽然叶珩不正经,可听他逗乐,也好过此刻在水房里心生恐惧。

她支起耳朵,听到不远处的寝室里传来隐隐的音乐声,才松了一口气。真是神经过敏,这是自己生活了快五年的地方,有什么好怕的?

唐爱摇了摇头,将水盆放到水槽里,拧开了一个水龙头接水。她全然没有注意到,水房的门晃悠悠的。

时间逼近晚上11点,上完晚自习的学生都回了宿舍,整个校园彻底安静了下来。这座南方小城昼夜温差特别大,此时夜露降临,空气有些湿冷,刺溜溜地钻进人的骨子里。

叶珩跺了跺脚,望着唐爱宿舍的阳台自言自语:"还不下楼,真狠心啊。"说完，他摇头笑了笑："这一点，特像我。"

宿管大妈看不过去，拖着肥胖的身躯出来劝叶珩："小伙子，回去吧！你这样的我一个月能见四五个，死缠烂打的都没什么戏。你回去了，说不定那姑娘反而想通了去找你。"

她横在面前，仿佛一座肉山，挡住了叶珩的视线。叶珩笑眯眯地回答："阿姨，她才不是那些庸脂俗粉。我不拿出点诚意来，她是不会答应我的。"

宿管大妈不以为然，驱赶叶珩："走走走！"

叶珩躲避着宿管大妈，跳到"肉山"旁边，正看到宿舍楼大厅里多了一个女生身影，顿时一喜："她下楼了！"

"啊？"宿管大妈回头张望，"这孩子我认识，不是你要等的那个姑娘！是她的室友，叫什么来着……"

说话间，素妮已经冲了出来，一脸慌张惊恐。叶珩笑着迎上去："是唐爱让你来的？"

素妮忐忑不安："唐爱不见了！"

宿管大妈的"肉山"一抖，嗓音直接蹦高了几十分贝："你说什么！到底怎么回事？"

"8点钟的时候，唐爱去水房洗衣服，我在宿舍里看电影。结果到了这个点还没回来，我就去水房找她，发现她衣服也没洗，人却不见了，就给她打电话，但是打不通！然后我回了宿舍，从阳台上看到……"素妮指了指叶珩，"看到他还在楼下等，就知道唐爱没下楼。于是我赶紧去其他宿舍找，都说没看到！"

宿管大妈疑惑："她去其他楼层了吧？"

"三楼住的是我们护理系，其他楼层的唐爱不认识，不可能去！再说她穿着睡衣，能去哪儿啊？"

宿管大妈瞪圆眼睛："啥！人就这么找不到了？可能晕倒在哪个旮旯了！失踪24小时才能报案……"

"有证据表明对方有人身安全问题的可以随时报案。"叶珩打断了宿管大妈的话，面色严峻。

素妮吓得一个哆嗦，赶紧掏出手机打电话。短短数秒，叶珩已经箭一般地冲进宿舍楼里。冲上台阶的时候，他头脑里不断循环一句话，唐爱不见了……

剩下的就只有琐碎的片段，每一帧都是唐爱。她微笑的样子，她生气时蹙起的眉，她工作时专注的样子，全都从叶珩眼前一一滑过。

叶珩难以置信，几乎要怀疑这一切都是唐爱设下的骗局，素妮是帮凶，好骗他离开。他一直都站在宿舍楼门口，根本没看到她出来过，她怎么会失踪？

可是，唐爱确实不在宿舍。四人间的宿舍，因为临近毕业，已经有两人搬走了，整个房间显得有些空旷。夜风从阳台窗户吹进来，扬起落地窗帘，没一丝人影。

"啊啊啊，这是女生宿舍，你进来干吗？"有穿睡衣的女生从隔壁寝室走出来，看到叶珩立即大叫。

叶珩没理她，左右看了几眼，迅速锁定了走廊中间的水房。他向那女生大喊："都别过来！"然后就冲了过去。

水房里空无一人，窗户紧紧锁着，只有一盆待洗的衣物，旁边还放着一瓶洗衣液。地上有一摊水渍，从安装有水龙头的墙边一直漫延到另一边。这是当初装修工铺地面没有铺平整，水龙头那边的地面要高一些，导致废水不能好好地淌入下水口，总是流到对面去。

叶珩呆呆地看着那摊水渍，一动不动。

不知道站了多久，叶珩身后响起一阵嘈杂的脚步声，素妮、宿管大妈和几名警察冲上来。林密走在最前面，一眼就看到了叶珩。结合眼下的情景，她第一个念头就是叶珩是个可疑的人。

林密二话不说，迈开大长腿，敏捷地跃到叶珩身后，闪电般地去拉他的胳膊。眼看下一秒钟，她就能使出过肩摔，将叶珩摔到地上。叶珩却突然转身，避开林密的攻势，往墙上一靠，淡淡出声："警察不能乱打人。"

"你想破坏现场？"林密不客气地质问。

素妮赶紧弱弱出声："警察同志，他不是坏人……"

"他是唐爱的追求者。"宿管大妈笃定地回答。

林密这才看清楚叶珩的脸，立即记起了叶尚新车祸事件。她让身后两名警察去调查宿舍那边的情况，然后冷冷地对叶珩说："原来是叶小公子，你上次还说，你和唐爱是恋爱关系呢！怎么唐爱的室友说，你只是个追求者？"

叶珩反问："这是我和唐爱两个人的事，难道警察也管这个吗？"

"好，我不管。我们要勘查现场，闲杂人等必须离开。你走吧！"

叶珩恍若未闻，扭头问宿管大妈："请问，除了楼下的正门，这栋宿舍楼有没有其他出口？"

宿管大妈摇头："还有一个安全通道，但是从一楼到六楼都锁着。"

"立即联系警卫处，调查监控记录，看看绑架者有没有留下蛛丝马迹。"叶珩以命令的语气说。宿管大妈点头如小鸡吃米："好，我这就联系。"

林密更加不悦，紧盯着叶珩："喂！你是警察还是我是警察？这才刚到，你倒是已经下结论说这是绑架案了。"她转而看向素妮："唐爱平时的精神状态怎么样？有没有抑郁厌世倾向？"

素妮吭吭哧哧地说："她也没太反常，就是……有些敏感吧，其实她还是挺外向的一个人。"

叶珩接过话头："别乱猜了，唐爱不可能自杀，也不可能玩捉迷藏。这就是一桩绑架案！"

林密眼神更加不友好起来。

叶珩指着地上的水渍说："这盆衣服刚接了半盆水，按理说不会洒出来，可是地上却有不少水渍，说明绑架者从背后袭击唐爱，唐爱端着盆挣扎，导致水洒在地上。再看，从水渍这里到门口，没有留下任何带水的脚印。越是干净就越是不正常，说明嫌疑人特意清理过现场。"

林密蹲下身来，摸了摸水渍，然后将手指放到鼻子下嗅了嗅："水里没有洗衣液，说明唐爱刚到水房就遭到了袭击。绑架者不是即兴作案，是早有预谋，但是不是随机绑架还不好说。"

"不是随机绑架，他就是冲着唐爱来的！"叶珩加重了语气，"林警官，请立即调来更多的警力，绑架者应该很凶残！"

林密挑起细长的眉，轻蔑地看着叶珩："我会认真办案，但是叶小公子，你未免也太武断了。你说说，为什么不是随机绑架？"

　　早在之前的车祸案里，林密就已经把唐爱的情况调查了个彻底。父母都是高知，无仇家无过节无黑历史，人际关系简单清白，家境没有优渥到能随便拿出几百万当赎金的地步。唐爱既没有人品差的前男友，也没有疯狂迷恋她的变态追求者。所以到底是什么人，有什么动机，会绑走唐爱这种普通女生呢？

　　叶珩语塞，他自然不能将寿蜗的事和盘托出。他皱了皱眉头，寒声说："林警官，反正这就是针对唐爱的，有计划有阴谋的绑架！如果你不信我，你将成为警界的一个耻辱。"

　　林密火了："狂妄！难道你的分析就一定正确吗？"

　　"那当然，我的方向没错的。"叶珩一脸理直气壮。

　　林密气得心头滴血，努力正了下胸前的警徽，才让理智占了上风，没有当场踢死叶珩这个浑蛋。

**Chapter 4**

# 绑架者的精神乐园

这是一个巨大的地狱，不断地吞噬一个又一个的人。然而久居地狱，并不能让她忘记人间的模样。

仔细勘查了现场，林密等人没有发现任何指纹和脚印。水房外面的走廊里倒有不少脚印和划痕，但没有采集的价值。

　　叶珩和素妮配合警方梳理了唐爱所有的人际关系，最后也只找出唯一和唐爱发生过冲突的人，就是那个差点黑掉唐爱一百块钱的小商贩。

　　就在林密思考要不要带来那个小商贩询问的时候，叶珩开了口。

　　"别白费力气了，那个小商贩的智商不足以让他设这个局。"叶珩不耐烦地说，"我要去看监控视频。"

　　此时已经快凌晨一点，唐爱的去向他们依然没有头绪。叶珩感到太阳穴突突直跳，他想不通，究竟是谁绑架了她。

　　要启动时间循环吗？

　　唐爱离他很远，所以他的能力受限，只能循环回12小时之前。即便是这样，救回唐爱也是足够的了。可是这样做的话，他就收集不到有用的信息，无法解开绑架者的真面目。

　　叶珩深切感到了煎熬的滋味。上一次这种痛苦的感觉出现，还是在亲生父亲的葬礼上。

　　伴着灵堂里飘来的哀哭声，年幼的叶珩走向家门。一步，两步，最终他停了下来，迷惑地看着靠墙堆着的一排花圈。花圈上扎满了黄白相间的纸花，挽联被风轻轻扬起，上面的毛笔字飘逸洒脱。这是一个人生命中最后的盛景，何等的悲哀凄凉。

接着，有人冲了出来，告诉他发生了什么样的噩耗，然后在他的头上和胳膊上绑上白色孝带。

年幼的叶珩被人领进家门。他看到母亲跪在地上痛哭不已，忽然脸色僵白，居然晕倒在地上。

从那开始的每一分每一秒，都很煎熬。

"喂，你没事吧？"林密的声音将叶珩的思绪拉回。叶珩下意识地搓了搓鼻子："没事，我刚才在思考案情。"

"哦，抹鼻子这个动作在心理学上表示你在撒谎。"林密当仁不让。

叶珩没搭理林密，目光紧紧地盯着屏幕。听说学校里有人离奇失踪，岗亭忙不迭地调出了唐爱所住的宿舍监控视频。

监控视频加快了十倍的速度，画面上的身影在飞快地移动。只是越看下去，叶珩的心情就越沉重。

监控录像里，进入水房的女生有五个，唐爱是倒数第二个进去的，时间大概是晚上8点5分。最后一个进入水房的是素妮，她是去寻找唐爱的，神情慌乱，做不得假。除了唐爱，所有人都从水房里出来了。

林密心里震惊无比，这居然是一桩密室失踪案。她直接下了命令："带走监控视频，把24小时以内的录像全部看一遍。我就不信，这个绑架者有飞天遁地的本事！"

"也拷贝我一份。一周以内，从一楼到六楼所有的监控视频都给我！"叶珩掏出了优盘。

林密翻了个白眼："最重要的是案发当天的视频！叶小公子，你就别在这儿充当福尔摩斯了，好吗？"

"我不信任你们，你们的能力太差，距离报案已经过去这么久了，你们却毫无进展。"叶珩一副不讲理的模样。

林密皱起秀气的眉头："叶小公子，我理解你的心情，但现在距离报案只过去了一个多小时，一顿火锅、两集电视剧的时间！"

"但是每一分钟，唐爱都身处危险之中。"叶珩将优盘丢给保安，一身痞气再也掩藏不住，"快拷贝。"

林密气得又正了正警徽。


　　唐爱从黑暗中醒来，惊恐地发现自己被绑得结结实实，嘴上也粘了胶带。
她不敢吭声，努力睁大眼睛，却看不见一丝光线。

　　她有过昏迷前的记忆，一只手从背后伸过来，将一块乙醚手帕捂在她的鼻
子上。她使劲挣扎，可是身后的人力大无穷，将她按得死死的。混乱中，她踢
到了水盆，可是并没有将水盆踢翻。

　　之后，她就什么都不记得了。

　　唐爱回忆那块手帕上乙醚大致的浓度，计算出自己昏过去的时间。如果她
的计算没有失误，现在应该是凌晨两点左右，城市里最安静的时刻。她如果想
要自救，至少也要等到天亮。

　　突然，黑暗中发出一声吱嘎声，有人从椅子上站了起来，一步步向唐爱走
来。足音冰冷粗钝，如锤子，一下下地击打在她的神经上。

　　唐爱吓得浑身一抖，呜呜地叫着往后面退去。她想抬腿，可是就连双脚也
被绑得结结实实的。

　　那人走到她跟前蹲下来，伸手摸着她的脸。那只手没有老茧，皮肤细滑，
但手指粗长，体温较高，说明这是一个男人。

　　一个没有帮凶的绑架者。

　　唐爱在吓得瑟瑟发抖之余，还是判断出了一点信息。她看不到自己的蜗形
线，不知道自己此生还剩下多少时间，但她的求生欲望很强。如果她能活着出
去，一定要将这个绑架者绳之以法。

　　男人的力道越来越重，唐爱咬着牙不吭声。黑暗中，他的呼吸越来越重。
忽然，手指往下滑去，往唐爱的衣领里伸去。

　　唐爱终于崩溃了，一滴眼泪落了下来。就在这时，男人的手停住，并收了
回去。

　　衣袖被人一把掀起，接着皮肤微凉，唐爱心中大惊。这个人，居然在给她

酒精消毒。一波惊诧尚未过去,唐爱就感觉那人小心地按了按她手肘处的静脉凸起,接着刺痛传来,他居然在抽自己的血液。

这是要把自己的血液抽干吗?唐爱惊恐到了极点。

然而过了五六秒钟,刺痛消失,那人拔下了针头。唐爱困惑不解,脑中念头闪现,思考着到底是什么人会对她的血液感兴趣。不料,又是一块乙醚手帕捂了过来。她挣扎了两下,就脑袋一沉,失去了意识。

监控室内,林密紧紧盯着监控视频。在她旁边坐着一名年轻警察,也在看着电脑上正在播放的视频画面。

"这个水房建筑结构简单,除了门后几乎没有任何藏身之地。而且每天都有人进进出出,绑架者要想在水房里躲上一天以上的时间,简直是不可能的。"林密沉吟道,"叶珩为什么要看一周以内的监控视频?"

"头儿,有发现!"年轻警察抬头说,"傍晚6点23分38秒有跳帧现象!"

林密迅速走过去,盯着电脑屏幕:"再看!"

这一段跳帧现象只有短短十几秒的时间,看上去很像是摄像头故障。林密不肯放弃,沉声说:"看晚上8点以后的视频。"

两人屏住呼吸,死死盯着电脑屏幕。果然不出她所料,晚上8点开始的第8分钟21秒有跳帧现象!

谁都没说话,继续盯着屏幕。又过了八分钟左右,监控视频又轻微地跳动了一下!

"停!"林密命令。

年轻警察立即敲了下键盘,画面静止了。

"难怪粗看的时候没发现问题,这个视频是被动过手脚的。"林密冷笑。

年轻警察噼里啪啦地敲打键盘写着代码,过了一会儿才说:"医学院的监控使用的是IP摄像头,HTTP服务器一直都有漏洞,估计是被黑客远程操控

了。这两次跳帧第一次发生在傍晚6点23分，第二次发生在晚上8点零8分。现在初步判断，6点23分，绑架者进入了水房并躲藏起来。8点零5分左右，唐爱进入水房，绑架者迅速向监控系统发送了一个远程代码执行，更改了摄像头的信号来源，让监控画面静止不动。然后，绑架者对唐爱实施了绑架，并迅速将她转移！由于这一层楼大部分是毕业生，周末很少有人回来，所以走廊上无人行走也是正常的，导致保安没有及时发现异常。最后就造成了唐爱进入水房后就再也没有出来的假象。"

林密冷哼一声："只有八分钟……看来这个黑客手段熟练，在八分钟以内就绑走了唐爱。能查到他的踪迹吗？"

"查不到访问的IP，历史记录都被删除了，看来这个黑客隐藏很深啊。"年轻警官敲了敲键盘，无奈地说。他叫小武，因为在队里年龄排行第五，所以大家干脆称呼他为"小五"。

"那就调取从宿舍楼到门口的所有监控，同时进行大面积的排查，看看有没有什么人发现可疑的事情。我就不信这件事他能办得天衣无缝，没有破绽！"林密攥起拳头。

此时，天已经蒙蒙亮，晨光熹微。林密和小五熬了一个通宵，脑袋昏昏沉沉的，可是她还是强打精神，垂眸思索。

就在这时，门口忽然响起了一个声音："依照刑法第二百三十九条第一款的规定，犯绑架罪的会被处以十年以上有期徒刑或者无期徒刑。林警官，你以为绑架者会没考虑到这个后果，留下蛛丝马迹让你们抓吗？"

林密循声望去，只见叶珩站在门口，头发蓬乱，双眼通红，看起来像是也熬了一夜。

"呵呵，叶小公子又来妨碍公务？"林密冷笑。

叶珩开门见山，从口袋里掏出优盘："我昨天在附近网吧里过了一夜，终于发现了线索。"

林密半信半疑地瞪着他："就凭你？"

"就凭我。"叶珩以手为梳，扒拉了下蓬乱的头发，"我问过宿管大妈，她告诉我，这一周都没有发现任何可疑人物。也就是说，绑架者很可能是住在宿舍楼里的人，或者经常进出这栋女生宿舍楼，才没有引起宿管大妈的注意。”

“这一点你不说我也知道。”

“想必你们已经知道，绑架者黑了监控视频，让摄像头没有拍下关于他的影像。”叶珩一笑，“那么问题就很清楚了，他就是那个经常出现，却在昨天没有出现过的人！”

林密内心震惊，她也想过这个排查方法，可是这栋女生宿舍楼至少住着好几百人，等她排查完毕，估计唐爱早就被绑架者撕票了。

“我已经查完了。”叶珩扬手将优盘扔给小五，“我把这一周内所有的视频都快看了一遍，记录下了每一个学生在本周出现的次数。”

小五立即用电脑打开优盘，发现里面有一张Excel表格，标题是“女生宿舍”。他一喜：“你效率真高，真的查完了！”

可是当他打开表格，立即黑脸。

林密感到奇怪，凑过去一看，一张脸也红得发烫。那表格里的确列举了所有出现在监控视频里的学生次数，可姓名都用代号来记录，什么“丰乳肥臀1号”“清秀佳人”“306室的萝莉宝宝”“32B”“飞机场女”……

“捣乱！”林密咬牙切齿，“你正经点行不行！”

叶珩一脸无辜，眨巴了下眼睛：“咳咳，这样容易辨认嘛！重点在最后一行，你们看重点行不行！”

林密往下一扫，看到最后一行写着“清洁工大叔”，对于他的记录，前面六天都出现过一次，可是在昨天，他没有出现！

她脑中电光石火，一个答案浮出了水面。

“一个每天都会去水房、走廊拾掇垃圾的人，偏偏在昨天没有出现过，这分明有鬼。”叶珩似笑非笑地说，“这个清洁工大叔推着的垃圾车上有一只大桶，可以放不少垃圾，也能放下一个人。”

更重要的是，没有人会注意一个清洁工。

林密眉头一拧，叮嘱小五：“立即联系校方，查出这个清洁工是谁！”

“我已经去找过他了，他的出租屋里没人。”叶珩将优盘从电脑上拔下来，"要不然我在这里跟你们废话半天做什么？出警啊！"

"哎，你什么态度？"小五青筋直暴，拍案而起。林密及时地按住他的肩膀，示意他冷静下来。她眼睛里酝酿着愤怒，语气却是异常平静："既然叶小公子提供了线索，我们就别耽误时间了，尽快行动。"

那名可疑的清洁工很快就被查明了身份，他叫马从永，90年代的医学院大学生。本应该是天之骄子，但是他却因为在校恋爱而被开除了学籍，一时经受不起打击得了精神病，终日徘徊在学校附近。后来校领导于心不忍，看他精神病好了许多，让他留校做了清洁工。

更离奇的是，后来马从永表现良好，除了负责学生宿舍楼的卫生，还老往图书馆里跑。管理员看他可怜，默许他使用电脑。据路过他座位的同学们说，他的电脑上都是DOS语言。

对于黑客而言，DOS语言是基础技能。

林密心里更有底了，继续问："他有手机吗？"

教务主任摇头："没有。"

"那他住哪里？"林密表情严峻起来。

教务主任指了指不远处的工地："那边有个简易工棚，实验室盖好了就一直没拆，就是他目前居住的地方。他之前啊，还住地下室呢！"

林密一眯眼："走！"

绑架者不会把人质藏在自己的住处，一旦搜到证据，就可以对他进行通缉。

可是当林密闯入那间简易工棚之后，并没有发现他的踪迹。工棚里都是很普通的摆设，门口有一只电磁灶，墙边立着一只布面柜子，墙上是一个布满污垢的空调，墙角放着一张小床，上面铺着脏得看不见颜色的床单。

"搜！"林密下令，小五和几名警察立即四处搜索马从永的住处。

林密看到桌子上放着一套玻璃茶具，忙招呼身后的痕迹鉴定员："提取一下这套茶具的指纹。"

她继续打量着这间屋子，心里的疑虑一点点地浮上来。蓦然，她从桌子上立着的一面大方形镜子里看到，叶珩此时斜靠着门框，两手插在裤兜里，正用一种奇怪的眼神看着她。

桃花眼总是会给人笑意微浮的感觉，但如果那眼睛里盛着疏离、戒备甚至厌恶，给人的感觉就十分诡异。

林密悚然回身，想看清楚叶珩的表情，叶珩却扭头就走。她追上去："你去哪儿？"

"我是闲杂人等，当然要该干吗干吗。"叶珩笑嘻嘻地说。

林密心头一沉："不对，你不是唐爱的追求者吗？她失踪了，你比谁都着急！这会儿怎么突然像个没事人儿了？"

叶珩一脸不耐烦，撇了撇嘴才说："林警官，这么简单的道理你还要问我。我这会儿走，是因为我不喜欢唐爱了嘛！"

林密目瞪口呆："你说什么？"

"我为她着急上火，为她熬通宵找绑架的人，那都是因为我喜欢她！但是她从来都是给我冷脸看。刚才我想了又想，觉得挺没劲的。说不定唐爱这会儿已经被撕票了，我为个死人忙活什么呢？"叶珩耸耸肩膀。

"渣男！"林密突然冒出一腔无名火，"你凭什么说她死了？根据我们的办案经验，失踪后的24小时是黄金解救时间，这还没过一半！"

叶珩哼笑一声，并未接话，扭头就往外走。林密怒不可遏，跨步上前，五指成爪，牢牢抓住叶珩的胳膊，狠命一扭！叶珩也练过几招，赶紧回身破招，可是林密不依不饶，拽住他的肩膀一用力，将他狠狠摔在地上。

"啊！"叶珩重重倒在地上，惨叫连连。小五从工棚里奔出来，拼命拦住林密："头儿！别冲动啊！"

林密气得脸色铁青，瞪着叶珩却没说话。叶珩被人扶起来，喘了一喘才笑道："行啊林警官，这回没失手。"

"你要是没事，就赶紧走吧，我们这儿还要继续办案子。"小五开始驱赶叶珩。

叶珩掸了掸身上的土，吊儿郎当地说："我会走的，我就是好奇你们林警官啊。我昨天态度那么恶劣，她都没打我，怎么看我这会儿要劈腿了，气得拿出了看家本事。我猜测啊……"

他一抬眼，看着林密暧昧地笑了笑："林警官肯定被男人甩过，有心理阴影。"

林密气得又要上前，被几名警察死死拦住。叶珩转身，悠闲地往校外走去，一边走一边伸出手挥了挥，算作告别。

"你说，今天要真的把人摔出毛病来，可就麻烦了。"

"头儿今天也太冲动了。那叶公子再不是个东西，也轮不到咱们教训啊。"

"你不知道，头儿两年前真的被人甩过……"

"啊，有这事？"

"嗯，都谈婚论嫁了，结果订婚当天换了新娘……"

窃窃私语在身后此起彼伏，汇聚成一股股浪潮，向林密冲刷而来。林密走出工棚，抬头看了看刺眼的阳光。

"车呢？我要回局里。"

林密突如其来的命令，让小五有些发蒙。他迟疑地问："头儿，不再查查吗？痕迹科刚收集完指纹和脚印……"

"不用了。"

"啊？那收队吗？"

"别废话。"林密目光凌厉。小五赶紧打电话，让警车先过来一趟。他一边打电话，一边感慨，自己的头儿估计真的被叶珩气昏头了，居然案子查到一半就要走。

五分钟后，小五刚发动车子，就听到坐在后座上的林密说了一句："车子开慢一些，到双忠路中段的小吃店门口停一下，然后继续开，开回局里，什么也别说。"

"为什么？"小五惊讶，"头儿，你太不正常了，到底怎么了？"

林密似乎也很苦恼，低着头捏着眉心不说话。小五就不忍心再问了。可能……头儿不是被叶珩气昏头了，她是直接气傻了。

到了双忠路中段，小五将车子慢慢停了下来。林密二话不说，拉开门跳了下来，然后甩上车门，往小吃店门旁的一条巷子走去。小五不敢耽搁，继续开车。

这条巷子很逼仄，仅够两三人通行。墙上用水泥灰写着一个大大的"拆"字，头顶上电线密密匝匝地缠绕着。这是一个即将要拆迁的废弃居民区。

林密小心翼翼地走到一个十字路口，突然看到拐角处闪出一个人影。她冷冷地看着，那人正是叶珩。

他已经换掉了那身白色运动衣，取而代之的是一身普通的T裇和牛仔裤，纨绔气质一扫而空，整个人显得严肃冷峻。

"来了。"叶珩淡声打招呼。

林密斜眼看他："叶小公子，你有毛病吧？"

就在半个小时之前，她实在忍不住愤怒，在医学院里给了叶珩一个过肩摔。可是没想到，叶珩在落地的一瞬间，往她手心里塞了一张小字条。

当时林密心跳如鼓，慌忙将那小字条塞到裤兜里。等到没人注意的时候，她才展开那张小字条，上面居然是叶珩的笔迹，约她来这个小巷子里见面，有重要的事情相谈。

她犹豫过，怀疑过，几乎以为这又是花花公子的一个风月伎俩。可是最终她还是抵不过好奇心，准时赴约。

"我只是想找一个没有监控的地方。那个黑客很厉害，很可能会操控摄像头来监视我们。"叶珩解释。

"原来你在演戏，叶影帝。"

"我怕打草惊蛇，害了唐爱。"

林密认真看着叶珩的眼睛，确定他不是在骗人，才语气笃定地说："行，你说吧，到底发生了什么？"

"首先，我误导了你们，马从永不是绑架者。"叶珩说。

"我知道。"

其实从看到工棚里的那一刻起，林密就开始动摇先前的判断。一名准备充分的绑架者，一个技术高超的黑客，这种身份的前提条件必须是：有钱。

可是马从永太穷了。林密本来以为他是装穷，但看到工棚里的生活痕迹之后，她确定马从永不具备绑架唐爱的条件。

就说一点，他绑架了唐爱，把她藏哪儿？

再说动机呢，马从永肯定是为财，他为什么不打勒索电话？唐爱的父母在非洲听说这事，急得守着手机不敢眨眼，可是他们到现在都没有接到来自绑匪的任何电话。

至于马从永的失踪……林密猜测，马从永嗜酒，前两天刚发了工资，说不定他现在在哪个角落里烂醉着呢！

"对，马从永不是绑架者，但我不是故意扰乱你们视线的。"叶珩俊逸的脸上满是担忧，"昨天我在网吧，刚刚查出清洁工的问题，就接到了绑架者的电话。他要我把怀疑的方向引向马从永，否则就撕票。我那时候才发觉自己大意了，绑架者比我们想象的更可怕，他攻击了摄像头，监控了我。"

"你？"林密几乎不敢相信自己的耳朵，"绑架者联系你了，找你要钱了？"

叶珩摇头："没提出金钱要求，他要的是我这个人。"

林密更觉得是天方夜谭："绑架者脑子进水了吧，你这种人有什么价值？要你，还不如要一只绣花枕头。"

她越说，脸上笑容越是明显。林密先前的郁闷心情一扫而空，能够怼到叶小公子，爽！

叶珩一脸不自在，但还是继续说了下去："绑架者打来的电话我查了，是用网络通话软件拨的，IP地址也隐藏了。"

"以防万一，我还是会让技术队查一下的。"

叶珩点了点头："总之，绑匪要我一个人去一个地方，他才肯放了唐爱，还不能报警，否则立即撕票。"

林密很爽快："行，地址告诉我，我亲自暗中保护你。为了以防万一，我还要监听你的电话。"

叶珩将一张字条交给林密："这是地址。"然后他又拿出了一只牛皮纸信封："这个是我的遗嘱。"

遗嘱?

林密无语,接过那个厚厚的信封,目测里面的遗嘱至少五千字。她立即对叶珩刮目相看,讪讪地说:"不会出意外的。"

"你不懂,绑架者要的可能是我的人,也可能是我的命。"叶珩脸上浮起似是而非的淡笑,"但不管他要什么,我都会赴约,争取收集和绑架者有关的信息。"

"你……"林密忽然感觉自己看不透叶珩,"你真的不怕死?"

叶珩轻笑:"我怕死,但是遇见了一个就算死也要救的人。"

本来他是不必写遗嘱的,毕竟他有金色蜗牛,但凡发生危险,只要将时间循环回去就可以了。可是绑匪给他打电话,第一句话就是:"叶珩,我知道你有特殊能力。"

绑匪的声音已经经过了变声,显得粗哑干瘪,像地狱魔音。叶珩倒是很镇定,问:"你怎么知道?"

"因为我也有同样的能力。"

叶珩只觉得一兜冰水从脊背灌下,不过他依然很冷静地说:"我不信这世上有第三个人有这种能力,话说,你就是绑架唐爱的人吧?"

那个声音很爽快地承认了:"是我,你想救她吗?"

叶珩问:"怎么救?"

"我要你去个地方。你放心,我绝对不会伤害你。但如果你不赴约,或者敢报警,那么你将见到唐爱的尸体。无论你将时间循环多少次,我都会不惜一切代价,杀死她。"

电话到这里,就被人挂断了。对方并没有给叶珩多余的时间,仿佛已经认定他会作何选择。

也就是这一刻,让叶珩下定决心一定要将这个绑架者绳之以法。他是暗处的一颗毒瘤,不找出他的真面目,永远会被他牵着鼻子走。

而找出这个人的作案动机，就能跟着挖出他的身份。

"林警官，遗嘱里分割的财产还有你的一份。不多，只是想让你在我每年忌日能帮我买瓶黑啤。"叶珩收回思绪，叮嘱了林密一句。

林密看他的眼神像看一个疯子。

叶珩见过太多这样的眼神，已经见怪不怪。或者说，这十来年里，他早就活成了一个疯子。

他提步往巷子外走，忽然听到身后的林密喊："等一等，我能问你一个问题吗？"

叶珩停步，回头看林密。

林密的目光里带着审视："你似乎对我有很大成见，本来我以为那是你在演戏，但是后来觉得有一部分来源于你的真实情绪，我能问问为什么吗？"

叶珩意外地挑了挑眉，却没有立即回答。他低头看地上布满苔痕的青砖，足足沉默有几十秒，才说："我的亲生父亲是自焚而死的。"

林密愕然。

"每个人都言之凿凿地告诉我，我父亲自焚是因为偷了东西东窗事发，怕丢面子。所有的证据也都指明，他就是畏罪自杀。可是我不信，于是我报了警。"叶珩一字一句地说。

林密觉得胸口十分压抑，半晌才说："然后呢？"

"然后，警察问我要证据。我就告诉警察，我的心相信父亲是好人，他一定是被坏人害死的。当时我只有七岁，报警是一个孩子最后的稻草，我那么渴望别人能相信我，帮助我。"叶珩眼眶微微泛红，"你也是警察，你应该知道结果是什么。"

林密十分尴尬："叶小公子，我很同情你的父亲，但是如果你要为父亲平反，首先就要举证。法律是相信证据的，我们警察也不能听你的一面之词……"

"我知道，罗生门每天都在发生，要让别人相信自己，就必须拿出证据。我也知道，并不是你们不肯帮我，而是我没有真凭实据。"叶珩忽然向林密走过去，牵起她的手放在自己胸口上，"因为世界充满了谎言，所以没人信我一心赤血。可是，无法撼动的相信，难道不比证据更有可信度吗？"

透着薄薄的针织布料，林密感觉到扑通扑通的心跳从手掌一直传到心里。她忽然下定决心，抬眼看着叶珩说："你现在还想为你父亲平反吗？"

叶珩静静地看着她，没说话。

"无论时间过去多久，就算是已经结案了，只要有疑点出现，我都可以帮忙申请重新审理。"林密也同样用坚定的语气说，"我要让你知道，不是你一个人心里有赤诚！"

说话时，她目光炯炯，神情坚定，不可摧毁。

尽管眼前的年轻人冒犯过她许多次，但她总是能够在他的眼睛里发现一丝别人没有的坚持。为了这份坚持，她愿意为他做一些事情。

可是叶珩松开手，表情瞬间变得淡漠疏离："不用了，要解决这个问题，只能用我自己的方法。"


一个小时后，叶珩独自驾车来到了指定的地点。这是一处烂尾楼，楼址不错，选在城郊的一个湖畔，形成一个聚宝盆的风水格局。可惜开发商资金链断裂，好好的一个楼盘只起来一个架子，已经一年了还没找到接盘资金。

叶珩开着车绕了烂尾楼一圈，才将车停在楼盘前的空地上。下车后，他张望了下四周，将手机掏了出来。这里距离城区很远，只有周末才有人来这里钓鱼，今天工作日，周围看不到半个人影。

他眯着眼睛仰头看面前的这座烂尾工程。楼体基本起来了，灰突突的，没装墙面和电梯，脚手架都没拆干净，从下往上看，依稀可以看到楼层的中间位置有个黑衣人影。

叶珩数了数，那个人影位于十五楼。

手机响起，叶珩低头看屏幕，发现来电还是用网络拨号打来的。他嘲讽地一笑，点开绿键："我到了，你在哪儿？"

手机里的声音依旧沙哑难辨："你真的敢只身前来见我，不要命了。"

"雾中走棋，智者大忌。与人对弈，要想赢面大，就得看清楚棋盘和棋路。"

"那好，我就在十五楼，你上来，我们下盘棋。"

"唐爱呢？我要听她的声音。"

"她很好，只要我们合作愉快，她就能回家了。"神秘声音说。

"在合作之前，我必须要知道唐爱在哪里，毕竟那是我深爱的女人。"叶珩斩钉截铁地说，"别考验我，我其实不怎么有耐心。"

对方静默了足足五秒钟，才重新开了口："唐爱在南七地铁站里。如果你配合，她很快就能回家。"

说完，手机里传来一阵短暂的杂音，之后就响起了嘈杂的人声和脚步声，以及地铁进站时的呼啸声。

叶珩立即判断，绑架者的背景音一直很干净，现在却突然出现了地铁音，如果不是耍人，那这个地铁音应该来自唐爱身上的监听仪器。

"唐爱现在昏迷着，只能做到这样了。叶小公子，你不要挂断电话，根据我的提示走到十五楼来，我们谈谈。"地铁的声音消失了，神秘声音重新响起。

叶珩呵呵笑了两声："撒谎，你没有在楼上！上面那个向我招手的是什么玩意儿？稻草人？"

十五楼上的人影，原来只是一个商业用的人形广告纸板。叶珩恶狠狠地向人形纸板做了一个"去死吧"的手势。

手机里的声音终于开始底气不足："你是怎么知道的？"

叶珩冷笑："刚才我绕了这个烂尾楼一圈，扔下了几个网络屏蔽器。既然你是用网络拨号软件跟我沟通，那你现在应该打不通电话才对。"

手机里一片静默。

叶珩挂断电话，快速后退到车旁，一把拉开车门跃到驾驶座上。他迅速发动车子，掉转车头。

林密的电话就在这时打了进来。叶珩迅速接听，还没说话，里面就传来了林密的喊声："从监听情况来看，你现在非常危险！"

"先救唐爱！我尽量逃，逃不掉的话，你别忘了我的遗嘱！"叶珩丝毫没有放慢速度。

林密冷气连连："我马上派人过去。"

"来不及了！"叶珩大吼一声。

尾音尚未完全消散，身后就传来一声惊天动地的巨响。轰隆隆的巨响声中，一股强有力的气浪从后方掀来。叶珩只觉得车子飘起，接着重重地落在地上，手机应声而落。

"叶珩！你怎么样！"林密在手机里连问。

叶珩喘了喘气，回头看后方，只见烂尾楼的一侧已经被炸裂开来。他也不管林密能不能听到，只是高声喊："小爷我没大事，只是差点被炸死而已！你快去救唐爱！"

又一声巨响，火球腾空而起，无数碎石和砖块从空中砸落。叶珩听到车顶上咚咚乱响，一踩油门，车子疾驰而去。

"居然暗算老子！"叶珩愤愤地砸了下方向盘。他原本还心存侥幸，以为对方只是觊觎自己的能力，不会要他的命。现在看来，对方的目的很简单——要他死。

那个绑架者为了炸死他，诱惑他进入烂尾楼，还叮嘱他不要挂断电话，就是想要他接收不到任何警告信号，乖乖受死！

"浑蛋！"

到了南七地铁站，叶珩一跃跳进入口。工作人员立即上来阻拦："哎哎，你没买票！"

叶珩理也不理，拨开人群冲进了地铁等候区。悬挂的液晶屏显示，距离下一趟地铁到来还有两分钟。

此时是中午11点，距离唐爱失踪快15个小时了！

如果再找不到唐爱，就算他启动时间循环，也来不及回到她被绑架前的那一刻！

可是如果他将循环的初始时间点定到24小时之前，可能会引发心脏麻痹。短短几天里启动两次超过24小时的时间循环，他可能真的会死。

手机响了。

叶珩快速接听，林密的声音传来："叶珩你别冲动，我已经通知了邻区的支队，马上就到！"

"来不及了。"

"叶珩！"

叶珩挂断了电话，闭上眼睛长吸一口气。

等候区很长，人也很多，叶珩一溜儿望过去，却没有发现唐爱。虽然早已预料到这是绑匪放出来的假信息，但他还是有点沮丧。

然而就在这时，有人发出一声惊呼："铁轨上有人！"

叶珩心脏突突猛跳，迅速冲到护栏跟前。果然，黑洞洞的隧道口附近，有个穿粉色睡衣的女人背对着躺在铁轨上。那个纤细的背影，长到蝴蝶骨的头发，叶珩简直太熟悉了。

他想也没想，翻身跳下铁轨。

人群彻底乱了，像潮水般后退，只有几个人肷着胆子上前观望。有人大喊："回来啊！危险！车来了！"

叶珩充耳不闻，飞快地跑过去，将躺在铁轨的那个人拉起来。那个人脖子上挂着一条项链，链坠是黑色的小圆盒，应该是个监听器。

可是刚接触到她的第一瞬间，他的心就凉了半截。

这不是人类的皮肤，这是硅胶！

他将她翻过来，果然看到一个用硅胶做的假人，连五官都没有。就在这一刹那，劲风扑来。

这是城铁到来前的征兆。

叶珩抬头，看到隧道被城铁车头的灯照得雪亮。

"嘀！"城铁发出了一声尖锐的汽笛声。

唐爱猛然睁开眼睛，触目是一片雪白。没等她回过神，耳边就响起了一声惊叫："哎呀！"

她扭头，看着地面上的高锰酸钾发呆。紫红色的液体流了一地，很像浓稠的血液。有人蹲下来，一边收拾残局，一边责怪："唐爱，你怎么啦？神不守舍的。"

唐爱怔怔地问："今天星期几？"

"5月5号，周六呀。"宋汀歌瞪圆眼睛，指了指墙上的日历，"你晕头啦？刚才还念叨着周六是楚主任做手术的日子。哦对了，这会儿手术已经开始了，希望楚主任成功吧。"

唐爱抬头看时钟，现在是中午12点。她回到了被绑架的前一天！

是叶珩开启了时间循环吗？

唐爱快步往外走去，宋汀歌一把拉住她："唐爱，你去哪儿？等会儿护士长要来查岗的。"

唐爱没回答，扭头就往外走去。她心里兜着无尽的戒备和恐惧，只想尽快见到叶珩。

蓦然，她停住脚步。

迎面而来的人们，手臂上渐渐露出了一个又一个的蜗形线，散发着淡淡的银白色光芒。这逐渐亮起来的光芒，在唐爱眼里，像夜幕降临时一盏盏亮起来的街灯，瞬间让人心安。她不由得感慨，这还是自己第一次以劫后余生的心情目睹这番情景，千思万绪同时涌入脑海，却形同乱麻。

下一秒钟，她看到了叶珩。他明显是飞奔过来的，头发有些汗湿，胸膛起起伏伏，微微喘着气。看到她安然无恙，叶珩停住脚步，长舒一口气，拨拉着头发笑了。

唐爱也不知道哪里来的冲动，扑上前一把抱住了叶珩。她闭上眼睛，贪婪地感受着他的体温和气息。这充满红尘味道的一切，都让她感觉安全。

叶珩愕然，之后坏笑一声，伸手也将唐爱抱住："啊哈，你这是终于被我帅到了吗？"

"别说话！"唐爱将头埋得更深。叶珩感到胸前有一股湿意，知道她哭了，便低下头轻声说："别怕，有我在，你死不了。"

　　她却哭得更凶了，肩膀一抖一抖的，只是死命地将呜咽咽回腹中。叶珩收了笑，严肃下来，用手轻轻地抚摸着她的头发，算作安慰。他迟疑地问："唐爱，他……没有伤害你吧？"

　　唐爱摇头，呜呜咽咽地说："黑，很黑……什么声音也没有。"

　　她像只受惊的小猫，收起了爪子，一头钻进她认为最温暖最安全的怀抱。叶珩只觉得心口最柔软的地方被挠了一下，痒得难受，面上却云淡风轻地说："那就是关黑屋子了，这有什么。我上高中那会儿不听话，我二妈把我关仓库里。停电了，我什么也看不见，老鼠在角落里啃花生的声音我都能听见。后来她去跳舞了，把我给忘了，我在黑屋子里足足待了三四天……"

　　"后来怎么了？"唐爱抬起头。

　　叶珩笑着说："我从仓库里找了些吃的，死扛着就是不呼救。后来她终于想起我了，赶紧开门。我装死，吓得一家人乱成一团。等我二爸狠狠打了二妈一巴掌，我才睁开眼睛。"

　　唐爱扑哧一声笑了出来，擦了擦眼角。

　　"你们在做什么？"护士长严厉的声音突然传来。唐爱一惊，看到护士长冷着一张脸走过来。她这才发现众人都在默默地看自己，赶紧去推叶珩，叶珩却将她抱得更紧。

　　短短一秒钟，唐爱在脑海中准备了许多检讨理由。可是没等到她开口说第一个字，就听到叶珩呻吟一声，大半个身子歪在唐爱身上。

　　"护士小姐，赶紧扶我去看医生，不然我要疼死了。"叶珩换表情如同变戏法，五官恨不得都拧成一团。不知内情的人看上去，还真的以为他重病加身，下一秒就要晕倒。

　　护士长走上前，冷冷地问："挂号了吗？"

　　"挂了挂了。"叶珩从裤兜里掏出一张号单，"我吐血了，真不知道我受了什么内伤！"

　　"你以为是演武侠剧啊？还内伤。我估计也就是肠胃的毛病。"护士长转而看向唐爱，"扶他去看医生。"

　　唐爱猛点头，扶着叶珩就往里面走。拐了一个弯，刚脱离护士长的视线，叶珩就直起腰，嘿嘿笑了笑："刚才要是嘴里嚼点车厘子，效果就更逼真了。"

"可能吧。"唐爱闷闷不乐地坐下。叶珩跟着坐过去，歪着头问她："他除了关你黑屋，还做过什么没有？"

唐爱摸了摸胳膊，喃喃地道："我醒过来的时候，他抽了我一管血。"

"血？"

"我昏迷的时候，他就在旁边等着，非要等我醒过来再抽……"唐爱又陷入了恐惧之中，"为什么？他为什么要绑架我？"

这个问题也是叶珩百思不得其解的。他蹙紧眉头，眸光渐渐深邃，顿了顿才说："算了，不想这个了。总之，你今天不能回学校，太危险，就在医院里待着。我也守着你。"

"他会再出现吗？"唐爱惶惶然如惊弓之鸟。叶珩心里早已有了答案，面上却笑容和煦："你放心，他是冲着我来的，目标不是你。如果必须有人死，也是我死在你前面。"

唐爱更是害怕："你胡说什么，你可千万不能死。"

"好，我不死，你让我死的时候我再死。"叶珩温声说，"你应该还有半个小时午休吧？到时间了我们出去吃饭，我知道附近开了家米其林餐厅，主厨我认识，味道很正。"

唐爱忙说："不用了，我就吃医院的食堂就好。"

叶珩想说什么，看到她怯怯的眼神，忙改口："行，就依你，我跟着你吃食堂。"他知道，人在恐惧的时候，越是待在熟悉的地方，就越能产生安全感。

"你吃得惯吗？"唐爱有些担心。

叶珩自信满满："肯定比我家公司的食堂差，不过都是食堂，应该差不到哪里去。再说本来就是陪你，有什么吃得惯吃不惯的？"

"真的？"

"真的。"叶珩笃定地说。

然而半个小时后，叶珩就发现，他完全高估了自己的承受能力。面对餐盒里的饭菜，他完全没有任何食欲。

这份餐品虽然号称营养餐，可是搭配很奇怪，色香味不全，菜底还浮起泛着油光的汤水。叶珩一边腹诽，一边用筷子搅着米饭。

"你怎么不吃？"唐爱问。

叶珩赶紧吃了一口米饭，皱着眉头将一块红烧肉扔进嘴里："太美味了，我都舍不得一次吃完。"

"别掩饰了，你根本吃不惯。"唐爱不以为然地说，"你就是吹牛，包括你之前说自己关黑屋的事，也肯定都是吹牛。"

"关黑屋不是吹牛。"

"我就不信，你能在黑暗里熬上三四天时间。"唐爱说着，又有些黯然伤神，"黑暗里有很多东西，不仅仅是饥饿渴困，还有孤独和压抑，不可能有人熬得下去。"

就像十年前，她被困在海岛上，四周一片漆黑。如果不是身边有叶珩，她估计早就精神错乱了。

叶珩放下筷子："想知道我怎么熬过来的吗？"

"说。"

"是假想光，你也可以理解成阿Q精神。"叶珩垂眸看着碗里的米饭，"当时，我一遍遍地说服自己，没关系，妈妈会来救我的。起初我说服不了自己，可是谎言说的次数太多，我就真的信了。妈妈在我心里就是一束假想光，只要假想被光芒笼罩，那么无论关我多久的黑屋子，我都不怕。"

"那你妈妈去救你了吗？"

"都说了是假想光，你听得不认真哪。"

唐爱这才记起，叶珩描述的时间段里，他已经被叶家收养，那肯定是亲生父母都去世了。

"怎么不说话了？"叶珩问。

唐爱尴尬地咳了两声："刚才……不小心吃到了一个超辣的青椒。"

叶珩知道她在掩饰什么，一笑："原来我的伤心事，在你这里等同于一个超辣的青椒。"

　　唐爱更不自在："戳穿我干吗，咳咳，我这不是不知道怎么接话，找了个台阶吗？"

　　叶珩语气平淡："你之所以觉得尴尬，是因为在你眼里我一定很惨。可是唐爱，你要是再被关黑屋子了，能像我一样假想光吗？"

　　唐爱认真地在心里盘点了一下，发现能够成为假想光的人，还真的没有。再看她和叶珩的情况，还真的不一样。叶珩没有亲生的兄弟姐妹，所以他受到的爱是独一无二的。而自己的爸妈虽说对自己很好，但不是最好，毕竟她还有个妹妹唐佳佳。

　　爱一旦不是独一份，一旦分了手心和手背，一旦可以退而求其次，就难以让被爱的人有排除万难的信心。

　　唐爱叹了口气，拿起水杯，跟叶珩的酒杯碰了碰："没想到跟你比阿Q精神，我输了。"

　　叶珩端起酒杯一饮而尽，然后定定地看着她："没关系，你可以把我当成假想光。"

　　"你？"

　　叶珩一字一句地说："我愿是你的光，无论是假想的，还是现实的。"说话时，他漂亮的桃花眼里盛满了温和的笑意。唐爱有些恍惚，一瞬间居然忘记了面前的男子是个风月老手。

　　果然，他下一句就开始跑偏："你什么时候变成飞蛾扑过来都可以，我随时躺平。"

　　唐爱瞪他一眼："躺一万年吧，反正我也不会过去。"

　　"谁知道呢，女人总是口是心非。"

　　"你想太多了。"

　　"你要是改名叫'太多'，那我乐意每一秒都想。"

　　唐爱深呼吸一口气，在心里表示投降，不打算再多争辩一句。论无耻，她比不过面前这位叶大少爷。不过经过这一番插科打诨，她原本恐惧紧张的心情倒是渐渐舒缓下来。

吃完饭，唐爱在医院一直忙到下午五点多。叶珩就坐在走廊的休息椅上，大部分时间都在打游戏，可是每当唐爱看他，他都会抬起头，向她露出一个宠溺灿烂的笑容。

"哟，唐爱，那个人是谁呀？他在看你呢。"同事用胳膊肘捅了捅唐爱，一脸八卦的表情。

"一个病患。"

"他看着很健康啊，哪里有病？"

唐爱想了一下，认真地回答："作风有病，爱拈花惹草。"

不过怼归怼，唐爱不得不佩服叶珩，他每次抬头的时间都刚刚好，正好和她目光相对，就跟他有第三只眼睛一样。

终于，她忍不住了，等到稍微清闲的时候，走到他面前问："为什么我每次看你，你都正好抬头看我？你不是在玩游戏吗？"

叶珩将手机扔到半空再接住，笑呵呵地说："当然是心有灵犀一点通啊，你也可以理解为用爱发电。"

"喊！"唐爱嗤了一声，转身回了护士站。从初相识的那一刻起，叶珩嘴上就不离"爱"这个字。可是一个游手好闲的花花公子，他所谓的爱要么是见者有份，要么根本没有。

叶珩站起身，正要打算跟上去，忽然眼角瞥见宋汀歌匆匆忙忙赶了过来。宋汀歌脸色凝重，走到护士站里，拉住唐爱就说："糟了……"

"手术失败了。"唐爱接过话茬。

"你都知道啦？"宋汀歌意外地挑了挑眉毛，"这会儿，院长正在训楚主任呢，太招人心疼了……"

唐爱赶紧打断她的话："我下班了，再见。"

"你急什么，也不差这一会儿啊……"宋汀歌一头雾水。唐爱只是摇头，匆匆走开，走到电梯口才停住脚步。她回头，看到叶珩跟在身后。他眼睛里不起波澜，目光却很有穿透力，仿佛看穿了她的心思。

"第二次经历这件事，你应该心如止水才是。"叶珩说。

唐爱摇头。

寿蜗改变了她对这个世界的认知。这是一个巨大的地狱，不断地吞噬一个又一个的人。然而久居地狱，并不能让她忘记人间的模样。

"别安慰我，我明白自己的问题，是我想太多。"唐爱走进电梯，"叶珩，不用跟着我。"

叶珩站在电梯口没动，等到电梯门快要关上，他却飞快闯了进来。唐爱想要将他推出去，已经来不及。

"你！"唐爱瞪眼。

叶珩居高临下地看她："等抓到那个绑架你的人，你才有资格一个人静一静。"

"他在学校，不会来医院的。"

"那个人不是一般地难对付！"叶珩加重语气。

唐爱心乱如麻，默默地低下头。

她知道叶珩是对的，在这个节骨眼上，那个绑架者随时都可能出现，可是她就是没办法完全保持冷静。

电梯下了两层，叮的一声徐徐开启。之后，电梯里走进了三名乘客，唐爱下意识地后退避让。可是当她抬头看清楚来人，全身血液瞬间冲向头顶。

唐佳佳和叶家父母站在电梯里，怔怔地看着唐爱和叶珩。叶珩刚才还嬉皮笑脸的，这会儿工夫，表情已经严肃凝重下来。

只是短短数天不见，叶夫人和叶家明都像老了十岁。

失去至亲的起初，人们其实并没有从心里真正接受事实。等到往事尘封，岁月枯寂，寂寞一点点蚕食内心，人们才意识到，那个人真的走了。

唐爱在心里唏嘘，两位老人一定每天都生活在煎熬之中。她开始在脑中打起了草稿，等会儿要说些什么样的话来安慰。

可是她很快就发现，自己想多了。

五个人十双眼睛，互相望着彼此，心中的纠葛一下子就打成了死结，然而表面上还要做全礼数。

叶珩不咸不淡地打了个招呼："爸，妈，你们来医院看望嫂子啊？"

叶夫人皮笑肉不笑地回应："人在医院当然是来看望病人的，不是来鬼混的，这里也不是鬼混的地方。"说着，她鄙夷地扫了一眼唐爱，漠然转移目光，显然将唐爱与叶珩归为一类。

气氛顿时有些尴尬。叶家明觉察出不妥，解围般地拍拍叶珩的肩膀："小珩，你也很久没回家了。不如今晚回家吃饭，陪陪你嫂子。"

叶珩笑嘻嘻地说："谢谢爸，不过今晚有人命关天的事儿，还真回不去，改天，改天啊。"

这番回答引起了叶夫人的不满，她愤愤然："到底不是亲生的，心肠就是不一样，怎么焐都热不了！"

她眼底有泪光划过，肯定是想起了叶尚新。叶珩收了笑，显出一身肃冷，却识相地没有出言反驳。

在这样敏感的氛围里，唐爱事先构思好的安慰言辞再也没法说出口。她只好看向唐佳佳，发现唐佳佳低头站着，一直都很沉默。

唐爱见唐佳佳不再抵触自己，小心翼翼地问："佳佳，你身体现在怎么样了？怎么不在病房里，出来了？"

"下楼拿个片子，没问题了就办理出院手续。"

唐爱心头顿沉："佳佳，你要是出院，我就接你回咱们家。等爸妈从非洲回来，我们再商量你上学的事，说不定能让校方网开一面。"

唐佳佳尚未接话，叶夫人已经哼笑出来："我们叶家的媳妇当然是回叶家，还上什么学啊。小爱，以后想妹妹了就来这边玩，别当自己是客人。"

"毕业证不能不拿，佳佳以后还要在社会上立足。"唐爱听着叶夫人的话不对劲，有些戒备。

"佳佳出去工作简直是丢我们叶家的脸！要我说，肄业就肄业吧，多少大人物都是肄业。佳佳，你就安安心心在家里，要什么有什么，我们叶家养你一辈子。"叶夫人不以为然。

唐爱心中顿时烧起一把火。

这都什么年代了，还有人脑袋里装着"读书无用论""嫁是某家妇，死是某家鬼"的思想？这摆明了是要扣住唐佳佳，让她守一辈子寡呗！

"叶阿姨你真是说笑，佳佳还年轻，以后肯定要去工作的。"唐爱搂住唐佳佳的肩膀，示威地向叶夫人抬了抬下巴。唐佳佳低着头，不知道是认同，还是麻木，居然没有任何反应。

叶夫人不急不忙地问："佳佳，你说你想回哪儿？"

一晃许多天过去，唐佳佳锐气全无，只是低头站着不说话。唐爱又是心疼又是气愤，抓住她的手。没想到，唐佳佳突然打了个哆嗦，使劲去掰她的手："姐，你松手，别这样。"

两人都用了力，唐佳佳死命地抽回了手，结果袖子一下子捋得老高。唐爱猛然看到了唐佳佳手腕上的蜗形线，顿时愣在原地。

电梯就在这时开了，唐佳佳在叶家明和叶夫人的保护下走了出去。唐爱急忙往外追："佳佳！"

"姐，别管我了！"唐佳佳突然喊了一声，回头看着电梯里的唐爱，眼眶红得像只兔子。

说完，唐佳佳转身离去。她走得很快，像是在逃。

唐爱去按电梯开关，还想追出去，却被叶珩一把拉住："你还不知趣？人家都那样说了！"

"放开我！我要去找佳佳问清楚！"唐爱挣扎，伸手就要去按楼层。那毕竟是她的亲妹妹，她不能放任不管。

叶珩闪身挡住数字板，冷冷地说："你冷静点，现在不是管别人的时候。你可能被绑架，我也可能死，知道吗？"

唐爱咬了咬牙，终于收回手，颓然靠在电梯厢壁上。

**Chapter 5**

# 伊甸园的亚当和夏娃

图兰朵公主说，你说你爱我，那你愿意为我去死吗？

接下来的一个小时里，叶珩变成了一张狗皮膏药。他一直躺在走廊里玩手机，但只要唐爱走出护士站一步，他就会立即一跃而起跟在身后。

护士站旁边两三步的地方有一个输液大厅，专门留给一些急诊病人挂点滴，唐爱经常要过去换药。可是就这么一个有着落地玻璃门的地方，叶珩都不放心，也要跟着过去。

有老婆婆眼神不好，眯着眼睛瞅唐爱身后的叶珩，问："护士姑娘，你转正啦？我看你都开始带新来的男护士了。"

唐爱哭笑不得，刚想解释，叶珩已经抢先回答："我是她的病人，她负责治疗我，所以我得跟着她。"

老婆婆笑得很八卦："开玩笑的吧，我看你哪有病人的样子。"

话音落地，唐爱就觉得整个输液大厅里都向他们投来暧昧的目光，扎得她浑身不自在。

换完药，唐爱走出输液大厅，劈头就怼起了叶珩："离我远点！隔着玻璃看一眼得了，有必要跟着进去吗？"

叶珩弯下腰，让自己的目光和唐爱平视，笑得甜腻："不是怕你有危险，是想你了，不行啊？"

"没正经。"唐爱气恼。

"这已经是我最正经的样子了。"

叶珩油盐不进，唐爱没办法，也只能瞪他一眼，重新回到护士站整理病历。她打开电脑，逐一核对病历情况，注意力却无法集中。

一个多小时前，她见到了唐佳佳，从那以后心里就没平静过。其实有一个秘密，她思虑再三，也没有对叶珩说出口。

那就是，唐佳佳怀孕了。

就在电梯里的时候，唐爱看到了唐佳佳手腕上的蜗形线，居然出现了两条，一大一小！

蜗形线代表着一个人这辈子所拥有的时间。而当胎儿长出胎心，就表示他已经成了一个真正的生命，孕妇的手腕上会再出现一条小蜗形线。

唐爱心里很乱。

之前她多多少少听媒体报道过，叶尚新葬礼之后，叶家明昏倒两三回，和叶夫人一直在医院接受治疗。现在他们起床接唐佳佳出院，那肯定是知道了唐佳佳怀孕的事情。

无论叶家做过什么样的事，她都很同情叶家，毕竟他们刚失去挚爱的儿子。可是对于唐爱而言，唐佳佳也是她的至亲。她不能眼睁睁看着唐佳佳前途尽毁，被要挟生下孩子，一生落拓。

终于，唐爱在心里做了决定，和同事打了声招呼，然后起身离开了护士站。

叶珩又开始发挥狗皮膏药的特质，赶紧起身追了上去。唐爱忍无可忍，回头不客气地说："叶公子，我要去卫生间，难道你也要跟着去吗？"

"我上男厕，你总不能让我憋着吧。"叶珩理直气壮，"憋着的后果特别严重……"

"我是护士，你不用详细说。"唐爱立即侧身，扬起胳膊示意叶珩走在前面，"要不你先请。"

叶珩撇了撇嘴："你看你，我这不是怕你出意外吗？"

唐爱翻了个白眼，不说话了。叶珩终于投降："行行行，我在门口等你，你快去快回。"

说完，他往卫生间对面的墙上一靠，活像一尊门神。

唐爱顿时浑身轻松，快步走进女厕所。她并没有进隔间，而是一直走到尽头，打开另一扇门。

叶珩并不知道，这层楼卫生间的设计有两个出口。

唐爱有些愧疚，可唐佳佳的事很快占了上风，一个疑惑在她心头盘旋不去。唐佳佳真的做好当母亲的准备了吗？

到了神经内科住院部，唐爱首先到护士站询问。经过查询，唐佳佳果然还没有办理出院手续，唐爱大大松了一口气。

到了病房，唐爱一眼就看到唐佳佳坐在病床上，一脸怏怏。病床旁边放着一只粉色大皮箱，应该是住院这段时间的行李。

"佳佳。"唐爱轻声喊了一声。

唐佳佳抬头，看到是她，声音立即哽咽了："姐……"

仅仅一个字，姐妹两人之前的龃龉和不快瞬间烟消云散。唐爱忍不住心疼起来，赶紧走过去："佳佳，你真的想好自己的未来了吗？要不要等爸妈回来商量一下？"

唐佳佳沉默着摇头。当一个熊孩子温顺下来，八成是遇到了自己解决不了的棘手问题。

"孩子几个月了？"唐爱冷不丁地问。

唐佳佳猛然抬头，难以置信地问："你怎么知道？"很快，她又神经质地垂下脑袋："对了，你肯定知道。你以前就是一副看透世事的模样，我就讨厌你这样。"

"你是不是打算把孩子生下来，为了叶尚新？"唐爱不动声色地问。

唐佳佳低声说："他们没打感情牌，直接跟我谈钱，弄得我好像是个见钱眼开的人。可能我真的是这样的人吧……总之只要把孩子生下来，我就能拿到叶氏企业的股份。"

"我对他们不感兴趣，我只想知道你是不是真的决定这样做。"唐爱盯着唐佳佳。

唐佳佳耸了耸肩膀："别紧张，姐，不就是生个孩子吗？"

"要做一个决定，首先要想万一失去了，你能不能承担得起。"唐爱冷静地分析，"假如叶家只想要孩子不要你，假如他们用孩子绑定了你以后的人生，假如你遇到了喜欢的人，可是叶家让你这辈子只做叶家儿媳，你怎么办？"

唐佳佳愣了。

顿了顿，她低下头忽而一笑："想这么多太累。不过我现在就能回答你，我不想要孩子。可是我又能怎样呢？我的人生已经结束了。"

"说什么傻话，你可以去完成学业，工作，继续你的人生。"唐爱微微皱眉，"唐佳佳，走上正轨吧，你和叶尚新的婚姻原本就是一场闹剧。"

唐佳佳怔怔地看着唐爱，似乎在犹豫。唐爱更是心疼，还想再说，忽然身侧掌风凌厉，有人使劲将她推到一旁。

"啊！"唐爱被推得一个趔趄，差点摔倒在地。她扶着另一张病床，才勉强站直身体。

叶夫人手里拿着几张发票和手续文件，气得浑身发抖："什么叫婚姻是一场闹剧？你就是没安好心，要佳佳打胎呗！"

"我没有！我只是让她从负责任的角度，考虑下自己的未来。"唐爱辩解。

叶夫人冷笑："说的比唱的好听，还不是一个意思？趁我还没发火，赶紧滚！我们叶家不是你能惹得起的！"

她咄咄逼人，恨不得每一个字都打到痛处。唐佳佳看不下去了，从床上下来，小声地说："妈，我姐不是那个意思……"

"佳佳，别蹬鼻子上脸。"叶夫人斜眼看她，"这个孩子要是没了，你应该知道下场是什么。"

唐爱气结，走上前质问："你在威胁我们吗？"

"对，就是威胁。"叶夫人压低了声音，眼神也狠厉起来，"逼急了我，我可控制不住自己，杀人也说不定。"

唐爱打了个寒战，心头生出一阵恐惧。

叶夫人的眼神是那样锐利，像动物世界里护崽的母狮，戾气尽显。更何况，这还是一头曾经失去过孩子的母狮。


叶珩在女厕门口等了二十分钟，还没见唐爱出来，渐渐沉不住气了。他拨打唐爱的电话，结果没人接。

他拉住一个刚从女厕里出来的中年女人："拜托帮个忙，帮我进去喊个人，她叫唐爱。"

中年女人重新进女厕，一分钟后又出来："里面没有叫唐爱的。"

"怎么可能呢？我亲眼看到她进去的。"叶珩怀疑。

"那我就不知道了，反正里面没有叫唐爱的人。"

叶珩没再问什么，提步就往里面冲。中年女人一把抓住他："变态啊你？闯女厕所！"

"起开！"叶珩不管不顾地冲进女厕所，立即引起了一阵阵尖叫。厕所里的女人们争先恐后地往外冲，还尖叫着变态。

叶珩又高声喊了几声唐爱，并没有得到任何回应。他疯了一样地推开每个隔间，发现里面都空无一人。

一直走到最里面，他才看到了另一个出口。那个出口正好通向电梯口，电梯打开，人们挤了出来。

叶珩如遭雷击，呆呆地看着那个出口。


地下停车场里，电梯叮的一声开了。

楚轩平率先走出电梯，右手拖着一只蓝色的大皮箱，左手拎着一只鼓鼓囊囊的挎包。他从来都是来去生风，神采奕奕，可是今天却倦容满面，眼睛里充满了血丝。叶夫人和叶家明跟在他身后走出电梯，唐佳佳走在最后面。

叶夫人感激地说："谢谢楚主任，听说你刚做完手术，还没怎么休息呢，就帮我们拿行李。"

叶家明也说："是啊，这段时间佳佳没少麻烦楚主任。"

"没什么，医生专用电梯人少下得快，我正好要回家，送送你们，纯粹举手之劳。"楚轩平笑得克制有礼。

叶夫人也报以微笑，同时回头给唐佳佳递了一个眼色，暗示她也要客套一下。偏偏唐佳佳是个不怎么会聊天的人，憋了半天才说："楚主任，听说你上午有台手术失败了。"

叶家明和叶夫人同时倒抽一口冷气。

楚轩平有些尴尬，抬手推了推眼镜："是的，病人情况有些复杂，可是这台手术使我积累了很多经验。"

"是啊，现在医生不好当，医生也不是万能的！再说了，生死有命富贵在天……"叶夫人一边说，一边使劲向唐佳佳挤眉弄眼。

唐佳佳却没接收到叶夫人的"信号"，看了一眼楚轩平拖着的皮箱，说："所以你现在拖行李回家，是被医院炒鱿鱼了吗？"

楚轩平剧烈地咳嗽起来。

"对不起楚主任，孩子年轻不懂事，整天乱说话。佳佳，赶紧道歉，怎么说话呢！"叶夫人此时总算体会到了一个网络热词：尴尬癌。

楚轩平却很快恢复了常态："没关系，佳佳心直口快，也不是故意的。不过我得解释一下，我经常在医院加班，这箱子里的东西都是要换洗的被褥和衣服。"

说着，他将拎包放在皮箱上，从口袋里掏出车钥匙按了一下，身后一台黑色汽车顿时车灯闪亮，解锁了。

叶夫人识趣地从楚轩平另一只手里接过拎包，连连道谢："谢谢楚主任，还劳烦你拎包。"

"没什么，举手之劳。"楚轩平打开后方车门，将皮箱放在后座上，然后坐进驾驶座，"再见。"

叶家明和楚轩平客套了几句，让叶夫人和唐佳佳上了车。他刚发动起车子，就看到一人冲到挡风玻璃上，吓得赶紧踩了刹车！

叶珩气喘吁吁，两手撑在车头上，瞪着叶家明。楚轩平原本就要驶出地下车库，见状立即熄了火，停靠在一旁静静地看着。

叶家明下了车，怒道："叶珩，你干什么？"

"唐爱呢？"叶珩劈头就问。

叶夫人摇下车窗，愤愤地说："小珩，别提那个女人了，她居然想害佳佳！我已经把她骂走了。

叶珩没看叶夫人，只是盯着唐佳佳。唐佳佳有些难过，低声说："是的，刚才办出院手续的时候我姐来看过我。"

叶夫人语带讽刺地说："小珩，你怎么胳膊肘往外拐呢？不关心你嫂子，净关心那个居心不良的女人！"

"你们把她骂走之后，她去哪儿了？"叶珩猛然提高了声音。

唐佳佳吓得一缩脖子。叶夫人赶紧安抚几句，下了车开始数落："吵什么吵，谁知道她去哪儿了？小珩，你太让我失望了！"

如果不知道唐爱可能会被绑架，叶珩也不会觉得会出什么问题。可现在电话打不通，人又找不到，他直觉就是唐爱出事了。叶珩太阳穴突突地跳，心里烦躁无比，猛然抬手，往车上狠狠一砸。

叶家明自然不知道叶珩在担心什么，只是语重心长地说："小珩，你妈和唐爱可能有点误会，看在佳佳的面子上，我们和她也不会断了来往。你是不是还在生爸爸的气？我知道上次不该怀疑你，不过我们是一家人，没有隔夜仇，你想通了还是快点回家。"

叶珩没说话。

"我们叶家，如今只有你可以依靠了，我毕竟是你爸爸……"叶家明说着，声音哽咽起来。五十多岁的老人，半生风光，身家上亿，在亲情方面却也不过是个普通人。叶尚新死后，他依然叱咤商界，却永远落下了伤痛。

叶珩嘲讽一笑："其实在我心里，你只是二爸，不是我亲爸，我们算不得一家人。"

叶家明脸色骤变。

叶夫人顿时勃然大怒："你跟他说这么多做什么？他就是个没良心的白眼狼！到底不是亲生的，打他从娘胎里头出来，就带了那个女人的刁钻……"

"闭嘴，给我回车里。"叶家明冷冷地打断了叶夫人的话。

叶夫人气得咬牙，却还是无奈地回了车里。

唐佳佳顿时心生好奇，低声问："妈，你说的那个女人是谁？"

"还能是谁？小珩的亲生母亲呗。"叶夫人望着车外的父子俩，语露轻蔑，"当年她是校花，谁承想后来成了一个笑话。"

"什么意思？"

"那个女人、你爸爸，还有叶珩的爸爸，当年都在同一所大学读书。她长得漂亮，是你爸的梦中情人，不过人家眼高于顶，看不上你爸爸，却选择了叶珩的爸爸。谁能想到几年之后，她的丈夫因为盗窃罪畏罪自杀，自焚啊……"

唐佳佳捂住嘴巴，难掩震惊。叶夫人顿时后悔起来："哎呀，你看我这张嘴，你现在是特殊时期，不能听这些的。"

叶夫人恨不得立即扇自己几个耳光。叶尚新走后，她浑浑噩噩地躺在床上，自杀的念头都动过，是唐佳佳腹中的孩子让她重获新生。如果这个孩子再有个三长两短，叶夫人真的有可能吐血而亡。

"我没事，那后来呢？"唐佳佳追问。

叶夫人仔细观察唐佳佳的脸色，确定她没事后，才又说："后来还能怎样，她郁郁而终，撇下小珩一个人。你爸爸还是念旧情的吧，看小珩没其他亲人可以投靠，就让小珩回了叶家，还帮他改了姓。我当初就说，上梁不正下梁歪，小珩肯定好不到哪里去。你爸非不信！就是看着那个女人的面子……唉，白眼狼啊！"叶夫人一边感慨，一边唏嘘。

唐佳佳认真听完，若有所思。

十米外，楚轩平两手放在方向盘上，静静地看完了这场冲突。眼镜后的两道目光犀利无比，他轻蔑一笑，踩下了油门。

黑色汽车立即发动，向地下车库的出口方向行驶而去。

地下车库很快归于一片静寂。

叶珩望着父亲的汽车消失在拐角处，用大拇指擦了擦嘴角的鲜血。一向容他三分的叶家明，终于被他的态度激怒，狠狠打了他一巴掌。

"你打我多少下，我都无所谓。"叶珩自言自语，"因为你给我巴掌，我想给你的，却是刀。"

他低头往地上吐了一口血沫，往事像播放电影一般，在眼前来回晃动。

那一年，爸爸去世，妈妈很快就病倒了，每天都在房里昏昏沉沉地睡觉。一天，七岁的叶珩放学回家，为了不打扰妈妈，他悄无声息地打开了家门，蹑手蹑脚地走进房间。

卧室门虚掩着，他刚推开一条缝，就看到叶家明，也就是现在的养父，坐在床边，不顾妈妈的挣扎，将她的手紧紧攥住。

"雅茹，你跟了我吧，一个人带着孩子太苦了！我们大学那会儿你就知道我的心意，现在我什么都没变。"

只是这句情话并没有打动妈妈。叶珩只听到妈妈愤怒地喊："叶家明，你是他最好的兄弟，现在他尸骨未寒，你就来说这个吗？"

接着便是撕扯声和挣扎声。叶珩后退一步，呆呆地望着卧室门。他捂住耳朵，可还是有句话冲击着他的耳膜："他不是你丈夫了，他是个盗贼，还畏罪自焚！"

就是在这一刻，叶珩做了一个决定。他跑到阳台上，将平时拴着的肉仔的脖圈解开。肉仔是一条小型中华田园犬，最是护主，此时它的四条小短腿跑得贼快，眨眼就冲进了卧室。

叶家明的惨叫声传来，叶珩冷冷地笑了。

从那以后，叶家明再也没有来过家里。不过妈妈的病一日重过一日，最后撒手人寰。叶家明再次出现，和颜悦色地让叶珩跟他回家，并改姓叶。

只是搬家那天，叶珩怎么都找不到肉仔了。他跑遍了大街小巷，都没看到肉仔圆滚滚的身影。

"啪嗒！"手机掉落在地。

叶珩像是大梦初醒，忙结束回忆，弯腰将手机捡起。在按开屏幕那一瞬间，屏保图片上的血红玫瑰花刺痛了他的双眼。

当年，他费了九牛二虎之力才找到了肉仔，可是肉仔已经血肉模糊。它躺在阴沟里，灰白的眼球上有苍蝇爬来爬去。

七岁的叶珩站在肉仔的尸体面前，心如刀绞，备感无力。很多时候人们认为的生离，到后来都会变成死别。突然消失是一件多么可怕的事情，谁知道再相见是什么样的场景，什么样的时刻？

就比如现在，他费尽心机都无法阻止唐爱被绑架，无法阻止她突然消失。

叶珩叹气，迅速解锁，拨通了林密的电话："林警官？"

"我是，你是哪位？"林密有些意外。

"我是叶珩，我要报案。"叶珩干脆地说，"青松医院的实习护士唐爱失踪，请立即来这里调取监控，进行实地勘查。"

林密立即精神高度集中，紧声问："她失踪多久了？"

"三十分钟。"

林密："……"

"喂？你在听吗？"叶珩问。

林密深吸一口气，压抑住愤怒的心情，对着手机狠狠地说："叶小公子，别捣乱了行吗？"

"我又不追你，跟你捣什么乱啊？赶紧过来查案，不然唐爱有危险！"

林密问："你亲眼看到她被绑走了？"

"没有。"

"你接到她的求救电话了？"

"也没有。"

"那你凭什么认为她遇到了危险？"

叶珩语塞，半晌才说："你到底过不过来？"

林密直接撂了电话。

叶珩对着手机愤愤地说："要不是看你算个美女，坚决要投诉你！"他皱紧眉头，下意识地捋起袖子，看着手腕上的金色蜗形线。蜗形线动了动，一只金色的蜗牛从皮肤的纹理中浮了出来。

以前只要使用金色蜗形线的能力，皮肤四周就会剧痛。可是自从蜗牛出现，那种痛感就消失了。

他虽然可以随意召唤和驱使金色蜗牛，然而并不开心。如果金色蜗牛是侵入生物，这种现象就说明蜗牛成熟了，和他融合得更加贴切。

下一步呢？是被吃掉，还是被替代？

叶珩收回手，金色蜗牛慢慢降到他的手腕上，重新变回了一条金色蜗形线。他将袖口的纽扣系上，叹了一口气。

叶珩快步走进电梯，按下了唐爱所在科室的楼层。电梯到了之后，他迅速走出，找了一个休息椅坐下，然后打开了手机。

经过他一番拨弄，手机上立即显示出了监控画面。那是40分钟之前的监控记录。

所有人都以为他玩了一下午游戏，但没人知道，他其实一直在偷偷尝试黑进医院监控系统。

画面上，唐爱走进一间病房，大概过了五分钟，叶夫人进去了。又过了两分钟，唐爱被叶夫人推搡着轰了出来。

"怎么比纸老虎还不堪呢？"叶珩不满。他看了一眼时间，这件事发生在半个小时以前，看来唐佳佳并没有说谎。

监控画面继续，唐爱和叶夫人在走廊里起了冲突，开始有护士上前劝架。叶珩紧紧盯着画面，忽然按下了停止播放键。

停止的那一刻，叶珩看到唐佳佳站在病房门口，满脸焦急，似乎也在劝说两人。奇怪的是，她的手居然护着小腹。

这是孕妇的惯性动作。

叶珩立即猜到了一个事实，脸上不知是喜是忧。他又叹了口气，按下播放键，进度条继续前进。画面中显示，唐爱大概不想再和叶夫人争论了，甩开手走向了另一个方向。之后，她就消失在监控画面中了。

这之后的监控记录没有太大价值，基本上就是唐佳佳和叶夫人回了病房，走廊上围观的群众也都四散离开的画面。

叶珩退出播放，又调取了另一个摄像头的监控记录。可是屏幕一直黑着，叶珩觉得不对劲，又拨了一下，才发现这个摄像头居然坏掉了。

"我去！"叶珩从休息椅上一跃而起。偏偏唐爱离开之后，就发生了摄像头故障，这绝对不正常！

叶珩再次拨打了林密的电话，接通后他软声道："林警官，我讲真的，唐爱真的失踪了！"

"证据呢？"

"有……吧。"叶珩的回答不是很有底气。

叶珩久久没听到林密的回答，喂了两声，才发现电话已经被挂掉。他狠狠地踢了墙一脚，懊恼地拨了拨头发。

就在这时，手机响了起来。

叶珩一喜，慌忙接听："我就知道林警官人美心善，不会置人民于水火之中……"

"是我。"一个森冷陌生的声音。

叶珩周身一凛，看了下手机屏幕，心头猛沉。又是用网络通话软件打来的，是那个神秘人！

"你把唐爱绑到哪里了？"叶珩问。

那个声音呵呵了两声："叶小公子这么有本事，能从爆炸现场逃脱，想必你也不必问我。"

"告诉我！"叶珩吼了一声，立即引来周围的人侧目。叶珩快步走向安全通道："废话少说，你到底要做什么？"

"你的声音里充满了焦虑、恐惧和憎恨，看来你很爱唐爱。"

"说重点。"叶珩咬牙切齿。

"好，说重点。"神秘人哼笑一声，"我想测试一下你有多爱唐爱。叶珩，你愿意为她去死吗？"

叶珩一顿，遥远的记忆重新浮现在脑海里。那是乌黑的海岛上，唐爱的声音幽幽地传来……

图兰朵公主说，你说你爱我，那你愿意为我去死吗？

愿意吗？

"如果我去死，你就把唐爱放了？"叶珩反问。

"对。"

"需要我怎么做？"

"去护士站留下自己一管血。然后离开医院，在浴缸里放温水，割腕，很快你会被一种温暖而血腥的味道所包裹，慢慢走向天堂。我给你安排的死法很温柔吧？"神秘人说，"我知道凌晨之前你就能回到过去，所以在那之前完成所有的动作，否则我就杀了她。"

叶珩笑了笑："行，我履行我的承诺，你也要让唐爱好好的。"

"你对唐爱有什么遗言吗？"

"让她记住我是为她而死，就可以了。"叶珩语气淡然。

神秘人哈哈笑了起来："本以为你是个风流坏子，没想到倒是个情圣。来生见，叶公子。"

手机挂断了。

叶珩低头看着手机，黑色屏幕上映出他略带愁容的脸。

护士站里，宋汀歌刚配完药，活动了下背部。她似乎记起了什么，左右看了看，咕哝了一句："奇怪，唐爱怎么还没回来？"

"汀歌。"叶珩喊她。

宋汀歌赶紧走过去："你不是在找唐爱吗？找到了吗？等会儿护士长来，看到她不在岗，那可惨了。"

叶珩答非所问，伸出手臂给她："给我抽血，我病得要死了。"

宋汀歌翻了个白眼，心想唐爱果然没说错，这个叶小公子说风就是风，说雨就是雨。

不过，她很快想到了另一种可能性……

宋汀歌换了副表情，笑得害羞："叶公子，莫非你在撩我？不用这么麻烦，我答应和你一起吃饭。"

"抽血！"叶珩加重了语气。

宋汀歌被这突如其来的一声吼吓晕了头，忙不迭地取出负压静脉采血器，给他消了毒，从手臂上抽取了一管血。

"叶公子，你有医生的处方吗？要化验哪些项目呢？"宋汀歌头脑清醒过来，才想起问这个问题。

叶珩答非所问，将一个牛皮纸信封交给她："帮我保管好，必要的时候拿出来交给警察。"

"啊……这是什么？"宋汀歌一头雾水。

"遗嘱。"叶珩言简意赅。

宋汀歌吓得眼珠子都要瞪出来了，叶珩却转身快步离开。

走出医院，冷风一吹，叶珩的头脑清醒了过来。黄毛眼巴巴地跑了过来，谄笑着说："头儿，你可出来了，我在这里给你守着车可急坏了。"

"车钥匙给我，我出去一趟。"

"老大，你去哪儿啊？"黄毛赶紧奉上车钥匙。

叶珩解锁，坐进驾驶座，长舒一口气才说："殉情。"

汽车绝尘而去，黄毛一脸发蒙地望着远去的车影。

车内。

叶珩一边开车，一边扫了眼放在副驾驶座上的手机。手机上的一个跟踪定位软件显示出唐爱的定位，是在通往城郊的一条主干道上。

他眉头一紧，踩足油门，汽车立即开足马力。

"有人超速！"路边的交警指着叶珩的车大喊。很快，两名交警开着警车向叶珩追去。

叶珩已经全然不顾，丝毫没有减速，而是七拐八弯地超车前行。被超过的车气愤地按起了喇叭，周围顿时变成一片鸣笛的海洋。

好在前方一个路段车辆稀少，叶珩打了一下方向盘绕过前方一辆车，嗖地一下超到了前方。

距离唐爱所在的位置，已经很近了。

"你已超速，停车！"交警追了上来，举着喇叭警告叶珩。叶珩看也没看，再次飙车，将警车甩在身后。

只要五分钟，他就能救回唐爱。

终于，追踪软件发出提醒，叶珩已经接近目标。他抬眼望去，果然看到前方两百米的位置，停靠着一辆黑色比亚迪。

叶珩暗骂一声，将车停靠在路边，狠命将车门一甩，气势汹汹地走上前去，将车窗敲得咚咚响。

车内一对男女正你侬我侬地黏在一起，听到声响立即摇下车窗："你神经病啊？"

叶珩伸手插进车窗里，将车门打开，一把将男人揪了出来："唐爱在哪儿？"

"你干吗，还来劲了是吧？"男人死命挣扎，无奈叶珩手劲很大，怎么都挣不开。叶珩一咬牙，一个错手将他按倒在地："说，唐爱呢？"

车内的女人发出了一声尖叫。

男人呼哧呼哧地说："我不知道……"

叶珩看了一眼后车厢，猛然松开男人，重新伸头到车内，打开了后车厢。女人已经吓得面无人色，在座位上瑟瑟发抖。

叶珩猛然掀开车盖，唐爱并没有像他想象中一样躺在里面。后车厢里塞满了杂物，还有几只礼盒，就是没有人，连根头发也没有。

叶珩不信邪，翻了翻杂物，一只白色手机"啪嗒"一声从缝隙里掉落出来。那是唐爱的手机，5.8寸的屏幕，手机壳上还带着女孩子喜欢的闪钻，大概一个小时前他还看到过它。现在，这手机出现在一台比亚迪的后车厢里，手机的主人却不见了。

他看着那手机，眼睛发直。

就在这时，警车赶到，两名交警跳下，奔向叶珩。男人和女人立即像看到救星一样扑了过去："警察同志，有人袭击我们！"

交警走向叶珩："刚才超速驾驶，现在又袭击，你到底怎么回事？"

叶珩突然扭头，没去看交警，却目光灼灼地盯着男人："这手机怎么会出现在你车里？"

两人吓得赶紧躲到交警背后，大气都不敢出。叶珩只觉得舌干口燥，吼了一声："说啊！"

"我怎么知道这手机谁的啊？"男人不满。

女人愤愤然："莫名其妙！"

叶珩搜索了一下脑中的印象，确实没见过这个男人和女人。他气愤地将唐爱的手机揣进口袋里，抬头望了一眼苍茫的夜色。

12点之前……

地上放置着一盏黑色落地灯，细长的灯颈弯了一个优美的弧度，灯罩里的光亮倾斜在楚轩平的身上。

楚轩平坐在皮椅上，修长的手指摆弄着电脑，电脑里传来沙沙的响声："你给我站住……拘留……你别逃……"

这种声音渐渐低下去，接着是汽车发动的轰鸣声，很快归于一片静寂，只隐约传来叶珩的喘气声。

楚轩平推了推眼镜，白净的脸上浮现出一抹笑容："叶珩应该甩开了交警，驾车离开了……你猜猜，他是回家自杀呢，还是报警呢？"

他的目光挪向办公桌前，唐爱被五花大绑，坐在另一张皮椅上，正惊恐地看着他。

"变态！这是什么？你什么时候窃听的？"唐爱瑟瑟发抖。她没有料到，楚轩平竟是那个绑架她的人。

楚轩平两手交叉，慢悠悠地说："我没打算窃听叶珩，是他刚才在车里发现了你的手机，我才听到了这些声音。"

"我的手机……"唐爱猛然记起了几天前的情景。就是楚轩平在餐厅里向她告白的那一天，她在洗手间附近撞到了一个女人，手机摔在地上，后盖都摔开了。那个女人将手机捡起来，装好后递给她……

是那个女人！

"你监听我？"唐爱愤怒，左右挣扎着想从皮椅上站起来。这么说来，楚轩平告白也是假意，只是想把她引出来，伺机在她身上安装一个窃听器而已。

难怪，他即便被她拒绝，也没有任何情绪波澜。这个骗子！

楚轩平说："不监听你，我怎么知道这世上有这样美好的故事？一个能制造时间循环，一个能看到别人寿命，简直美好得像一个梦境。你们组合起来，能征服世界，知道吗？"

他疯了！

唐爱怔怔地看着楚轩平，忽然看到了他手腕上的一个银色圆点。她顿时想起了上一次被绑架的细节："你抽了我的血？"

"这么美好的能力，怎么能不共享呢？"楚轩平用手指摩挲着那个圆点，"痛是痛了点，但是真是值得。哦，我们的血型都是AB型，我都没有进行检测，就直接输给自己了，那种感觉真是奇妙。"

唐爱闭上眼睛，让自己冷静了几秒钟，才说："如果我没有猜错，你的能力还没有最大化。"

楚轩平定定地看着她。

"我只有在靠近叶珩的时候，才能看到别人剩余的时间。而你却想杀掉叶珩，简直不可理喻。"唐爱轻蔑地说，"他死了，你的能力等于废了。"

楚轩平默默地看着电脑，似乎在思考着什么。

"你现在的能力用处不大，只能说在每次时间循环之后，保留上一次的记忆罢了。"唐爱耸了耸肩膀，"这等于说，让你多活了几次。这能力有用吗？"

楚轩平一笑，露出森白的牙齿："你在劝说我，不要杀叶珩。"

"我说过，他死了，你的能力也无法激发出来。你是医生，应该比谁都想知道病人所剩的时间。"

"有道理。"楚轩平摸着下巴，"可是我事先让叶珩留了一管血液在护士站，叶珩已经没用了。"

唐爱顿时浑身冰冷："什么？"

楚轩平站起身，抚摸着唐爱的脸颊："我等会儿就去一趟医院，把叶珩的那一管血液注射到我体内。他是O型，就是万能输血型，也可能会让我产生不良反应。不过无所谓了，谁让我那么渴望你们的能力呢？"

"你疯了！杀了叶珩，对你有什么好处？"唐爱心里生出绝望，"你如果想杀人泄愤的话，就冲我来吧！反正你已经得到了我的血液，我对你来说也已经没用了！"

楚轩平弯下腰去，几乎紧贴着唐爱的脸，她立即嗅到了一股男士古龙香水的气味。这暧昧的接近让她感觉尴尬，她赶紧扭过脸。

"你要问有什么好处，我现在就回答你。"他的手指在她的皮肤上一点点地划动，"你爱叶珩，所以你也甘愿让他使用你的能力。"

唐爱打了个冷战，不可思议地看着楚轩平。

他的半张脸浸在昏暗里，眼睛却被灯光映出带着微微水光的亮色。几乎没有任何迟疑，楚轩平继续说："你放心，你可是我漂亮的小师妹，师哥怎么会杀你呢？"

"我不爱叶珩，所以你杀了他也没用！"唐爱赶紧说，"求你了，你不要让他伤害自己！"

楚轩平却直起腰，将手指竖在唇前，发出了一个"嘘"声。唐爱侧耳倾听，电脑里的声音又发生了变化，这次是重重的刹车声，接着是开关车门的声音。

"他应该到了私人住宅，不是警局呢。"楚轩平回到电脑前，双目炯炯有神，"莫非他真的要按照我说的，割腕自杀？太有意思了，唐爱，他真的愿意为你去死？"

很快，一连串杂乱的脚步声之后，电脑里传出水声，还有叶珩的叹气声。他应该在浴室里放水，然后拿起小刀在手腕上比画。此时，他脑中想的是什么呢？是利用蜗牛回到时间循环的起点，还是放任不管？

唐爱也不知为什么，眼睛突然一阵酸涩，泪水倾泻而出。

"看看，还说不爱他，这是什么？"楚轩平伸出手，将唐爱的眼泪擦在手指上，放在嘴里舔了舔，"爱情的味道。"

"变态！"唐爱拼尽全力喊，"叶珩，停下来！不要！"

"啧啧，这是窃听系统，他听不到你的声音。"楚轩平摇头，"死吧，快死吧！无能的富家公子，父亲还是个贼，反正他活着也像个蛀虫。"

唐爱猛然向楚轩平踢去，楚轩平却敏捷地避开了她的攻击。他啧啧摇着头："你这样会激怒我的，小师妹。"

说着，他从桌子上拿起一卷黄色胶带，剪掉一块，将唐爱的嘴封得死死的。之后，他再把唐爱的双脚和皮椅的气杆绑在一起。这样，唐爱再也不能动分毫了。

唐爱怒目瞪着他，眼神里充满了恨意。楚轩平弯下腰，在她脸颊上轻轻一吻。

"等我回来，我的合作者。"

那一刻，唐爱觉得，魔鬼的呓语也不过如此。


护士站里，宋汀歌打了个哈欠，睡眼蒙眬地望了一眼挂钟。时间指向晚上10点钟。

这个时间点，只有急诊科人来人往，所以宋汀歌基本上没怎么休息。

"连挂个号都要上来问，真是要老命了。唐爱真是的，人都没见着影子。"她恹恹地坐在电脑前，开始整理表格。就在这时，她感到眼前多了一道身影，挡住了一些灯光。

抬头，宋汀歌看到楚轩平站在面前，正向她温和地笑。

急诊科的颜值担当就是与众不同，严肃的时候是高岭花，笑起来又是迷魂药。宋汀歌一边在心里感慨，一边柔声问："楚主任，你不是回家了吗？怎么又回来了？"

"你说呢？"楚轩平反而问她。

宋汀歌又想到了另一种可能，挠着头，脸涨得通红："我哪里知道啊，楚主任别逗我了……对了楚主任，今天的手术没影响你状态就行，那个病人情况太复杂了。"

"黄楷啊……"楚轩平这才想起了他，"他也不一定没救了。"

"啊?"宋汀歌整个人都怔住了。黄楷已经运到太平间了，这会儿就是具冰冷的尸体。还有救是什么意思?

想了三秒钟，宋汀歌确定楚轩平神经错乱了。

"这个是还没化验的采血吧?"楚轩平拿起一根采血管。他看到标签上写的名字是叶珩。

"啊，这个是唐爱朋友的，他也不说检查项目，就忽悠我给他抽血了。怎么办啊? 检验科都下班了，有的项目得一个小时之内检验……"宋汀歌一副不知所措的样子。

"我来处理。"楚轩平将采血管握在手里，向自己的办公室走去。宋汀歌连连答应，高兴得像扔掉了一个烫手山芋。

等楚轩平走远，她才失落起来:"唉，果然不是为了撩我。"

宋汀歌没有注意到，走在走廊里的楚轩平，丝毫没有受手术失败的影响，步伐比平常还轻快。他现在握着叶珩的那管血液，就像握住了全世界。

只要将这管血液注射进体内，忍住开头的痛楚，他就能拥有一项独特的能力，制造时间循环。

对于一个拿手术刀的医生来说，这一点太重要了。有疑难的手术? 没关系，他可以将时间循环N遍，一次次地做手术，直到成功。有世界医疗界都难以治愈的病人? 那更好，他会一遍遍地进行诊治，在每一次时间循环的时候改变用药和治疗方案，以此来研究出正确的方向。

楚轩平一边想着，一边从口袋里掏出办公室钥匙。他甚至觉得自己现在不是在开门，而是在开启另一个光明世界。

一个属于他楚轩平的光明世界。在这个世界里，他是主宰，是帝王，是神祇，掌控着每一条前来祈求的生命。予生予死，都在他一念之间。

"啪嗒!"

楚轩平闭上眼睛，享受着门锁开启的美妙声音。

然而就在这时，胸口忽然多了异样的触感。就在楚轩平睁开眼的瞬间，室

内灯光大亮，一根电棍抵到他的胸口处。

林密站在他面前，充满戒备地看着他，美艳的脸上覆着一层冰霜。

身后还跟着两名刑警，一个举枪，一个拿着对讲机。对讲机里传来沙哑的声音："报告，别墅里发现了受害人，一名女性，二十二岁，与报案描述情形相符……"

"收到。"刑警立即收线。

楚轩平慢慢地举起双手："林警官，你们怎么在我的办公室里？"

"你涉嫌绑架，现在证据确凿。"林密从腰中取出手铐，"跟我回局里交代清楚！"

"我不懂你的意思。"

"不懂是吧？那我就说点你明白的。"林密鄙夷地看着他，"我接到叶珩的报案，你在唐爱手机里偷放监听设备，并且在傍晚6点20分左右绑架了唐爱。不过你监听唐爱，利用医院摄像头监视叶珩这一点，正好被我们反利用。叶珩故意在你面前表演报警失败、救援唐爱失败的戏码，目的就是麻痹你，让你自己出现！"

楚轩平哑然失笑，摇了摇头才问："那小子，影帝啊？那你们怎么这么快找到我的别墅？这处房子写的不是我的名字。"

不等林密回答，楚轩平自己"哦"了一声："看来早有准备，唐爱身上肯定有追踪器。叶珩这小子，滑得跟条鱼一样。我有他在医院的全部视频，都没发现他什么时候把追踪器放在了唐爱身上。"

林密没理他，眉心却跳了跳。

"想必林警官也想到了另一个问题，为什么叶珩会在我绑走唐爱之前，就在唐爱身上放追踪器呢？难道他早就预知我会绑架唐爱？我没其他意思，就是怕叶珩这浑小子，把你们弄成钓鱼执法。"

"别胡搅蛮缠！"林密厉喝，铐上了楚轩平的双手，并取走了他手里的采血管。

可是楚轩平的话却在她脑中留了印象：为什么叶珩表现得像是知道唐爱会被绑架呢？

报案的时候，叶珩拿性命担保唐爱被绑架了，可是并没有提及楚轩平有犯罪迹象之类的……

楚轩平微微一笑："林警官，你稍微等五分钟好吗？我相信，只要给我五分钟时间，你一定会改变主意。"

唐爱看着叶珩破门而入，眼泪顿时流了出来。

跟着进来的还有几名警察，一进房间，确定房间里没有危险之后，一名警察拍照取证，一名警察拿着对讲机和林密通话，还有一名警察开始解唐爱身上的绳索。

叶珩小心地撕掉唐爱嘴上的胶带，唐爱"哇"的一声哭了出来。

"叶珩，我听了监听的声音，还以为你真的在浴室里割腕了……"唐爱哭得上气不接下气。

叶珩笑嘻嘻地说："我没有，我就是耍耍老楚！我王者荣耀里面有个队友是网络cv，我登录游戏，让他帮我做的音频，那都是特效！我追踪那辆比亚迪，跟交警抬杠说的话，都是在玩游戏的时候喊的。是他帮我剪的，给我加了音效，其实追车的人是黄毛。"

"那你什么时候报的警？"

叶珩嘿嘿地笑："我闯进女厕所找你的时候呀！女厕所里没有摄像头，老楚看不见我！"

"警察能信你？"

"我告诉林警官，我已经锁定绑架者，她一定要陪我做戏，才能引蛇出洞。如果这次我报的是假警，那我任她处置！她要命还是要我的身子，都行！唐爱，为了你我什么都押出去了。"

唐爱破涕为笑。

她想象了一下叶珩在女厕所里使用美男计报警的情景，那画风确实有点滑稽……

　　叶珩一边帮唐爱擦眼泪，一边从唐爱的衣领里揪出一个小黑片："那个楚轩平就是老狐狸啊！一路上换了几次车！如果不是这个追踪器，根本不知道你被他藏在这儿！"

　　唐爱动了动被绑得酸麻的胳膊，发现绳索已经解了大半。她渐渐放下心来："既然有这个追踪器，你后面就不用弄什么浴室割腕的音效啊，我整个人都要被你吓死了……"

　　"不弄这个，怎么知道你担不担心我？"叶珩笑得暧昧，"或者说，怎么知道你爱不爱我？"

　　唐爱的脸唰地滚烫滚烫。这个浑蛋！

　　"这个追踪器其实也有监听的功能。"叶珩把玩着那个小黑片，"你真的不爱我吗？你为我流的眼泪，真的没有爱情的味道？"

　　"没有！"唐爱上半身的绳索已经全部解开。她没好气地将绳索甩到叶珩身上："我不爱你！"

　　叶珩只是笑，并不戳穿。

　　此时，警察蹲下身，打算将唐爱脚上的胶带解开。然而他好像看到了可怕的东西，愣了一下，拉住叶珩就往后退。

　　"哎，你干吗？怎么不解了？"叶珩感到莫名其妙。警察没说话，往下一指，然后转身向同事招手。

　　叶珩矮下身子，往皮椅气杆上一看，立即白了脸色。"唐爱，唐爱你别动……"他的声音在发抖。

　　唐爱的心立即紧成一团："怎么了？"

　　叶珩牢牢盯向气杆上的小黑盒子，它正好放在唐爱双脚的侧面，顶端有三根线，一黄、一红和一黑。那三根线绕着唐爱的左脚。幸好唐爱的双脚都被胶带绑得紧紧的，不然这炸弹可能会提前爆炸。

　　黑盒子上面还有一个屏幕，正在疯狂地进行倒计时，时间剩余不到十分钟。

　　"有个定时炸弹，没事啊，肯定可以拆，老楚不可能不给自己留条后路。"叶珩不知道是在安慰唐爱，还是在安慰自己。

唐爱吓得一动不动地坐在皮椅上。她想说点什么，却如鲠在喉，一个字也说不出来。

叶珩转身，却终于控制不住，气得狠狠一拳砸在墙上。警察已经将最新情况报告给林密，林密发愁："来不及了，拆弹专家过去最快也要一个小时！"

旁边还有楚轩平的哼哼："你们别看我！今天你就算把我打死，我也不会告诉你们遥控器在哪儿！"

林密的声音继续传来："现在有两个办法，要么逼楚轩平交出遥控器，要么让拆弹专家视频指导怎么拆弹。"

"只剩十分钟，那孙子估计就是想拖延时间！拆弹的话，风险很大，但是也只能这样了。"警察无奈。

叶珩将对讲机一把抢过来："让老楚那个老狐狸说话！"

林密沉默了一下，接着楚轩平的声音沙沙地传来："叶珩啊……你要和我说话，是明白我要让你做什么了吗？"

"你想回到十二小时之前。"叶珩也不管周围的人能不能听出他的秘密，直截了当地说。

楚轩平很吃惊他居然如此耿直，但很快就镇定下来："很好，朽木可雕。我从一开始就知道你是条太滑溜的鱼，我逮不住你，所以我就从唐爱下手。现在看来，我的判断是对的。"

"我这才明白，你的真正目的是那台手术。"叶珩咬牙切齿地说，"你在手术中出了差错，导致病人死亡，所以你千方百计地逼我进行时间循环，好让自己有机会修正手术方案！"

"你的能力真让人羡慕。"楚轩平叹气，"我多想促成我们的合作啊……"

"痴心妄想。"叶珩咬牙切齿。

"是我痴心妄想，那你愿不愿意赌一赌呢？赌我在唐爱椅子下安装的是真正的炸弹呢，还是哑弹？你愿意赌吗？"

叶珩无力地将对讲机放下，他赌不了。

一旁的警察焦急地将对讲机夺过去："头儿，快安排拆弹专家吧！要来不及了！"

"已经联系上了，准备视频通话，马上进行拆弹！"林密决断。

"是！"

三名警察一级戒备，神经绷到了极限。其中一名警察劝说叶珩："叶先生，你先到安全地带，这里留给我们……"

"我陪她。"叶珩斩钉截铁。

"可是这里太危险，必须疏散……"

"她活我活，她死我死。"

叶珩轻轻握住了唐爱的手，垂眸看她，唐爱也抬头看他。从来都没有这样的一个时刻，两人凝视彼此的目光如此缠绵。

那个夏天的晚风又吹进了脑海里。昏暗的星光下，十二岁的叶珩却把站在身边的女孩子的面容看得非常清楚。

如果图兰朵拥有绝世容貌，那就应该像她这样。

少年叶珩第一次尝到了悸动的滋味。他内心其实羞涩到了极点，以至于不好意思告诉女孩子，他其实也准备了一个故事：亚当和夏娃。

一个孤岛，上面只有一个男孩子和一个女孩子，多么像伊甸园啊。


"剪掉黄线……"手机里传来了拆弹专家的指令声。

负责拆弹的警察擦了擦冷汗，小心地用剪刀剪掉了黄线。然而，屏幕上原本剩下的4分29秒突然停顿下来，然后全部归零。

轰！

一声爆炸的巨响。

**Chapter 6**

# 归零后的重启

他触碰过的那块皮肤，明明没有肿，却火辣辣地烧着。

唐爱睁开眼睛，眼前只有一片血红在晃。她有些发愣，记忆中炸弹爆炸了，那她已经被炸成了碎片？

可是很快，耳边就响起了一声惊叫："哎呀！"

唐爱这才清醒过来，发现自己居然在青松医院的护士站，脚下的高锰酸钾流了一地。刚才她看到的那片血红色，就是流出的高锰酸钾液体。

"唐爱，你怎么啦？神不守舍的。"宋汀歌一边收拾，一边埋怨地对她说。

唐爱慌忙去看墙上的挂钟，发现时间正好指向中午12点。这场景无比熟悉，她好像已经经历两次了！

"今天周六，5月5号吗？"唐爱大声问。

宋汀歌惊讶地回头，慢慢站起身："你怎么了？"她眨巴了下眼睛，结结巴巴地说："对，今天……周六。唐爱，你……脸色很差。"

唐爱扭头就往护士站外跑去。

楼梯口来往的行人很多，可是叶珩并没有像上次那样跑过来。唐爱给他打电话，也没有人接听。她正心急如焚，护士长却在这时走了过来："小唐，你怎么离岗了？还不快回去！"

"护士长，我请假。"唐爱简单说出一句话，就头也不回地跑下楼梯。

自从来到青松医院，她还没这么懈怠过。护士长肯定会生气，扣她实习分，可是这一切唐爱都顾不上了，此时此刻她只想找到叶珩。

找到那个说出"她活我活,她死我死"的人!

电梯人太多,唐爱噔噔噔跑上了楼。这一层全是手术室,楚轩平正在最里面那间给黄楷做脑部手术。

"哎,你不能进去!"值班的护士拦住了唐爱,"你一个急诊科的护士进手术室做什么?我要报告给护士长了!"

"让我进去!我要问问他把叶珩怎么了!"唐爱大吼。

如果叶珩失踪了,那只能和楚轩平有关,毕竟楚轩平偷了她的血液,是这世界上第三个有寿蜗能力的人。

"唐爱!"

就在撕扯推搡之时,忽然有一双手从身后伸过来,将唐爱抱住。温暖又熟悉的气息弥漫全身,唐爱顿时停住动作。

她怔怔地看着值班护士的手腕,上面渐渐出现了一条银色蜗形线。蜗形线散发着淡淡的光,像一盏漂亮的小灯。

这灯,是因为叶珩而点燃。

他说她可以把他当作假想光,没想到他真的驱散了她的黑暗。

"唐爱,我来了。"叶珩的声音有些疲惫,沙沙地响在耳畔。

唐爱松了手,不再和值班护士纠缠,转身看着叶珩。他微微喘着气,漂亮的桃花眼里盛满笑意,瞳孔里倒映出她泪流满面的脸庞。

两次劫后余生,一次比一次凶险,可是他却在最恐怖的关头说,我陪你。就这三个字,彻底驱散了唐爱心头的恐惧。

唐爱抱住叶珩,痛哭起来。她听到叶珩忍着笑说:"啊哈,你这样会让我误会你爱上我了。"

她死命地捶他的后背:"为什么不接电话!"

"手机坏了。"叶珩抱着唐爱,嬉皮笑脸地对值班护士说,"你忙你忙,这里交给我。"

值班护士翻了个白眼:"那就交给你了,这个手术很重要,不能有闪失。"

"我知道,谢谢啊。"叶珩看着护士走开。

他推开唐爱，用手擦着她的眼泪，柔声说："你看你哭成这样，劫后余生的感受我体会多少次了，一次也没像你这样。"

走廊另一头，站着两男两女，岁数都在三四十岁，他们遥望着唐爱和叶珩。

叶珩推了推唐爱，说："看啊，那些应该是黄楷的子女。"

"他们还不知道，黄楷必死无疑。"唐爱这才冷静了一些，"蜗形线全黑的人，只有死路一条，没有例外。"

"我没想这么沉重的问题，倒是觉得，他们肯定认定你是黄楷的脑残粉。"叶珩说。

唐爱疲惫一笑。刚才她又哭又闹的，的确会让人误以为是接受不了黄楷命悬一线的粉丝。

"炸弹到底爆炸了吗？"她问。

叶珩收了笑容，肃然说："爆炸了……那一瞬间，我只好使用寿蜗的能力来救你。可是这样一来，时间提前进行第三次循环，现在又回到了十二个小时之前，楚轩平的罪证都消失了！"

就像电脑程序一样，新数据覆盖在旧数据上，旧数据就再也显现不出来了。可是旧数据的的确确存在过。只有使用一些技术手段，才能重新将旧数据展现出来。

除了她和叶珩，其他人脑中的记忆都被新数据覆盖了，并不记得那些旧数据里的罪恶。

唐爱摇头："我们活下来了，这比什么都重要。"

叶珩愣了愣："对，活着比什么都重要。"

人在面对生死的问题上，是典型的唯心主义者。只要活着，一切都有意义，反之所有都是虚空。

上一个时间循环所发生的事，应该都变成了平行世界。在那个时空里，她和叶珩应该是死了吧。可是她不管，只要这一刻脉搏还跳动，体温还保持在36度，她就无所畏惧。

两个小时后，手术终于结束了。

手术室上面的红灯刚灭，唐爱就霍然起身，全身细胞都被调到了战斗状态。黄楷的子女们也纷纷上前，紧张地等待着结果。

门开了，楚轩平走了出来，边走边摘口罩。

"医生，怎么样？"一名年龄稍长的男子问，看来他是长子。

楚轩平没回答，只是似笑非笑地看着唐爱。

"医生，你快说话啊！我爸他到底怎样了！"年龄最小的那个女子已经开始擦眼泪。

楚轩平长舒一口气："手术很顺利，成功切除瘤体，但是恐怕会有后遗症，你们做好病人成为植物人的心理准备。"

"只要活下来就好！谢谢医生！"黄楷的子女们喜极而泣。

唐爱几乎不相信自己的耳朵：手术成功了？

"不，不可能……"她的太阳穴痛了起来。

"看来我们对于寿蜗还不够了解，蜗形线全黑，不一定会死亡，也有可能是植物人。"叶珩低声说，"也是啊，植物人没有行动能力，也没有意识，的确可能代表着生命终结。"

唐爱皱起眉头，是这样吗？

说话间，楚轩平已经来到唐爱面前，布满红血丝的眼睛瞄过来，让唐爱生生地打了个冷战。

"别那么看着我，你处在我的位置，也肯定会这样做的。"楚轩平说。

话音刚落，叶珩挥手对着他就是一拳，楚轩平重重地跌倒在地上。

"别把我们和你相提并论，你的道德水平就处在个盆地！不，大峡谷！"叶珩恶狠狠地说。

护士和医生立即围了上来，楚轩平一挥手，示意他们后退。医生和护士迟疑地后退，却充满戒备地盯着叶珩和唐爱。

"你这是想把事情闹大吗？"楚轩平从地上站起来，擦去嘴角的血迹。

叶珩靠近他，咬字极重："我不怕。反正你是第三只怪物，我闹大了，你肯定会帮着收场。"

"怪物，这就是你们对这个的理解。"楚轩平拉开衣袖，指了指手腕，皮肤上赫然出现了一根银色蜗形线，"可笑！幼稚！这是最伟大的能力！我在救人！"

唐爱冷笑，打断了他的话："你只是为了自己的私欲。"

"什么？"

"如果今天做手术的人不是黄楷，拥有众多粉丝的大富豪，你还会铤而走险吗？"唐爱目光灼灼，"疑难病情，三次手术，你在名利双收的同时，也积累了大量的手术经验和学术实案了吧？"

楚轩平眯着眼睛看她，一摊手："可我在救人。"

"你不是！当动机和过程错误，就算结局正确也掩盖不了你的罪恶！"唐爱说完，转身就要走。楚轩平立即喊住她："你干什么去？"

"辞掉实习。"唐爱一秒钟都不想再看到这个男人，"和你在同一家医院共事，让我恶心。"

楚轩平怔了怔，说："唐爱，你等一下，我有两句话想要单独跟你说。"

唐爱没吭声。

"就两句话，你不会连这个机会也不给吧？"

唐爱转过身，目光锐利冰冷："那你快说。"她迅速看了叶珩一眼。叶珩会意，狠狠地向楚轩平的方向点了点头，以做警告，然后转身离去。

楚轩平看了一眼在远处观望的人群，拉着唐爱走到了消防通道。刚走到暗处，唐爱就甩开他，掏出纸巾，厌恶地擦着手。

"我会和带教老师说，让你实习及格的。"楚轩平态度平和，甚至有一丝哀求，"但你能不能留下来？你以后想转岗升职，我都可以满足你。"

唐爱像听到一个天大的笑话："留在你这个绑架者身边？"

"我是对不起你，但你们也不差，很快就猜到了是我，联手引我上钩。"楚轩平说，"鱼要脱钩，总要挣扎一番，难免伤到其他人。"

唐爱瞪了他一眼，转身又要走。楚轩平赶紧拦住她："叶珩不对劲，你别太信任他，我怕羊入虎口。"

"你什么意思？"唐爱顿时生怒。

"我就是想说，叶珩至少没有表面上那么尊重你，看重你。"楚轩平举起双手，"我第一次绑架你的时候，释放了许多危险信号，暗示你可能被虐待，被强奸，被杀害。叶珩要救你很容易，只要立即启动寿蜗的能力，进行时间循环就可以了。但他并没有这样做，你知道为什么吗？"

唐爱死死盯着楚轩平。

楚轩平顿了顿才说："因为叶珩要对付我，他一定要我露出更多破绽，才愿意启动时间循环。这说明了什么？说明寿蜗对他特别重要，他和我一样，需要利用寿蜗的能力。我猜啊，他在下一盘很大的棋。"

"你在无端揣测，叶珩不是这样的人。"

"这叫英雄相惜，他知我，我也知他。"楚轩平推了推眼镜，"唐爱，你心思单纯，这是好事，但可别被人当成棋子，还帮人数钱。"

"那你呢？"

"我至少简单直接，有什么目的全告诉你。你跟我合作，轻松啊。"

唐爱没接话，直接推门出去，但她很快又推门进来。

楚轩平忙整了整衣服，等待她开口。他甚至露出自信的微笑，心里笃定唐爱会给他一个满意的答复。

"学长，你说得挺有道理的。"唐爱露出一个灿烂的笑容。楚轩平内心狂喜，搓了搓手，跨步上前。

然而就在这一刹那，唐爱猛然踢向他的右膝。楚轩平顿感剧痛，捂着膝盖跪下了。

唐爱蹲下来，认真地看着他："学长，你还记得希波克拉底誓言吗？"

楚轩平痛得说不出话来。

"无论置于何处，遇男或女，贵人及奴婢，我之唯一目的，为病家谋幸福，并检点吾身，不做各种害人及恶劣行为，尤不做诱奸之事。"唐爱不紧不慢地说，"可是，你违背了你的誓言吧？我猜，你有了银色蜗牛的能力，可以选择剩余时间还长的患者进行治疗，拒绝诊治那些快死的病人。这样你的治愈率就是百分之百，对吧？"

楚轩平痛得龇牙咧嘴。他没想到这个一向温柔听话的小学妹，也会下手这样狠。

唐爱丢下一个轻蔑的眼神："垃圾。"

走出青松医院，唐爱只觉得天地一阵恍惚。

这样闹腾一番之后，她肯定不会留在青松医院了。得罪了楚轩平，实习分万一不及格，那她还真的没法儿再找工作。

叶珩倒是兴奋异常，对她展开双臂："欢迎加入无业游民的大军！你会发现没有夜班的生活有多美好！"

唐爱眼神淡淡："我想吃雪糕。"

"请你吃哈根达斯，再带你去吃顿大餐，好好庆祝一番。"叶珩晃悠悠地走向路边的哈根达斯店，"在这儿等我啊！"

唐爱点头。

叶珩站在玻璃柜台前，兴奋地点了所有颜色的冰激凌球。店员手忙脚乱地将一只只彩色小球装在纸筒里，还差点将一只纸筒掉到地板上。

唐爱看着这些，心头的苦涩一点点涌上来。

然后，她决然转身，快步离开。

这处位于市中心的小区建成于20世纪八九十年代，前年市里还把这里划进拆迁范围。可是几经波折，拆迁计划搁置了下来。用年轻人的说法，小区的氛围更"丧"了。

唐爱走进阴暗潮湿的楼道，眼睛有些不适应，不得不掏出手机照了下路。手机显示有十来通未接来电，全都是爸爸打来的。

站到四楼，她面对一扇铁锈斑驳的防盗门，犹豫了半天才掏出钥匙去开门。然而钥匙刚插进孔洞里，门就被人一把拉开。

开门的是爸爸，他两只眼睛肿胀发红，明显刚下飞机，没怎么休息。唐爱忐忑不安地喊了一声："爸。"

"回来了？进来。"爸爸转身往客厅走去。

唐爱走进家，一眼就看到妈妈坐在沙发上流眼泪。她赶紧坐过去，抱住妈妈问："妈，你别哭啊，我没事……"

"还不是因为你妹妹！不打招呼结婚，这对我们做父母的是多大的伤害。"妈妈哽咽着说，"一接到消息我们就赶紧请假，交接工作，拖了十天才回来。小爱，你说清楚，你到底有没有帮佳佳隐瞒？"

唐爱恍惚起来。

原来才过了十天？这段时间简直漫长得像一个世纪。

她死里逃生，几经磨难，可是没人关心她的煎熬，体谅她的无奈。

所有声音渐渐远去，又乍然响了起来，刺耳如夏天里最聒噪的蝉，又像是一只漏勺猛然从水中浮起，篦出了所有藏在水下的沉沙。

仔细分辨那些声音，好像是爸爸妈妈在数落她的不是。

"小爱！你这个当姐姐的怎么这么不懂事？佳佳平时肯定有迹象，八成是你没太在意！"

"你这孩子，太让我们失望了！"

唐爱晃了晃头，终于能听清楚他们说的话了。

对她失望了啊……

那倒不如彻底失望好了。

唐爱打断了埋怨："爸。"

"怎么了？"爸爸气得满脸通红。

唐爱淡淡地说："我把实习辞了，留在青松医院的事彻底泡汤。不过即便

如此，我也不打算找工作。"

"什么！"妈妈霍然起身。

唐爱继续慢悠悠地说："这段时间我住学校，所以不要拿佳佳的事打扰我，不然我可能连毕业证也拿不到。"

一个小时后，唐爱吃力地拎着一只巨大的皮箱走出单元门。

皮箱里是一些换洗衣物和日常用品，因为快毕业了，她一个月前把这些东西从宿舍搬回家。现在，她又要把这些从家里搬回宿舍，来回折腾，真是讽刺。

平日相熟的邻居正坐在小区花坛旁乘凉。唐爱做贼一样，赶紧低着头走了过去。幸亏邻居眼神不好，并没有发现是她。唐爱平安无事地出了小区门口，才松了一口气。

然而就在这时，一只手将她的皮箱接了过去。

唐爱吃惊，抬眼看到叶珩站在面前："你怎么在这儿？"

叶珩递过一只纸杯："说了给你买冰激凌吃。"

纸杯里没有哈根达斯彩球，只有融化的奶油污渍，正滴滴答答地往下漏。他不会捧了两个小时吧？

唐爱无语了："这都化了啊，不能吃。"

"活该。"

唐爱认认真真看叶珩，发现他还是面无表情，明显生了气。她放软了语气："对不起，我不告而别是因为，我压力很大。"

"原谅你了，乖宝宝第一次叛逆父母，总是需要很大的勇气。不过，你现在必须看你的九点钟方向。"叶珩说。

难道有人跟踪？

唐爱顿时紧张起来，往自己左边看去。左边街道上行人悠闲，根本没有什么异样。

她刚想开口，叶珩却在这时撩起她的长发，举起一只小药瓶，噗噗地喷了两下。原本肿胀的脸颊顿时感到一股清凉，爸爸留下的巴掌痛感，总算消了大半。

唐爱捂着脸发怔。

叶珩晃了晃手里的云南白药："去年买的，再不用就过期了。"

"我……"

"别不好意思，你们女孩子脸皮薄，挨个巴掌觉得天都要塌了。这事在我们男人这边是家常便饭，我就是被揍大的。"

唐爱低下头，默默地拖着皮箱，往公交站走去。叶珩追了上来："你别一副丧气脸啊！说啊，你到底还有什么不开心的事？"

"我违背了希波克拉底誓言。"唐爱眼神茫然，"从今往后，我不再是从医人员了。"

希波克拉底誓言，是二千四百年前希腊伯利克里时代，向医学界发出的行业道德倡议书。唐爱踏入医学院之后，曾无数次被这段誓言点燃热血。然而如今，她却和这个行业决裂了。

"希波克拉底誓言，在你的心里，你并没有违背。"叶珩拉过她的皮箱，"你选择离家出走，就是为了彻底解决寿蜗这件事。等到尘埃落定，你还是可以继续从医的。"

唐爱敷衍地点了点头："那送我回学校吧，我想静一静。"

"好嘞，那跟我走吧。"叶珩笑得人畜无害，"瞧你脸红的，赶紧把挨打这事忘了。"

唐爱尴尬地扭过脸。其实她倒不是还在意自己被扇巴掌，而是刚才叶珩撩起她头发的时候，手指碰到了她的脸。

他触碰过的那块皮肤，明明没有肿，却火辣辣地烧着。

唐爱坐在车上，一路想着心事，等到回过神之后，才发现叶珩的保时捷停

在一处陌生小区的露天停车场里。

"这是哪里？"唐爱惊讶。

叶珩下车，将她的皮箱从后备厢拎了出来："我在这儿租了个房子，三室两厅，免费给你一个房间好了。"

"喂！我要回学校！"唐爱下了车，气得直捶车身。

叶珩将皮箱放在地上，一本正经地说："你要回学校，那你敢去水房吗？你要是敢，就不会从医院辞职了！"

唐爱被叶珩说中心事，顿时语塞。但叶珩先斩后奏的做派让她很恼火，于是她没好气地去抢皮箱："给我！我自己回去！"

"你这是死要面子活受罪！"

两人正在争执，一个穿运动服的胖子气喘吁吁地跑过来："家里火锅都快炖干了，你俩还在这儿吵啥呢？"

他轻捶了叶珩胸口一拳："叶哥，你总算遇到天敌了啊！平时都是美女自己上门，现在总算有人嫌弃你了！"

叶珩冷着脸，整了整衣服。

唐爱算是明白过来了，敢情叶珩还有个室友。她白了胖子一眼，拖起箱子就走。

胖子在她身后喊："美女，再大的事也没火锅重要啊！"

唐爱理也不理。

胖子凑到叶珩面前，结结巴巴地问："大情圣，我这句话说得不对？"

叶珩的眼神意味深长，他摇了摇头。胖子明白过来，继续喊："美女，你就算要走也得解决了寿蜗的事啊！"

唐爱吓了一跳，回头怔怔地看着胖子。胖子露出了人畜无害的傻笑："果然没错啊。"

五分钟后，唐爱站在一套三居室的客厅里，目瞪口呆地看着显微镜、天文望远镜、实验器皿等各种设备。设备放得乱七八糟，地上还摊着许多文献书籍，让原本宽敞的空间显得有些拥挤。

"胖子在附近理工大学读生物科技，也是我聘用的顾问。关于寿蜗的秘密，我只告诉了他。"叶珩随手将外套脱了下来，坐到沙发上。

胖子立即不服气地嚷嚷起来："什么叫聘用的顾问？你给过我工资吗？还不是我具有科学奉献精神……"

"得了得了，反正就是他协助我研究的寿蜗。"叶珩摆摆手。

唐爱忽然觉得胖子多了几分喜感。她一笑："难怪了，我就说叶珩说起来一套一套的，其实他没那么高的智商。"

叶珩从沙发上一跃而起，胖子眼疾手快地按住他："美女心直口快，你别生气，吃火锅，火锅。"

三个人用两分钟的时间挪腾出三平方米，然后以地板为椅，板凳为桌，开始拾掇火锅。火锅高汤本来就是烧开的，菜也是提前洗好的，正赶上饭点，三个人开着空调，吃了个痛快淋漓。

唐爱一边吃，一边和胖子聊天。

原来，胖子从一年半之前就开始帮叶珩研究寿蜗了，因为寿蜗目前还没有实体，所以胖子主要研究叶珩的血液。根据胖子的理论，人体的激素水平在情绪波动的时候发生变化，寿蜗也同样跟着变化。

最可能的变化，就是寿蜗长大了。

唐爱不禁想起，叶珩已经可以从自己的蜗形线里召唤出一只金色蜗牛。这说明叶珩的寿蜗，已经慢慢长大了？

"寿蜗长大了，不太好吧？"

胖子呼哧呼哧吃了几口肉，才说："谁知道呢？只能尽量保持情绪稳定吧，这样激素水平才能稳定不是？我说三点，第一点，千万不要恐惧！"

说着，他埋头开始刺溜刺溜吃粉丝。

唐爱等着胖子的第二点，结果胖子一直噘着嘴巴吃粉丝。她追问："第二点呢？"

"二、不能谈恋爱！谈恋爱这事吧，一半天堂，一半地狱，太影响激素水平了。"胖子很认真地对唐爱说，"如果你真的要谈恋爱，不能找叶珩这样的，全、全是地狱……"

叶珩本来一直沉默，闻言立即眼刀阵阵，同时将一块蘸满辣椒面的羊肉塞

到胖子嘴里。

胖子嚼了两下，痛苦地嗷嗷叫起来，站起身冲向卫生间。

"叶珩你个浑蛋！我马上就辞职！"卫生间里传来胖子的吼声。

叶珩扬声回应："不是你辞职，是我炒你鱿鱼！胆儿太肥了吧你，居然敢诋毁小爷我。"

唐爱低头吃菜。等胖子回来，她才开口："第三点呢？"

"第三……第第第……"胖子看着叶珩冷若冰霜的样子，又开始犯怂，"忘……忘了，回头我查好笔记再告诉你。你放心，美女交代过的事情我从来都不会忘……忘忘的。嗯。"

唐爱忽然觉得胖子挺可爱的，扑哧笑了起来。叶珩脸更黑了，一筷子将火锅里的牛肉捞走大半，冲着胖子低吼："放肉啊！都没了怎么吃！"

胖子赶紧放肉。



叶珩给唐爱安排的是一间向阳的房间。拉开窗帘，淌进满室灿烂的阳光，银色的防盗窗被晒得闪闪发亮。

"你看缺什么，统计好了告诉我，我去超市买回来。"叶珩帮她铺床，被子的边角都顺平，一板一眼很认真。

"谢谢，不过不必了……归置也不用太细，我待个三四天就走。"唐爱一边整理衣柜一边说。

叶珩停住手里的动作，回头瞪她："你要我说多少遍才明白？寿蜗终究会影响我们的生活……"

"胖子说保持心态平和，就能防止寿蜗长大。乐观一点呢，说不定到我老死，寿蜗都没长大呢！"唐爱耸耸肩膀说，"最主要的一点，跟你这个流氓住在一起，我不放心。"

叶珩哼了一声，将手里一打毛巾甩到枕头上："那随便你！不过我就不懂了，我是流氓，胖子就不是？"

"免费给你打工，足见其人品。"

叶珩往床上一坐，气呼呼地不说话了。唐爱来了兴趣，凑上去歪着头问："哎，胖子干吗不要工资？"

"当然是因为我的魅力！"叶珩瞪了一眼，打开房门就走了出去。

唐爱结结实实地受到了惊吓，半晌才喃喃自语："难怪了……免费做实验，这必须是爱。"

胖子暗恋叶珩，这个结论妥妥的。

不用上夜班，真是人生一大幸事。唐爱安安稳稳地睡了一觉，第二天醒来，才发现已经7点40分了。

她伸了个懒腰，从枕头底下掏出手机，发现素妮发来了一条短信："小爱，今天考试你在哪个考场啊？资料书带了吗？"

唐爱看着短信愣了三秒钟，从床上一跃而起。她居然忘记了今天是护士资格考试！

虽说之前撂下狠话说不找工作，但她也没打算真绝了所有退路！

唐爱匆匆忙忙穿起衣服，从皮箱里翻出准考证就往外冲。叶珩穿着睡衣从卫生间出来，正看见她这副狼狈的模样，忍不住奚落："大清早的，你发什么神经呢？"

"快开车带我去考场，我快迟到了！"唐爱几乎飙泪，抓住叶珩的胳膊央求。

"求我，我就答应你。"

"求你！"

叶珩这才满意一笑，桃花眼微微眯起。

因为见识过叶珩的车速，唐爱刚坐进副驾驶，就赶紧把安全带系上。等到汽车发动，她才想到了一个特别可怕的问题。

本来她复习得挺充分，可是经历了绑架、时间循环、爆炸一系列的事件，她现在脑袋空空，居然都想不起来几个知识点。

"不行不行，这次一定要考过。"唐爱从包里掏出一本资料书开始复习。车上摇摇晃晃的，没看几行，眼睛就又酸又胀。但一想到资格证，唐爱还是决定拼了。

叶珩一把夺过唐爱的资料书，劈手就扔出车外。这条路上车水马龙，资料书很快就被后面的车辆碾轧过去，不知所踪。

"你干吗？"唐爱真的要飙泪了。

"给我老老实实坐着！不许看书！"叶珩蛮不讲理。

"神经病！"唐爱生闷气。到了考点，她没好气地说了声"谢谢"，就开门下了车。

"考试顺利！我在这儿等你出来！"身后传来叶珩的声音。他如此高调，立即引来了其他考生的注目。

唐爱加快步伐，头也不回地走进考点。她根据准考证上的信息找到教室和座位，坐下后才发现，距离开考只剩下十分钟了。

十分钟，只够她削个铅笔，灌个墨水。

唐爱垂头丧气，按住两侧太阳穴，拼命回忆资料书上的各类考点。所幸她基础不错，冷静下来能想起个七七八八。

"淡定，冷静。"唐爱给自己打气。

"同学们，现在是8点30分，考试正式开始，请大家自觉遵守考试秩序。"监考老师捧着一沓试卷，开始挨着座位发放。

拿到试卷，唐爱有些发蒙。那些试题的知识点都曾是自己熟知于心的，可是现在脑子里一团乱麻，她要努力回想才能确定答案。

第一场考试是专业实务，唐爱在临近考试结束还有二十分钟的时候，居然还剩下一半的题。

她不由得叹气认命。还能怎么办？尽力而为吧。

然而这叹气声还未收尾，她就感觉眼前一晃，周遭世界的色彩纠缠在一起，凝成麻花状，又轰然炸开，铺开去之后，各种色泽各就各位，重新清晰地呈现在眼前。

唐爱怔怔地看着眼前的课桌，上面空空如也。

试卷呢？

答题卡呢？

"同学们，现在是8点30分，考试正式开始，请大家自觉遵守考试秩序。"监考老师在讲台上宣布，然后开始发放试卷。

唐爱内心震惊无比，她回到了一个小时零二十分钟之前，第一科考试才刚刚开始！

因为有一半的题目已经做过，所以这一次，唐爱很轻松地就写出了答案。对于剩下的题目，唐爱多了几分信心。

时间滴滴答答地流逝，当距离考试结束还有二十分钟的时候，时间再次回到了一个小时零二十分钟之前。

专业实务这一科，唐爱足足多出了两三倍的时间来做。她的头脑越来越清晰，最后交出了一张填满答案的答题卡。

考试中场休息，唐爱开了机，给叶珩打了个电话。电话很快被接起，一个懒洋洋的声音传来："考得怎么样啊？"

"还……行吧。"唐爱有些心虚，生怕周围的考生听出异样。

"我就说嘛，有金色寿蜗在，你怕什么？"叶珩嘿嘿一笑，"上学那会儿，我就是靠这个，考试每次都能拿到不错的分数。"

"作弊。"

"所以不能我一个人作弊，我要把你也拖下水。唐爱，咱们现在是一条船上的人了。"叶珩一语双关。

唐爱佯装听不懂，弯下腰，压低声音："下一科是实践能力，这是我的强项，我自己能搞定，所以你千万不要使用寿蜗。"

叶珩笑了两声，直接拒绝："不行。"

"为什么？"

"所有结束时间超过饭点的考试都是反人性！12点半才结束，再去找餐厅就要下午1点钟，这个点吃午饭太晚了，会影响血红蛋白，进而降低颜值，这后果多严重啊。"

唐爱听得凌乱无比："啊？"

"反正为了颜值，12点前你必须出考场。"叶珩挂了电话。

唐爱咬牙切齿，想回拨电话，但教室外的考生已经陆陆续续地回了座位。她怕其他考生听出端倪，只好作罢。


第二科考试是实践能力，从10点55分考到12点35分，同样是一个小时零四十分钟。唐爱临床经验很丰富，平时又爱学，对付这科考试不成问题。但苦于考试的题量太大，要按照叶珩所说，提前半个小时交卷，还真的不太容易。

考试开始，教室里响起了沙沙声。

唐爱开始埋头答题，还算顺利，并没有出现上一科的窘况。二十分钟的时间，她基本上已经按节奏完成了四分之一。

她轻吁了一口气，伸了个懒腰，以缓解后背的酸痛。表面上看，她刚刚经历了两个小时的考试，可是把循环的时间算进去，她已经考了五个多小时了！

利用金色蜗牛进行时间循环，有利也有弊。

唐爱捶了捶肩膀，打算继续答题，然而就在这时，答题卡上的字体忽然飞出纸面，飘在半空。

她惊呆了。

那些黑色的字体如同一颗颗露珠，在半空中瞬间蒸发。接着，所有考生面前的试卷翻卷如白浪，字体升起消弭如黑烟。唐爱注意到，挂在讲台上方的那面挂钟的指针，正在飞速倒退！

一眨眼，时间回到了二十分钟之前，现在是刚开始考试的时间！

"叶珩你个浑蛋！"唐爱瞠目结舌。

监考老师不悦地看了她一眼，扬声说："考试正式开始，请大家保持安静，认真答题！"

唐爱无奈，只好埋头做题。她知道一旦时间循环开始，叶珩不会轻易结束的，所以只能接着上一次停住的地方答题。

第二科，叶珩将二十分钟循环了三次，才终于结束。唐爱对所有的试题已经烂熟于心，唰唰写完所有的答案，才将笔一扔，坐在座位上发呆。此时，距离考试开始才刚刚半个小时。

监考老师十分怀疑，和另一名监考老师小声议论："这次的考题不会提前泄露吧？"

"要不她作弊了……"

两人低声说了三四句之后，监考老师走过来，拿起唐爱的答题卡看了看，发现正确率很高。她语气生硬地说："把护腕摘下来。"

声音不大，但是整个教室里的目光都集中在唐爱身上。唐爱吃惊，慢慢地将护腕摘了下来，心里备感屈辱。她额头上冷汗直冒，倒不是担心出什么破绽，而是害怕自己的银色蜗形线被人看到。

那是她从十二岁起就会做的一个噩梦。

可是落在监考老师眼中，她的手臂上皮肤白皙，只有隐约的一道红痕，大概是被护腕勒的。

"对不起，你继续考试吧。"监考老师慢慢放下了答题卡。

唐爱心里打起了鼓，问："老师，我可以交卷吗？"

"考试结束前半个小时才可以交卷。"监考老师不耐烦地说，"再检查检查，别慌慌张张的。"

唐爱小声答应，心里却燃起了怒火。

都是那个浑蛋叶珩！为了按时吃午饭，他一遍遍地循环这20分钟，害得她现在被人怀疑作弊。

好不容易挨到12点，唐爱交了考卷出来，却没有看到叶珩的身影。她正纳闷，忽然听到一声清亮的口哨。

"我在这儿！"

唐爱扭头，看到叶珩站在二十米开外的一棵树下。他很用力地招着手，生怕她看不到。

参天大树下，阳光从浓密的树叶间投下斑驳的光影，落在那个年轻人的身上，却没有掩盖住他一丝一毫的风华。

他笑起来很灿烂，像个孩子。

唐爱满腹的埋怨忽然化为乌有，相反地，跳跃在胸膛里的那颗心脏，居然生出了几分雀跃。



　　叶珩带她去吃烤鸭，去了一家古香古色的餐厅。这里食客不多，静悄悄的，装修主打焦糖色实木，气氛宁静又祥和。

　　唐爱刚进包厢，一眼撞见淡绿色的纱帘摇摇晃晃，清风温柔地扑面而来。原来这包厢一边临水，外头绿波依依，提前一个小时开着冷气，哪怕开着木质窗户，也将夏日的热气收得干干净净。

　　一顿饭吃下来，让人身心愉悦。唐爱只觉得自己和叶珩之间那些隐形导火索，全都成了哑弹。她开始喜欢听叶珩讲话，喜欢看他笑起来时，那双神采奕奕的桃花眼。

　　说来奇怪，以前唐爱最讨厌的就是叶珩这种花花公子。现在她倒是受用得不行，只觉得和他在一起身心舒坦。

　　两人高高兴兴地回了家，彼此心里都像是灌了蜜糖。直到唐爱开门后嗅到一股方便面味道之后，心里才暗叫糟糕。

　　她忘记提醒叶珩，给胖子打包饭了。

　　胖子正坐在堆满仪器的沙发上，刺溜刺溜地吃着面，看到两人手牵手进来，眼睛顿时瞪得跟铜铃一般。

　　唐爱尴尬地抽回手，咳了两下："胖子，能吃饱吗？要不我们出去吃？"

　　胖子明显生气了，将面桶往椅子上一扔，褐色汤汁洒出一些。叶珩正在玄关换鞋，扭头说："甩脸子给谁看呢？我的容忍度和你的颜值成正比，你给我小心点。"

　　"不用，我吃这个面就够了。"胖子立即犯尿，将面桶拿回来，一手还扯了张卫生纸擦拭汤汁弄脏的地方。

　　唐爱很愧疚，等叶珩回了房，立即从行李箱里拿出一袋真空包装的牛肉："没吃饱吧？这个给你。"

　　胖子看了叶珩的房间一眼，摇头："不了，你吃吧。"

"你干吗这么怕他？他是老板，又不是老虎。"唐爱将牛肉塞到胖子怀里，挨着他坐下来。

胖子赶紧往旁边挪了挪。

唐爱怔住了，有些失落，也有些伤心："在你心里，你一定觉得我和叶珩是异类吧？"

为了营造一个正常的氛围，她没有说出胖子的蜗形线是什么状况，当然胖子也没问。在她心里，一个人剩下多少时间是一种隐私，没有授权是不可以随便告诉对方的。

"不，唐小姐你误会了！"胖子赶紧摆手解释，"本着科学的精神，我没有嫌弃也没有歧视。我吧……我就是，嫉妒你是老板娘。"

嫉！妒！她！

唐爱内心震惊无比："你说真的？"

胖子眼神无辜地点头。唐爱捂住嘴巴，连澄清自己和叶珩不是恋爱关系这件事都忘记了。

她在心里默默地将"嫉妒"这个词和"吃醋"画上了等号。原来，叶珩说的都是真的！胖子之所以不要工资，免费打工，全是因为痴心一片？

唐爱一边摇头叹息，一边在内心脑补了十万字爱情题材的小说。她同情地拍了一下胖子的肩膀："你知道叶珩那人吧？他永远都不会有所觉悟的，要不你考虑下退出？"

"不行！不能退出，这是天大的好机会……"胖子急了，"唐小姐，你可千万别赶我走，我只会帮助你们，不会妨碍。"

"可是你总得面对现实，我不希望你受伤！"唐爱也急了，"叶珩那人你就不能指望他感恩，他只会伤害你的感情！"

胖子呆住了，半晌才翕动嘴唇，喃喃地问："跟……跟我的感情有什么关系？"

"你不是说，嫉妒我吗？"唐爱察觉有些不对劲。

"是忌惮不是嫉妒，忌、惮。"胖子咬字加重，挠着后脑勺说，"叶珩很小心眼的，看得出他很喜欢你。为了我的生命安全，我们还是保持距离吧，男女有别……咳咳。"

唐爱傻眼了："那你刚才说'天大的好机会',是指留在叶珩身边吗?"

"不是呀,是研究四维生物的机会!"胖子眼神发亮,"新物种,科学的发现,多好的机会呀!"

唐爱忽觉异样,扭头一望,发现叶珩不知何时开了门,斜靠在门框上,似笑非笑地看着他们。

"你以为是什么?"叶珩问,"真以为胖子暗恋我呀?"

胖子连连倒抽冷气,两手交叉抱住双肩。唐爱捏着眉心:"叶珩,我觉得我现在不想跟你讲话。"

太丢脸了!

唐爱站起身,冲进自己的卧室,将房门紧紧一关。叶珩本来忍着笑,看到紧闭的房门后忍不住哈哈大笑。

胖子挪到叶珩身边,晃了晃手里的牛肉:"老大,这是她给我的……"

叶珩立即收笑。

胖子赶紧将牛肉双手奉上:"老大,给你吃,你吃,吃。"

叶珩将牛肉抢过来,撕开包装袋。胖子嘿嘿笑起来:"老大,唐小姐人很好,你千万不要辜负人家。"

"谁给你肉吃,你就觉得谁很好。你不觉得这一点太像宠物了吗?"叶珩白了他一眼。

胖子急了:"不是,我是真心觉得唐小姐人很好……"话没说完,胖子嘴里就被塞了一块牛肉,后半句话被堵住,样子极其滑稽。

胖子很有科学奉献精神,吃完饭就立即投入实验观察中。他抽取了唐爱10毫升的血液,涂片后,就开始进行显微镜下的观察,还时不时地做记录。

叶珩优哉游哉地哼着歌进了厨房,十分钟后拿了一盘切好的水果出来递给唐爱。苹果切得整整齐齐,排成一个圆圈,瓣瓣红皮白牙,以挑起食欲为己任，是一种放肆的好看与鲜艳。

"来，补补。"

唐爱往客厅瞅了一眼："你不让胖子吃？"

"他做研究的时候是不喜欢别人打扰的。"叶珩拿起一瓣苹果，"张嘴，我喂你吃。"

唐爱脸颊发烫，自然不依，伸手从叶珩手上拿过苹果，低下头吃起来。乌发恰到好处地披散下来，又恰到好处地遮住了半张侧脸。从叶珩的角度看去，只能看到浓密的睫毛一颤，又一颤。

叶珩一笑，说："你知道这世上最动人的风情是什么吗？"

"是什么？"

"是不解风情。"

他见惯风月，却说最动人的是不解风情。

"你……"唐爱觉得自己应该反击，却不知道该说什么。她第一次遇见这种人，皮相上乘，有时候可爱，有时候霸道，又懂得撩拨挑逗。她气恼地扭过身体。不用照镜子，她也知道现在一定是脸红如熟虾。

她心里暗暗决定，假如叶珩继续撩拨、调戏，或者有任何不安分的动作，比如抱住她的肩膀什么的，她就毫不留情地给他一个教训！

她正胡思乱想着是扇巴掌还是过肩摔，叶珩却走到门旁，一边吃着苹果，一边往客厅里看。

"你看什么？"唐爱忍不住问。

叶珩神神秘秘地向她招手："来这边，到这边来。"

"什么？"

唐爱一头雾水，还以为客厅里的胖子有了什么新发现，走到卧室门口往外看。叶珩却一把将她搂在怀里，一转身，就吻了下去。

湿润的触感猛烈传来，撞得她整个人晕晕乎乎的。她睁大眼睛，叶珩的五官近在咫尺，是那样猝不及防。

她真是低估了叶珩，或者说第一次见到这样的套路，让她没有任何防备和戒心。

　　唐爱陷入愤怒和羞耻的拉锯战里，可是这种状态只持续了一分钟，她就已经全线沦陷。明明一分钟前，她还在构思如何教训叶珩，可是现在她一星半点的计策都没有了。

　　只要跨出一小步，他们的亲密就会被胖子看到。可正因为空间里多了一个第三人，这种亲热才会如此刺激。这是一个即将暴露的秘密，所以秘密的主角们不得不心惊胆战地对待。

　　唐爱慢慢闭上眼睛，不再挣扎。

　　她现在确定一件事，就是爱上了叶珩。

　　爱情来得如此迅疾，就像多年前的那场海难，呼啸着降临，让人不得不接受和臣服。

**Chapter 7**

# 兔子急了也咬人，更何况不是兔子

有些伤，一旦落下就会变成沟壑。有些刺，一旦嵌入就会生根。岁月是治愈者，更是致郁系。有些伤痛是蛛丝，终究会被岁月的手拂去。有些伤痛却如苦酒，发酵叠加，永远不会消失。

用一个词形容这几天的生活，那就是蜜罐。

　　唐爱从来都没想到，她离开家之后会是这样一种状况。这段时间是毕业季，她除了去学校办理毕业手续，就是和叶珩在一起。和他在一起，哪怕只是去公园看夕阳，看最狗血的电视剧，也让她觉得幸福和满足。

　　她从来都没觉得日子能这样自在。二十二年了，真的抛开一切责任，也没有她想象的那样糟糕。

　　胖子还是天天做实验，脸色一天比一天凝重。唐爱已经习以为常，不在意他的研究结果是什么。在她的幻想中，寿蜗说不定真的在她八十岁的时候才能威胁到她。

　　不过有一天，胖子好像终于憋不住了，颤抖抖地将两份文件递到唐爱和叶珩面前。

　　叶珩笑着接过来："好，我等会儿就看。唐爱，你晚上想吃什么？赶紧点，不然等会儿外卖高峰了。"

　　"好嘞。"唐爱拿起手机。

　　胖子搓了搓衣服，讷讷地说："我想唐小姐也看一下报告比较好。"

　　"和银色蜗牛有关？"唐爱收起笑容，将文件拿过来。叶珩表情有些不自然，不情愿地松了手，然后警告地瞪了胖子一眼。

　　胖子不去看叶珩，结结巴巴地说："你，你直接看结论就好。"

　　唐爱点头，翻开第一份文件，发现那是一份DNA血液对比文件，结论显示，她和叶珩有99%的血缘关系。

这个结果很荒谬，可是唐爱却只觉得脑中思绪犹如电光石火，想到了另一种可能性。

"兄妹？"叶珩吃惊，"胖子，你前几天加急送了我们的血液样本去医院，就是做了这个DNA对比？你到底在怀疑什么？"

胖子吭哧了两声，没说话。

唐爱很冷静，翻开第二份文件，这份也是DNA对比文件，只是采集的样本是带毛囊的头发和指甲，结论是她和叶珩没有血缘关系。

"你想用这个文件说明什么呢？毫无意义。"叶珩一把将两份文件收起来，搂了搂唐爱的肩膀，"没事了，研究就是这样，经常走入错误的方向。"

"可是我并不觉得这是错误的研究方向。"唐爱将叶珩手里的文件再次拿过来，又看了几遍。

她是护理系毕业的，自然清楚这种DNA的对比结果不是绝对的。地球上有七十亿人口，什么样的差错都有可能发生。亲生父子的DNA比对结果不一定是99%，毫无血缘的人之间的DNA比对也可能一致。

"接受骨髓的人，过一段时间，他的血液DNA会和骨髓捐献者一样。但是，他们的毛发所呈现的DNA，绝对不同。"唐爱说，"同理，这个理论也可以说明我和叶珩眼下的情况。"

叶珩怔住了。

胖子笑起来："唐小姐果然是个聪明人。"

"是的，我和叶珩的共同点是，我们体内都有寿蜗寄存，血液DNA其实是寿蜗的DNA，不是我们的！再注意一点，我和叶珩毛发和指甲的DNA不一致，说明寿蜗目前只是存在于我们的血液之中，没有侵入到身体其他地方去。"唐爱简单得出结论，"提出一个大胆猜想，只要我和叶珩换血，就能赶走寿蜗！"

胖子一砸拳头："对！我就是想说这个！"

叶珩看着地板，眼神晦暗不明。

唐爱知道他在想什么，换血不是小事，一个人至少要准备4000毫升的新鲜

健康血液。而且，医院是不会为身体健康的人做换血治疗的。

"叶珩，这个办法很难，但我们还是要试一试。"唐爱握住了叶珩的手。

叶珩勉强一笑："这是个可行的办法，但是目前也只是处于假设阶段。我就问一个问题，假如寿蜗入侵了器官，该怎么办？换器官？"

胖子说："可以检查内脏的DNA，如果是你们本人的DNA，就说明寿蜗还没有侵袭。"

"对！我们要动作快些，赶紧查清楚，一定要赶在寿蜗侵入内脏之前！"唐爱现在热血沸腾，毕竟发生在自己身上十年的怪事，终于看到了终结的希望。

叶珩有些为难："可是检查内脏的DNA，听上去就很瘆人啊……"

"活体组织检查一般穿刺抽取，不会太痛苦。"唐爱安慰叶珩。

"好，那我这就去安排，还请叶老板安排好检查身体的费用。"胖子喜上眉梢地叮嘱叶珩。

叶珩翻着文件，嗯了一声。


活检完毕之后，就是焦急的等待时间。DNA检测，就算加快也要三天才能出来。

这三天里，唐爱陷入了无尽的焦虑之中。她常常一个人在房间里走来走去，或者就站在客厅里，看着胖子发呆。

胖子终于受不了了，提出抗议："唐小姐，你现在无论做什么也改变不了结果，还不如把心态放轻松。你这样看着我，我没心情继续研究啊。"

"说得轻松，实际做起来很难。"唐爱将一套烧杯从沙发上挪开，坐下来叹了口气，"内脏DNA的检测结果，对于我来说很重要，我没办法控制自己不去想这些。"

"有多重要？"

"你有妹妹吗？"

胖子语气里充满了宠溺："有，我亲妹妹，上高二了。你不知道她可缠人了，整天闹着跟我要零花钱，不过会给我做蛋炒饭吃，嘿嘿。"

唐爱苦笑："那就和妹妹一样重要。"

十二岁那年，她海难死里逃生，回到家之后，就戴上了护腕，无论何时何地都不肯摘下来。

后来，她偶尔能看到别人手腕上的蜗形线，渐渐地也明白了蜗形线所代表的意义。她也曾经尝试去拯救那些蜗形线全部变黑的人，可是最终得到的却是失望。

最后，这个秘密被唐佳佳知道了。

唐佳佳的蜗形线，银色段并不长，只有三四十年的长度。为了安慰唐佳佳，唐爱撒了谎。

她并不是一个擅长说谎的人，所以露馅了。唐佳佳当时就炸毛了，姐姐既然说了谎，那肯定是因为结果非常糟糕，很可能她明天就会死掉。从那以后，唐佳佳就陷入了一种恐惧死亡的状态中，继而恨上了唐爱。

那个整天喊她姐姐的可爱小女生不见了，取而代之的是一个尖锐、自私、阴鸷、爱闯祸的唐佳佳。

"可能你们觉得寿蜗的能力非常强大，可是它实际上给我带来的只有困扰和痛苦！"唐爱说着，眼睛里有泪光闪现，"别人怎么想我不管，我只想过正常的生活。"

胖子难过起来："你放心，肯定会有好结果的。"

会吗？

唐爱有些绝望地望着外面渐渐暗淡的天光。叶珩去医院取DNA报告单了，如果是好结果，他肯定会立即打电话过来。拖到这个时间，肯定是大家最不想面对的情况。

就在这时，房门响了。

唐爱和胖子同时一跃而起，冲到玄关处。叶珩正在低头换鞋，手里拿着一个文件袋。

"结果怎么样？"唐爱声音在发抖。

　　叶珩抬头看她，桃花眼里满是悲伤。唐爱瞬间就明白了他想要说什么，浑身顿时冰冷彻骨。

　　她一把抢过文件袋，将DNA报告从里面抽了出来。

　　果然，活检结果显示，从她胃部、脾脏上提取组织的DNA，和叶珩同样器官组织的DNA高度相似。

　　寿蜗入侵了。

　　胃部和脾脏都入侵的话，那胸膛里跳动的这颗心脏，也不完全属于他们了。他们还剩什么部分？

　　大脑？

　　寿蜗还有多长时间会侵入他们的大脑？到时候，他们还能和寿蜗共存吗？还能控制自己的思想意识吗？

　　"小爱，别担心，我们会想出办法的。"叶珩走过来抱住唐爱。

　　唐爱靠在他的肩膀上，默默地流下眼泪。她想到唐佳佳震惊又嫌恶的眼神，想到楚轩平阴险狡诈的脸，想到戴了这么多年的护腕，想到那些胆战心惊的心情，就心酸不已。

　　胖子急得满头冒汗："唐爱，你别急啊，天无绝人之路……"

　　叶珩伸出一根手指放在唇上，示意胖子不要说话。他轻拍唐爱后背，低声耳语："别哭，有我在。"

　　唐爱擦了擦眼泪，回头看胖子："你一定有办法，对吗？"

　　"有啊，但也是猜想阶段。"胖子说，"其实很简单的道理，寿蜗再牛也是蜗牛……蜗牛是有天敌的。"

　　"是什么？"

　　"萤火虫毒素，对人体无害，但是对蜗牛就是致命的。"胖子郑重其事地说，"这种液体至少能休眠寿蜗，当然这只是我猜想的啊。"

　　唐爱这才觉得力气恢复了不少："那我们就试试？"

　　胖子为难地望着叶珩。

　　叶珩说："唐爱，要提炼出萤火虫毒素，我们的仪器和技术都不行，但是要升级设备，需要花一大笔钱。"

　　他现在是逍遥在外，并没有为叶家做任何贡献。之前叶家明为了逼他现身，停了他所有的信用卡。否则，他也不至于如此窘迫。

　　"要我说，你就该回一趟叶家，那好歹也是你……你的家……"胖子说到一半，被叶珩看得发毛，却不得不说下去，"叶家旗下有三个知名化妆品品牌，要什么实验室弄不来？比咱们这儿好多了！"

　　可问题是，叶家现在对叶珩的态度很微妙，叶珩也不愿意向叶家摇尾乞怜。

　　"算了，我们再想别的办法。"唐爱低声说。

　　叶珩开了口："不，就找叶家。我想办法让我二爸给我拨款，弄个实验室提炼萤火虫毒素。"

　　胖子激动地揉着衣服："这才对嘛！"

　　唐爱却没那么轻松，她看着叶珩，将他眼中的落寞和挣扎尽收眼底。叶家是叶珩的痛点和禁忌，是他永远不愿提及的事情。直觉告诉她，回叶家不是那么简单的事情。

　　"小爱，你跟我一起去。"叶珩说。

　　"为什么？"唐爱怔住。

　　叶珩微微一笑："你应该很想见唐佳佳吧？在叶家眼里我是个危险分子，咱们两个一起去，万一我被扫地出门，你和唐佳佳见一面也好。好歹我们两件事最终能办成一件。"

　　唐爱快速考虑了一下，点了点头。

　　爸妈从非洲回国后，肯定会和叶家联系。究竟唐佳佳会如何选择自己的未来，她也很想知道。


　　夜。

　　书房里只开了一盏落地灯，靠墙立着一排古铜色的木质书橱。微微的灯光将书橱棱角照得发亮。

　　叶父打开书橱，目光落在一只纸盒上。那是一只再普通不过的白色纸盒，已经有些年头，边角都被磨出了毛边。

　　他打开纸盒，看着里面的一双粉色芭蕾舞鞋发呆。

　　舞鞋是废弃的，顶端已经磨损，鞋形却仍然展现着一种畸形美，依稀可以窥见鞋子主人往昔的风华。

　　"你还在想那个女人？"身后突然传来冷冷的一声。

　　叶父悚然回身，看到叶母穿着丝绸睡裙站在身后，目光冰冷。地上铺着厚厚的地毯，所以她的出现才会悄无声息。

　　"你怎么不睡？"叶父将纸盒放回书橱，将橱门关上。

　　叶母冷笑："听说明天小珩要回来吃饭，我睡不着。那可是焐不热的石头，指不定哪天就砸破我们的头！"

　　"这么多年我对他如何，他总有一天会明白。"

　　叶母点头，嘲讽地说："会明白的，是，没错。可是他要是知道你这么多年，会在每个深夜对着一双舞鞋意淫他的母亲，他还会明白吗？"

　　叶父勃然变色："住口！"

　　"我受了这么多年的委屈，还不能说吗？尚新死得那么惨，你不心疼他，倒心疼一个外人！"叶母咄咄逼人。

　　叶父愤怒地望着叶母，垂在袖管里的手握紧，又松开。

　　"你忍他，容他，要驯服他，不过是因为他长得像你爱的女人罢了。你可悲，又可笑，更恶心！你对不起尚新！"

　　"滚！！"叶父愤怒地吼。

　　叶母愤然转身，打开门后却停步，回头说："做这么过分，也不怕把他逼急了，兔子急了也咬人呢。"

　　接着，她补充了一句："更何况，他还不是兔子，是狼。"

　　没开灯的卧室里，唐佳佳躺在床上，吓得一哆嗦。

　　她侧耳倾听外面的动静，确定没有声响后，才蹑手蹑脚地从床上爬起来。

　　走到桌边，唐佳佳打开台灯，从抽屉里拿出一个日记本。她翻开新的一页，在上面写下四个字：

芭蕾舞鞋。


第二天，唐爱和叶珩一起回叶家。

临行前，胖子意味深长地交代："叶珩，看事情不对劲你就使用循环，千万别冲动，能不能要来实验室就看你的忍功了。"

叶珩冷睨他一眼，狠命地按下了电梯关门键。

"唐爱，你劝着点，千万不能闹出人命……"电梯门关得很快，胖子只来得及喊出半句。

有那么夸张吗？

唐爱站在叶珩身边，小心翼翼地看了他一眼，发现这个风流公子一言不发，少有的一脸凝重。

看来，今天不是叶家的家宴，而是一场鸿门宴。


叶家位于本市一处赫赫有名的别墅区，安保设施十分严密。叶珩验证完身份，开车进入小区，然后将车停在一处典雅的别墅院内。

叶珩停好车，刚开门下车，叶家明就迎了上来："小珩，你回来了。"叶夫人也不情不愿地打了声招呼。

"伯父，伯母，你们好。"唐爱从另一边下车。

几乎是一瞬间，笑容从叶家明脸上迅速隐去。他似乎早已知晓唐爱和叶珩如今的关系。叶夫人勉强笑了一下，算作回应。

"爸，正式给你介绍一下，这位是唐爱，唐佳佳的姐姐，也是我的……"叶珩将唐爱拉到身后。然而"女朋友"三个字还没说出口，叶家明就打断了他的话："小珩，进去说吧，最近在忙什么呢？"

叶珩回答："在钻研美容配方。"

叶家明惊喜："是吗？那你既然主动给我打电话，肯定是有进展。咱们父

子俩等会儿可得好好聊聊。"

两人进了客厅，保姆已经备好了茶水点心。唐爱一心想见唐佳佳，眼睛往回旋楼梯上瞟了几眼，却没看到熟悉的身影，顿感失望。

叶家明看也不看她，只是兴致勃勃地问叶珩："小珩，说说看，你都有哪些发现。"

叶珩从提包里掏出一份文件："爸，这是我做的研究报告。经过我几百次的实验表明，萤火虫体液对修复肌底、促进胶原蛋白产生有很强的作用。"之后，他又从包里掏出一只小玻璃瓶，"这是半成品，还有些可以改进的地方。如果你能给我一间实验室，我可以将这个配方做到完美。"

叶家明半信半疑地拿起研究报告，看着上面龙飞凤舞的笔迹。他再拿起玻璃瓶，打开嗅了一下。

唐爱立即紧张起来，那小瓶子里装的是她快要过期、打算扔到垃圾桶的乳液。如今被叶珩拿来忽悠，她有一种从犯的罪恶感。

"我回头让公司技术部研究一下这份报告，然后再做市场评估。"叶家明模棱两可地说。

叶夫人附和着说："是啊，萤火虫最主要的元素是荧光素，要让市场接受萤火虫有美容功效，太难了。"

叶珩却将文件收回来："爸，妈，等实验室做好，我才能让你们带走这份报告，毕竟这里面有不少技术机密。"

他不可能让叶家明带走这份报告，否则就会露馅。因为这里面全都是胖子平时做实验的数据，根本就不是针对萤火虫。叶家明却当了真，哈哈大笑："你连我都防着？"

"在商言商嘛。"叶珩也笑。

"这个态度不错，就该这样。"叶家明说着，看了看腕表，"林小姐也该到了，小珩，咱们等会儿一起出去迎迎。"

"林小姐？"

"是你爸爸十来年的生意伙伴的侄女。"叶夫人接上话茬，言语中的意味十分暧昧，"你们认识一下，都是年轻人，应该很有话聊。"说着，她话锋一转，"唐爱是来看妹妹的吧？佳佳现在正在休息，等吃饭了，我就让佳佳从楼上下来，你们姐妹好好聚聚。"

唐爱愣住了。

她心里酸溜溜的，这表面上是一场家宴，其实是一次相亲，她实际上是个局外人。

不过她还是乖巧地回答："好。"

叶珩凑过来，低声问："我还没说话，你就已经答应了？你怎么不吃醋？"唐爱故意一笑："这不是正合你意吗？叶小公子本来就喜欢花团锦簇的。"

正所谓女人的"没事"，就等于"有事"，所以唐爱表面上云淡风轻，心里已经是气恼不已。

叶珩挑了挑眉，笑着看她，并不说话。唐爱更是生气，端起茶杯来喝水，以此掩饰自己。

正胡思乱想着，楼梯那边突然响起了脚步声。

唐爱扭头，看到唐佳佳穿着宽大的睡裙站在楼梯口，怔怔地看着自己。她还没显怀，小腹依然平坦，只是略微丰腴。

唐爱忙走过去，握住了唐佳佳的手。唐佳佳像受惊的小鹿，低声问："你……你是来给爸妈当说客的吗？"

"佳佳，我不会逼你做任何你不想做的事情。"唐爱赶紧安抚她，"你放心，我就是来看看你。"

唐佳佳这才平静下来："去花园里走走吧。"

唐爱留意了一下唐佳佳的手腕，发现那一大一小的两条蜗形线都很正常，尤其是小蜗形线，银色格满满的。一想到那代表着一个未出生的小生命，唐佳佳就感觉有一根小手指戳动了内心最柔软的部分。

唐爱和叶家明打了声招呼，然后和唐佳佳走到花园里。叶家的别墅占地面积很大，庭院里绿叶葱茏，一簇簇的散尾葵旁边立着一个白色的圆蛋吊椅，看上去舒适又惬意。

"我和宝宝身体都不错吧？"唐佳佳坐到吊椅上问。

唐爱有些不自在："产检没问题，就是一切都好。"

"姐姐，别揣着明白装糊涂了，我知道你看得见。"唐佳佳说，"你刚才表情平和，我就知道肯定没问题。"

唐爱不知道该如何作答，只好沉默。

"这么多年，你在我心里就是个阴差鬼使，也就怀孕的这段时间，我才感觉你是我姐姐。"唐佳佳拨弄着吊椅旁的一朵小花。

唐爱眯了眯眼睛："你说话向来不好听，不过我会抓重点……你的意思是，你开始把我当姐姐了？"

唐佳佳看向她，目光沉郁，微微点头："我在叶家，每天都会记日记，也想通了很多事情。"

"都是什么？"

唐佳佳站起身，凑在唐爱耳朵旁低声细语。唐爱听着听着，猛然睁大了眼睛。她没想到，叶珩的前史比她想象中的更加黑暗！

"别和叶珩在一起，他不可能是个好人。"唐佳佳的笑容十分古怪，"因为我们坏人最会识别坏人。"

唐爱震惊，不禁后退了两步。她摇头："不，叶珩不可能……"

他是一个心里有假想光的人，即便身处黑暗，也会向往光明。他也是一个拥有孩子气笑容的人，即便身世苦难，也会崇敬美好。这样的他，怎么会像唐佳佳说的那样？

"言尽于此，听不听随你。"唐佳佳准备回客厅，"还有，你回去告诉爸妈，这孩子我生定了！别再问我将来怎么打算，为了尚新，做个单亲妈妈我也愿意！"

"你态度怎么突然变得那么坚决？"唐爱感到很奇怪。

"因为我全都想起来了！"唐佳佳眼中含泪，"发生车祸前几分钟，我把腿跷在中控上，尚新突然让我把腿放下来，还说这辈子最爱的人是我。当时我不懂他是什么意思，还嘲笑他肉麻！你知道吗？那辆车子撞击最严重的部位，是驾驶座的位置！他把生的希望留给了我，我不能辜负他！"

唐爱呆住了："你说车祸前几分钟，他让你把腿从中控上放下来？"

唐佳佳点头。

中控是安全气囊弹出的位置，如果发生撞击，安全气囊会以很快的速度弹出。如果把腿跷到中控上，安全气囊很可能会撞击腿部，腿部继而撞向乘客的面部和身体，容易发生骨折，严重者很可能导致死亡。

叶尚新提前让唐佳佳坐好，肯定是发现车子失控了。他知道刹车不灵，必有一撞，但又不能直接说出来，怕吓到唐佳佳，引起她更大的恐慌。所以只能让唐佳佳坐好，自己默默调控。

可此时发生了追尾事件，整个车辆完全失控。一般司机在这种危急情况下都会自保，可是他却疼惜着副驾驶座上的唐佳佳。于是，他承受了最猛烈的撞击，被夺走了生命。

"他没有撒谎，是真的最爱我。"唐佳佳苦笑。

唐爱心里又是感动，又是心疼，什么也没说，默默地抓住唐佳佳的手。她知道，车祸事件出现了新的疑点，比如，那个肇事司机怎么会出现得那样巧合？偏偏在叶尚新车辆失控的时候出现？比如，那辆车子几天前还被保养过，怎么会突然失控？

可是她什么也不能说。唐佳佳需要一个信念支撑下去，这个信念最好是善意的，美丽的，不掺杂任何阴谋。

唐爱安慰了几句，唐佳佳的情绪才渐渐和缓下来。

就在这时，一辆红色跑车开进了庭院。车门开时，上面走下一个身穿鹅黄色时装的高挑女子。女子五官美艳，波浪大鬈发垂在胸前，举手投足气场强大，将车门随手一关，声响里便多了潇洒狠厉的味道。

"小林来了，欢迎欢迎。"叶父和叶母走出迎接。叶珩也跟着走出客厅，在看到女子的那一刹那，他抬了抬眉毛，随即露出了戏谑的笑容。

女子礼貌地一一打招呼，看向叶珩的时候却没有任何言语和动作。叶珩不以为意，伸出手说："林警官，别来无恙。"

"林警官？啊，原来是你……"叶父这才认出了眼前女子，顿时心绪复杂，叶母也表情古怪。

唐爱仔细辨认那名女子，恍然大悟，这不就是那个女警察林密吗？车祸

案，还有后来的绑架案，都是她负责的。只是脱去一身警服，稍稍装扮的她顿时艳光四射。

"真巧，你也在。"林密转而看向唐爱，"叶珩的小女朋友。"

"哪儿的话，她是佳佳的姐姐，不是小珩的女朋友！来，进去说话。"叶家明生怕这场相亲黄掉，赶紧打断了林密的话。唐爱正情绪低落，叶珩却笑着向她走过来，将她的手牵起。

"林警官好眼力，她现在就是我女朋友。"叶珩一字一句地说。唐爱脸上一红，十分尴尬，赶紧甩开他的手。

叶父恨铁不成钢，叶夫人笑眯眯地转移了话题："是不是女朋友以后再说，中午一起用餐吧。小林，为了欢迎你，你伯父早晨特意从酒库里拿了一瓶八二年的拉菲。"

"谢谢伯父伯母。"林密一笑。

叶夫人拥着林密走进客厅，叶珩也被叶家明拉了过去。唐爱呆呆地站着，心里五味杂陈。唐佳佳扭头看了她一眼："姐，你被架空了。"

"……"

"叶家什么身份，来的都是财神爷。要不你趁这个机会分手吧，我帮你。"唐佳佳说。

唐爱立即警惕起来："不用帮我，你别乱来。"

"看你紧张的，懒得管你。"唐佳佳轻描淡写地说，转身往客厅的方向走去。唐爱看她懒洋洋的样子，不自觉地松了一口气。

可是令唐爱始料未及的是，她还是低估了唐佳佳。

唐佳佳是何许人也？熊孩子。

既然是熊孩子，就不会按常理出牌。


餐厅里，六个人围着长桌而坐。

叶家明和林密相谈甚欢，叶夫人则和唐佳佳聊育儿话题，言辞中关切甚浓。不仅如此，叶夫人故意撮合叶珩和林密，让叶珩没工夫搭理唐爱。

唐爱尴尬至极，只好慢慢喝茶。就在这时，她手机突然响起了短信提示音。

她不动声色地划开手机屏幕，发现是叶珩发来的短信："我有必要解释一下，我之前真不知道我爸给我安排了相亲。"

唐爱哭笑不得，回复："没关系，反正他之前也不知道你回家是为了骗钱，你们谁也不亏欠谁。"

叶珩低头打字："可是我亏欠的人是你。"

唐爱心头一甜，却傲娇地回复："你桃花这么多，都感到亏欠的话，你补偿得过来？"

叶珩看到短信，眉心一跳，正要回复，叶家明却在此时突然看向他："小珩，你应该跟小林多聊聊，看得出小林是个生活很精致的女孩子。"

叶珩放下手机，淡声问："不知道林警官最近都忙些什么？"

林密慵懒地撩了下长发，回答："审人。"

"嗯？"

"最近辖区没什么大案子，都是些色中痨鬼，碰上那些不老实交代的，我们就连夜审。"林密莞尔一笑，"都不是大的刑事案件，但男人太风流，早晚都会在风流上送命，对吧，叶小公子？"

叶珩一怔，继而大笑："送命倒不会，毕竟你们是审人，又不是杀人。"

"不是说会死在我们手上，而是死在他们的私欲里。"

眼看话题歪掉，叶夫人赶紧出来打圆场："小珩，真不会聊天，讲什么呢？"

叶珩说："好，那就不聊这个，直接说吧。"他戏谑一笑，眸光深沉，"林警官对我有什么感兴趣的吗？"

"没有。"

"好巧，我也对你没兴趣。"

如果说刚才只是火星四溅，那么现在就是已经点燃了导火索，两人之间的紧张气氛一触即发。

　　唐佳佳恰到好处地扑哧笑了出来。她俏皮地指了指叶珩："是你不会聊天，喊什么林警官？你喊她警官，她可不就跟你聊工作上的事情了吗？"

　　叶家明尴尬地附和："是啊是啊，的确不妥。"

　　"那改个称呼就好了嘛！叶珩，你就喊她阿密吧！"唐佳佳还在笑，居然示威地看了唐爱一眼。

　　唐爱知道，这是熊孩子在帮她分手。她没吭声，也没看其他人，只是自顾自地喝着茶。

　　"林姐，你工作之外都有哪些爱好？"唐佳佳兴致勃勃地问。

　　林密想了想："擒拿格斗。"

　　"太可惜了，你这么漂亮，身材也好，练舞蹈一定很好看。"唐佳佳撒娇，"你要是练舞蹈多好啊，那我就跟着你一起练。"

　　叶夫人嗔怪地说："佳佳，你现在特殊情况，不能跳舞。再说你现在都多大了，身体柔韧度也不够啊。"

　　"妈，我小时候练过芭蕾，那天在书房发现了一双芭蕾舞鞋，就穿上试了试，没想到那些基本动作都没忘。你别担心，就算是练舞我也会格外小心的。"唐佳佳嘴巴像抹了蜜。

　　然而这一席话，却像是一颗惊雷炸在了客厅上方。叶夫人顿时面如死灰，声音异样："你……你怎么会看到那双舞鞋的？"

　　"柜子那天没锁啊，我找书看，就看到了。"唐佳佳毫不避讳地回答。

　　叶珩怔怔地看着唐佳佳，耳朵里回响着"芭蕾舞鞋"四个字。在他记忆里，妈妈是个芭蕾舞者，最喜欢在阳光充足的练舞室里跳舞。阳光随着她的舞姿跳跃，整个画面是那样圣洁。

　　难道书房里的舞鞋，是……

　　叶珩死死盯着叶家明，慢慢地站了起来。他心里充满了屈辱和愤怒，像地心里的岩浆，就要喷薄而出。

　　这十几年，叶珩也曾经困惑过，自己很少尊敬眼前这个叫作养父的男人，他凭什么还容忍着自己。直到他回忆起童年那些不堪的往事，看到镜子里越来越像妈妈的那张脸，他就全明白了。

妈妈已经去世那么多年了，眼前的这个男人，居然还不肯放过她！

叶珩每想一次，心里的仇恨就越多一点。

唐爱被叶珩的样子吓到了，赶紧轻声喊："叶珩，你先坐下。"

可是叶珩像没听到一样，充血的眼睛盯着叶家明，突然一拳砸在桌子上，发出砰的一声巨响！

"啊！"叶夫人吓得尖叫一声指着叶珩，"你想干什么？你这头狼崽子，反了你！"

叶家明稳如泰山地坐在座位上，优雅地展开桌上的方巾："叶珩，第一道开胃菜马上就要上来了，你坐下来，我们就还是父子。"

"谁和你是父子，你只是我的二爸！今天叫你几声'爸'，算我没骨气！"叶珩牙龇目裂，"那双舞鞋在哪儿？马上给我扔掉！你不配！"

"啪！"叶家明狠狠打了叶珩一巴掌。

五个鲜红的指印出现在叶珩脸上，他的嘴角慢慢渗出了鲜血。叶珩擦了擦嘴角的血，抬眼再看叶家明，已经换了一种玩世不恭的眼神。

"就算打死我，也请你记住三个字：你不配。"叶珩咬字极重，说完就转身冲出客厅。

唐爱匆匆看了唐佳佳一眼，只见她还若无其事，嘴角挂着得逞的笑。唐爱无奈地叹了口气，扭头去追叶珩。

外头乌云低垂，湿风乍起，早上出来的时候还是晴天，这会儿已经山雨欲来。叶珩走得很快，走到车旁，却站住不动了，似乎在犹豫，在思索。

"叶珩……"唐爱想起唐佳佳告诉她的那些秘闻，一阵心酸，不知道该如何安慰。

叶珩没回头，背对着她，淡淡地说："我把二爸得罪了，实验室这事算是泡汤了……要不，我用金色蜗牛循环一次？可能第二次我表现得还是不好，但没关系，还有第三次第四次，我总能讨好我二爸。"

"叶珩，不要！"唐爱突然泪如泉涌，扑上去从身后抱住他，"不要再一遍遍地折磨自己了，没有实验室就没有！"

叶珩浑身一震，没有推开她，而是低下头。他的脸沉在阴影里，神情不明，可是却有一滴晶亮的泪掉落下来，落在地上成一个小小的水渍。

"唐爱，心里的刺拔不出来，怎么办？"

有些伤，一旦落下就会变成沟壑。有些刺，一旦嵌入就会生根。岁月是治愈者，更是致郁系。有些伤痛是蛛丝，终究会被岁月的手拂去。有些伤痛却如苦酒，发酵叠加，永远不会消失。

唐爱听到叶珩的声音像在哭，也像在吼。

他说："我爸……是被人害死的！"

暴雨下个不停，冲洗着这个城市，在地上砸出没至小腿的水雾。整个城市像化身为一个巨大的池塘，养了形形色色的鱼。每天日出，人们蜂拥而出去打猎。日落时分，有人空手而归，有人渔获颇丰。

尘埃可以被洗去，罪恶不行。

客厅里，唐爱穿着宽大的T恤衫和短裤，有些绝望地看着胖子。胖子从显微镜前抬起头，无奈地说："不行，咱们的设备太简陋了，提炼不了萤火虫毒素。"

"就没别的办法吗？"

胖子开始碎碎念："办法我已经说了，要么筹钱，要么给实验室，还要建个团队！没有第三种办法。算了算了，让老大回叶家乞讨，不出人命已经烧高香了……"

距离发生闹剧的那天，已经过去四天了，叶家再也没有联系过叶珩。这四天里，叶珩将自己关在屋里，不知道在做些什么，任唐爱怎么敲门，他都没有回应。

"要不，你劝劝老大，让他回叶家认个错……"胖子压低声音说。

唐爱决绝地摇了摇头："不，就算叶珩答应，我也不答应。"

其实，叶珩的愤怒和仇恨也同样点燃了她的怒火。如果叶珩此时向叶家妥协，那她一定会瞧不起这样没有骨气的他。

"你看你，怎么跟他一样倔呢？"胖子无奈了。

倔归倔，其实唐爱也有些沮丧。一想到身体里存在寿蜗这种生物，就感觉像埋了颗定时炸弹，说不定哪天就要爆炸。

就在这时，房门忽然开了，叶珩满身烟味地走了出来。几天没见，他头发蓬乱，胡子拉碴，落拓不羁，犹如在地下埋了几年的恶鬼。

唐爱大吃一惊，从椅子上一跃而起："叶珩，你怎么搞成这个样子？这些天你都没好好休息吧？"

"唐爱，你回家吧，寿蜗的事不用再费神。咱俩好聚好散，江湖不见！"叶珩简短地说完，转而看向胖子，"胖子，我贷了点钱，等会儿把你的辛苦费结算了。虽说没有工资，但这段时间你没少辛苦。以后啊，拜拜吧！"

胖子目瞪口呆："叶珩，你说赶人就赶人？"

唐爱也怔住了，这些天的酸涩和苦闷猛然涌上来，全部化为愤怒。她冲上去，狠狠推了叶珩一把："你到底在想什么？是你说寿蜗的事情必须要解决，我才加入的！现在一个小小的挫折你就要放弃？"

"我说，你可以回家了！"叶珩猛然提高了嗓音。

唐爱眼睛发热，几乎认不清眼前的男人。这还是那个有温暖笑容，会说暖心情话的叶珩吗？

"我不走，寿蜗的事已经有了一个方向，只要去做就可以！"唐爱斩钉截铁地说，"谁要是在这个时候退出，谁就是懦夫，无能！"

叶珩咧嘴一笑，拨了拨垂在脸颊边的长发，狠狠抽了一口烟，将烟头按在工作台上："懦夫是吧？无能是吧？"

"是！"

"我最懦弱的时刻，永远是面对那个禽兽的时候！"叶珩突然大吼，"他就站在我面前，我知道他收藏了一双我母亲的鞋子，我知道我爸的死跟他有关，我最应该杀了他，可是我什么都做不了！"

唐爱和胖子齐齐愣住。

"叶珩，你杀了他你就是杀人犯，你和他又有什么区别？"唐爱如鲠在喉，艰难地说。

　　叶珩苦笑一声："我已经等了太久了……要是等那个禽兽八十岁快入土了
我才查出真相，又有什么意义？我要他现在就受到惩罚！立刻！马上！"

　　他咆哮的声音，像一只受伤的野兽。

　　唐爱再也忍不住，扭头回了自己的房间，将门狠狠一关。门外立即响起了
胖子和叶珩的争吵声，是那样刺耳。

　　唐爱双手抱头，慢慢蹲了下来。这一刻，她才体会到自己的心到底有多
痛。那天的拥吻，这些天的相处，全都不作数了？他让她回家，她就得回家？

　　"丁零零！"手机突然有来电。

　　唐爱拿起一看，是一个陌生号码。她犹豫了一下，挂断了没有接听。可是
那个电话号码又不依不饶地打了过来。

　　"你好，请问是哪位？"唐爱接听电话。电话里立即传出一个强势的女
声："我是林密，叶珩怎么不接电话？"

　　"林警官！"唐爱很吃惊。听林密这语气，她是觉得那天相亲被羞辱，找
上门来了？

　　林密毫不拖泥带水地说："叶珩肯定跟你在一起吧，让他接电话，我有事
找他。"

　　"叶珩不方便接电话，你有什么事？我帮你转告吧。"唐爱说。

　　"我猜，叶珩现在肯定是一副死样子吧？这样，你开免提，我只说一句
话，叶珩肯定能活过来。"林密自信满满。

　　唐爱半信半疑，摸不清林密葫芦里卖的什么药。她按下免提，打开房门，
看到叶珩和胖子两人吵累了，一个瘫在沙发上，一个站在墙边，瞪着眼生
闷气。

　　"说吧。"唐爱提示林密，然后将手机举向叶珩的方向。

　　林密的声音很清晰地从手机里传来："叶珩，你这个浑蛋！我要让你知
道，不是你一个人心里有赤诚！我答应过你的事，必然会做到，前提是你要像
个人一样站起来！"

　　叶珩猛然直起上半身，瞪圆眼睛盯着手机，慢慢地从沙发上站了起来。他
像是听到了什么恐怖的声音，满脸的不可思议。

唐爱有些害怕，看了看手机，发现林密居然挂断了电话。

"林密？"叶珩激动地扑了过来，"她怎么会说出这样的话？不可能，绝对不可能！"

"叶珩，你吓到唐小姐了！"胖子扑过来抱住叶珩。叶珩死命挣扎，吼道："胖子，给我松开！出事了！"

唐爱被叶珩的反应吓呆了。她并不知道，林密刚才说的话对于叶珩来说，有着怎样可怕的意义。

让我们把时间拨回5月6号，黄楷手术的第二天。

5号晚上8点，在医学院的水房里，唐爱被绑架。林密带着支队进行勘查，6号上午，锁定了一个可疑人物——马从永，可是她很快就发现那不过是真正的绑架者设下的一个局。

叶珩用一种特殊的方式，将林密约到了一处快要拆迁的胡同里。在那里，他告诉林密，绑架者的目标是他，并且约他去一个地方，否则就要杀掉唐爱。

林密答应配合他，一起救出唐爱，却在叶珩即将离去的时候喊住叶珩，问叶珩为什么会对他们警察如此反感。

叶珩提及了亲生父亲自焚的往事，并提出了疑点——一个人只是犯了盗窃罪，就算再爱面子，也不可能做出自焚这样惨烈的事情。他相信父亲是无罪的，可是拿不出证据，没有人相信他。

林密也不知道哪里来的冲动，忽然告诉叶珩，她可以帮忙。

当时，她是这样说的——

"无论时间过去多久，就算是已经结案了，只要有疑点出现，我都可以帮忙申请重新审理。我要让你知道，不是你一个人心里有赤诚！"

可是，这些事情随着第二次、第三次的时间循环，已经烟消云散！

时间重新来过，事件也发生了变化。也就是说，现在的林密，已经拥有了全新的5月5号到6号的记忆，她根本就不应该记得曾经说过什么！

然而，她全都记得。

"到底是怎么回事？"胖子呆呆地问。

叶珩焦躁地拨拉着头发："不知道！不知道！胖子，你不是说，如果时间循环三次，那么只有最后一次发生的事会变成我们的生活，前面两次全部作废，被扔到平行世界里去吗？"

"这个，理论上是这样的，肯定有例外啊！"胖子嗫嚅着。

唐爱忽然记起了楚轩平，提出了另一种可能性："会不会是，林密也得到了我们的血？"

叶珩直直地看她。

"楚轩平注射了我的血，得到了银色寿蜗一部分的能力。无论时间循环多少次，他都不会丧失记忆。那么林密会不会也是这种情况？"唐爱推测着说。

胖子皱起眉头："莫非，林密抽了楚轩平的血，给自己注射了？"

"有这种可能吗？"叶珩扭头问胖子。

"还有一种可能，林密的这个电话是从平行世界打来的！在那个世界里，我们拿到的是最原始的生活剧本。"

唐爱笑了笑："也就是说，在平行世界里，林密还记得自己的承诺，要帮叶珩的父亲平反。我可能就比较惨了，肯定会被楚轩平撕票……"

还没说完，她就被拥入一个温暖的怀抱。

唐爱怔怔地看着叶珩，他将头埋在她的肩膀上，紧紧闭着眼睛，浓密的睫毛低垂着，似乎正在忍耐着痛苦。

"别说了，不可能发生的！"他的声音嘶哑混浊，"我爱你。"

唐爱心头一暖，将下巴搁到他的肩膀上，半开玩笑说："你说你爱我，那你愿意为我去死吗？"

这是图兰朵公主的问题。在那个黑暗的海岛上，她给他讲了这个故事，没想到因此结缘。

"我不会让你有任何危险，哪怕付出我的命。"叶珩在她耳边回答。唐爱甜蜜一笑，心满意足地将头靠在他的颈窝里。

她知道，那个熟悉的叶珩又回来了。

只有胖子在旁边如坐针毡，坐也不是，站也不是，走也不是。捂脸太矫情，直视又辣眼。

半晌，他才幽幽地叹了口气："你们两个……注意点影响，别随地撒狗粮。"

**Chapter 8**

## 造物主的图书馆

如果说每个人的时间都是一本书的话，那么这世间万物就像一个庞大的
图书馆，只有造物主才有资格翻阅。

　　咖啡馆里，林密如约而至。

　　依旧是大波浪长发，高挑身材，凌厉的气场。只是不知道为什么，唐爱觉得林密比那天在叶家，眼神稍微柔软了一点点。

　　叶珩看到林密，也直起了身子。短短十五分钟，刮了胡子整理了头发，穿上紫绿格子的双排扣西装，他又是那个风流倜傥的叶小公子。

　　"又见面了，喝点什么？"林密在他们面前坐下，有意无意地扫了一眼周围。这家咖啡馆位置偏僻，客人不多，是洽谈事情的好场所。

　　"别废话，你是怎么记得……那个事情的？"叶珩开门见山。

　　林密妩媚一笑："我去找了心理医生，让他对我进行了深度催眠，然后我就恢复了全部记忆。"

　　叶珩和唐爱对视一眼，彼此眼中都充满了惊讶。

　　原来是心理医生的催眠术。

　　大脑是大自然巧夺天工的艺术品，可是人类也只开发了大脑7%的能量，而另外93%的大脑储藏了什么信息，无人得知。曾经有新闻报道，国外有人跌了一跤之后，居然说起自己从未接触过的语言，并告知其他人那是他前世的母语。

　　叶珩相信，那93%的大脑里，也一定有来自平行世界的信息。比如现在的林密，她就已经通过催眠术记起了本该遗落在平行世界的往事。

　　"这是那个心理医生的名片，我想你可能会感兴趣。"林密从包里掏出一张名片，递给叶珩。叶珩拿起，看到名片上的姓名是雷鸣，顿时扑哧笑了出来。

"他肯定有个双胞胎兄弟，叫作电闪。"叶珩用两根手指夹着名片，"雷鸣电闪。"

林密和唐爱都没有笑。

叶珩讪讪地收起名片："好吧，这个笑话太冷了。你继续说。"

"这就是全部情节。"林密耸耸肩膀，"说起来真神奇，我居然把这个月5号晚上到6号上午的十五个小时，过了三遍！三遍！"

她的声音有些高，唐爱不安地往左右看了看。幸好，没有人注意到这边。

"这么牛的事情，就我一个人知道多没劲！哎，我可以发朋友圈炫耀吗？他们一定很感兴趣。"林密还在絮絮叨叨。

"林警官，这件事非同小可，你一定要为我们保密。"唐爱赶紧说。

林密说："那你们一定要告诉我到底是怎么回事。那十五小时怎么会来回循环？"

叶珩淡然而笑："好，我告诉你。首先，你应该感谢我，我让你的生命多了二十四个小时。"他慢慢喝了口咖啡，才继续说："林警官，事情要从十年前的一场海难说起……"

他开始讲述，语速时快时慢，半个小时的时间，终于讲完了所有的事情。林密尽管已经猜到了大致情况，但听完后还是异常震惊。

"你是说，绑架者真的是……楚医生？唐爱真的被绑架过？"林密声音颤抖，"可是你为了躲避爆炸，还提前让时间循环重新来过，你们才活着？"

叶珩沉重地点了点头。

"太可怕了！这种人我一定要将他绳之以法！"林密彻底怒了，"叶珩，第二次时间循环的时候，你只让我配合你，并没把全部真相告诉我！你要是告诉了我，我肯定会想出办法的！现在时间重新来过，楚轩平所有罪证都消失，你让我怎么办！"

唐爱不高兴地撇了撇嘴巴。

"楚轩平早晚还会犯事，那人渣有天收！"唐爱和叶珩异口同声地说。两人诧异地对视了一眼。

"我现在只想为了重要的人而活！"她和叶珩再一次神同步，说出了一模一样的话。

说完两人自己都不敢相信，已经心有灵犀到这种程度了？

叶珩眼里笑意浓浓，唐爱则脸颊绯红，分明是在热恋的状态。

"重要的人。"林密开始取笑两人，"以前我不信你们是情侣，现在我信了。"她看向叶珩，"只是你，叶小公子，唐爱是需要你对她一心一意的人，你要管好你的下半身。"

叶珩指着唐爱，说得正气十足："我的下半身，现在交给她管了。"

这句话里的情色意味非常明显。唐爱面红耳赤，将咖啡杯狠狠一放，说："没有！"

"啊，是他没有交给你，还是你不收啊？看来你们还没睡过。"林密故作惊讶，"你们两个真是柳下惠，面对美色都岿然不动。啧啧！"

"怪我怪我，回去我就把下半身交给你。"叶珩凑过去低声说。唐爱感到耳朵根都烧起来，却无力反驳，赶紧捂住脸："呜呜，你们两个欺负我！"

面对两个老司机同时开车，她真的招架不住啊！

林密扑哧一笑："还真是小女生。"

唐爱再也坐不住了，气鼓鼓地将手里的包一放，去洗手间了。林密目送她离开，笑容渐渐收起，最后幽幽地说："真没想到叶小公子的口味是这样的。你这次是认真的，是吗？"

叶珩低头点烟，随口答："油腻吃多了，总要换点清粥小菜。"

"别拿那套骗我了，我不是你二爸二妈，你没必要再演戏。"林密上半身前倾，一双美目不悦地盯着叶珩，"其实你一直喜欢的都是清粥小菜，影帝。"

以此为转折点，方才欢乐轻松的气氛立即消散，取而代之的是压抑和紧张。林密看着叶珩，心里不由得犯嘀咕，这个男人目前的这种状态，究竟能不能称为好人呢？

作为警察，她可以分辨出普通人和犯罪嫌疑人，可是无法识别好人和坏人。有的坏人，是从好人转变来的。

除了天生的反社会人格，人心里的善念和恶念是此消彼长的。一个坏人可能会做好事，一个好人也可能会做坏事。好人和坏人，从来都不是标签，而是状态，会各自向自己的对立面发生转变。

叶珩吐出一个烟圈："眼睛真毒。"

"你是养子，在叶家的地位太尴尬，只能扮演一个无意和哥哥争宠的角色。为了博得信任，你就干脆戴上了风流花少的面具，好掩盖你野心家的内在。"

"这就是你眼拙了，"叶珩狠狠抽了一口烟，"我不是野心家。"

"那你是……"林密笑得更开，"复仇者？"

叶珩瞬间眸光深沉。

"你一直想对叶家复仇，对吗？"林密渐渐敛笑。

叶珩只是抽着烟，没有抬眼看她。

"我警告你，不要做任何不理智也不冷静的事情，否则我会用警察的职权逮捕你，让你接受审判。"林密说，"我只帮无辜的人。"

叶珩似笑非笑地看着林密："绕了一大圈，就为了对我说这句话，你可真让我意外。"

林密脸颊发烧，却掩饰得很好，没有显露出自己的失态。

从她恢复记忆的那一刻起，她就预料到叶珩可能会走上邪路。难以说清为什么，她就是不愿意看到那个反问出"无法撼动的相信，难道不比证据更有可信度吗"的人，会因为仇恨而堕落成罪犯。

现在终于将警告送达，叶珩也没有过激表现，她终于可以卸下一身担忧。

"案卷我已经看过了，疑点非常多，但都没有证据说明你父亲的清白，也不能证明是他杀。我已经申请重新调查，但……毕竟十多年过去了，很多事情我们也只能尽力而为，希望你做好接受最坏结果的心理准备。"林密站起身，"我走了，回见。"

"我会找到老狐狸的破绽的。"叶珩幽幽地说。

"但愿吧。"林密说，拿起包走出了咖啡馆。走到玻璃门外，她回过头张

望，发现叶珩仍旧坐在座位上抽烟。外面风行雨落，凄凄惨惨，衬托得他的侧
面成了一个沉郁的剪影。

十五年了，许多证据早就消亡。叶珩真的能找出证据吗？


一辆黑色奔驰停在林密面前，车窗摇下，露出一张男人的脸。男人三十多
岁，相貌俊朗潇洒，周身散发着精英的稳重气息。他扭了扭头："上车，带你
去医院。"

"雷，现在是非诊疗时间，心理医生只负责病人的心理状况就好。"林密
委婉地拒绝。

"上车。"雷鸣强硬，不容拒绝。

林密撇撇嘴，开门上车。刚坐上副驾驶座，她就揉了揉自己的脚踝，那里
肿得老高。

一个小时前，因为叶珩不接电话，林密急着去找他，结果不慎从楼梯上翻
滚下来。脚踝就是在那个时候扭伤的，稍一用力就钻心地疼，但她还是忍着剧
痛，装成没事儿人一样来见叶珩。

雷鸣激烈反对，说她就算能走路，也至少去医院检查一下再出门。林密为
了过关，笑称自己是铁打的骨头，没事。

她是真的担心叶珩。

上次在叶家吃了一顿不知其味的相亲宴，席间叶珩暴怒离开。林密当时其
实追出去了，只是追到外面，她亲耳听到叶珩在怨恨父亲的死。凭直觉，她觉
得此事不简单。

恢复那些本来已经埋葬在平行世界的记忆之后，她感到惊心动魄的细节
是：叶珩拒绝了她的帮助，直言要用自己的方式去解决问题。

因为工作的缘故，林密接触过一些罪犯，他们都是不顾法律伦常，用自己
的方式去解决问题。一想到叶珩可能也会这样做，并且矛头可能指向叶家明，
林密就坐不住了。

就算急得不小心崴到脚，她也要立刻找到叶珩。

结果没想到，在这间小小的咖啡馆里，林密被叶珩和唐爱这对小情侣亲手

塞了一把狗粮。

"看来，小人鱼又失恋了。"雷鸣一边开车一边问，"对方进展如何，我可以帮你分析一下你的胜算，需不需要剖心示爱。"

"雷，再多说一个字，解雇你。"林密没好气地扔出一句，扭头看窗外的雨幕。

每走一步，就传来一阵钻心的疼，但她还是要在叶珩面前装作若无其事的样子。这个状态，还真的像童话里的小人鱼，剖出两条人腿，就算痛彻心扉，也要在心上人面前起舞。

可能是事情真的开始出现转机，叶珩刚进家，胖子就激动地迎了上来："叶珩，有戏了！"

叶珩还以为胖子邀功请赏，一把推开："没事干别发情。"可是推开眼前硕大的身躯之后，他就看到沙发上坐着一个熟悉的人。

"小珩！"叶菲站起来，眼泪吧嗒，"这段时间你过得还好吗？"

叶珩十分意外："姑妈，你怎么来了？"

"还不是来看你的？不吭一声就离开叶家，你爸断了你几个月的经济来源，你也不跟姑妈说。"姑妈埋怨起来。

唐爱有些尴尬，她还没忘记，当初叶尚新死在医院的时候，叶菲曾经和叶夫人一起怀疑、攻击过她。果然，叶菲看到唐爱，脸色顿时冷了下来："她怎么也在？"

"她现在是我女朋友。"叶珩拥着叶菲走进去，亲手掏出纸巾给她擦眼泪，"姑妈，可别伤心了，伤到你这张保养完美的脸就不好了。"

"你这张嘴，比你这个孩子还讨人喜欢！"叶菲拧了叶珩胳膊一把，然后重新坐回沙发，"我来是要告诉你们一件事，你要的实验室，公司打算批了。"

叶珩一怔，这才明白胖子激动的原因。

"我也是公司股东，这点权力还是有的，但是这实验室不能白给……"叶菲清了清嗓子，"你爸可说了，研究出来的美容产品要给公司把关检验，如果没有效果或者产生毒副作用，他有权向你追讨建实验室的费用一百万元。喏，这是合同。"

叶珩接过合同，笑得很僵硬："还有合同？"

"你惹你爸生气，他能让步已经不错了，这一百万也是为了出口气。你就让他出口气呗。"

"可是根据我对我二爸……不……对我爸的了解，他出气筒的坟头草都两米高了。你看，这合同跟高利贷协议没两样，这不是给我挖坑吗！"

叶菲站起来："言尽于此，你选吧。"

叶珩没说话，只是目光复杂地看了唐爱一眼。他没犹豫太久，就从裤兜里掏出钢笔，在合同尾部唰唰地签上自己的名字。

叶菲没想到他这样干脆，眼眶红了："傻孩子，有姑妈在，不会让你爸把你逼上绝路的。"

"我信姑妈，不过我一定能让研究成果通过公司检验的。"叶珩笑呵呵地说。

叶菲点头，将合同收起后，就要告辞。叶珩送姑妈去电梯后，唐爱忧心忡忡："胖子，这研究成果是肯定通不过检验的！万一叶珩再像上次一样不肯使用金色蜗牛，那这一百万岂不是实打实的债务？"

本来他们提炼萤火虫的毒液就不是为了制造美肤产品，又怎么可能通过一家知名化妆品公司的检验呢？

而且叶珩一遇到叶家的事，就格外地执拗和固执，肯定不乐意用金色蜗牛制造时间循环避灾。万一叶家明真的发起狠来追债，讨债公司那些人的手段……可是要出人命的。

毕竟叶珩不是叶家的亲骨肉，虐起来谁能真的心疼？那个叶菲万一佛口魔心，到时候坐视不管，怎么办？

"所以啊，你要和叶珩早点分手，别惹上讨债公司。"胖子目光闪烁，"唐小姐，你人不错，可千万别再跟叶珩这个衣冠禽兽搅和在一起了！"

唐爱表情古怪。

胖子还在絮叨："我讲真的，叶珩这个人……太狠了！他的黑历史你知道吗？他……"

唐爱赶紧做了一个噤声的动作。胖子自知不妙，回头一看，正看到叶珩目光阴沉地站在门口，吓得一个趔趄，差点跌倒在地。

"我什么黑历史，说说？"叶珩走进来，将防盗门狠狠一关。

"老大，正说你助人为乐的事呢！你回来得正好，你自己和唐小姐说吧，我描述不清。"胖子难得地言语顺溜，说完，缩着脑袋跑回了自己房间。

叶珩走到唐爱面前，伸手抱住她，微微一笑："别信胖子的，我唯一的黑历史就是延误了交货时间。"

叶家一手打造了风靡全国的知名化妆品牌，唐爱还以为叶珩所说的"延误交货时间"是对那些客商。她温声问："什么时候的事？你以前还在公司的生产线上担任过什么职务吗？

"不是，是下半身，早就该给你了。"叶珩一把将她横抱了起来。

唐爱猛然记起今天在咖啡馆里，叶珩半真半假地说"回去就把下半身交给你"，顿时满脸涨红。她愤愤地说："流氓！"

"你又不是第一次知道我是流氓。"叶珩将她抱进卧室里，有些粗暴地将她放到床上，却轻压在她身上，没有立即起身。

唐爱心跳如雷，挣扎着说："你别这样，我还接受不了……"

话虽如此说，她手上却半点力道也没有。叶珩领口上的古龙水味道幽幽传来，刺溜溜如一条蛇，温柔地将她全身缠住。唐爱只觉得骨头酥软，声音也几乎变成哀求："别……"

"别哪样？我什么都没做啊？"叶珩眨了眨眼睛，一脸无辜。

唐爱一边吐槽叶珩演技了得，一边按捺不住心里发痒。她咬着牙，挤出几个字："你起来。"

"腰疼，起不来，你得用点力推我。"叶珩居然开始耍赖。

唐爱再也忍不住，红着脸将头埋进叶珩的胸膛里。叶珩一怔，直觉心口处扑上来一股温热潮湿的呼吸，弄得他瞬间烧起一股燎原邪火，反倒不知道怎办了。

本来只是逗逗她，他也没真的用钩子，她只要皱下眉头，他立即就偃旗息鼓，退兵了事。没想到她如此耿直，大钳子一挥，夹住了他伸来的树枝。

他只有一两分姜太公的蓄意，却钓到了一条愿者之鱼。

本能地，叶珩低下头，在唐爱的额头、鼻梁上落下绵密的吻。这下子，唐爱浑身发烫，叶珩几乎以为自己抱着一只小火炉。

他不说话，继续挑逗着她，不介意让她更狂乱。

"叶珩，我爱你。"

"有多爱？"叶珩随口问。

"爱到愿意为你去死。"唐爱眼神迷离。

叶珩却浑身一僵，停住了动作。遥远的回忆又如同劲风般袭来，孤岛的夜晚，哗哗的海浪声中，女孩子在轻轻讲着那个故事……

图兰朵公主说，你说你爱我，那你愿意为我去死吗？

叶珩忽然一翻身坐了起来，背对着唐爱，两手抱头，死死抓住自己的头发。唐爱茫然坐起："你怎么了？"

"没事。"叶珩嗓音含糊。

唐爱低头一想，有些不好意思。眼下正是炎夏，因为暴雨没开空调，可是稍稍活动就是一身薄汗。

她低声说："我去洗澡。"说完，也不敢去看叶珩的表情，逃也似的去了浴室。将门一关，唐爱才虚脱地蹲在地上。

镜子里，她满面涨红，眼睛充满了自我怀疑。她居然……主动邀宠？

疯了疯了，她以前可从来不喜欢叶珩这种纨绔公子。现在不仅和他谈恋爱，还这样主动？

唐爱感觉心跳得厉害，赶紧打开水龙头，把冷水扑在脸上，想让自己冷静下来。

这一下，的确有效果，她情绪稳定了一些，却感到手腕上有些刺痛。刚才注意力都在叶珩身上，她没在意这些痛感，现在却疼得有些刻骨。

唐爱赶紧将护腕扯下来，看清楚状况后，顿时睁大了眼睛！

护腕之下，原本静止不动的银色的蜗形线，正在慢慢蠕动！

唐爱一下子摔倒在地上，左手使劲掰着自己的右胳膊，恨不得将那条恐怖的胳膊扯开。她想喊，可是极度的恐惧让她什么声音也喊不出来。

蜗形线不仅在蠕动，而且上面的银色也在慢慢变成黑色。

唐爱感到窒息，头脑一片空白，昏了过去。

叶珩在床上坐了很久，思绪混乱。终于，他下定决心，走到浴室门口轻轻敲了敲门。

"唐爱，我和胖子明天搬走，这套房子就给你住了。"叶珩只觉得口舌干涩，"你想住到什么时候，就住到什么时候，我会付租金。"

浴室里静悄悄的。

倒是胖子，猛地打开了自己的卧室门，伸出头问："啥？老大，你要搬走？"

"是我和你搬走。"

"为……为啥？"胖子蒙了。

叶珩沉默了一下，才说："良心发现。"

"你有良心啊？"胖子跳了起来，"我不会是在梦里吧？"

"梦你个头！"叶珩不再理睬胖子，再次敲了敲浴室的门，"唐爱，你听到了就回答一声，或者我们谈一谈也可以。"

他顿了顿，低声补充："对不起。"

搬走，只留下她一个人，这基本上可以算作是分手了。

叶珩和很多女人分过手，洒脱的，哭泣的，麻烦的，极端的，死缠烂打的，他都应付过。可是这一次，他感觉是自己被抛弃了。

浴室里依然没有任何声音。

叶珩脑袋里嗡的一声炸开，感到大事不好。他后退两步，狠狠踹向浴室的门。浴室的门是铝合金的，门锁不堪一击，咔嚓一声就开了。

门后，唐爱倒在地上，黑发如瀑般流泻一地。

"唐爱！"叶珩冲进去，抱住倒在地上的唐爱。当看到唐爱手腕上的蜗形线之后，他怔住了。

胖子站在门口，见状赶紧掏出手机要打120。叶珩扭头喊："别打！"然后一用力，将唐爱抱了起来。

他将唐爱放到床上，用被子盖好，再翻出她的手腕仔细查看。以前的蜗形线全是银色，现在肉眼可见，银色段在被无形的虫子慢慢蚕食着。

这表示，她体内的银色蜗牛长大了。

"叶珩，她现在和你一样了。"胖子已经猜到发生了什么，涩涩地说，"我很后悔，不该瞒着唐小姐的。"

叶珩像一尊雕塑般坐在床边，喃喃地说："胖子，我本来打算放过她了，我本来明天就要搬走了。"

如果不是他，唐爱的蜗牛不会成熟这么快……

胖子看他的神情，有些害怕："老……老大，你也别自责嘛，开弓没有回头箭，事已至此也没办法了。"

"我去冷静一下，你看着她。"叶珩起身往外走。胖子答应一声，看着唐爱的睡颜，难过地叹气。


大概过了一个小时，唐爱终于醒了过来。

她睁开眼睛，视线所及之处一片朦胧。闭上眼睛，再睁开，景色才清晰了许多。

吊灯的坠饰是水晶排，晃晃悠悠地折射出细小的光芒。唐爱动了一下，感到自己躺在床上，便艰难地往右转移视线。结果这一看不打紧，她居然看到自己的右边飘着一只蜗牛。

"啊！"唐爱惊叫，发出的却是沙哑的一声。

胖子正蹲在地上拧毛巾，听到动静赶紧回身："你醒啦？"

唐爱指着那只银色蜗牛，惊惧得一句话也说不出来。那银色蜗牛和想象中区别很大，蜗牛壳上还带着黑色的斑点，浮在半空中散发着淡淡的银色荧光。

"要不，你深呼吸，平静下情绪，看看能不能把蜗牛收起来？"胖子盯着她的脸色说。

唐爱战战兢兢地依言照做。刚开始，银色蜗牛没有消失，后来她情绪稳定了一些，那只蜗牛才渐渐消失了。

"这是怎么回事？"唐爱哆哆嗦嗦地问。

胖子有些为难，半天才吞吞吐吐地说："你和老大一样，体内的蜗牛都长大了。"

唐爱摸了摸额头，努力回想之前发生的一切。叶珩没向她提过这一点，也没说过蜗牛长大后会带来剧烈的疼痛和眩晕。一想到叶珩所经受的一切，她就开始心疼。

"我去找他。"唐爱翻身下地，走到客厅时看到，叶珩正靠在阳台的围栏上抽烟，蓝色烟雾飘在夜色里，悠悠然消弭不见。

她带着满腔委屈和无奈，慢慢走过去。叶珩回头看是她，把烟头按在围栏的烟灰缸上掐灭，轻轻将她抱住。

"叶珩，这到底是怎么回事？"唐爱看到叶珩也戴着护腕，掀开一看，发现他原本全都是金色段的蜗形线，如今也开始慢慢变成黑色。

"我们是寿蜗的食物。"叶珩说。

"食物？"唐爱浑身一震。

"就像我所说的，我们可以随意撕毁烧掉一张纸，不需要理由。现在高维度的动物对我们也是如此，他们可以蚕食我们的生命，不需要理由。"叶珩牵过唐爱的手，摩挲着那条蜗形线所在的皮肤，"这些黑色的线段，增加的速度比普通人要快很多吧？"

唐爱重重地点头。

"别担心，我们还有时间，明天胖子就去实验室，他是这方面的高才生，再从公司抽调几个技术人员，团队的效率很高的。现在只希望萤火虫毒素对我们有用。"叶珩安慰地说。

唐爱反倒冷静下来。

　　她笑了一下，将头靠在他的肩膀上："能不能研究出萤火虫毒素都没关系，有没有用也没有关系，我只想和你一起度过这最后的时光。"

　　叶珩抚摸着她的头发，没有说话。

　　"我想去游乐场坐旋转木马，坐过山车，在湖上划船。以前爸妈整天忙，佳佳不怎么理我，现在你一定要陪我去。"唐爱有几分撒娇。

　　"好。"叶珩心情复杂地看着唐爱，"不过事情远远没有那么糟糕，出现任何变故，我都会和你一起面对。"

　　"你是不想让我害怕，对吗？"唐爱痴痴地看着叶珩，"我本来挺怕的，但是一看到你，我就不害怕了。其实想想也没什么，最坏的结果也不过是，我原本想要活到八十岁，结果只能活到二十几岁而已。"

　　叶珩心头猛沉，不自觉地放开了唐爱。

　　原本想要活到八十岁……多么朴素的理想，朴素到他都不忍心去破坏。

　　可是那个害她没能安安稳稳活到八十岁的人，是他。


　　唐爱休息了四五天，终于彻底接受了银色蜗牛出现的事实。

　　以前，寿蜗但凡有一点变化，她都会有五雷轰顶的崩溃感。可是这件事真发生了，她居然看淡了，接受之余，还有点好奇的感觉。

　　在这股好奇感的驱使下，唐爱试着研究了一下银色蜗牛。她发现她可以用意念将银色蜗牛从蜗形线里召唤出来。靠近了看，她才发现蜗牛壳上的斑点原来是一种类似刻度的东西。

　　唐爱用手撑着，往两边一拨，银色蜗牛骤然变大，刻度也清晰了许多。在那些刻度上，唐爱像看万花筒一样，看到了许许多多奇怪的画面。画面如同流光溯影般飞逝，只有当她意念集中的时候才会静止不动。

　　她看到了20世纪八九十年代的街道场景，人们穿着工作装，骑着自行车去上班，街道上的大喇叭播放着昂扬的歌曲。

　　用手再拨动一下，她选择了一个刻度去放大，这一次居然看到了古旧街道和黄包车，这应该是四十年代！

"看到什么了？"叶珩在旁边问。

唐爱镇定了一下，将看到的画面描述给叶珩。叶珩倒是没有太大意外，哦了一声说："和我预料的没太大差别，银色蜗牛的能力除了能看到别人剩余的时间以外，还能翻阅时间。"

"翻阅时间？"

"如果说每个人的时间都是一本书的话，那么这世间万物就像一个庞大的图书馆，只有造物主才有资格翻阅。"叶珩解释。

唐爱收起蜗牛，有些不安："道理我明白，可是现在能翻阅这些图书的人，是我！"

她不知道能不能看到未来，但确定的是，她看到了过去！如果她能够将情绪控制得更稳定一些，她应该还能看到过去更多的细节。

就是这样才让她不安。闯进造物主才能进入的图书馆，会有什么样的后果？

"在四维世界里，时间是实体化的……这应该就是四维生物所拥有的能力吧。"叶珩含含糊糊地说。

可是这种能力，也是致命的。

唐爱看了一眼自己的还有叶珩的手腕，发现皮肤上蜗形线的黑色部分又扩大了。

寿蜗在食用着他们的生命，这一点毋庸置疑。可是不同以往的是，这些无法对唐爱造成紧迫感了。

因为她爱上了叶珩。

在这个世界上，有一个人和你同病相怜，共同扶持，哪怕明天就是死亡，她也不再惧怕。

叶珩仿佛感受到了她的想法，扭头看她。他的睫毛很长，这样看着她的时候，居然戳到了她的脸上，痒痒的。

唐爱脸红了，却并不打算躲避，仰着头凑上去。叶珩一笑，桃花眼里暖意温存，立即迎合上去。

手机就在这时很不应景地响起。

唐爱低头，叶珩尴尬抽身，拿起手机一看，居然是胖子。他接听后，直截了当地说："直接说结果。"

"成了！"胖子激动地说，"你爸配的团队就是靠谱！萤火虫毒素已经提炼出来了。"

"哦，我马上赶过去。"叶珩站起身来，准备往外走。

胖子说："但问题是咱们把这个提炼出来后，还要根据这种新原料设计配方，做base formula，然后再进行各种毒性测试、稳定性测试以及功效测试之类的……都通过了，才能给志愿者试用。"

"萤火虫毒素只加微量，然后随便凑个配方，做一套水乳出来，咱们交差了事。"叶珩很清楚，萤火虫毒素并没有美容功效，一切都是他胡诌的。

胖子绝望地说："不是，你先凑一百万吧！你爸可放话了，如果效果比不上他的主打产品，你同样要承担一百万高利贷。"

"昨天合同里有这条？"

"你不看清楚就签？"胖子气得几乎要吐血，"我今天听你爸说这个，也蒙了！老大，你家的主打产品可是今年上了明星热卖榜前三的，随便调配的可比不过，你趁早筹钱吧。"

叶珩嘿嘿笑了两声："偏不筹，不能便宜了那老狐狸。"

说完，他就挂了电话。

唐爱在旁边一直屏气息声，看叶珩往外走，才问："是不是有麻烦了？"

"喜忧参半。"叶珩将情况简单地和唐爱说了一下，突然弯下腰直视着她，柔声说，"如果将来真有讨债公司上门，你就说和我没关系。或者，现在分个手？"

唐爱二话不说，扯过枕头狠狠打了叶珩一下。

"我就说我这辈子跟你没完！"她仰着小脸，有几分倨傲，"要我跟你分手，下辈子吧！"

研发部的实验室，弥漫着一股悲剧的意味。

所有参与其中的人都认为，萤火虫毒素含有麻醉作用，对人体的毒副作用可能微乎其微，可是那和美容也搭不上边啊！

唐爱也跟着叶珩穿上无菌服，刚进入实验室就有一种莫名的感觉，所有看他们的目光都像在看神经病。

"第一套产品什么时候出来？"叶珩问胖子。

胖子挠了挠脸："很快，按照配方做的话，明天可以完成初级版本。"

"那好，明天申请各项测试，合格了就给志愿者们试用。"叶珩下令。

唐爱站在叶珩身边，又突然觉得所有看他们的目光，像在看两个疯子。

"人家多少次实验改良过的产品，都不一定能通过项目部检测，你头一批炮灰产品就要交过去，"胖子咬牙切齿地低声说，"拖延时间啊，老大。"

"不用，做完了就马上申请吧。"

"为什么？"

"快死了算不算理由？"叶珩半开玩笑地说。

尽管他们的声音压得很低，唐爱还是听到了全部对话，心里顿时弥漫着一股悲凉。她知道，叶珩已经拿到了萤火虫毒素，所以实验室就失去了存在的意义，他也不再和叶家周旋。

这态度就等于说，出招吧！开战吧！

他是那样恨自己的养父，所以现在，他连虚与委蛇都懒得。

胖子无奈地点头，递给叶珩一个试剂管，里面有20毫升的褐色液体。叶珩知道那是什么，不动声色地收起。

"刚提炼的，可能还不太稳定。"胖子说。

"没关系。"叶珩看了唐爱一眼。

等到清空实验室里所有的人员，叶珩才拉出一张椅子坐了下来。他对着灯光看着那管试剂，眼神里尽显严肃。

"老大，生物实验还没做，要不……"胖子刚说完半句话，就被叶珩抬手打断了。他低声说："等不了，现成的实验体在这里，还等什么？"

"你要直接在自己身上实验？"胖子惊讶得合不拢嘴。

"之前我和唐爱也实验了各种麻醉剂和杀虫剂，没有太大作用，也没有被毒死。你以为这点东西就能把我放倒？"叶珩语带嘲讽，"希望有用，但八成没用，你心里也清楚的。"

胖子没再坚持，任由叶珩去了。叶珩用吸管从试剂里取出两毫升，小心翼翼地滴在手腕上，然后屏气凝神地观察着自己的皮肤。

褐色液体很快就消失在皮肤表面。

唐爱看他手腕上的蜗形线没有太大变化，小心地问："你有什么感觉？"

叶珩摇头。

唐爱大大地失望，但更多的是失落。这一步棋终究是废掉了，叶珩还因此多了一笔巨额债务。虽然她觉得叶家明未必会那样绝情，可叶珩和胖子的态度都说明，这件事并不乐观。

"我想静一静。"叶珩面无表情地说。

唐爱还想说什么，胖子赶紧拉着她向外走去。走出实验室，唐爱才甩开胖子："留他一个人在里面，会不会出事？"

"你就放心吧，全世界的人都可能自杀，他也不可能。"胖子扫了里面一眼，叹气，"因为叶珩心里肯定发过毒誓，就算要死，也至少要死在老狐狸后面。"

关于叶珩和养父的纠葛过往，唐爱从唐佳佳那里听到了七七八八，从叶珩发火的时候又知道了剩下的部分。此时，她突然理解了叶珩的心情。

"叶珩在跟养父杠吧？"唐爱说。

胖子点头："那家伙，故意的！多少次了，他在养父面前各种作妖作死，都没啥事。但这次不一样，我觉得老狐狸动真格的了。"

唐爱也有这种感觉。

上次在叶家的那场乌龙里，叶珩的表现已经很有杀气，他认定了叶家明是杀害自己亲生父亲的凶手，是破坏自己原生家庭的罪魁祸首。

既然叶家明猜到了叶珩的所思所想，那就不可能再对他客气了。

"唐小姐，现在只有你能劝动叶珩了，你能帮我劝劝他吗？"胖子突然问。

"劝什么？"

"多少人想衔着金钥匙出生，变成他一样，他倒好，好好一个化学系毕业的高才生，整天正事不干！"胖子愤愤然，"我知道他心里怀疑啥，想干啥，可是整整十五年过去了，我十多年前就读的小学都拆迁了，那么大的房子说没就没了，都不知道该缅怀啥！他这些细枝末节的证据还能找到吗？让他趁早歇手，别找不痛快了。"

胖子没明说，唐爱也听懂了。

她淡淡一笑，摇头。

"你……你怎么跟他一样浑呢？"胖子直瞪眼。

唐爱说："假如铜勺子和金钥匙同时摆在自己面前，任何人都知道该如何选择。可是人生不是简简单单的选择题！准确来说，叶珩现在面临的不是金钥匙，而是金锁链。大概，只有奴隶才会甘愿被套上金锁链吧！"

胖子听呆了，半晌才问："那你觉得铜勺子是什么？"

"道义。"唐爱加重了语气，"对生身父母的道义，常常被人视为一钱不值。"

胖子扭转视线，不吭声了。

唐爱忽然察觉到身后有些异样，回头一看，叶珩站在门口，眼睛微微发红。

隔着十步距离，他红着眼眶看她，却什么也没说。

许久，他才艰难地说："萤火虫……有效果了。"

一瞬间，唐爱只觉得一股热血冲上脑门，整整五秒钟什么也没做。反应过来后，她扑过去问："有用了？你确定？"

叶珩点头，给唐爱看他手腕上的蜗形线。果然，金色段停止了减少，黑色段不再增加。

"不过，我刚才试着召唤了下金色蜗牛，没再出来。"叶珩说，"这个麻痹效果可能只针对寿蜗。"

唐爱只顾着笑，回头喊胖子："胖子，有用了！我和叶珩都有救了！"

十年……她终于要摆脱掉寿蜗这个可怕的四维生物了！

胖子勉强挤出一个笑容，咳了一下才说："那个……我可能要泼冷水了，既然叶珩是咱们的实验体，总得观察他24小时内有没有异常，还有没有其他需要改进的，才能给你试用，对吧？"

"可是……"唐爱犹豫。

"只是24小时。"胖子继续劝说。

唐爱同意了，点了点头："那好吧，就等24小时。"

说完，她抬头，向叶珩一笑。叶珩也回以微笑，却不是那么痛快自然。

雨后的夏夜，空气湿润闷热。

叶珩悄声无息地从房间里出来，轻轻将房门关上。裤兜里的手机第三遍振动起来。

他拿出手机，看到屏幕上显示是林密的号码，皱了下眉头，将电话挂断。他走到玄关处，将房门打开。

"这么久？"林密一脸不耐烦地站在门口。

"进来的时候轻一点，可能都睡了。"叶珩往唐爱的房间看了一眼。

林密心领神会，取笑他："你们没住一个房间啊？那这就难做了，你不让我出动静，但我得跟唐爱打声招呼不是？要不还以为我对你有企图呢。"

叶珩没接话，探身将林密猛地拉进来。林密不由得气恼："你……"

"擦擦。"叶珩从挂钩上取下一条毛巾扔给她。

林密穿了一件黑色雨衣，不是特别防雨，刘海被淋湿了，贴在额头上，更衬得脸白如雪。

叶珩转身往室内走去。林密一边擦头发，一边脱雨衣。她换上拖鞋，径直走向客厅。

等到林密挪腾出一个能坐的地方之后，叶珩已经为她倒好了一杯热茶。林密将茶杯拿在手里，暖了一会儿才说："先说好，事情有点难办。"

"讲。"

"因为证据已经封存存档，我不能拿给你看，只能给你看几张照片。"林密从卫衣口袋里掏出手机，点开相册后递了过去。叶珩拿起遥控器，将吊灯的光线打到最亮，才开始低头看手机。

第一张照片，是医学院生物科学院十五年前的报警回执单。回执单显示，生物科学院养了一批用来做实验的猴子，可是猴子不停地被盗。

"你父亲十几年前从医学院毕业，成了医学院生物科学院的研究员。生物科学院的实验很多，所以会养一些猴子、小白鼠之类的动物。后来失窃事件频频发生，而且丢的都是猴子。于是院领导就报警了，并且怀疑是内部人干的，偷了猴子拿去卖给饭店。"

叶珩面无表情地说："小时候我家里是穷，但我爸不会偷窃。"

"是，没人相信，你看第二张照片。"林密示意。

叶珩翻开第二张照片，发现那是走访调查的记录。走访的都是白京功周围的同事和领导。所有人都对白京功一致好评，说他对研究员这份工作尽心尽力，夸赞他勤勤恳恳。

白京功，就是他的亲生父亲。

看着这些文字，叶珩只觉得眼眶发热，心潮澎湃。他曾经以为在这个世界上，除了自己和母亲，没有人相信父亲。可是并不是，不止一个人相信他。

十五年了，这些文字穿过岁月，倔强地保存了下来。

"他们都相信你父亲不会做这样的事。"林密的声音难得地温柔，"可是，猴子被盗事件发生后，学校里偷偷安装了监控摄像头……"

叶珩浑身一震："我父亲被拍到了？"

林密缓缓地点头。

十五年前，监控系统还没那么普及，画面也不是很清晰。叶珩翻开第三张照片，那是一张监控图像的打印件。画面中，一个男人戴着鸭舌帽，背着单肩的运动包走在过道里。

画面太有冲击力，叶珩稳定了下情绪，才端详起那个男人。

从七岁那年开始，他就被收养了，过往的照片也都被封存起来。算一算，真的有十五年没看到过父亲了。

上一次看到父亲，还是在他的葬礼上。

这一次看到父亲，是在警察的手机里。

还真的是不祥。

叶珩露出了一抹凄凉的笑意，反问："摄像头拍到我父亲偷猴子的画面了？"

"那天室内安装的摄像头碰巧坏了，没拍到。"

"那他们从我父亲的运动包里，搜到猴子了？"

"也没有。"

叶珩立即不服气了："那凭什么说，猴子是我父亲偷的？"

林密没回答，抬了抬下巴。

叶珩翻开下一张照片，顿时心惊。他再往后翻，还是觉得不可思议。

那几张照片，都是一些猴子的毛发。

"2008年7月21号上午，院里对你父亲进行了搜查，虽然没搜到猴子，但从包里发现了猴子的毛发。同时，也搜到了你父亲员工宿舍里留下的毛发。"林密小心地观察着叶珩的表情，"那段时间，你父亲不经常回家，都住在员工宿舍。"

叶珩的呼吸渐渐急促起来，眼神也有些涣散。

"起初，院里还是惜才的，不愿意将这件事闹大，就让你父亲自己交代清楚，是怎么偷的猴子，卖到哪里。可是奇怪的是，你父亲一句话都不肯说。"林密等了一会儿，才继续说。

叶珩看地面："一句话都不肯说，还是说了都不信？"

"我看得很清楚，案卷里记载的是，一句话都不肯说。"林密小心地遣词造句，"那些人，也就是从这个拐点开始，觉得盗窃猴子的人一定是你的父亲，这才报了警。"

叶珩抬起头，静静地看着林密。

林密说："警察来了之后，你父亲却突然激动起来，跑到即将拆迁的食堂里，拿了一桶早已藏好的汽油，然后他……后来的事你都知道了，这件事发生在上午10点5分。”

叶珩无力地闭上眼睛。

自焚，这个词在他脑海里徘徊了十五年。他一直想不通，当年父亲为什么会选择这样惨烈的方式结束自己的生命。

“还有最后一张照片，你也一起看了吧。”林密提示。

叶珩动了动麻木的手指，拨开最后一张照片，那是一张银行流水账单。

放大照片，他终于看清这个账单的时间是十五年前，账户名是白京功，就是他的父亲。

“案发前一年，你父亲的银行账户每个月都会收到一笔巨款，打款的账户是境外的，查不到来源，这一点非常可疑。当问及这笔款项的来源和用途时，你父亲不肯透露半个字。”林密说。

叶珩盯着照片里那个名字，心里五味杂陈。

“我又看了案卷里的其他调查情况，十五年前，你母亲生病了，需要花很大一笔钱。很多人反映，你父亲的经济压力非常大。在这种情况下，这笔来路不明的钱就很容易被认定为赃款，所以这个流水账单也成了证据。”林密说。

叶珩点头：“是的，我小时候，母亲身体是不太好。”

在他的记忆里，母亲是一名芭蕾舞者，很喜欢跳舞。可是自从生病之后，她就再也没有跳过舞，像一只折断了翅膀的天鹅。

“说了这么多，你的看法呢？”林密试探地问。

叶珩将手机还给她：“我依然认为，我父亲是无辜的，他是被人害死的。”

“理由呢？”

“一共三点！第一，我父亲选择自焚，一定有难言之隐。第二，饭店老板不会使用境外的账号，这是买猴子又不是买违禁品。第三，我相信我父亲是清白的，我相信。”叶珩将每一个字都咬得很重。

林密低头叹气：“所以要调查，有两个方向。第一，要问清楚你父亲有什么难言之隐；第二，查出那个境外账户的底细。”

谈话谈到这个地步,林密的话中已经带了嘲讽的意味。因为叶珩给她一种强烈的感觉,并不是她开导叶珩,而是叶珩在逼迫她。

斯人已经作古,自然问不出什么信息。十五年过去,什么账户早就被注销了,也肯定查不出线索来。

看案卷之前,林密信心满满。看完案卷,林密在心里打了个问号。如今看到叶珩几乎无视她提供的照片,依旧一口咬定父亲是被人害死的,她居然有一种恨铁不成钢的感觉。

为什么,他就不能生活在阳光下呢?

叶珩却在此时将手机递送过来,淡淡开口:"林警官,你漏掉了最重要的第三点:我。"

"你?"

"对,我一定会找出真相。"叶珩的目光坦率、直接,不容置疑。

林密离开后,叶珩走进自己的卧室。胖子正坐在被窝里,靠着床头看书,见他进来赶紧将书放下:"你现在感觉怎么样?"

因为要观察萤火虫毒素的作用,所以今天晚上,胖子要和叶珩同住一屋。

"很好,金色蜗牛没再醒过。"叶珩知道他是问萤火虫毒素的实验,懒洋洋地回答。他从柜子里拿出另一套被子,铺在靠墙的小沙发上。

"反正这床大,你就上来睡吧,沙发太小了。"胖子看了看身边的被窝。

"不了,我不习惯和男人一起睡。"叶珩一边铺被子,一边回答。

胖子哼了一声:"你怕什么?全世界都知道你叶公子最喜欢美人,跟我睡又不会改变你的性向!"

"我怕改变你的性向。"

"……"胖子无语,深觉自己被调戏了。

不,这句话里还隐含着叶珩的自恋。

　　胖子这边沉浸在丰富的内心戏中，那边叶珩已经脱了外套，睡上沙发，抬手关了灯。

　　室内立即陷入一片黑暗，只有屋外的路灯照来幽黄的灯光。雨声又起，淅淅沥沥地敲打在窗上，也敲打在心上。

　　黑暗中，胖子迟疑地问了一句："老大，你真没事？计划进行到现在，你没有特殊的想法吧？"

　　叶珩沉默良久，才回答："是。"

　　今夜，注定是一个不眠之夜。

# Chapter 9

## 其实这样也算是一辈子

天地为棋盘，人类为棋子。活人在棋局中行走，厮杀，拼搏。有人赢得一蔬一菜得以温饱，有人纵横四方所向披靡，也有人苦苦挣扎，最终覆灭，成为一枚弃子。

唐爱整个上午都昏昏沉沉的。

毕业季很忙，她要回学校办理离校手续，拿毕业证书，和室友、老师、同学们吃散伙饭……一系列的事情忙得她晕头转向。可是在只剩喘息的时间缝隙里，她还是会伤春悲秋。

昨天晚上，其实她一直没睡着，自然也听到了叶珩和林密的谈话。事情远比她想象的更复杂，很多事情只有回到十五年前才能弄清楚。可是，要怎么回到十五年前呢？

唐爱想到了什么，猛然打了个冷战。她慢慢拨开护腕，呆呆地看着那根蜗形线。

要回到十五年前，也不是没有可能……

正在发呆，手机突然振动了起来。唐爱拿起接听，手机里传来了一个浑厚的男声："小师妹。"

"楚……是你？"唐爱辨认出声音是楚轩平，顿时绷紧了神经。她紧张兮兮地四处张望，这里是大礼堂，人满为患，周围坐满了毕业大学生，并没有看到他的身影。

"今天是你毕业的日子，我正好有空，一起吃个饭？"楚轩平声音温柔。

"有什么事吗？"

"是这样的，我发现了寿蜗的一个特征，你发现了吗？"

"我没兴趣。"唐爱心里涌上一股厌恶，想挂电话。楚轩平赶紧说："你把我的话听完再挂，我不会害你的。"

"说。"

"我看到一个人的蜗形线，银色段还剩下很长一段，估计她能活个五六十年吧……可是后来再次看到她的蜗形线，发现她只剩下一两个月的时间。蜗形线这种东西，会根据外界因素而改变吗？"

唐爱吃了一惊，紧张地看了看左右，捂住话筒低声说："不会，我一直以为蜗形线是固定的，决定于一个人的身体健康状况。你所说的外界因素是什么？"

"谋杀。"他说，"一个人要是会被谋杀，他的蜗形线上的银色段会快速消失，变成全黑。"

唐爱震惊了，立即想到另一件事。她和叶珩体内的寿蜗成熟以后，蜗形线会在某个时段快速减少。叶珩说，这是因为寿蜗在蚕食他们的生命。如果按照楚轩平的说法，这是不是也意味着，寿蜗在谋杀他们？

楚轩平的声音慢悠悠传来："所以我们晚上约个饭，好好讨论这件事，可以吗？"

"没兴趣。"唐爱直接挂断了电话，并且果断地将楚轩平的号码拉进了黑名单。她现在对楚轩平的糖衣炮弹有生理性的厌恶。

"唐爱，谁的电话啊？"素妮的声音响起。唐爱收回思绪，赶紧拉上护腕，向素妮笑了笑："没谁，打错了，一个骚扰电话。"

"坚持坚持，毕业典礼马上开始了，听完咱们就彻底和学校说拜拜了。"素妮有些伤感。

唐爱也有些难过，毕竟是读了五年的大学，如今要和同学们各奔东西，真心舍不得。

大礼堂里已经人山人海，许多同学在合影留念，离别的气息非常浓厚。当校长走上讲台的时候，大礼堂渐渐安静下来。

校长开始致辞，对毕业生们寄予厚望，并给优秀毕业生颁发了奖状。唐爱正听得入神，忽然听到校长说了一句："今天有幸请到了08届的优秀毕业生，他如今已经成为一名心脑科医生，在业内颇有名气，被誉为'神刀'，他就是楚轩平。让我们欢迎楚医生为我们做报告！"

唐爱始料未及，脑中各种念头瞬间炸开，不亚于大礼堂里震耳欲聋的掌声。坐在一旁的素妮激动地摇着她的胳膊："唐爱！传说中颜值逆天的师哥，要给我们做报告了！"

说话间，楚轩平衣冠楚楚地出现，稳步迈上讲台。他和校长握手致意之后，便调整话筒，开始了自己的报告。

唐爱盯着楚轩平，两只手越攥越紧。许久不见，那人依旧凭借一副道貌岸然的样子，继续欺世盗名。

当时，她从青松医院辞职之后，原本以为带教老师肯定要给她一个不及格，没想到却获得了一个还不错的分数。这其中肯定有楚轩平的因素，但唐爱并不觉得他是好心。

说他是赎罪，是恩威并施，也不为过！

她记得他那张绑架者的嘴脸，记得他那点急功近利的心思，永生都不会忘记！

唐爱再也听不下去，霍然起身。素妮一惊，低声问："你干吗？"

"我先走了，回见。"唐爱不顾四周投来的目光，板着一张脸离开座位，快步往后门走去。

就在这时，身后传来了楚轩平的声音："那位提前离席的同学，人生只有一次的大学毕业典礼，你不打算坚持听完吗？"

大礼堂里立即传来了议论声，走道两旁有人不屑地对唐爱说："喂，你这样做很不礼貌啊！"

"回到你座位上，把报告听完啊！"

楚轩平看向一旁尴尬的校长，满含歉意地说："看来我的报告并不能让那位同学满意，真是遗憾，可能她对我的学术水平还是怀疑的吧。"

"哪里哪里，您现在是博士，在海内外医学期刊上都发表过优秀论文，您的学术水平无人敢质疑啊！"校长夸完楚轩平，转而望向唐爱，"那位同学，请留步，说出你必须离开的理由！"

唐爱充耳不闻，反而加快了步伐。

没想到，一个男生突然冲到后门，拦住了唐爱的去路："你不能走！那是我们都敬爱的楚学长，你这样不给面子，也太过分了吧？"

"你把我拦下来，听完他那通伪善虚假的报告，就算是给面子了？"唐爱火起，"让开！"

男生不让，反而有更多学生从座位上站起来，将后门堵住。唐爱怔住，没想到楚轩平的号召力这样大。她愤怒地转过身，怒瞪着讲台上的楚轩平。

楚轩平依旧带着儒雅温和的笑容，只是那眼中锐光乍现。他意有所指地说："唐爱，你现在明白自己的处境了吗？"

周围乱哄哄的，大多数同学都把注意力集中在唐爱身上，没人去深究楚轩平的话。可是唐爱却听得清清楚楚，楚轩平这是威胁，是在暗示，他随时都可以用自己的声望，去煽动舆论要挟她。

"回座位上，听完，报告结束后等我。"楚轩平语气淡淡，却是命令。

唐爱倔强地站着不动，更是激怒了周围的同学。已经有人开始推搡她："回去，给我回去！"

眼看事情一发不可收拾，大礼堂的玻璃忽然"哗啦"碎了两块。众人动作一滞，还没反应过来，就听到外面有人喊："地震啦！"

"快跑啊！"

"大家安静，安静！"

大礼堂里顿时尖叫连连，众人争先恐后地夺门而逃，没人听到校长稳定秩序的声音。可是当他们跑到外面之后，才发现阳光明媚，世界太平，顿时明白上当了。

"谁在造谣？"众人愤怒地问。

没人发现，唐爱不见了。

叶珩拉着唐爱，一直跑到操场的银杏树下才停步。两人弯着腰气喘吁吁，又相视而笑。

"就知道是你出的馊点子。"唐爱嗔怪地在叶珩肩膀上砸了一拳。

"再馊，也馊不过楚轩平。"叶珩往大礼堂那边望了一眼，"你觉得那孙子什么意思？"

"可能……只是想跟我合作吧。"唐爱想起楚轩平在电话里说过的那些话，忍了忍还是没告诉叶珩。

"他大概能力不足吧！你想想看，我只有出现在你方圆一百米内，你才能看到别人的蜗形线。那同理，楚轩平肯定也不能随意发挥自己的能力。"

"算了，我已经拿到毕业证，以后和楚轩平再没任何关系了。"唐爱歪着头看叶珩，"你呢？你今天为什么来医学院？"

叶珩仰头看银杏树，树叶在风中哗哗作响。他幽幽地说："帮你搬东西，然后……算是顺便再看看吧。这是我爸毕业的学校，他以前是生物科学院的研究员。每一次走进这里，我都需要鼓起勇气。"

唐爱想起昨天他和林密的谈话，有些尴尬，哦了一声。

"医学院对面是清江大学，我妈妈读的是舞蹈系，也是清江的校花。大学那会儿，她和我爸已经谈恋爱了。许多人都以为，是我爸死皮赖脸追到的我妈，其实不是，我爸和我妈是青梅竹马，高考的时候就商量好了高考志愿，要一生一世在一起。"叶珩的声音有些伤感。

唐爱不知道该如何安慰，只能说："这也算一辈子了。"

"是啊，也算一辈子。"叶珩感慨地说，"如果没有我二爸出现，那就更完美了。"

"他是……"

"我二爸也是医学院毕业的，我爸当年的同班同学，也是好哥们儿。"叶珩补充了一句，"如果他没有爱上我妈，那我相信他是真正的好哥们儿，也是真心想要收养我。"

可惜并不是。

爱情是美好甜蜜的，可是它所引发的连锁反应并不是百分百的美好甜蜜。爱情除了可以激起爱恋、向往、希望和勇气，也可以引发嫉妒、痛苦、憎恶和仇恨。

"你要去生物科学院那边看看吗？"唐爱小心翼翼地问。

叶珩眸光一紧："那天晚上你都听见了？"

"对不起。"

"没关系，反正就这样。我本来打算去走访一下的，现在想想没必要了。"叶珩一脸寥落的表情，"物是人非事事休，十五年过去了，物不是，人也不是。"

唐爱握住叶珩的手："总还有不变的东西。"

"是啊，我的心没有变。十五年前我姓白，在我心里，我永远都是白珩。"叶珩说。

两人在校园里漫步，其间素妮给唐爱打了很多次电话。唐爱最后用短信简单解释了一下，就关了机。毕业的最后一天发生这样的事，她也很遗憾。

回了趟宿舍，唐爱将打包好的行李搬下楼。叶珩在楼下接应，将行李放到车的后备厢里，就驾车缓缓开出校门。

车窗外，一片离别的悲伤氛围，有人将行李箱扔到一旁，相拥而泣。这样的场景，每年都在上演。唐爱从包里掏出纸巾，将眼角的泪水轻轻擦去。

"唐爱。"叶珩转动着方向盘，忽然开口。

唐爱茫然看向他。他看着前方，声音凉凉："24小时过去了，我没有太大反应，你可以用萤火虫毒素。当然，如果你不放心，等一系列测试都做完，确定萤火虫毒素对人体安全之后再使用，也是可以的。"

他不提，唐爱几乎都要忘记这件事。她摇头："不，我现在就要用。"

"是吗？"叶珩反问，表情不起波澜。

唐爱坚定地点了点头，她已经等不下去了。如果有一种药剂能使寿蜗休眠，哪怕可能会要了她的命，她也会毫不犹豫地使用。

叶珩刚想说什么，眼角余光却看到一辆黑色轿车拦腰向自己冲来。他下意识地转动方向盘避让，可是那辆车非常迅速，咣的一声巨响，就狠狠地撞在叶珩车门上。

在撞击声中，两个安全气囊瞬间弹出。唐爱被气囊撞得头晕目眩，好一会儿才恢复神志。她睁开眼睛，发现车子已经被撞得滑行出去十几米远，四周围满了人。叶珩趴在安全气囊上，一动不动。

唐爱顿时吓得六神无主，挣扎着去晃他："叶珩！叶珩！"

叶珩这才动了动，直起上身，仰头靠在座椅上喘气。他抹掉额头上的血迹，向唐爱露出一个无力的笑容："放心吧，死不了。"

外面有人急促地敲车窗，唐爱赶紧按下车窗。敲车窗的是个平头青年，显然是肇事的车主。他扫了一眼叶珩和唐爱，掏出一捆绑成砖头似的钱："私了。"

叶珩冷笑："看不起谁呢？我这就报警。"

"先别急着报警，你看看前头那车是谁的？"平头青年往前方一指，"看看车牌号。"

叶珩抬眼一望，眼皮猛然跳了跳。

前面的黑车上走下一个中年男人，正是叶家明。他稳步走来，目光肃杀，震慑四方的强大气场让唐爱打了个寒战。

叶珩盯着他走过来，目光里充满了仇恨。平头青年向他鞠了一躬，然后退到一旁。

叶家明走到车前，微笑着说："小珩，车不太行啊！几万块钱买的？还是二手车？你要是让我给你配车，至于寒酸到这种地步吗？你这车性能再好点，不至于躲不开。"

"我躲不开的不是车，是人心。"叶珩盯着他说。

"看来，我撞的也不是我儿子，是白珩。"叶家明一字一句地说。

"你想说什么？"

叶家明弯下腰来，盯着他的眼睛说："小珩，没想到你这样想我，我很失望。我现在就郑重地告诉你，我不是杀人犯。"

叶珩轻蔑地笑："可是刚才那一撞，很有杀人的气势。"

"那不是杀人，是警告，警告你别不知道天高地厚，连我都敢挑战。"叶家明看他，"你查不出来什么的，趁早收手，先去筹钱吧！我可不相信，志愿者的试用结果能好到哪里去。"

说完，叶家明转身离开。

叶珩脸色铁青,狠狠盯着前方,用力砸了一下方向盘。他死死攥着方向盘,攥到指骨发白。忽然,他捡起掉落一车的钱,使劲撕成碎片。

"叶珩!"唐爱抱住他,"别撕了!"

叶珩终于停止动作,喘气声在车厢内听起来格外粗重:"唐爱,我是不是很没用?杀父仇人就在面前,我却奈何他不得。"

"没有!你已经尽力了,其他的要等时机。"她只能这样回答。

叶珩松开手,皱巴巴的粉红色碎片从指间滑落。

唐爱的心,一抽一抽地疼了起来。

出了这样的事,使用萤火虫毒素的事自然搁置了。唐爱先陪叶珩去修车,然后给胖子打了电话。胖子一听说叶珩出事,火急火燎地赶来了。

"叶珩人呢?"胖子一赶到,就问唐爱。

唐爱看了一眼修车行里面,说:"自己在里面跟人讨价还价呢。"

"老大这事……唉,以前的老大,花钱不眨眼,根本就不会还价。"胖子一脸悲戚,"可能他觉得自己快要山穷水尽了吧。"

"说不定你们的产品能通过测试呢?"

胖子凄惨一笑,抬头望了望夜空:"产品做出来了,随便做的配方,就那样给志愿者试用了。讲真的,现在的问题是老大对这事根本不上心,他不想拉长战线,一心想着找出真相!唐小姐,想想我说过的话,他马上就是有百万负债的人,你得早做打算。"

"有你这么劝人分手的吗?"

"我是看你漂亮才好心相劝。你别觉得自己辜负了叶珩,整得有压力。叶珩辜负的女人能排成长龙,也得让他吃吃报应。"

唐爱哑然而笑,这么说,叶珩的风流债还真不少!

她回头看向修车行,叶珩正好从汽车底盘下钻出上半身,一张俊脸蹭得灰一块,白一块。他看到胖子后,脸色立即变了。

　　"你来干什么？"叶珩从车下出来，大步走到胖子面前。

　　胖子支吾了一下，有些心虚："你说我来干什么？还不是来看你受伤没！这世界上除了哥们儿谁这么关心你……"

　　叶珩将胖子拉到一边，低声质问："你和唐爱说什么了？"

　　"我没说啥！咱们之前……"胖子看了一眼叶珩想杀人的目光，嗫嚅道，"我就聊天，刚来五分钟。"

　　唐爱在旁边看得心惊胆战，心想莫非叶珩听到他们刚才的谈话了？她走上前，劝道："叶珩，我和胖子就闲聊几句，没什么的。"

　　叶珩抿紧了唇，一言不发地扭头离开。

　　胖子不服气地晃了晃拳头，对唐爱低声说："他啊，压力大的时候就是这样……哎哎哎，你们又发狗粮！"

　　在胖子的惊叫声中，唐爱冲上去，从后面抱住叶珩。叶珩周身一僵，低头轻声问："唐爱，你怎么了？"

　　"叶珩，我决定不用萤火虫毒素了。"唐爱咬了咬牙。

　　"可是……"

　　"先不让寿蜗休眠，我要发掘出寿蜗更大的能量，说不定可以帮助你！"唐爱终于下定决心。

　　身旁就是修车厂，不少工人走来走去，不远处还传来叮叮当当的声响。以前在这样的环境里，唐爱从来都不愿意说出"寿蜗"两个字。可是现在，她什么都顾不上了。

　　她要救他，哪怕前方是万丈悬崖，摔下去粉身碎骨。

　　叶珩回身，猛地抱住她。唐爱只觉得他的身体颤抖得厉害，像挂在枝头的一片秋叶。

　　夜风吹来，肩膀上一片凉意。唐爱愕然扭头，才发现叶珩，居然哭了。

　　"你现在后悔还来得及。"卧室里，叶珩坐在唐爱对面，目光沉静。

唐爱笑着摇头："不后悔。"

"那我们这就开始吧。"叶珩说，"首先，深呼吸，头脑里思绪放空，然后集中精力……"

在他的引导下，唐爱开始召唤银色蜗牛，心里有个声音告诉她，她必须要发掘出银色寿蜗更多的秘密，好让叶珩渡过眼下的难关。

很快，手腕上的蜗形线变成了一只散发着淡银光芒的寿蜗。那只巨大的蜗牛浮现在眼前，一动不动。

唐爱夔着胆子，伸手将寿蜗捧在手里，低头仔细观察。叶珩在旁边轻声说："找到2008年，清江市……"

要用时间和地点去定位，其实并不容易。唐爱拨动着刻度，同时也在观察着眼前画面的变化。第一次观察银色寿蜗，漫无目的，并没有感到多费劲。可是第二次带着目的去利用寿蜗，她感到心有余而力不足。

突然，她眼前一阵头晕目眩，双手颤抖，几乎捧不稳寿蜗。

"唐爱！"叶珩赶紧上前扶她。唐爱再也支撑不住，身子一软，往一边倒过去。

最后的景象是，那只银色寿蜗被她的手拨得转个圈，蜗口倒竖向上。

紧接着，世界天翻地覆。


唐爱再次醒来，睁开眼睛就看到透满阳光的纱帘。接着，她听到夏蝉在屋外卖力地叫着。

"他把他的刀剑当作他的上帝。可是当他的刀剑胜利的时候，他自己却失败了。"耳畔响起胖子的读书声。

那是泰戈尔的《飞鸟集》。唐爱每晚睡前会读上几首诗，没想到自己会在读诗声中醒来。

唐爱转转目光，却看到叶珩趴在床头的睡颜。他头发蓬乱，闭上的眼睛睫毛修长，一看就是一整晚没睡。

　　"你醒啦！"胖子放下书，使劲摇晃叶珩，"老大，她醒啦！"

　　叶珩睁开惺忪的睡眼，看清楚唐爱之后，猛然坐直身体，头顶一下子撞向胖子的下巴。胖子痛呼一声，捂着下巴蹲下了。

　　"你感觉怎么样？"叶珩急声问。

　　唐爱暗暗用两条胳膊使劲，想把自己撑坐起来。叶珩赶紧扶起她，可是唐爱刚坐起身，眼前景象就猛然扭曲！

　　"啊！"她惊慌地大叫。

　　叶珩赶紧让她平躺，可是唐爱依然感到自己在快速坠落，手脚在半空中徒劳地抓着。叶珩忙喊："稳定情绪！快把银色蜗牛召唤出来！"

　　唐爱撑着一口气，努力稳定心神，将银色蜗牛召唤了出来。在这短短的几秒钟，她感觉自己像从数万米高空坠落一般，惊悚异常。

　　"拨回去！"

　　唐爱强忍着恐惧，将银色蜗牛拨到蜗口朝下。就这么一瞬间，所有失重的感觉瞬间消失，她呆呆地坐在床上，像劫后余生。

　　"你昏过去两天了，可能刚醒还不太适应……现在感觉怎么样？"叶珩抱着她的肩膀。胖子捂着下巴从地上站起来，猜测地问："是出现幻觉了吧？"

　　唐爱失魂落魄地摇了摇头："像耳石症。"

　　耳石症，是附着于耳石膜上的耳石脱落，耳石在内淋巴的液体里流动，引起患者眩晕的一种病症。现在的年轻人经常熬夜，透支身体，很容易患上耳石症。虽然这种病不会死人，但剧烈的眩晕感会让人痛苦异常。患上这种病之后，必须进行复位治疗。

　　复位……

　　唐爱默默念着这两个字。

　　"寿蜗果然已经和我融为一体，当我把它拨正之后，我的眩晕感也消失了，就像'耳石症'痊愈了一样。"

　　叶珩看了看胖子："从昨天晚上到现在，有什么异常吗？"

　　胖子摇头："没有，我刚才特意看了下手机，今天依然是2023年6月10号，没提前也没延后。"

"那可能真的没有问题。"叶珩松了一口气。可是话音刚落，他口袋里的手机就响了起来。

叶珩拿起手机，皱眉看了眼号码，然后接听："有事快说。"

"小珩，你真出乎我意料，这次暂时先放过你，实验室你可以继续使用。"叶家明的语气很倨傲，又带着几分欣慰。

"什么意思？"

"志愿者第一阶段的试用报告出来了，非常不错，肤质得到了大大的改善。"叶家明说。

叶珩几乎怀疑自己听错了："第一阶段就有明显改善？"

"对，新产品对痘肌有很好的疗效，同时皮肤的含油度、含水量、敏感度都得到了很大改善。这么短的时间里有如此大的变化，就算是业内热卖榜第一名的产品也做不到！"叶家明的语气温柔了许多，"小珩，难道你一直在研发这个配方？"

叶珩沉默。

"前几天我是对你不客气，在这里先向你道个歉。小珩，无论何时，我们都是父子。"叶家明挂了电话。

手机声音有点大，胖子在旁边听了个大概。等叶珩收起手机，他才结结巴巴地问："老狐狸向你道歉了啊？"

"对。"叶珩点头。

胖子眼睛瞪得比铜铃还大："志愿者试用测试，也通过了呀？"

"效果非常好。"叶珩怀疑地看向胖子，"你不是说主要成分就是甘油和熊果苷吗？为什么能通过测试？"

胖子摊了摊手："运气好呗！老大，太好了，这回你就不用承担一百万债务了！"

叶珩没有笑意，唐爱也觉得这件事非常蹊跷。她将开袖子，看到手腕上的蜗形线后，顿时惊叫一声："银色段增加了！"

不仅是她，就连胖子的蜗形线也是如此，银色段比前两天多了一点，肉眼可以分辨出来。

一个大胆的设想在唐爱脑中浮现。她掀开被子下了床，站到体重秤上，低头看着自己的体重发呆。

"你看出什么了？"叶珩走到她身旁。他刚刚查看了自己的蜗形线，发现金色段也增加了。这说明，他们的寿命有所增加！

唐爱回头，眼睛里满是惊惧："叶珩，时间倒退了。"

"不可能！今天仍然是2023年6月10号，这个是正常的时间点呀，根本没倒退呀！"

唐爱愣了愣，喃喃地道："有没有可能，只有时间倒退，其他都没变化？"

叶珩和胖子对视一眼，目光里都满含震惊。

"我在床上躺了两天，什么都没吃，可是体重却增加了五斤。这是我前两年的体重，我记得非常清楚。"唐爱掏出手机，点开上面的一个减肥用的APP，"如果真的是这样，那么就能解释为什么那些志愿者的肤质能得到改善！她们的身体是两年前的身体，自然肤质改善了！"

叶珩低头看了看唐爱的手机，的确是她说的那样。他心里有了底，自言自语："时光是把杀猪刀，但如果时间倒流，那就是整容的手术刀了。"

胖子在旁边抓耳挠腮，猜测道："也有可能……时间真的倒流了，我们都回到了两年前，同时记忆也都被修改了！其实现在正常的时间应该是2021年6月10号？"

"不可能！正常的时间就是2023年！因为我和她体内有寿蜗，所以就算所有人的记忆都被修改，我和唐爱的也不会。应该就是那个可能……"叶珩头脑里的想法渐渐清晰，"时间倒流了，可是空间没有倒退。"

唐爱惊讶："真的像我猜的那样？"

"对。这个世界的秩序是由时间和空间共同组成，如果说时间像一条从上而下流动的大河，那空间则像一个顺时针转动的万花筒，也是不停地发生着变化！现在的情况是，你用寿蜗改变了时间这条大河的走向，河水从下游流到上游。可是空间的格局还是和以前一样，依然没有改变方向，所以我们一直身处在2023年的空间里，没有前进，也没有倒退！再说了，如果时间和空间同时倒退，那我哥现在应该死而复生。他没出现，说明空间没有发生变动。"

"如果我用寿蜗同时改变时间和空间的走向，那么你哥叶尚新就能复活？"唐爱后背有些发寒。

叶珩点了点头："还记得我给你讲的故事吗？"

"记得。"

在那个故事里，砍柴的农夫闯入深山，在山顶遇到两个白胡子老头下棋。他一时兴起，就蹲在旁边看白胡子老头下棋。观完一局，农夫离开，回到家才发现亲人早已老去，友邻白发苍苍，世上已经过了五十年。

下一盘棋的时间和五十年，这两个时间长度并不对等。谁知道农夫遇见的那两个白胡子老头，操纵的是棋局，还是人间？

"故事里的白胡子老头，就像寿蜗。他们是高维度的生物，操纵时间对他们来说，像下一盘棋一样简单。"叶珩说。

天地为棋盘，人类为棋子。活人在棋局中行走，去厮杀，去拼搏。有人赢得一蔬一菜得以温饱，有人纵横四方所向披靡，也有人苦苦挣扎，最终覆灭，成为一枚弃子。

死人如弃子，被丢到尘埃里，永久蒙尘。如果时间和空间同时倒流，就如同悔棋数步，弃子重回棋盘。

这么说来，她再钻研钻研，说不定真的能够发现寿蜗更多的秘密，让叶尚新重新在这个世界上出现。

只是那样的话，唐佳佳会幸福吗？

唐爱有气无力地问："那如果我同时让时间和空间发生倒流，是不是能达到某种意义上的平衡？"

叶珩点头："原理上是这样的。你之所以有耳石症的眩晕感，很可能是只改变了时间的方向，发生了失衡。"

"没想到寿蜗的能量比我想象中更强大。只是过了两天时间，就倒流了两年。"唐爱感慨。

叶珩一笑，在她手背上轻吻了一下："祝贺你，唐爱小姐，你年轻了两岁，现在是二十岁。"

"我就不恭喜你了，毕竟叶珩现在是二十一岁，还没到法定结婚年龄。"唐爱点了点叶珩的鼻子，"估计没几个女人正儿八经和你谈恋爱。"

"我怎么从这句话里听出了酸味？看来我得去做点好吃的，不然你对我很有意见。"叶珩语气温柔。

唐爱脸红了，这才想起她躺了足足两天，肚子饿得要命。

叶珩做了火锅，排骨汤底调入红油，提前铺了一层肥厚的酸菜，汤汁一滚，整个房间都能闻见香味。

夏天吃火锅，要么中暑，要么酸爽，全看怎么吃。唐爱夹起一筷子青菜，在锅里烫了烫，就要夹起来。叶珩毫不客气地敲了她筷子一下："太烫的东西也敢直接吃？吃这碗，都给你冷好了。"

说着，他把一碗熟透的藕片、蟹柳和羊肉递给唐爱。

胖子看得眼馋，歪着头问叶珩："老大，你也照顾照顾我这条单身狗呗。"

叶珩头也不抬，将一根肉肠塞到胖子嘴里。胖子差点热泪盈眶："老大，你让我太感动了，我还以为你是个见色忘友的人，只对美女好。"

"别乱说话。"叶珩用目光狠狠剜过去。

唐爱想逗逗叶珩，凑到他耳边低声问："说，你都对哪些美女好过？也像现在这样给她们夹菜吗？"

"很多，三个吧。"叶珩同样低声回应，"十二岁的你，二十二岁的你，还有现在二十岁的你。"说完慢慢靠近她，猛然在她脸颊上啄了一下。

胖子恰好看到这一幕，差点喷饭："寝不言，食不语！你们动不动秀恩爱，还让不让人吃饭了？"

唐爱耳根灼热，却忍不住一边吃，一边偷偷看叶珩。火锅蒸腾起来的雾气，模糊了叶珩的五官，是那样好看。

吃完饭，胖子习惯地先起身收拾碗筷。叶珩凑过来问："你刚才干吗一直看我？"

　　唐爱想了想："我怕今天以后，就见不到你了。"

　　"我剩下的一辈子都是你的，你想看多少回都可以。"叶珩不动声色地从口袋里掏出一只药瓶，"这是萤火虫毒素，你用吧！关于寿蜗，你现在停止所有研究。"

　　唐爱愕然。

　　厨房突然发出碗筷相撞的声音，接着胖子急吼吼地跑了出来，瞪着眼问："叶珩，这才刚开始，你怎么就不让继续了？"

　　"现在唐爱有了耳石症的眩晕感，说不定再研究下去，还有什么古怪病症出现！"叶珩语气生硬。

　　"但是……"胖子欲言又止，转而看向唐爱。唐爱心领神会，握住叶珩的手："我可以的。"

　　叶珩一把将她搂进怀里，声音有些沙哑："算了，我不想让你再冒险。"

　　"如果这冒险是为了你，我愿意。"唐爱说。

　　叶珩犹豫了很久，才点头道："那……好吧！这次你如果再感觉到不舒服，就说出来。"


　　再一次面对银色蜗牛，唐爱得心应手了许多。她不由得嘲讽自己，敢情寿蜗对自己而言是一件工具，也遵循熟能生巧的规律。

　　这次她很快就找到了2008年的清江县，那是医学院门口的街道，街道两旁栽种着高大的梧桐树，树荫下，车水马龙川流不息。望着那熟悉而陌生的画面，她心潮彭拜。这些都是历史的味道，十五年前发生过的事情！

　　唐爱试着将时间定在7月21号，叶珩父亲自焚的那一天上午。在她的拨动下，画面越来越大，铺满了整个寿蜗。而寿蜗也在迅速变大，蜗口大到可以通过一人。仰头望去，寿蜗已经占据了这间卧室的大部分空间。唐爱顿时觉得自己渺小如蝼蚁。

叶珩犹豫了一下，终于站了起来："唐爱，这蜗口像一道门。"

"你要进去？"唐爱的心一下子揪了起来。

叶珩点了点头："我不知道里面有什么，但是直觉告诉我，我应该进去。如果我有幸发现了遗落在十五年前的证据，我会拍些照片回来。"

胖子紧张得一句话也不说，只是拉着叶珩的胳膊。叶珩安慰他说："如果我24小时都没出来，你就立即联系林警官。号码我已经发到你手机上了！"

唐爱下定决心："我和你一起进去。"

"好。"叶珩将她的手拉住，慢慢走进蜗口。

面前是一条暖黄色的通道，周围色调一致。唐爱刚进去，就感到身后有些异样，回头一看，蜗口居然不见了！

她和叶珩对视一眼，彼此都有些无奈。现在回头已经不可能，只能往前走！

大概走了半个小时，眼前豁然开朗，各种声音如潮水般涌来。唐爱"哎呀"一声捂住耳朵，蹲了下来。

"小心！"叶珩抱住她。唐爱使劲睁开眼睛，才发现自己和叶珩居然蹲在马路中央。

汽车喇叭声此起彼伏，尖锐地刺入耳膜，有司机冲他们喊："小情侣吵架别耽误别人，蹲在马路中央不危险吗？"

叶珩赶紧拉着唐爱离开马路中央，车流才重新通畅。唐爱睁大眼睛望着医学院大门，异样的感觉涌上心头。

他们真的来到了十五年前！

"这一切是虚假的吧？"唐爱颤声问，"我们只是在翻阅一本书，而不是正在经历书中的世界，对吧？"

"时间没有逝去，只是存在某处。"叶珩抬腕看表，"时间停了，你看。"

果然，他的手表指针停止了走动。

唐爱忙从口袋里掏出手机，发现手机上的时间也不再更新了。有行人从旁边经过，好奇地打量他们的大屏幕手机。

在2008年，智能手机还未问世，满大街的诺基亚。

"请问，今天几号，现在是几点？"叶珩问一个行人。行人看了下手表，回答："7月21号，上午9点20分。"

叶珩心头一沉。林密提到过，院里对父亲进行搜查的时间就是今天！9点20分，距离自焚的时间10点5分，不到一个小时！

再不赶快，就来不得及了！

他脑中空白，扭头就跑进医学院。唐爱吃惊，跟在他身后喊："叶珩，你等等我！"

可是叶珩头也不回，往一个方向跑去。唐爱辨别了一下，想起那是医学院食堂的方向！

唐爱明白了他要做什么，顿时浑身冰冷。她以为他会保持冷静，她以为他会第一时间去调查证据，然而现实狠狠给了她一个巴掌。


医学院即将拆迁的食堂，其实是一溜破败的平房。墙皮掉落，露出里面的红砖，窗玻璃也残缺不全，缺口处挂着蛛网，被风吹得一摇一晃。

叶珩冲进食堂，霉气立即扑面而来，呛得他咳嗽几声。他强忍着难受，弯下腰从桌椅下面看过去，终于发现最后一排的凳子下放着一只白色塑料桶。

他赶紧将塑料桶拿过来拆封，一股汽油味立即飘散出来。

叶珩心里有了底，将塑料桶封好，气势汹汹地拎着走出食堂。他足足跑了三四百米，绕了两栋教学楼，才把塑料桶狠狠扔进一只垃圾桶里。

他疯了一样地将旁边垃圾桶的垃圾塞进去，掩盖住那只汽油桶，然后用尽全力盖上桶盖。

"小伙子，你没毛病吧？正事不干，拿垃圾桶撒气做什么？"一个保洁工打扮的大妈上前数落叶珩。

"这是最重要的正事！"叶珩狠狠踢了垃圾桶一脚。

接下来，他要立即赶到职工宿舍，不管那里会发生什么，也要找出真相！

职工宿舍楼有六层，灰色楼体，建筑风格还是二十世纪九十年代的，是提供给医学院未婚职工居住的。但是因为白京玏的科研实验经常进行到深夜，所以学校特批给他一个单间。

这栋楼在十五年后已经翻修重建，改成了实验楼，周围的景观也发生了很大改变。不过，叶珩已经提前做过无数次的踩点调查，早已经对它的位置烂熟于心。

叶珩以百米冲刺的速度跑到职工宿舍楼下，却被楼管拦住："小伙子，你干什么的？请出示证件。"

"我……我来这里找人，在哪里登记？"叶珩心急如焚。楼管转身，从窗户里拿出登记簿："在这里登记，把你的姓名、来访目的写一下。"

叶珩扭头往外看，却看到几名警察往这边走来，一个校领导模样的中年男人在前头带路。短短一秒钟，他立即猜到接下来要发生什么。

"小伙子，签字啊！"楼管往叶珩手里塞笔。

叶珩猛然推开他的手，扭头就往楼上跑。楼管在他身后大叫："你给我站住！你要干什么？"

警察见状，快步走到楼管身边："出什么事了？"

"有个奇怪的小伙子闯楼！"

"走，上去看看。"警察和校领导对视一眼，加快步伐上楼。

叶珩气喘吁吁地跑上楼，迎面撞到了好几名职工。咒骂声在身后响起，他头也不回，只是快步跑上四楼。

403室。

那是父亲的宿舍门牌号，木质房门刷着蓝灰色油漆，方方正正的铜牌挂在正中央，上面凸出"403"这个黑色数字。

这是藏在叶珩心里的一个数字，他曾经默念了几千遍几万遍，今天穿过时光的阻隔，终于能够得见真容。

可是当他真的站在403室门前，却怯意顿生，颤抖的手怎么都推不开眼前的房门。

门后会有谁？

如果相见注定不会善终，那相见还有意义吗？

就在叶珩呆站着的时候，旁边忽然伸来一脚，"咣"的一声踢在门锁上，踢得房门嗡嗡直抖。

"看什么看，再踢啊！"这一声仿佛是惊天雷声，驱散了他所有的犹豫。叶珩呆呆地看着身边的唐爱，她的眼神凶悍又坚定。

叶珩这才如梦初醒，后退两步，狠狠踢在门顶上。门锁是老式的，禁不住使劲踢，咔嚓一声被踢开了。

宿舍里空无一人，只有几件简单的家具什物，可是阳台的门是开着的，散来阵阵烟味。

进屋之后，唐爱立即转身将房门关上，并用桌子抵住。用不了多久，警察就会上来，到时候他们就再也没办法掌握第一手的证据了。

"我阳台，你室内！"叶珩快速命令道，然后箭一般冲到阳台上。果然，一个穿长袖衬衫的男人正坐在地上烧东西，面前的搪瓷脸盆里，一个笔记本已经烧得七七八八。

"你是谁？"男人抬头惊慌地问。

已经整整十五年，叶珩没见过这张脸了，他连照片都不敢多看一眼。可是此时，叶珩一眼就认出这个男人是自己的父亲，白京玓。

叶珩顾不上解释，劈手将笔记本从盆里捞了出来，扔在地上使劲踩火。手指被火焰燎得刺痛，他连眉头都没有皱一下。终于，火灭了，可是笔记本上的大部分内容都烧毁了。

"给我！"白京玓扑了过来。

叶珩一边躲避，一边翻看笔记本。笔记本上只记载了一些日常，他翻了好几页才看到一行字——

今天是试药的第五十天……

后续是什么，已经被烧掉了。叶珩转过身，怒问："试药是什么？你对自己做了什么！"

白京玓一把抢过笔记本，重新扔到火里。脸盆里堆了很多燃烧着的黑炭，火焰转眼吞噬了残本。

　　叶珩还想去抢，白京玏一拳打在他脸上，将他打倒在地，大吼："我的事
不用你管！"

　　唐爱正在书架上翻找，但只找到了一个纸盒，里面有一些剪刀、牙刷之类
的杂物，还有超市小票、银行取款单之类的单据。

　　她不敢漏掉什么，一张一张地翻看那些单据。单据大多显示白京玏购买的
一些日常用品，并没有什么异常。除了单据，还有一张A4纸，上面写满了手机
号码。号码后面都有备注，只有一个没有。

　　除此以外，纸盒里还有一个纸团。唐爱拿起展开，顿时一愣，那居然是一
张药房的单据，显示白京玏购买过一瓶抗抑郁的药。

　　难道，白京玏有抑郁症？

　　唐爱大脑飞速旋转起来。仅仅因为盗窃东窗事发就选择自焚，这的确可以
归为抑郁症发作。

　　她正要把东西收起来，不料白京玏一把抢了过来："你们想干什么，都给
我出去！"

　　与此同时，门外响起了敲门声，警察的声音响起："白京玏，开门！"

　　"糟了，他们上来了！"唐爱赶紧跑过去扶起叶珩。叶珩擦了擦嘴角的鲜
血，推开唐爱："不要管我，先别让警察进来。"

　　此时，门外的警察已经开始撞门。唐爱跑过去，用身体死死抵住桌子。

　　叶珩忍住痛楚，扶着床站起身。可当目光在落到床单上时，他突然僵
住了。

　　叶珩拿起放在床头的运动包，翻开内胆，几根黄色的毛发立即飘落出来。
这样细，这样短，很像是动物毛发。

　　"给我放下！"白京玏像一头发狂的野兽般扑了过来。叶珩闪身躲开，举
着运动包，目光灼灼："猴子真的是你偷的？"

　　白京玏盯着他，目光复杂。

　　"说啊！"叶珩大吼。这一吼，用尽了他全身的力量。

　　"我的事不用你管。"白京玏一字一句地回答。

　　叶珩咬着牙，攥着运动包的手已经泛出青白色。唐爱忍不住喊："叶珩，

你好好说话啊！为什么不告诉他，你其实是他儿子？"

白京功震惊，瞪着叶珩后退几步。叶珩苦笑着放下运动包，抬眼看着白京功：“你会信吗？你会信我从十五年之后回来找你吗？"

“不可能，你们骗我……"白京功后退到阳台，劈手将手里的发票和名片扔进火盆里。

“言语可以骗你，这张脸能骗你吗？"叶珩指着自己的脸，眼泪沁出，“爸，从我七岁那年我们就再也没见过面，难道你不认识我了？"

白京功顿时呆若木鸡。

“为什么你要选择自焚？那个给你打钱的神秘账户是谁的？爸，你告诉我，我一定还你清白！"

白京功打了个激灵：“你真的是小珩？可是你姓叶……"

“我被叶叔叔收养了！"

“收养……收养……"白京功蹲在地上，死死揪住头发。

室内，唐爱仍然在拼命抵住房门，可是外面撞击的力量越来越大。她喊起来：“赶快呀！我这边要顶不住了！"

叶珩心头酸楚，将白京功的手一把抓住，泪水模糊了视线：“爸，你知道我这么多年是怎么过来的吗？他们说我是小偷的儿子，说我是天生的老鼠。我不信！我相信你是清白的，对吗？"

在心里憋了十五年的话，他终于得以说出。此时，他只想要一个肯定的答复。不管看到了什么，他都信！

白京功抬起头，定定地看着叶珩：“对！儿子，你要相信爸爸是清白的！爸爸没偷猴子。"

“那运动包里的猴毛是怎么回事？是有人栽赃陷害给你的吗？"

白京功一呆，嘴唇颤抖起来：“不，我不能说！你快走！永远都不要来见我！"

“不，爸，你告诉我啊！"叶珩急了，紧紧抓住白京功的手，“是叶叔叔陷害你的吗？"

“不是！"白京功浑身颤抖，“可是，他也不是好人！就是他把我害得这样惨……小珩，千万不能让你妈妈知道。"

"他做了什么？"叶珩严肃地问。

白京玿神经质地摇头："不，我不能说！说了你会告诉你妈妈……我不能让她知道，不能……"

叶珩忍了又忍，眼泪还是簌簌落下。此时的父亲，根本不知道妈妈早已死去，他寄人篱下已经十五年。

如果让父亲知道这一切，就能换来真相的话，他倒是真的会说上一天一夜。可是命运残忍，只给他们短暂的相聚。

就在这时，房门外传来一阵更猛烈的撞击，唐爱尖叫一声扑倒在地上，桌子被撞得歪向一边。叶珩猛然起身，将阳台门关上。

玻璃门坚持不了多久，但他全然不顾了。

"小珩，别管爸爸，你回去照顾好妈妈，我不值得你这样。"白京玿喃喃地说，眼中一片哀痛。

叶珩一边抵住玻璃门，一边回头吼："我已经把汽油桶扔了！爸，你别想着一走了之，要活个明白！"

"来不及了，真的没用了。"白京玿摇头苦笑。

叶珩一怔，手上力道一松，玻璃门就被人一把拉开。三名警察闯入阳台，快速围住两人。叶珩没挣扎，缓缓举起双手，表示投降。

白京玿叹了一口气，向警察伸出双手："别为难他，我跟你们走。"

"他和那个女生也要接受我们的调查！"

"我的事和他们无关，你们问什么我都会如实作答。"白京玿平静地说，"他们就是担心我，劝我自首，并没有其他意思。"

警察用怀疑的目光打量着叶珩和唐爱，最终相信了白京玿："那行，你跟我们走，他们不能再跟过来了。"

叶珩想说什么，白京玿无声地向他摇了摇头，他只能作罢。

只是经过他身边的时候，叶珩听到白京玿说了一声"对不起"。短短的三个字，很轻很轻，像雪花落入手心，转眼就消失。

他怔怔地望着白京玿的背影，心头说不上是什么滋味。一名警察拦住他，严令禁止他跟过去，就那样随手划开的一条无形的线，隔开了他们。

白京功的背影消失在门口。

"叶珩，我们尽力了，只能做到这些。"唐爱低声劝说。

叶珩没回答，点了点头，转过身往楼下张望。可就是这一眼，让他浑身的血液都冻结住了！

刚才那个保洁大妈，正拎着一桶汽油经过。她就是叶珩刚才遇到的环卫工，居然把那桶汽油又捡了出来。

"叶珩，你在看什么？"唐爱茫然。

"怎么会这样……不可以！快拦住她！"叶珩预感到不妙。

然而已经来不及了，白京功突然从楼道里冲向环卫大妈，不由分说地夺下汽油桶，往食堂的方向跑去。警察在后面追赶："站住！有话好好说！"

"爸！"叶珩眼眶都红了，扭头就往外跑去。

唐爱吓得心脏突突乱跳，也跟着追了出去。可是她刚跑到宿舍外面，就感到一阵眩晕。

天旋地转中，她软软地倒在地上，头脑里只剩下最后一个念头——

可能拼尽了全力，也改变不了什么吧。

## Chapter 10

### 别爱上猎物，你没资格

人海十万，有你在其中，我才愿意存身于世。

弱水三千，有你在其中，我才愿意取一瓢饮。

东南西北，有你的方向，我才愿意前行冒险。

唐爱在黑暗中跌跌撞撞地走着。

起初只是一条暗色长廊，后来走得远了，回头就看到无数台阶静默地躺在身后，像年轮的一截，也像是时间的刻度。

轰的一声，那些黑白相间的色彩全都破碎，无数幻象劈空涌来，挤满了她身边的所有空间。唐爱还来不及惊恐，就沉入到混沌之中。那团混沌不是水，更像是水泥，扯着她的四肢，让她动弹不得。唐爱干脆放弃了挣扎，在混沌中睡了过去。

不知道过了多久，温热的呼吸扑在脸上，润润的。唐爱慢慢睁开眼睛，却看到室内亮着的一盏落地灯，身边空无一人。

她支撑着坐起来，发现身上穿着的仍然是之前的衣服。这里仍然是她的卧室，可是叶珩和胖子却不见了。

看了看床头柜上的闹钟，时间是6月10号的晚上8点。发生了这么多事，居然才过了两三个小时。

唐爱穿了拖鞋，悄无声息地打开门，林密的声音遥遥传来："叶珩，你是脑子进水了是吗？你想救你爸，也不想想这会引发'时间悖论'的！"

胖子也叹气："老大，我知道叔叔很冤枉，可是叔叔去世十几年了，这是不争的事实。如果你改写了过去，让你爸还活着，那这算什么？过去和现在是矛盾的，时间的逻辑会被撕裂！这种矛盾会给唐小姐带来危险！"

叶珩没有立即回答，只是掏出打火机点燃了指间的香烟。

"你们不用紧张，我没能力改变十五年前的事情。"叶珩苦笑连连，"十五年前，我没亲眼看到那个残酷的画面。十五年后，我看到了。"

客厅里顿时一片死寂。

唐爱立即明白了，在自己晕倒后，叶珩后来都看到了什么。她沿着走廊慢慢走过去，伸出头望向客厅，便看到林密、胖子和叶珩三人坐在沙发上。

三个人脸色都不好。

最后还是胖子解了围："算了，反正现在两人都没事，这就是最好的结果。老大，你说吧，这次去十五年前，你发现了什么？"

"试药，我爸当时肯定在进行一项秘密的新药研发实验。"叶珩沉吟说，"试药的结果很不乐观，他不想让任何人知道这件事。"

"禁药？"林密心直口快，"如果是这样的话，那就能解释那个神秘账户了，重赏之下必有勇夫。"

"我爸不可能做这样的事。"叶珩压抑着愤怒，"我爸是清白的！他不会做任何有违道德的事情！"

林密仰头看他，勾唇一笑："那你给我解释一下，他为什么烧掉日记本，毁灭最后的证据？就算在他口中，你养父不是好东西，那他为什么三缄其口？"

叶珩愤怒地攥紧拳头，指关节咯吱作响。

"你再悲愤也没用。"林密丝毫不惧，"我见过太多犯人的家属，都不相信自己的亲人会犯罪。结果呢？事实证明，大多数罪犯都有两副面孔，凶恶地对着受害者，温情地对着自己的家人。"

唐爱再也听不下去了，扬声打断了他们的对话："林警官，你的猜测是主观臆断，完全站不住脚。"

三人齐刷刷向唐爱看去，林密惊讶，叶珩沉默，胖子呆愣愣地问："唐小姐，你醒了？"

"刚醒，听了个七七八八。"唐爱走过来，扫了林密一眼，"珩是美玉，他本姓白。这个名字是白叔叔给叶珩起的，也寄予了他对叶珩的厚望，希望他为人干净，白璧无瑕。这样的人，怎么可能为了钱财去研发禁药？"

　　林密想说什么，唐爱再一次打断："没错，我也是主观臆测，大家半斤对八两，谁也压不倒谁。证据嘛，我相信总有一天能找到的。"

　　叶珩看着唐爱，眼睛里闪着细小芒丝，不知道是灯光的折射，还是因为微微泪光。

　　"唐爱，你也跟着回去了，那你有发现吗？"林密问。

　　唐爱回想了一阵子，才说："我在白叔叔放杂物的纸盒里，发现了一张药房开的小票，他购买过一瓶抗抑郁的药。"

　　林密吃惊："抑郁症？案卷里没有提到这一点！看来这倒是个新发现，很可能白京功自焚，就是因为抑郁症发作。"

　　"抑郁症只是表面原因，真正原因是老狐狸。"

　　"为什么？"

　　"因为我爸亲口告诉过我，老狐狸不是好人。"

　　林密有些无奈："叶珩，所有的指控都需要证据。如果没有证据显示叶家明有违法行为，那……"

　　没说出的话意思非常明显，无非是奈何不了老狐狸。

　　叶珩听出了潜台词，狠狠抽了几口烟，香烟在指尖明明灭灭。

　　他顿了顿才说："对了，当时……我看到运动包上的毛发了，我爸否认是猴子毛，但是并没有告诉我是何种动物的。"

　　"当时没做毛发鉴定吗？"胖子问林密。

　　林密摇头："当时事发突然，嫌疑犯突然自焚而死，所以没有太多后续就结案了。"她抬眼看向叶珩，语气诚恳，"如果你认为有必要，我回去后就再次提取证物，让检验科检查。"

　　"谢谢。"

　　"要是没有其他信息的话，那我就先走了，明天还要上班。"林密拿起背包，站起身，"叶珩，送送我吧。"

　　她的语气自然流畅，并没有因为唐爱的存在而有任何犹豫。

　　唐爱心里倒是咯噔了一下，面上云淡风轻。

　　叶珩答应，走到唐爱身边的时候，却轻轻一搂她的肩膀，低声说："我去去就回来。"

胖子尴尬地看向别处。

唐爱脸红，掩饰地说："我又没催你。"

"但是我听到了你心里不情愿的哼哼声。"

他的声音压得更低，软濡糯甜，这突如其来的宠溺让唐爱脸颊烧得更烫了。

走到电梯处，叶珩按下电梯，然后和林密肩并肩地等待。镜面的电梯门，映出两人的身影。

林密打破了沉默："对不起。"

"你不用道歉，是我没有找到证据。相反，我还要向你说谢谢，不是你我根本不知道案卷的内容。"叶珩看向林密，眸光深邃。

林密哼笑一声，耸了耸肩膀："可我道歉的不是这件事。"

"那是？"

电梯叮的一声抵达，然后电梯门徐徐开启。林密并不打算回答这个问题，而是径直走进电梯里，按下一楼。

叶珩眼疾手快地扒开电梯门，一步跨进电梯，电梯门在他身后堪堪关上。林密目瞪口呆，忍不住责备："你知不知道刚才有多危险！"

"说吧，你道歉的到底是哪件事？"

林密扭头看向别处，电梯轿厢的四面也都是镜面，清清楚楚地映出两人表情的细节，让她无处可逃。

"说啊，你到底哪里感觉对不住我？"叶珩将两手撑在林密的两侧，目光灼灼地盯着她。

林密索性豁出去了，一股脑全说了出来："明知道你有女朋友还对你图谋不轨，我是个没有操守的人，真是对不住你，行了吧？"

她气喘吁吁，像是刚刚做过一百个俯卧撑。

叶珩愕然，然后哧哧笑了起来："有时候你生气的样子像个警察，有时候生气就会很可爱，就比如现在，很像一个女人。"

"什么叫像，本来就是！"

"好，是我口误。"叶珩将两手插在裤兜里，半认真半调侃，"林密，你明明知道我是个潜在罪犯，还喜欢上我，说明你是真心待我，我很感动。"

"真给面子。"林密烦躁地撩了下头发，扭过脸不予理睬。她现在很想给自己一个耳光，让自己清醒清醒。

居然跟花花公子搞暧昧，她脑子里到底在想什么？

电梯终于到了一楼，林密逃也似的出了电梯，却忽然听到叶珩在身后喊她。

她站住，心有不甘地看着他。

"真的谢谢你。"叶珩笑得温润。

林密忽然来了脾气，噔噔噔走回他面前，示威似的看着他："那你倒是说说，拿什么谢礼？"

他略一思考，回答："帮你揍人。"

"揍谁？"

"那个逃你婚的男人，我知道你心里气难平，就是不知道怎么安慰你。"他顿了顿又说，"还有，以后谁敢伤害你，我就帮你揍他。"

林密怔了一会儿，默默地转身离开。

走到单元门门口，她回过头，看到叶珩还在原地站着没动。他的目光悲悯又悠长，缠绕在她身侧，让她感觉温暖又安全。

"你的谢礼不错，不愧是叶小公子。"林密粲然一笑，眼底却已有泪意。

当时新郎逃婚，她作为新娘承受了莫大的压力。可更多的压力是，很多人都说，放他走吧，他是浑蛋，你一定能把后续处理得很好。

因为身份的缘故，一直都是她在保护别人。于是所有人都将她视为女强人，认为她刀剑不入无坚不摧，没有人觉得她应该被保护。

可是，盾牌也有疲惫的时候。更何况她不是盾牌，而是一个有血有肉的女人。

叶珩回了家，唐爱已经睡下了。他拧了下门把手，发现门已经被反锁。

他们的确没有同居一室，但是自从确定了恋爱关系以后，他和唐爱每天晚上都会甜蜜地互道晚安，从未有一天遗漏。

胖子一边收拾东西一边打哈欠："唐小姐说困，就先去睡了，我看着她很正常，你也别打扰，今天折腾得够呛。"

"女人说没事，就是有事。"

"啊？"胖子预感不妙。

室内一片黑暗，唐爱躺在床上辗转反侧。

她侧耳听着外面的动静，当听到叶珩和胖子的对话时，不由得冷笑连连。很快响起了敲门声，笃笃笃，很有节奏，但她丝毫不为所动，只是懒洋洋地回了一声："睡了，有什么事明天聊。"

门外的叶珩并不放弃，依然敲门。唐爱干脆将被子蒙住头，不再回应。

大概过了五分钟，她猛然掀开被子，再听，外面果然已经平静如初。

一句"男人都不是好东西"的诅咒还未完全出口，唐爱就听到胖子的惊呼声："老大，你再这样我就报警了！"

"太危险了，你要是有个三长两短的可怎么办？"

"给我下来，别作死！"

唐爱头皮发麻，一跃而起，快步走到窗边。从这个角度可以看到一部分阳台，她居然看见叶珩已经打开了保险门，半个身子探在外面。

"闭嘴，我要爬过去。"叶珩指了指唐爱的窗子。

夜色昏暗，她又关了灯，叶珩并没有看到唐爱。可是唐爱却将他的处境看个清清楚楚。

从阳台到卧室的窗户距离不远，中间只有一根下水管，还有一个用来放置空调柜机的小平台，其他都要靠徒手攀爬，太危险了！

唐爱气得吐血，将窗子一把打开，怒道："叶珩，你发什么神经！"

"啊？你让我过去？"他故意装作听不见的样子，"你等着，我这就过去，你把窗子给我开大点！"

说着，叶珩就转过身，一只脚够在阳台外侧的小阳台，一只脚够到小平台，然后倾斜身子去扶那根下水管。唐爱吓得话都说不利索了："你你你别冲动，给我回去！"

"回去？可是我要见你。"叶珩回头，眼神无辜。

"我去见你，好了吧？你走门，走门知道吗！"唐爱恨得牙痒痒。

叶珩这才慢腾腾地返回去，胖子伸手去拉他。唐爱闭上眼睛长吁一口气，暗骂了一声"神经病"，愤愤地将窗子锁上。然而就在这时，叶珩脚下一滑，整个人突然悬空。

"啊啊啊啊！"胖子一把拉住叶珩的胳膊，可自己也被拖出去一大截。眼看叶珩就要坠楼！

唐爱眼泪涌出，连滚带爬地开了卧室门，跑到阳台上去拉两人。她声音里带了哭腔："你个浑蛋，赶紧用脚找着力点啊！"

胖子咬牙挺着，挤出两个字："使……劲！"

叶珩仰着头，不仅没有临死前的恐惧，反而笑眯眯地说："唐爱，你真的愿意见我了？"

"见你！"

"不会出尔反尔赶我吧？"

"不赶不赶不赶！"

"无论发生什么事，一辈子都不会赶我走？"叶珩还在问。

"无论任何事！都这个时候了，你还说废话做什么？"唐爱揪住叶珩的衣袖，想将他往上拉，却徒劳无功。

谁知叶珩说了一声"好嘞"，一只脚够到小阳台边缘，另一只手抓住阳台的护栏，稍一用力就跳了上来。他身手敏捷，一系列动作完成得快如闪电，胖子半天没反应过来。

唐爱红了眼眶，狠狠瞪他一眼，转身就往卧室里走。就在关门的那一刹那，叶珩突然从门缝挤了进来："别食言啊，是你说的，会见我。"

"你要说什么？"

"你用银色寿蜗，看到我和林密了吧？"叶珩歪着头看她。

唐爱脸红，转过身狠狠捶打他的胸口："你凭什么处处留情？为什么你喜欢那么多人？"

"我只喜欢你。"他脱口而出。

"我不信！"唐爱气恼地瞪他一眼。

本来，她唤出银色蜗牛是要再看一看过去的场景，看看能不能找出更多细节。没想到没看到2008年，却看到了十分钟前，叶珩和林密在电梯里无比暧昧的一幕。

她心里翻江倒海，眼看控制不住情绪，赶紧将银色蜗牛收了起来。想起叶珩以前的作风，她更是醋海翻波，怒火中烧。

叶珩笑起来，拉着她的手说："我和她没什么的，只是谢谢她，毕竟她也帮了我们很多忙。"

唐爱还是生气，扭着头不说话。叶珩突然发力一扯，搂过唐爱，翻身将她按在床上。

这一吻昏天黑地日月无光，过了好久两人才分开。唐爱憋得满脸通红，差点喘不过来气，好一阵子才说："你无赖！"

"我是无赖，你从第一天就知道。"桃花眼弯起来，格外地好看。

"看来你对我不是真心的。"唐爱故意板着脸。

叶珩在她额头上蜻蜓点水地亲了一下，软声说："是真心的，但是要怎么证明给你看呢？要不，我跳个楼吧？我要是没死，那就是……"

唐爱忙捂住叶珩的嘴，睁大眼睛："别说这些不吉利的话！"

叶珩抱着她，枕着她的乌发，在她耳畔说："不让我说这个，那我就说情话吧。唐爱，我爱你，谢谢你为我做的一切。如果没有你，这个世界对我来说没有任何意义。"

人海十万，有你在其中，我才愿意存身于世。

弱水三千，有你在其中，我才愿意取一瓢饮。

东南西北，有你的方向，我才愿意前行冒险。

唐爱心里甜蜜，转过身躺在他怀里，喃喃地说："叶珩，我暂时看不到2008年的场景了，不过我会再试试看的。"

"看不到了？"

"是的，也许是因为我们的侵入，改变了一些过去的事情，所以……"

提及此事，叶珩的神情有些哀伤："可是结果仍然没有改变，只是过程改变了一点点。"

"那如果往前呢？"唐爱建议，"我们可以去看看，在2008年7月21号之前发生了什么！"

叶珩一怔，默默思索片刻，才摇头："不，我不能让你再冒险。"

"可是……"

"我现在已经有思路了。"叶珩说，"你不是看到我爸在服用抗抑郁的药物吗？那他肯定会进行心理咨询。不过，他会避开医学院的附属医院，选择附近的心理诊所。明天我会逐一排查。"

唐爱若有所思："这倒是个方向。"

"不管怎样，你都不要再使用银色蜗牛了。"叶珩说，"明天你就用萤火虫毒素让它休眠吧。"

唐爱犹豫了一下，最终还是点了点头。


甜梦之后，唐爱在清晨熹光中醒来，感觉格外惬意。

她转移视线，看了身边的叶珩一眼。他睡得很沉，鼻翼中发出均匀的呼吸。唐爱羞涩一笑，为他掖好被子边角，就轻手轻脚地起了床。

结果她刚打开卧室门，就看到胖子坐在客厅沙发上，一脸无奈的表情。

"胖子，你干吗？"唐爱惊讶。

胖子似乎很不好意思，吭吭哧哧地问："唐小姐，我好像莫名其妙就成电灯泡了，要不然我搬走。"

唐爱捂嘴一笑："你想什么呢？"

"你和他都……"胖子难以启齿的表情显得十分痛苦，"我再住下去，不合适吧。"

唐爱往他头上狠狠一敲："想什么呢？我和他没什么，昨天聊到半夜，然后困到不行，就一人一边睡着了。"

"啊？"胖子跳了起来，"老大能忍住？他大学的外号可是……"

胖子欲言又止，唐爱被勾起了好奇心，凑过去低声问："是什么？"

"不能说，老大会打死我的。"

"我不会出卖你的，你悄悄告诉我就行，就当我们之间多了个小秘密。说，叶珩以前的外号是什么？"

胖子嗫嚅着说："老大的外号，极具个人感情色彩。没追到他的，说他是大众情人。被他分手的，喊他'行走的种马'。"

唐爱没想到叶珩以前的私生活这样糜烂，立即收了笑容。胖子被她的脸色吓到了，急得赶紧说："不告诉你吧，你非要追着问。现在可不许跟老大生气，不然他又要跳楼了。"

"没生气。"唐爱恹恹的，心里还是酸意汹涌，"你把萤火虫毒素找出来一支给我吧。"

胖子直瞪眼："你要休眠寿蜗？"

"我本来不想的，还想为他做一点事，可是他昨天这样劝我。"唐爱回答。

胖子几乎不相信自己的耳朵："你是说，老大亲口让你休眠寿蜗？"

"对啊，怎么了？"唐爱觉得胖子很奇怪。

胖子赶紧摇头："没什么，等老大起床了，我再给你拿。"

唐爱笑了笑，掏出手机登录外卖APP，开始订早餐。眼前花花绿绿的餐点图片十分诱人，可是丝毫没有激起她的食欲。

她心里有一种奇怪的感觉，说不明道不清，总觉得哪里不对劲。

7点10分，叶珩起床。

胖子拉着他在浴室里神神秘秘地商量了好一会儿，出来后才不情不愿地给了唐爱一瓶萤火虫毒素。

唐爱接过来，半开玩笑地说："你就这么不希望我把寿蜗休眠？"

"哪有！我只是……只是想让你再慎重考虑下，你们一天一个想法，都跟不上你们的节奏。"胖子结结巴巴地回答。

唐爱没说话，心里异样的感觉却更加强烈了。胖子是个不会撒谎的人，心虚和慌张都写在脸上。

他到底在隐瞒自己什么？

唐爱心不在焉地吃完早餐，一抬头才看到叶珩的一身行头。他今天的上衣是古驰的花卉方块刺绣小白T，几朵妖娆花朵在胸口扭曲地绽放。下身是一条版型极佳的灰色羊毛高腰西裤，显得他的腿又长又直。手腕上绑了一条爱马仕的丝巾，刚好遮住了那根蜗形线。

"不好看吗？"叶珩注意到她眼神古怪。

"不好看，太风骚。"

"那你的建议是什么？"叶珩不顾胖子一脸被肉麻到的表情，笑眯眯地问，"从现在开始，我要把我的全部都交给女朋友。"

唐爱狠狠敲碎了一只五香蛋，咬牙切齿地说："这可是你说的！"

十分钟后，叶珩不自在地看着落地镜中的自己。

小白T换成了一件低调的黑色T袖，西裤换成了一条普通牛仔裤。因为裤腰太大，被唐爱用一根牛皮腰带狠狠一扎，几个褶皱折得像包子皮。他十分为难："这搭配太普通了吧？"

"就是要普通才行，省得你出去招蜂引蝶。"唐爱不由分说地将他推到门外。

叶珩笑着回头，在她额头上轻轻亲了下："别吃醋了，蜂蝶再多，我也已经情有独钟。"

"不敢太相信一只花蝴蝶。"唐爱踮起脚，将额头送了过去。然而她却腾出另一只手，将叶珩精心打造的发型揉成了鸡窝。

"祝顺利！"唐爱奸笑着关上了门。

叶珩对着走廊里的防火箱，看到乱七八糟的发型，长长叹了一口气："有个爱吃干醋的女朋友，真要命。"

上午10点，唐爱拿出那瓶萤火虫毒素。

透明的液体，安静地躺在瓶中。

曾经，唐爱做梦都想摆脱掉这只银色寿蜗。然而当机会摆在她的面前，她却不知所措了。

只要将萤火虫毒素滴在皮肤上，寿蜗就会休眠，暂时不会干扰她的生活。可是那只小玻璃瓶被她攥出了汗水，唐爱也没有下定决心。

她想了很久，放下萤火虫毒素，居然鬼使神差地将银色蜗牛从蜗形线里召唤了出来。

现在是6月11号上午10点，叶珩已经离开两个小时，胖子也在十分钟之前带着一沓简历出门找工作，出租屋里只有她一个人。

散发着银白色微光的寿蜗浮在她面前，似乎在等着她的命令。

唐爱深吸一口气，将寿蜗上的刻度放大，然后找到了今天早上7点10分左右的场景。在这个时间段里，胖子是将叶珩拉到浴室里商量的。唐爱总觉得，胖子是在回避她。

这算不算偷窥？

"肯定不算，我只是……好奇而已。"唐爱自我安慰。

话音刚落，她就听到一个声音传来："老大，你行事风格要是这样吊诡，我可帮不了你。"

唐爱顿时起了一身鸡皮疙瘩，恍然发现那声音是胖子，而且就是从寿蜗呈现的画面里传出来的。她记得上一次这样看过去的画面，还像在看哑剧。没想到这次可以听到声音！

难道说，她体内的寿蜗在一天一天地成熟？

唐爱正胡思乱想着，眼前的画面却渐渐清淅，像是用手机在播放一部电影，主角就是叶珩和胖子。

只见叶珩拨了拨头发，淡淡地回答胖子："我怎么吊诡了？"

胖子急了："当初你定了个计划，要让唐小姐体内的银色蜗牛成熟，我来

配合你忽悠她！现在寿蜗成熟了，你却要她用萤火虫毒素休眠？老大你给我说
清楚，你现在是要我继续忽悠，还是不干了？"

"不干了。"叶珩拿起牙刷，开始往牙刷上挤牙膏。

胖子一把将牙刷夺下来："你说得轻巧！你不找证据啦？你们上次回到
十五年前，收获太小了！再回去一趟啊！"

"不回去了。"叶珩看着镜子发呆，"我不想再目睹我父亲……再一次走
向灭亡。"

胖子气得团团转，最后愤愤地说："那我呢？你当初答应我，会让我研究
新物种。结果你现在让这两只寿蜗说休眠就休眠！"

叶珩沉默。

"我跟着你，不要工资是为什么？不就是为了做研究吗？咱们说好的，一
定要骗唐小姐说萤火虫毒素对寿蜗没作用！结果你倒好，从实验室里出来就告
诉她，萤火虫毒素可以休眠寿蜗。要不是我拦着，你当场就给她用了。敢情咱
俩设定好的计划，你说改就改？"

叶珩怔怔地说："是我对不起她。"

"你现在知道说对不起了？"胖子不屑地说，"你明明知道，寿蜗的成熟
跟人体激素水平有关，你还要让唐爱和你住在一个屋檐下！你们一个金色寿
蜗，一个银色寿蜗，距离很近的时候，会互相刺激而长大！你怕不够快，你还
和她谈恋爱，这样激素水平受到更大波动，寿蜗会更快地成熟！你……"

叶珩出手如电，猛然抓住胖子衣领，眼睛里燃烧起熊熊火焰："别
说了！"

胖子也呆住了，看着叶珩的目光有些悲哀："老大，我懂你。别看那么多
女人追你，可你谁也没有爱上过。现在，你也是不爱的，对吧？"

叶珩瞪着他，没说话。

"别爱上猎物，你没资格。"

叶珩像被重重地打击了一样，颓然松开手。胖子低着头说："算了，你
要让她用萤火虫毒素，就让她用吧。反正这样反反复复的，计划也执行不下
去了。"

唐爱怔怔地看着寿蜗蜗壳上呈现的画面。这是发生在两个多小时之前的事情，可是她怎么感觉是那样陌生呢？

他们在说什么，为什么说她是计划的一部分？

寿蜗难道不是自发长大成熟的吗？为什么这也是叶珩计划中的一部分？

他还有什么瞒着自己？

唐爱哆哆嗦嗦地从口袋里掏出一串钥匙。这是她替叶珩挑选衣服的时候，偷偷从他口袋里掏出来的。

事情没那么简单，她要亲自去查证。

唐爱走到叶珩卧室门口，犹豫着将钥匙插进门锁。啪嗒一声，卧室门开了，她看到一个以灰黑色调为主的男性卧室。

叶珩喜欢看书，枕头边上放着两本科普类读物。唐爱拿起来翻了翻，没有发现什么线索。打开床头柜，她看到了一些零零碎碎的杂物，也没有特别之处。

唐爱无奈地翻了翻书架，正想放弃离开，眼角却忽然瞥见最边上的一本书。那本书旁边露出了牛皮纸的边缘。

她抽出来，发现那里面装着一份以内脏细胞为样本的DNA鉴定报告，鉴定对象就是她和叶珩。

唐爱还记得当时和胖子一起讨论的结果，假如这两份DNA鉴定结果显示两人没有血缘关系，那就说明寿蜗没有侵入到他们的五脏六腑，通过换血是可以摆脱寿蜗的。

可是那天晚上，叶珩拿着这份报告回来，脸色很差。他告诉唐爱，DNA检测结果是他们有血缘关系。

他们当然不可能有血缘关系，这个结果只能说明寿蜗的细胞已经遍布他们全身。说不定要不了多久，他们就会被寿蜗所取代。

唐爱当时又害怕又伤心，几乎没有勇气去看一眼这份报告。现在，她只觉得自己又可笑又可悲，居然就听信了叶珩，没有去确认。

终于，她翻开最后一页，看到了最后的结果。

唐爱一松手，报告单从手中飘然而落。

世界的坍塌也不过是一瞬间的事情。

原来，这一切真的是叶珩设下的局。他只是想让她一步步走进局里，利用她的银色寿蜗回到十五年前，拿到证明父亲清白的证据。

唐爱莫名记起多年前那个海上的夏夜，她给他讲了图兰朵公主的故事。那个女人要世界上最极致的爱情，要让爱人愿意为了她去死。可是当公主真的遇到了这样的爱情，却不肯就范，违背了自己许下的承诺。

所谓的爱，只是一场骗局。




夏夜闷热，蛙声清脆。

叶珩从一个小区里出来，无奈地用黑色记号笔将A4纸上的一行地址划去。这已经是最后一家心理咨询诊所了，经过查询，并没有白京玏当年的就诊记录。

医不自医，说的就是医生自己生病了，一般都会陷入盲目自信，或者讳疾忌医的态度中去。难道白京玏当年也是如此，知道自己得了抑郁症，却没有向任何心理医生就诊？

还是说，自己的方向错了？

虽说抑郁症是一种心理疾病，但白京玏的情况不一样，他是心里藏了一个惊天秘密，精神压力过大导致的。在这种情况下，他既然已经进行药物治疗，就不可能没有咨询过心理医生。

叶珩压下满心的疑团，驱车来到街旁一家蛋糕店。穿围裙的店员看到他，立即热情地迎上来："叶先生，您的蛋糕已经做好了，请问您想好在蛋糕上加什么字了吗？"

6月11号，是唐爱的生日。她没说，他也没问，只是偷偷订了一个蛋糕，好给她一个惊喜。

叶珩一笑，说："就写'囿你于心，一生宠爱'。"

说着，他从柜台上拿起纸和笔，认认真真地将那八个字写下来。

店员露出一个俏皮的笑容："原来是情话，一看就是送给女朋友的。叶先生，您稍等。"

叶珩笑着答应，站在玻璃柜外面看着店员用奶油笔在上面写字。

囿你于心，一生宠爱——这是他一直想要对她说的话。

等这件事解决了，他会带她远走高飞。萤火虫毒素只是治标不治本，寿蜗迟早会醒来，继续蚕食他们的生命。说不定，还会有其他怪事发生。如果一定会变成别人眼中的怪物，他最终无法掌控自己的命运，那么他宁愿掌控自己的爱情。

"叶先生，已经包装好了。"几分钟后，店员将蛋糕递给叶珩。

叶珩谢过，转身给车子开锁。就在他刚坐进驾驶座的时候，胖子的电话打来了："老大，唐爱不见了！"

"怎么不见了？"叶珩心头猛沉。

"她房间里的东西都收拾走了。老大，她会不会已经知道我们的事情了？"胖子急得快哭了。

尽管是大夏天，叶珩还是打了个冷战。

她要是知道了这一切都是他的计划，一定恨透了他。

她最大的梦想，就是安稳平凡地活到八十岁。

可是他，毁了她的梦想。


叶珩挂掉胖子的电话，开始打给唐爱。可是冷淡直白的系统提示音告诉他，唐爱已经关机。

她去哪里了？

叶珩眉头紧锁，把方向盘攥得越来越紧。片刻后，他在导航仪上定位了"医学院"。

唐爱和父母处于决裂冷战的状态，这种时候肯定不会回家。加上现在是毕业季，还没到最后离校的日子，她很可能回了学校。

导航仪温柔的女声响起，叶珩开始启动汽车。就在这时，手机又响了，他没看清楚就立即接听："喂，唐爱吗？"

"不是，我是林密。"林密的声音有些愕然，"你和唐爱没在一起？"

"唐爱不见了，我要去找她！"

"你先别急，说说你今天都查出什么了？"林密问。

叶珩一边开车一边说："没查出什么，医院的心理精神科，还有附近的诊所，都没有我父亲的就诊记录。毕竟十五年过去了，很多东西没法查！林密，你既然主动给我打电话，那就一定是从证据上查到线索了是吗？"

"是的。"林密说，"检验科的报告出来了，你父亲运动包里的毛发不是猴子的。"

叶珩心头狂跳，干脆将车子靠路边停下。他努力压抑着自己的情绪："那是什么？"

"DNA显示是人类的，还要进一步查证。"

叶珩手一松，手机"啪嗒"一声掉落在地上。

他想起回到十五年前的时候，在阳台抢下父亲正在焚烧的一个笔记本，笔记本里有一句话：今天是试药的第五十天……

六月份的天气已经非常炎热了，可是白京功还穿着长袖长裤。他好像很不愿意露出皮肤。

不管叶珩当时如何疯狂地追问，白京功都不肯回答到底发生了什么。他只是神经质地摇头说："我不能说，说了你会告诉你妈妈……"

"喂喂？叶珩，说话呀！"手机里传来林密的呼喊，打断了叶珩的思绪。

叶珩将手机捡起来，淡淡地说："不用查了。"

"什么意思？"

"很简单，那不是什么猴毛，自然不能成为我父亲盗窃的证据。"叶珩摸了摸额头笑了，眼中却泪光闪闪，"他是清白的。"

林密声音颤抖："可是，这毛发是怎么回事呢？叶珩，我去找你，接下来该怎么做，我们一起商量一下。"

叶珩没有立即回答。

沉默了好一会儿，他才说："林密，你知道吗？我高考那会儿，老狐狸让我学精密化学，毕业后可以进入叶家的化妆品公司工作。我跟他杠上了，一意孤行地选了应用化学专业，制药方向。当时的想法很简单，就是我干吗要当一条狗呢？我要成为一名顶尖的制药师，我要让这世间所有病痛都有痊愈的可能！"

他答非所问，让林密顿感不妙："叶珩，你会的！只要你想，并付出努力，你就能做得到！"

"没用，我知道这世上最难治愈的是心病。心一旦病了，就只能病到死！"叶珩语气怪异，"你知道我有多恨老狐狸吗？"

林密赶紧劝说："叶珩，你冷静一下。"

"我冷静不了。你们误以为那是猴毛，其实是人类的毛发……"叶珩冷笑起来，"这就是返祖现象。"

这个事实太让人震惊，林密一时没有说话。

"返祖现象。"叶珩的声音有些沙哑，"回到十五年前，从我发现我父亲参与过试药，我就知道没什么好结果。如果我猜得没错，这些毛发都是我父亲的……是试药的副作用，让他的身体出现了退化返祖现象。"

"叶珩！"

"现在，你知道我有多恨老狐狸了吧？"黑暗中，叶珩的声音平静自持，不辨喜怒。

空气闷热，天上乌云密布，一场暴雨就要袭来。

"妈，叶家以前还做过制药吗？"卧室里，唐佳佳捧着一杯牛奶坐在床上，小腹已经微微隆起。

叶夫人穿着丝绒睡衣坐在床边，闻言一脸慈爱瞬间消散。她强笑着问："怎么这样问，你又看到什么啦？"

"没什么，我就是今天去了顶楼的书房，看到好多生物制药的书籍，还看到爸的笔记。"唐佳佳喝了一口牛奶。

叶夫人观察着唐佳佳的脸色："是啊，叶家十几年前开了化妆品生产线之

后，就把名下所有的制药厂都盘出去了。"

"为什么？制药很有前途啊，一旦开发出新药，那都是几亿甚至几十亿的市场价值。"唐佳佳表情很认真。

叶夫人耸了耸肩膀："还不是因为你爸？他就是个化学疯子，一心想要做全球原创新药，难度大不说，审批也难，临床试验出了好几次事故。前期的成本太大，也挺没意思。"

唐佳佳却兴奋地睁大眼睛："可我觉得很有意义啊，全球的原创新药一旦研发出来，就能填补国际医药界的空白。"

叶夫人揉了揉太阳穴："哎哟，话题怎么说到这里了？太复杂了，让人头痛。你快睡吧，别想这些乱七八糟的。"

唐佳佳欲言又止，听叶夫人如此说，也只能乖乖地把牛奶喝光，关掉了床头灯。

叶夫人叮嘱了两句，起身离开。房间里一下子静了下来，外面的雷雨声更加突兀，隆隆地传进耳朵。

一道闪电劈开夜空，照亮了大地。

唐佳佳静静地望着窗外，若有所思。

雷雨倾盆而下，在地上砸出一个又一个的小水坑。路人行色匆匆，大部分店铺挂出了打烊的牌子。

唐爱拖着行李箱，在雨中失魂落魄地走着。风太大，雨水疯狂地向她身上浇去，她手里那柄透明的伞形同虚设。

她抬头看着伞，雨水迅速打在透明的伞面上，凝结成一串串珠帘向下坠落。在别人眼中这是雨落，而在她眼中，这多像心碎。

唐爱猛然将伞丢开去，一个人走在雨里。她的头发很快湿透，贴在头皮上，刘海遮住了她的视线，可她全然不顾，依然慢慢地走着。

脸上已经分不清那是雨水，还是泪水。

"唐爱！"叶珩的声音从身后响起。接着，那把被她丢掉的伞又重新举在她的头顶。

唐爱一个激灵，猛然推开身后的叶珩，戒备地看着他："你怎么跟过来了？你想干什么？"

叶珩也浑身湿透，一手拎着蛋糕，一手举着伞。他目光里满是悲哀："今天是你的生日。"

这只蛋糕盒包装精美，盒顶是透明的亚力克，依稀可以看到蛋糕顶上的那几个粉红色的奶油字。

圈你于心，一生宠爱。

唐爱盯着那蛋糕几秒钟，忽然伸出手来："你是来送蛋糕的？那好，你给我，可以走了。"

叶珩将蛋糕盒递给唐爱，将雨伞往她那边倾斜，自己大半个身子都露在暴雨中。

唐爱解开蛋糕盒，冷冷地看了那蛋糕一眼，随手将蛋糕扔到地上！

叶珩默默地闭上眼睛。

"叶珩，我看错你了，没想到你是一个浑蛋！"唐爱声嘶力竭地喊，"我本来……我本来可以过正常的人生！是你，毁了这一切！一切！"

暴雨冲刷着蛋糕上的奶油。很快，地面上形成了一条五颜六色的小河，缓缓淌入下水口。

"我没想到你这样自私，完全没有考虑过我的感受！如果……如果你当初把所有后果都告诉我，我未必不答应你！我可能会竭尽全力帮你！可是你呢？你没有给我任何选择！"唐爱大声地控诉着。

行人经过，纷纷往这边看过来，满脸八卦的表情。如果不是肆虐的暴雨天气，一定会有更多的人围观。

唐爱已经顾不上面子，一边哭一边愤怒地捶打着叶珩的肩膀。叶珩任由她发泄，一言不发。

许久，他才开口。

"唐爱，如果能把命给你，换我想要的东西，那么我会毫不犹豫。"叶珩语气沉重。

可惜，能够进入十五年前的银色蜗牛，在唐爱体内。他曾经无数次想，为什么命运要如此捉弄他们。

她是一名不够理性的护士，拥有的是银色寿蜗的能力，常常因为看到病人剩下的生命而崩溃。

他是一个太压抑的复仇者，拥有的是金色寿蜗的能力，一次次地想要找寻仇人遗落在过去岁月里的罪证，却只能止步于现在，制造着小于24小时的时间循环。

如果能够互换能力，他愿意付出生命。可是这种假设永远都是假设，没人能和命运讨价还价。

"叶珩，我们完了。"唐爱狠狠地瞪了叶珩一眼，转过身，跨过地面上五彩缤纷的奶油。然而就在这时，她踩上了一个坚硬的东西。

唐爱挪开脚，低头看到地上居然躺着一个晶晶亮的东西。她微愕，弯腰将那个东西捡起来。

那是一枚八心八箭的钻戒，在昏暗的灯光下闪着暗淡的光芒。

"这是我放在蛋糕里的。我想过很多次，你发现这枚钻戒时的表情。现在看来，我没有一次猜中。"叶珩淡淡地开口，"你要是不想要，就扔了吧。"

说完，他将伞柄往唐爱手里一塞，转身离去。

唐爱的心揪痛，她冲着他的背影大喊："我扔！你以为时至今日，我们还能继续下去吗？"

他没有回头。

雨幕中，叶珩的背影有几分决绝的味道。

Chapter 11

# 恶魔之夜

恶魔之所以是恶魔，就在于它不仅凶残，还很狡诈。

唐爱走到叶家别墅区门口时，已经快到晚上10点。这个别墅区安防十分森严，外人来访必须要得到业主的确认。

她身心俱疲，只想着躺在一张干净舒适的床上睡觉，可是当她打开手机的通讯录时，却在"唐佳佳"这个名字上犹豫不决。

真的要找唐佳佳吗？

"打吧，不然你根本进不去。"有人催促她，声音温雅。

唐爱扭头，正看到满脸笑意的楚轩平，顿时毛骨悚然。她后退一步，将雨伞的伞尖对准他："你跟踪我？"

"我没办法啊，用你的血液所获取的能力，只有在距离你大概一百米的地方才能发挥出来。我想这就是一种感应吧！所以为了更好地诊治病人，我只能找到你。"楚轩平语气无奈。

他穿着带暗纹的白衬衫，下身是笔直挺括的西装裤。如果不清楚他的为人，这样的皮相能获得很不错的印象分。

"就算你知道我在哪里，病人又不会跟着你到处跑！"唐爱目光一斜，望见不远处停着一辆黑色路虎。估计那就是楚轩平的车。

楚轩平微微笑开："此言差矣。为了更好地使用这个能力，我做了很多实验。"他掏出手机，点开相册，"我偷拍几个重点病人，然后开车来到你所在的附近，果然就能看到他们的蜗形线了。"

唐爱惊讶。

　　只要能和她体内的寿蜗形成感应，看照片就可以知道任何人剩下的时间有多少？

　　"你就是对寿蜗太抗拒了，不肯做研究。其实这有什么不好呢？"楚轩平语气温柔，"我早就跟你说过，跟我合作，比跟叶珩那个白眼狼合作要好得多。"

　　唐爱咬牙，狠狠地将手里的雨伞戳了过去。楚轩平赶紧躲避，差点滑倒，顿时狼狈许多。

　　他站稳后才说："唐爱，你别误会，我不会再伤害你了。"

　　"疯子！"

　　"是真的。"楚轩平的表情居然有几分真诚，"我以前是个太过理性的人，你可以说是冷血吧！为了我的理想，我可以无视人间任何规则。可是自从能看到那些患者所剩的时间，我居然开始改变了。我变得感性，柔软……咳咳，形容词太肉麻了，可是这是真的。"

　　唐爱不信，她可没忘记不久前，他还让她在毕业典礼上出丑。她扬了扬雨伞："你今天来找我，就是说这些？"

　　"不全是，我还想告诉你另一个研究发现。"楚轩平勾了勾唇角，"就是上次毕业典礼开始之前，在电话里和你说的。"

　　唐爱顿时后背发寒。

　　他说过的每一个字，她都不会忘。

　　一个人要是会被谋杀，他的蜗形线上的银色段会快速消失，变成全黑。

　　"你是怎么发现的？"唐爱警惕地问。

　　楚轩平低下头，神色不辨："上上周吧……我发现一名同事的蜗形线突然变成全黑，百思不得其解。因为在这之前，他蜗形线的银色段还有很多，至少还有三十年的时间。结果第二天，医院里来了医闹，他被捅了四刀，没抢救过来。"

　　"你为什么要告诉我？"

　　"为了让你知道，我们的能力能够预知谋杀。"

　　唐爱摇了摇头："以后再说吧，我很累。"她转过身，打算拨打唐佳佳的

电话，好让她通行。

"唐爱，你不能觉得累。"楚轩平没有放弃，"这件事和你有关！"

"和我有关？"

楚轩平看着她的眼睛，一字一句地说："我发现，叶总的蜗形线突然变成了全黑！"

唐爱惊呆了。

她以前看到过叶家明的蜗形线，老狐狸不是很长寿，只能活到六十多岁，银色段还剩下七八厘米的样子。如果银色段消失，蜗形线全黑，就意味着老狐狸快要死了……

"这种情况，就是有人要谋杀老狐狸。"楚轩平仰头看了看夜空，"那个最希望老狐狸死的人，是谁呢？"

唐爱不寒而栗。明明是夏夜，雨后的空气还是有些闷热，她却冷得浑身发抖。

她想起了叶珩那双仇恨的眼睛，想起他说过的每一个字。为了报仇，他会不择手段。


酒吧里的劲爆音乐几乎要撞破耳膜，刺激着人们在舞池里疯狂地扭动。

斑斓变幻的灯光下，叶珩坐在吧台边，一杯杯地灌着酒。酒入愁肠，并不能驱散愁绪，却能麻醉自己。

放在吧台上的手机响个不停，屏幕上显示出是"女朋友"的来电。

女调酒师及时地按住叶珩的胳膊："帅哥，别光顾着喝酒啊，你女朋友打电话找你。"

叶珩抬手去拿手机，恰好唐爱的电话在此时挂断，林密的电话打了进来。他并未接听，而是晃着手机，醉眼蒙眬地对女调酒师说："这不是我女朋友，我女朋友……这辈子都不会理我了。"

"那可稀奇了，谁会舍得不理你？"女调酒师一只手支着上半身，一只手挑起叶珩的下巴。

叶珩不动声色地将身子后倾，下巴离开了她的手指。

女调酒师有些尴尬，打趣说："哟，看不出来，你还挺保守。"

叶珩不说话，只是将杯中的酒一饮而尽。喝完，他望着吧台上方，久久没有说话。

女调酒师回头看了看上方，然后歪着头问他："你看什么呢？"

吧台上方倒挂着许多只高脚玻璃杯，在光怪陆离的灯光下，偶尔折射出五彩的光芒。

叶珩看着那些光，淡淡地说："感觉，有事要发生了。"

唐爱懊恼地放下手机，望着地面发怔。她想要再给叶珩拨一个电话，可是脑子乱成一团。

说什么呢？

难道要对叶珩说，她认为他可能会杀人，让他好自为之，悬崖勒马？

且不说没发生的犯罪到底不算犯罪，就说楚轩平这个人，他的话有几分真，几分假，都经不起推敲。再说他们已经彻底决裂，她再给他打电话，算警告还是余情未了？

正想着，唐佳佳将一条干净的睡衣扔给唐爱，没好气地说："姐，就算你失恋了，也别一副没骨气的样子，男人算什么？"

"你怎么知道我失恋了？"

"你不失恋，大晚上能来找我？我想你没地方去了吧！再看看你两只眼睛，红得像兔子，一看就知道跟叶珩吵架了。我很早就提醒过你吧？那个男人不靠谱。"唐佳佳耸了耸肩膀。

唐爱叹了口气："我们选男人的眼光半斤八两，都挺差的。"

说完，她才恍觉失言，赶紧看了一眼唐佳佳。唐佳佳正靠在床背上摆弄指甲，头也没抬："是挺差的，我选了个死鬼，你选了一个多情种。"

　　"佳佳……"唐爱看她这副样子，更是内疚。她换上睡衣，爬上床抱住唐佳佳："对不起，姐姐说错话了。你要我帮你做什么，买什么，都可以。"

　　唐佳佳扭头看她，眨巴了下眼睛："你能帮我什么？我都听爸妈说了，说你工作不找，家也不回，打电话也不接。我本来想着你是乖乖女，家里不怕我是一个祸害。可现在你成了祸害，让我怎么好意思接着当祸害嘛！"

　　唐爱哭笑不得，又不能解释太多："佳佳，我是有苦衷的。"

　　"现在不能说？"

　　"不能说。"唐爱不想提寿蜗的事情，怕刺激唐佳佳。

　　唐佳佳低头一笑："那好吧，留着以后说。姐，你就帮我听听肚子吧，看小家伙会不会动。"

　　唐爱瞪圆眼睛："佳佳，你是护理系的，你不知道怀孕两个多月是没有胎动的吗？"

　　"哎呀，让你帮我听听，你就照做嘛！"

　　唐爱拗不过她，弯下腰伏在她肚子上，明明知道只能听到腹部动脉的声音，却还是说："嗯，小家伙在吐泡泡。"

　　唐佳佳笑得母性十足，点着肚皮说："小家伙，你姨母刚才听到你吐泡泡了，以后你要多动动给她听，知道吗？"

　　唐爱心头一暖，和叶珩分手的悲伤瞬间没了一大半。这大概是她和唐佳佳最融洽的时刻了，没想到是一个未出世的孩子促成的。

　　"姐，我困得慌，先睡了。"唐佳佳揉了揉眼睛，慢吞吞躺下。唐爱答应一声，将床头灯关掉。

　　就在这时，门外却响起了一声凄厉的哭号："不可能！"

　　"是妈！"唐佳佳惊叫，掀开薄毯就要跑下床。

　　唐爱赶紧重新开灯，将她按住："你不能剧烈活动，我去看看。"说着，她直接打开门冲了出去。

　　门外，叶夫人抱着手机蹲在走廊上，满脸是泪，正在号啕大哭："不可能！不可能！"

　　"发生什么事了？"唐爱跑过去问。

叶夫人只是摇头，没有回答，手机里传出了陌生的声音："叶太太，节哀顺变，您的丈夫发病实在太快，我们也很遗憾……"

"我不信，不信！他虽然有心脏病，但一直在服药，这会儿怎么说病发就病发……"叶夫人痛苦地捶着胸口。

唐爱顿时呆若木鸡。

叶家明居然死了？

四十分钟前，楚轩平告诉她，他发现叶家明的蜗形线突然变没了，怀疑有人对叶家明进行谋杀。

这么说，凶手得逞了？

"啊！"身后传来唐佳佳的惊叫。

唐爱回过头，看到唐佳佳站在身后，脸色惨白，赶紧过去扶住她："佳佳，你出来做什么？快回去！"

唐佳佳却像没听到一样，喃喃自语："都死了，都死了……我也会死吗？"

唐爱心头钝痛，使劲抱住她的肩膀，紧紧盯着她："姐姐向你保证，你会没事的！别胡思乱想，快去睡觉！这里的事情交给我来处理。"

唐佳佳点了点头，却突然面露痛苦，捂着肚子往下蹲去。唐爱急了："佳佳，你怎么了？"

话音刚落，她心头猛然一紧。

唐佳佳白皙的腿上，蜿蜒流下一道鲜红的血迹。


这一夜，是唐爱生命中最混乱的一夜。

叶夫人因为受不了打击，晕过去两次，而唐佳佳则腹痛流血不止。唐爱叫了救护车，手脚慌乱地将叶夫人和唐佳佳一起送到医院急诊科。

以前她在急诊科，接待的病人都是陌生人。现在护送自己的亲人去医院，她亲身体会到那种焦虑紧张的心情，真是每一秒钟都是炼狱般的煎熬。

"佳佳,你今天都吃了什么,喝了什么?能详细地跟我说说吗?"救护车上,唐爱趴在唐佳佳唇边,努力让自己的语气听起来平顺自然。

唐佳佳气若游丝,喃喃地说:"就是……牛肉、蔬菜和米饭,睡前喝了一杯牛奶。姐,孩子……能保住吗?"

唐爱眼睛酸痛,强忍眼泪说:"能,你相信姐姐。"

"我信你……你能看到所有人剩下的时间,你见到我之后,脸色和眼神都很正常。所以,我一定没事的,对吗?"唐佳佳艰难地说。

唐爱更想哭了。

唐佳佳知道唐爱能看到别人剩下的生命,她以为只要唐爱没有异常表现,这个人就一定不会死。可是唐佳佳不知道的是,只要距离叶珩超过一百米,唐爱就没办法看到任何人的蜗形线。

"休息会儿,医院马上到了。"唐爱伏在唐佳佳耳边,轻声道。

唐佳佳闭上了眼睛。

唐爱心疼地抚摸着唐佳佳的头发。以她的经验,这个孩子八成是保不住了。奇怪的是,她之前看到唐佳佳和孩子的蜗形线,明明都是很正常的!唐佳佳孩子的生命,不应该这么快就终止!

为什么,突然就出事了?

而唐佳佳的流产来得这样迅猛剧烈,很可能是有人给她下了堕胎药。

唐爱懊悔至极。如果她能给唐佳佳多一点关心,早点发现唐佳佳和孩子的蜗形线发生异常,说不定就能避免这场灾祸。

到了医院,医生给唐佳佳做了B超诊断之后,将唐爱喊到外面:"孩子已经没了,胚胎脱落不够彻底,有残留,现在患者需要尽快做清宫手术,你们谁能签下字?"

叶夫人目瞪口呆,瘫软在地上。

唐爱无奈,只好低声劝说叶夫人在手术单上签字。签完字之后,叶夫人血压飙升,直接送到ICU室去了。

她失去了人生中两个最珍贵的东西,一个是依靠,一个是希望。

唐爱身心俱疲,呆呆地坐在休息椅上。她闭上眼睛,喃喃地自言自语:

"叶珩，这就是你想看到的吗？"

第二天清晨，叶珩被热醒。盛夏的早晨，溽热得身下都是潮湿的汗，整个人如同火烤。

他睁开眼睛，发现一条肥胖的胳膊横亘在自己胸口上，胖子趴在旁边正睡得死沉。

"猪！醒了！"叶珩狠狠掐了下胖子。胖子哼哼唧唧地睁开眼睛，立即跳了起来："老大，你醒啦？"

叶珩扶着宿醉后沉重的脑袋，挣扎着坐起来："怎么不开空调，这屋子都能蒸包子了。"

"哦，那个……电费欠费。"胖子嗫嚅道。

叶珩想起存款余额，懊恼地拨拉了下头发。胖子一本正经地说："作为朋友，我得说你两句。叶珩，存款没了，你得去挣钱。"

话音刚落，就响起了剧烈的敲门声。胖子惊得一跃而起："我去，没钱交电费了，房东还来催租？"

"你告诉他延迟一周。"

胖子不情愿地去开门，然而门外站着的却是一脸冰霜的林密。林密今天的发型是在后脑盘发髻，穿了一身利索的警服，胖子揉了揉眼睛才认了出来："林警官，你……"

林密没说话，直接亮出警官证，带着两名警察径直进了房间。她公事公办地对叶珩说："叶珩，跟我们走一趟。"

至此，叶珩才知道昨天晚上发生的一切。

他坐在审讯室里，就着小气窗投来的光线，似笑非笑地盯着对面的林密："你是说，老狐狸……我二爸死了？"

"你很高兴吧？"林密回瞪回去。在她身边，一名女警正在笔记本上飞快地记录着。

"说不上高兴，也说不上悲伤，应该是很遗憾。"叶珩感慨，"我应该亲手揭发他的罪行，将他送进监狱。"

"我也很遗憾，不知道你说的是真是假。"林密面无表情地说。

"你什么意思？"

林密说："叶家明的死因是心脏病，结合家人的供述，他一年前患病之后就没有停止过服药，奇怪的是病情并没有得到很好的控制，最终在昨天晚上10点40分左右突发心脏病，抢救无效。之后我们检查了他的药瓶内容物，没有发现任何问题。"

说到这里，她故意停下来。

叶珩不由自主地接了下去："这样，我先帮你代入一下凶手思维——老狐狸是化学大牛，要骗过他可不容易。如果我是凶手，我会把面粉夹中间，外面裹上一层薄薄的药衣。这样服药量不够，病情自然得不到控制。你们要调查，就要把每个药片都掰开化验检查！"

林密一笑："我们掰开了全部的药片，发现大概有一半是假的，外面是药衣，里面是维生素A的成分。"

叶珩瞪大眼睛，顿感不妙："还真是？"

"同时，我们在他的药瓶上发现了你的指纹。这一点你怎么解释？"林密拿起一份指纹检测报告，在手上晃了晃。

叶珩两手一摊："你怀疑我？可如果我是凶手，干吗要把作案手法告诉你？这一点说不通吧！"

"不是我怀疑你，是证据指向你。"

"我没杀人，是有人栽赃陷害。"叶珩眼刀凌厉，"据我所知，一瓶药不到一个月就能服完，我至少三个月没回家了！我怎么去偷换药片？"

话刚说完，他就记起前不久，他带着唐爱回了趟叶家，脸色顿时沉了下来。

"我也希望你没杀人，但最终还是要看调查结果。"林密眼中冷肃稍减，"说吧，昨天晚上你在哪里？"

叶珩面对林密的问题，非常配合地一一回答。

　　等到问讯结束，林密先让女警出去，然后才对叶珩说："你嫂子唐佳佳，昨天晚上流产了。"

　　叶珩内心震动，怔怔地看着林密。

　　"当时唐爱在旁边，据她报警说，唐佳佳的流产不简单。"林密观察着叶珩的表情，"24小时之后，如果没有其他证据出现，你可以从这里走出去。希望这也不是你做的，你可以问心无愧地去医院看望你嫂子。"

　　叶珩木然点头，嘴唇动了几下，什么也没说。

　　林密扭头走了出去，关上门之后，却闭上眼睛，难以察觉地叹了口气。她抬头望了一眼监控画面，叶珩仍然在审讯桌前呆呆地坐着。

　　他似乎还沉浸在震惊中，无法接受突如其来的巨变。

　　唯一让林密感到欣慰的是，在接到叶家明死讯的时候，叶珩并没有表现出快感和兴奋来。这说明他还没有完全失去理智。

　　"头儿！出事了！"小五突然急匆匆地跑过来。

　　林密顿时机警起来："怎么了？"

　　"接到医院报案，唐佳佳跳楼了！"

　　林密心头顿凉。


　　唐佳佳死了。

　　事发时，她已经做完了清宫手术，在住院部六楼休养。唐爸和唐妈听闻此事，都赶过来陪护。面对脸色苍白的女儿，他们又是心疼又是愤怒，开始张罗让唐佳佳回家住的事情。

　　唐爱曾经劝说过父母，不要在唐佳佳面前提太多回家的事情。可是话已出口，无法收回，加上唐佳佳也没有表现得特别悲伤，也就没有人在意。

　　唐佳佳甚至在中午11点的时候，表现得有些活跃。她精神渐渐恢复，眼神也清亮起来，让所有人都暗中松了口气。她对妈妈撒娇说，她想吃某家餐厅的虾肉饺。

唐妈离开后，护士让唐爸去缴费。接着，唐佳佳说自己口渴，支使唐爱去水房打水。然而唐爱刚刚走出病房，就听到身后一阵骚动和尖叫。

原来是唐佳佳突然拔下点滴，冲到窗前跳了下去。

唐爱徒劳地要去拉唐佳佳，被其他病人一把拦住。唐妈妈买了虾饺回来，却听到了女儿的死讯，当下便瘫软在地。


林密火速赶到病房，勘查了现场，也看了监控视频，的确如同同病房的病友所说，唐佳佳是自杀。

同时，唐佳佳的血液检测报告显示，她的确服用了米非司酮和米索前列醇。这些是堕胎药，一般要吃两到三天。米非司酮的半衰期是26个小时，血液中能查出来，就说明是在26小时之内服用的。

过去的26个小时里，唐佳佳足不出屋，所有的食物都是家里的保姆准备的。

林密立即传讯保姆，保姆供认不讳，承认自己在唐佳佳喝下的牛奶里下了药。但是她只说自己是嫉妒心作祟，否认有幕后主使，也否认在叶家明的药瓶上动过手脚。

医院里，林密心头疑云重重，问小五："保姆的社会关系，都调查出来了吗？"

小五翻开手中的资料本："保姆叫陆曾郁，女，五十五岁，城市户口，中专学历，但是她的户口和学历都是假的。她真正的户籍所在地是南方一个县级市的农村，只有小学文化水平。家境贫寒，有一个脑瘫儿子，丈夫因此在十年前和她离婚了。重点是，五年前，她的脑瘫儿子曾经接受过一笔捐款，目前在本市的救助中心生活。"

"还有呢？"

小五挠了挠头皮说："没有了。除了这个儿子，保姆陆曾郁和老家的亲朋好友都断绝了来往。"

"那笔捐款是从哪里来的，查到了吗？"林密的太阳穴突突一跳。

一个只有小学文化水平的农村妇女，在药瓶外面贴上叶珩的指纹，在维生素A外面套上药衣，这显然已经大大超出了她的认知！若要说没有幕后指使，那还真是胡扯了！

那个砸在她脑瘫儿子头上的捐款，很可能是个突破口。

"这笔钱来自海外的一个慈善机构，匿名捐赠，共捐助了十个人，这十个人之间没有什么联系。看来……"小五摇头。

线索到这里又断了。

难怪保姆乐意坐牢，用几年的自由，去换取脑瘫儿子一生的保障，她肯定认定这是一笔划算的交易。

"就算是匿名捐赠，也尽力去查这钱是谁捐的。"林密有些无奈。

小五答应，快步离开。林密转过身，却意外地看到唐爱站在五步外，一脸泪痕地看着她。

林密走过去："唐爱，请节哀。"

唐爱心痛欲裂，一边摇头，一边落泪："是我的错。从叶尚新出车祸那时候，我就应该想到佳佳有抑郁倾向。我还学的护理，都没察觉她不对劲，我算什么姐姐……"

终其一生，她都忘不掉那个瞬间，佳佳让她帮忙听孩子声音时露出的温柔笑意。那是一个专属于母亲的骄傲神情，带着期待、希望和温暖。

是她疏忽了，没有提前察觉到悲剧的预兆。

"这不是你的错，请不要自责。现在要紧的是安慰你的父母，他们现在状况很不好。"林密无奈地说。

唐爱低下头："我不敢见他们。"

"有些事总要去面对，你这样不行。"林密拍了拍唐爱的后背，"坚强点，你现在是他们唯一的孩子了。"

唐爱苦笑一声，目光茫然："我现在有些理解叶珩了。"

林密有些紧张："怎么？"

"亲人离世，真正的凶手逍遥法外……直到我经历了这样的事情，我才明白那种痛苦！那是无边的黑暗，永远看不到头。恶魔得不到真正的惩罚，你告诉我，公道在哪里？"

林密皱了皱眉头："你要相信我们！"

"林警官，叶家明和唐佳佳的死，是有联系的！可是幕后指使很聪明，能够全身而退！"唐爱浑身颤抖，"保姆只是刀，就算被抓了，也只会咬死是自己鬼迷心窍，根本不会把真正的凶手咬出来！"

"别说了！"林密打断了她的话，"你现在所说的一切都只是猜测，你要相信我们。"

话虽如此，林密却没太多底气。大家心知肚明，这件事绝对不简单。能不能真的挖出那个幕后黑手，谁都不能百分百地确定。

案件的进展情况让林密有些消沉。

在唐佳佳平日里使用的杯子上，的确检测出了药物残留，也提取到了保姆的指纹。但是在审讯中，保姆只承认自己在唐佳佳的牛奶里放了堕胎药，坚决不承认自己偷偷替换了叶家明的药。

她很清楚，一个是伤害罪，一个是杀人罪，怎么说怎么做，才能让自己受到最小的惩罚。

恶魔之所以是恶魔，就在于它不仅凶残，还很狡诈。

惩罚不能震慑他们，他们也不会去衡量自己的行为所造成的伤害。因为恐惧惩罚而选择做一个好人，这只是好人的逻辑，不是他们的。

在他们的思维逻辑中，烧掉别人的房子给自己煮鸡蛋，是非常正常的行为。一切的眼泪、忏悔的表现，其实只是他们用来脱罪的工具。

林密给出了另一个思路，就是从保姆的社会关系下手。既然存在指使者，那么保姆肯定会有不明资金的进账。现在调查保姆的家人、亲友有没有突然暴富的情况，以此来找突破口。

这是目前比较有效的一个侦查方向，可是林密总是在一晃神的工夫里，想起唐爱那张流泪的脸。

终于，她做了一个决定，放了叶珩。

叶珩从审讯室里走出来，几缕阳光正好投射到他的眼睛上。他眯了眯眼睛，自言自语地说："雨过天晴了。"

"天是晴了，可是很多人一辈子都忘不掉这场暴雨。"林密一语双关。

在这场暴雨中，决裂、死别、阴谋一一上演，看不见的战争已经落幕，人性中的残暴占了上风，只剩一地鸡毛，遍地狼藉。

叶珩垂着眼皮看林密，表情有些不羁："我知道你为什么放了我……抓不住恶人，难道还要扣着无辜的人不成？"

"喂，你怎么说话的？"小五很生气。

林密抬手示意小五噤声。她看向叶珩："对不起，我的职责就是不放过任何的蛛丝马迹，哪怕是……"

哪怕那个人，是她喜欢的人。

叶珩无声地笑了一下，信步往外走去，没有回头。林密看着他的背影，有些失落。

叶珩刚进家，胖子就眼泪吧嗒地迎了上来："老大，你可回来了！我就知道你人品杠杠的，保准没事。"

"起开！电费交上了？真是热坏了。"叶珩嫌弃地推开胖子黏糊糊的肉体。当然，他在警局里闷了快一天，同样是一身臭汗。

胖子笑得谄媚："交上了，多亏了那谁……"

叶珩心念一动，快步走进客厅，果然看到唐爱坐在沙发上，姿态狼狈。她穿着一身蓝色拉链裙，长发披散在肩头，显得楚楚可怜。望过来的眼神里，有企盼，也有担忧。

"多亏了……唐小姐。"胖子忸怩地说，"老大，唐小姐找你有事……"

叶珩一言不发，直接回了自己的卧室。他从衣柜里拿了一套干净的衣裤，打算换下汗湿的衣服。

然而他刚脱掉上衣，唐爱推门进来。猝不及防地看到他光裸的上身，唐爱

顿时惊慌失措，脸涨得通红："啊，对不起！"

"你不会敲门？"叶珩冷冷地问。

"我敲了……可能声音太小了，我以为你让我进来。我……我先出去吧。"唐爱转过身，声音里已经带了哭腔。

叶珩往门缝外一望，发现胖子早已躲到了自己房里，但他还是一把拉过唐爱，将房门关上。

"你这是觉得昨天分得不够彻底，再找我分一次，好解心头之恨，是吗？"叶珩紧紧攥着唐爱的胳膊。

唐爱痛得眼泪都要出来了，强忍着说："不是，我是来求你的。"

"求我？"

唐爱低着头，喃喃地说："叶珩，虽然你有时候表现得很冷漠，但我知道你其实是一个内心很柔软很善良的人。"

"别说鸡汤，说重点。"

"佳佳是被害死的。"唐爱声音苦涩，"我之前看过她的蜗形线，银色段很长，说明她能活很久。可是就在昨天晚上，她和宝宝全都死了！楚轩平分析过，这种情况就是说明有人谋杀了他们！如果提前找出那个凶手，佳佳就能活下来！"

"你可以用银色蜗牛的能力，去查查过去的三天里都发生了什么。"叶珩淡淡地说，"我这个内心并不柔软也不善良的人，就不参与了。"

面对他的拒绝，唐爱已经预料到了，失落一秒钟后，还是选择继续说服。

"找出凶手也没用，佳佳已经死了。银色寿蜗的能力不足以救她，能救她的人只有你！"唐爱痛苦地攥住头发，浑身颤抖，"叶珩，事情马上要过去24小时了，求求你启动时间循环吧！"

叶珩放开她，沉默了两三秒钟才说："你忘了吗？我已经把金色寿蜗休眠了，没法再启动时间循环。"

唐爱怅然，半晌才哀求道："叶珩，我们一起想想办法，一定可以做到！"

叶珩恶狠狠地说："那你知道我启动时间循环之后，会有什么样的改变吗？老狐狸会活！谁来可怜可怜我，可怜可怜我的家人！"

将时间循环回去，他可以抓住凶手，挽救唐佳佳，但同时也可能会挽救叶家明！那个他恨了十五年的人，很可能继续存活！

"你知道我心里有多恨吗？"叶珩两手交叉，烦躁地说，"现在他死了，正合我意，我很开心。"

他想挤出一个笑容，可只是徒劳地牵动嘴角。

唐爱几乎绝望了："叶珩，你一定觉得我在对你进行道德绑架。可是我没有，我只想救回我的妹妹。"

叶珩渐渐平静下来，冷笑："你可以试试用美色绑架。"

"什么？"

"脱了。"叶珩故作油腔滑调地说。

唐爱如同受惊的小兔，难以置信地望着他。叶珩嘲讽一笑，转身看向窗外："就知道你做不到。你走吧，我们以后不要再见面了。"

窗外暮色苍茫，这个城市的灯光如散落的钻石在黑暗中闪烁。叶珩凝目望着，过了很久，身后却依然静悄悄的。

他正要转身查看，一双胳膊却从后面环住了他的腰。接着，唐爱的低泣声响在身后："你要，就拿去，我给你。"

叶珩心头微愕，转眸回看，意外地发现唐爱不知何时将上衣拉链拉开，玲珑曲线一览无余，白皙的皮肤在灯光的照耀下如同一块美玉。

"你……你还真的……"叶珩吃惊，目光不知所措地望向别处。

他是情场老手，已经习惯了将挑逗做到七分，及时留白，剩下的三分放在第二面再做，这样他就能一直占据主动地位。可是她这样单刀直入，直奔主题，反而让他不知道怎么应对。

此时软玉温香在怀，让他身如火焚，无法自持。

唐爱将他抱得更紧，低声说："只要你帮我，我愿意做任何事情。"

叶珩咬牙切齿："你先放手。"

唐爱闭上眼睛，没有松手。叶珩微眯双眼，眸中闪过一丝危险气息，猛然将唐爱扑倒在床上，居高临下地看着她，低声怒吼："你当真以为我是色中饿鬼，以为我只会乘人之危，对不对！"

叶珩心里又酸楚又郁闷。

此刻他才明白，自己有多在意唐爱对自己的看法。就算花花公子这个人设是自己亲手塑造的，他也不愿意自己给她留下这样的印象。

他要的是心甘情愿，两情相悦。就连林密，都知道他不过是戴了一张风流大少的面具。他最爱的女人，却将他看作下流色坏。

唐爱羞愧难当，双手捂脸，泪水从指缝里沁出。叶珩粗暴地将她的手拨开，低吼："看着我！"

"叶珩，我不能看着佳佳死掉……她是那样爱她的孩子，为什么是这样的下场！"唐爱痛哭出声，"你羞辱我也好，杀了我也罢，只要能救她，我死一百回都行！"

唐爱从来都不是说狠话的人，此时却说出这样毒辣的誓言，看来真的是无路可走、无法可用了。

叶珩怔了怔，看着她哭得梨花带雨，忍不住伸出手去，将她的泪水轻轻拭去。他将指腹上一点湿凉伸入口中，舌尖的咸涩一直绵延到心头。

"我答应。"叶珩认真地说。

好吧，他真的被绑架了。

也不知道是被她抛出的仁义道德绑架，还是被美色绑架。总之，他无法真的拒绝她。

唐爱停止哭泣，几乎不敢相信自己的耳朵。

"犯错的人是老狐狸，没必要为了他赔掉几条人命。他不配！"叶珩撑在唐爱身体上方，很认真地说，"现在我们要想办法，怎样把金色寿蜗重新激活。"

唐爱几乎喜极而泣，连声说"谢谢"，一手伸到腰部，要把拉链重新拉上。不料，手指还没触到拉扣，手腕就被叶珩一把抓住。

"等等。"他理直气壮。

唐爱结结巴巴："你……你要做什么？"

"你还记得胖子的理论吗？人体激素的波动会促使寿蜗成熟，说不定我们做点刺激的事情，就能重新催醒它。"叶珩一边说着，目光低了下去，在她胸前的春色上打转，"视觉刺激也是一种刺激。"

唐爱悲愤异常："无赖，哪有这样的理论……"

"哦，那就不催醒寿蜗了。"叶珩从床上爬起，作势就要离开。唐爱急了，赶紧拖住他："对不起对不起，只要有用，怎样都行。"

叶珩扫了她一眼，故作勉为其难的姿态："那就继续吧，其实我是正人君子，你知道的。"

唐爱又是尴尬，又是难堪："不用说这些。你……你看吧。"

叶珩暗笑一声，就目光灼灼地打量着她，几乎要把她整个人穿透。

他笑意温然似刀俎，她惊恐惶惶如羔羊。命运还真是神奇，上一个黑夜他们还在雨中吵架，下一个黑夜他们却暧昧相对。

眼下沉默的时刻如此被动，如此难熬，唐爱几乎要尖叫出来。可是她心里有一把火，烧得她很痛很痛，时刻提醒着她要绷住，要等待命运的拐点，一定要救下唐佳佳。

唐爱终于忍不住，撑起上身，主动在叶珩唇上轻轻一吻。那个吻很轻很快，却如最聪明的蜻蜓，只落在初荷尖角，便夺尽人心。

叶珩低眸看她："这是什么？"

"触觉刺激。"唐爱克制着回答。

她记得他的欺骗，他设的局，刻骨铭心，一生难忘。从知道的那一刻起，她的爱再也不肯轻易出口。

叶珩明白她的所思所想，眸光黯淡下来。他低下手，将她胸前的拉链慢慢拉上。

"你……"

"已经醒了。"叶珩简短地说，伸出手腕，腕间的一根蜗形线散发着淡淡的金光。唐爱捂住嘴巴，眼泪激动地涌出。

然而就在这感人时刻，叶珩却开始解起了皮带，一副脱裤子的架势。

唐爱脸红，赶紧转过身："你……脱裤子干什么？"

"换条干净裤子。我从来不穿汗湿裤子见人。"叶珩坏笑，动作流畅地穿上裤子，"我们得去找林密，把事情了解得更深入一些。"

"我会给你们看事发当日的视频，这样你心里也好有个准备，争取一次成功，把人救下来。"办公室里，林密手插在裤兜里，歪着头看着面前的小情侣。

叶珩和唐爱对视一眼，眼神里都有些为难。

"不是，不用那么麻烦，你和我讲一下就行了。"叶珩举起手机，"已经早上8点了，我只能制造24个小时的时间循环，老狐狸是晚上10点多挂的，万一超过10点，我赶不及救他。"

"我让你看，就是有必要的。"林密转身，轻快地敲了一下电脑键盘，屏幕上立即播出了当日的监控视频。

画面中，叶家明在晚上10点15分出现在机场。他步履轻快，面色如常，看起来并不像是即将要病发的样子。

他走到行李岛之后，低头打开手机，并领走了第三只行李箱，然后离开了监控范围。下一个监控镜头是从二楼到一楼的扶梯，但是叶家明出现在扶梯的时间是10点22分。

"等一下，就这几步路，他怎么用了5分钟？"叶珩提出异议。

林密再敲了几下，屏幕上又多出两个画面，都是机场免税店的监控画面："左边和右边分别是10点15分和10点22分，叶家明前后经过这两家店门口。这两家店之间，是洗手间。"

"也就是说，这5分钟里，他去了洗手间？"唐爱问。

林密点头，看向叶珩："是啊……叶珩，你觉得有没有问题？"

叶珩盯着那多出的两个画面，忽然斩钉截铁地说："老狐狸肯定在洗手间里碰到事情了。"

他指着10点22分之后的监控画面："我再了解老狐狸不过了，你们看，他从洗手间出来之后，右手在腹部上来回摩挲。老狐狸紧张的时候，就会出现这个惯性动作。”

林密眉头飞扬，再次在键盘上敲击。很快，屏幕上又出现了一个画面，是第三家免税店门口的监控，镜头正对着洗手间方向。

在叶家明走出洗手间之前，有一个戴鸭舌帽、穿纯黑T裇的年轻男子迅速走出，快步走到扶梯上，消失在镜头里。

唐爱看到那名男子的身影之后，心里突然涌上一股奇怪的感觉。出于习惯，她看了一眼那名男子的手腕，蜗形线的银色段很长，他至少还有三十年的生命时间。

监控视频继续播放。之后大概过了二十秒，叶家明才走出洗手间。他左右张望，很像在找什么人，但是没有找到。

“这个戴鸭舌帽的男人很可疑，查过没有？”叶珩紧紧盯着画面中的神秘男子，总觉得哪里非常奇怪。

林密摇头：“他没开车，打车来，打车走。我们查了监控，找到两名出租车司机，都说这名男客全程戴帽，没有抬头，没有说话。哦，据载他离开的出租车司机供述，他下车的地点是一处群租区。但是我们迅速调取了监控，没有发现他的踪迹。想来群租区附近有很多条小巷子，监控有死角，他避开了所有摄像头逃脱了。”

“这个男人有重大嫌疑，一定要把他抓到，但是他太狡猾了，有很好的反侦查能力。要万无一失地抓住这个男人，就需要你在机场布控。”叶珩拧起眉头，望向林密，“可是一旦我启动时间循环，你就会失去这一天里的记忆，怎么办？”

林密自信一笑：“这你就不用担心了，我可以再去找心理医生，让他对我进行催眠。”

“就是那个叫雷鸣的？”唐爱问。

林密点头：“上次，就是雷鸣给我催眠，让我想起了循环中发生的事情。”

“好，那继续讲我二爸。”

林密点了点头，给叶珩讲述叶家明死亡的全过程。

晚上10点22分，叶家明走出机场出站口，才遇到了匆匆而来的司机。司机是预先通知去接机的，但他迟到了快半个小时。

司机在出站口被叶家明好一顿训斥。之后，叶家明和司机一起去了停车坪，上车，打算回家。

然而车子起步后，10点40分左右，叶家明忽然感到心脏绞痛，非常剧烈。

这次心脏病发作，诱因可能是司机迟到，也可能是其他，总之病来得非常凶险。司机赶紧将他送到医院。

然而，叶家明平日服用的药物有掺假，病情根本没得到很好的控制，所以医院回天无力，叶家明最终抢救无效而死亡。

除此以外，林密将嫌疑犯——叶家保姆的情况也告诉了两人。叶珩判断："如果这一切都是有预谋的，那个黑衣男子很可能是保姆的雇主。"

"必须要截住他！叶珩，时间一旦回到昨天，你就给我打电话，提醒我去找雷鸣恢复记忆，然后我就去机场布控！"

"好。"叶珩抬起手腕看了下手表，已经是8点56分了。

"现在具体说说你的计划吧。"林密说。

"简单地说，先救人，再引蛇出洞。"叶珩比画着说，"在杀人计划中，凶手一般有两套方案，最先启动的一定是最佳的第一方案，所以第二方案一般没有第一方案周密。凶手的主要目标是老狐狸，只要老狐狸不死，凶手就会启动第二方案，说不定这样能让他露出马脚。"

林密犹豫了一下："你打算救你养父？"

"能拿住老狐狸死穴的，只有黑心的老猎手。"叶珩冷静地分析，"既然老猎手干掉了老狐狸，那下一个目标就是我这只小狐狸。所以救老狐狸，也是救我自己。"

林密表示认同："是啊，唐佳佳就是上一只小狐狸。我相信，他们的悲剧很可能就是黑衣男子策划的。"

黑心的老猎手，打猎的风格是斩草除根，一个不留。所以这场阴谋，迟早会波及叶珩。

再说，要救唐佳佳，不单单是阻止她被下药，还要找出那个真正的凶手，才能永绝后患。

叶珩看向唐爱，蹙紧眉头："我们争取一次成功，因为我不一定会救老狐狸第二次，明白吗？"

唐爱咬字很重："你放心，我会拼尽全力去做！"

她眸光里燃烧着斗志，两手握拳，青筋暴起。想起过去的一幕幕凄惨画面，她就难以忍受。就算死，她也要救下唐佳佳！

在这一瞬间，心头的那一把火已然变成了冲天巨焰。

瓢泼大雨冲刷着整个天地，雨水撞击地面的轰鸣声传入耳膜。

唐爱一个激灵，猛然发现自己站在暴雨里，手里的一柄塑料伞被狂风吹得东倒西歪。

她丢开手里的行李箱，忙掏出手机。手机显示的日期是6月11号晚上8点，她回到昨天了！

上一个片段的记忆里，叶珩将体内的金色寿蜗召唤了出来，启动了时间循环。也就是说，唐佳佳在这个时间点还活着！

唐爱赶紧拨通了唐佳佳的电话："佳佳，从现在开始你不要吃任何东西！听话！晚上我去找你！"

手机那端，唐佳佳正坐在床上，一边晃着手中的牛奶，一边疑惑地问："姐，你怎么气喘吁吁的，没事吧？"

"我没事！你一定要答应我不吃任何东西，连水都不要喝！这很重要！"

唐佳佳懒洋洋地回答："知道了，我答应你。你要是到了，我就让张嫂马上去接你，你等着啊。"说着，她挂了电话。

唐爱听她答应，这才松了口气。

她回想起什么，猛然回过头，果然发现距离自己十米的地方，有一辆黑色路虎。疯狂摇摆的雨刷后，楚轩平的脸庞若隐若现。

他果然和上一次一样，还在跟踪自己。

唐爱冷笑，转身走到出租车停靠点。

楚轩平淡淡一笑，将路虎停靠，拿了雨伞走下车："唐爱，上车吧，我送你一程。"

"不用。"唐爱戒备十足。

"你说奇怪不奇怪，我正在加班做一台手术呢，忽然眼前情景变了，我回到了昨天！手术白做了一半，真让人郁闷。"楚轩平摇头哀叹，"唐爱，能不能劝劝你的男朋友，别乱用寿蜗？"

唐爱没说话，只是焦急地望着远处，期待一辆出租车赶紧出现，好让她摆脱楚轩平这个瘟神。楚轩平却慢悠悠地说："哦，我想起来了，昨天死掉的人太多了，所以叶珩启动了时间循环，你们要拯救他们？"

"与你无关！"唐爱瞪他一眼。

楚轩平温然笑道："有关，关系大着呢！我们的目标一致，都是要改变这个世界，不如我们合作，行吗？"

"你说的合作，是要得到叶珩的血？"

"答对了。"

"你大概还不知道，寿蜗会蚕食宿主的生命！即便知道它们对自己有害，你也想要得到？"唐爱觉得楚轩平不可理喻。

楚轩平眉头舒展，轻巧地点头："对，即便对我有害。"

唐爱瞪着楚轩平，像在看一个疯子。她原本以为楚轩平还有几分人性，现在看来，他简直太可怕了！

现在雷雨交加，楚轩平近在咫尺，闪电将他的脸照得雪亮惨白，犹如暗夜中的吸血鬼。

"我是认真的！即便寿蜗是吸髓饮血的怪物，我也想要。"楚轩平不理会她的恐惧，兀自逼将过去，"合作吧，我们才应该是最佳搭档。"

唐爱不由得害怕起来，一步步地后退。

"吱嘎！"一声刺耳的刹车声响起，骤停的车轮带起无数泥点，纷纷冲向楚轩平。楚轩平下意识地抬手去挡，衬衫和西裤上还是溅上了脏污。

"唐爱，上车！"叶珩紧握方向盘。从循环开始的那一刻起，他就凭着昨天的记忆寻找唐爱的踪迹。

唐爱欣喜地跑过去，坐到后座。她摇下车窗，望着满脸阴沉的楚轩平，扬声说："学长，我们这辈子都不可能合作的，再见！"

"为什么！我们三个人的力量，足以改变世界！"楚轩平话虽对着唐爱说，眼睛却看着叶珩。

叶珩啧啧地道："你过来。"

楚轩平稳步走过去，审视地看着叶珩："要怎样才能合作？说。"

"警告你啊，别总是用看猪肉的眼神看着我和唐爱。"叶珩轻佻地拍了拍楚轩平的脸，"我和唐爱是人，不是你用来下火锅的料。"

楚轩平冷笑。

"等这件事结束，我会跟你合作的，但目的不是让你改变世界！"叶珩淡淡地说，"没错，就是你想的那样——给你，我的血。"

惊喜来得太过突然，楚轩平整个人都僵在那里。

"你说真的？"楚轩平脸上的肌肉颤抖，"只要你能给我你的血，你要我做什么我都答应。"

"那就说好了！"叶珩一踩油门，方向盘一打，无数的泥点冲向楚轩平。楚轩平赶紧后退，可还是有不少泥水弄脏了他的衣角。

楚轩平望着远去的车影，突然失笑："希望你不要反悔，叶珩。"

Chapter 12

# 尘封的真相

只是改变某一个细节、某一个决定，一个人的人生就完全可能改变走向，不亚于重生。

车子在雨幕里飞快奔驰，撞破万千银丝。

"你为什么要答应楚轩平？"唐爱质问叶珩。她万万没想到，叶珩对楚轩平的态度会一百八十度大转弯。

合作？

简直是笑话！

叶珩面无表情："这件事结束之后，我要寿蜗也没用，还不如分享出去。"

"是啊，寿蜗在你眼中，所有的作用就是报仇！除此以外，没有任何意义，包括我！"唐爱眼中含满了眼泪。

她身子往前一倾，恰好看到副驾驶座上放着一只包装完好的蛋糕。她怔了怔，昨天的场景在眼前历历呈现，五颜六色的奶油小河，从蛋糕里掉出的一枚戒指……

还有蛋糕上的那句话：圈你于心，一生宠爱。

真是讽刺啊。

他利用寿蜗是为了报仇，接近她也是为了报仇！他的宠溺，他的缠绵，他说过的甜言蜜语，也都是为了报仇！

他到底有几分爱她？

"唐爱，你爱怎么想就怎么想，反正我已经决定和楚轩平合作。"叶珩一边开车，一边说，"唐佳佳命悬一线，眼下你没有别的选择。"

他的确是很好的猎手，明白七寸和软肋。

唐爱愤愤地扭过头，望向雨雾茫茫的窗外。

半个小时后，叶珩一路风驰电掣，到了叶家别墅区的大门口。五十米外是两道黄色的道闸，岗亭里灯光明亮。

"需要通行卡。"唐爱冷冷地提醒叶珩。

"哦，我扔了。"叶珩说得理直气壮。

"那我给佳佳打电话，让她下来接。"

"太慢了，我们得抓紧时间。"叶珩一踩油门，车子便如箭一般冲向道闸。咔嚓一声巨响之后，道闸断成两段，车子直接冲进别墅区！

"哎，你谁啊？给我站住！站住！"岗亭里响起了口哨声，接着冲出了两个男人，快速向这边追来。

车内，唐爱目瞪口呆："叶珩，你疯了！"

"十万火急，懒得废话。"叶珩直截了当。

五分钟后，唐爱一脸发蒙地站在叶家豪华的客厅里。叶珩像没事人一样站在一边，桀骜不驯地对叶夫人说："二妈，保姆有问题，赶紧让唐佳佳下来！"

"夫人，要报警吗？"两名保安气得按开了手里的电棍，蓝色电流在棍上噼里啪啦作响。

在他们的保安生涯中，尤其是在这个高档别墅区工作，他们还是第一次遇到叶珩这样蛮横的人！

奇耻大辱！

不可饶恕！

叶夫人摆了摆手，露出一个克制的笑容："不用报警，这是我家犬子，有时候就爱犯疯狗病。叨扰两位了，请回吧。"

"别，不用客气，报警吧。"叶珩回头对保安说。

两名保安面面相觑，丈二和尚摸不到头脑。这主人不让报警，闹事儿的却要报警？

"报吧报吧！叶珩，这可是你自找的！"叶夫人扯了扯身上的薄纱流苏围巾，露出冷笑。

"妈，发生什么事了？姐？"唐佳佳穿着睡衣，端着一杯牛奶从楼上下来。她茫然地望向叶珩和唐爱。

"佳佳！"唐爱太阳穴一痛，大步流星地冲上去，将牛奶夺下，一把倒进楼梯旁的盆景里。盆景是一棵柏树，牛奶浸入青苔，青白相间煞是滑稽。

"佳佳，让我看看你。"唐爱牵着唐佳佳的手。看着看着，她心头酸涩，泪水便滑过脸庞。

不是梦，全是真的。

眼前的女子面颊红润，体温温热，呼吸均匀，不再是太平间里那个浑身淌血的人！

这一次时间循环里，她改变了所有行为，事情走向也随之发生了改变。这说明，悲剧完全可以被改写。

叶夫人却尖叫起来："这是老爷最喜欢的'万云清'！你把它浇死了怎么办！赔得起吗你？"

"是人重要，还是盆景重要？二妈，保姆在牛奶里下了堕胎药！"叶珩气场十足，"保姆呢？给我滚下来！"

吼叫间，一个五十多岁的大妈从楼上哆哆嗦嗦地走下来。她惊恐地望着一客厅人："夫人，我什么也没做呀！"

"这杯子里还剩了点牛奶，送到医院检验，很容易查出成分来。"唐爱举了举杯子，"你敢吗？"

保姆两腿一软，瘫软在楼梯上。

"你真下药了？我们叶家对你不薄，你这只白眼狼！"叶夫人看到保姆脸色不对，厉声质问。

保姆赶紧摇头否认："不是我，是他们胡说！夫人，你相信我啊！"

叶珩回忆起林密所说的一切，灵机一动："别狡辩了，你有一个脑瘫儿子，生活不能自理。雇主给你的一笔钱，够你儿子在救助中心生活一辈子，你就替雇主办事，对吧？二妈，你别动怒，警察已经查到那名雇主，很快就会清算，包括给她的捐款都会作废，孩子也会被赶出救助中心。"

保姆听到最后一句话，立即跳了起来："什么！作废！不不，捐出去的钱，怎么可以作废！你们讲不讲理！"

叶珩但笑不语，唐爱斜眼看她。保姆这才察觉叶珩在使诈，想要收回说出的话，却已经来不及了。

叶夫人震惊地瞪着保姆："你，你真的这样做了！没良心的，作孽啊！真是家贼难防！"

两名保安站在客厅中央，目睹这样一场家族狗血大戏，心里涌起万千感慨，还是没钱的生活好啊！

"警察还有多久到？"叶珩问其中一名男保安，那是个四十岁左右的大叔保安。

大叔啊了一声："警察说十分钟赶到，还有五分钟。"

"那我先走了。"叶珩拍了拍大叔的肩膀，扬长而去。另一名二十岁出头的保安忽然想到了关键问题："哎你别走，是你撞断了道闸……"

这个警，就是为了眼前这个开车撞断道闸的疯子报的啊！

一屋子的人齐刷刷地看着小伙子。小伙子咽了口吐沫，说："要不，你还是走吧……"

叶珩头也不回地扬长而去。

叶珩冲进机场的时候，时间快到晚上10点15分。因为暴雨和深夜的缘故，滞留的旅客很少，偌大的候机大厅显得有些空旷。

"旅客们请注意，从北京到深圳的CA1314航班即将起飞，没有登机的旅客请快到E60登机口……"

"从广州飞往北京的U16航班已经抵达机场，没有托运行李的旅客请在空乘人员的引导下有序离开……"

广播声回荡在整个大厅里。

叶珩给林密打电话，想确认一下布控情况，可是嘟音响了很多声，林密却一直没有接听。

"难道还在催眠中？"叶珩有不好的预感。

可是，已经快没时间了。

叶珩疾步跑向D23行李处，同时攥紧了手里的药瓶。那是硝酸甘油，一种急用药。

白白的一片药片，救过多少人的性命。叶家明的病情并不复杂，是平日没有服用足够的药量导致病情突然恶化。所以，叶珩要想办法让叶家明在10点40分这个死亡时间之前，至少服下一片。

他不由得苦笑。他以前无论如何也想不到，有一天他会主动去救叶家明的命。

D23行李处，只有几名旅客正在等待自己的行李，并没有叶家明的身影。时间已经到了10点15分，叶珩当机立断冲进不远处的卫生间。

刚冲进去，他就听到里面传来叶家明愤怒的吼声："骗子！我不信！"

叶珩赶紧靠在墙上，掏出手机开始录音。

只听另一个低沉的男声说："不管你信不信，叶珩都不是你的亲生儿子！这么多年，你被人骗得好惨。"

叶珩震惊，手机差点掉在地上。

这话是什么意思？

难道叶家明一直以为，自己是他的亲生儿子？

"我不信，当年素珍明明写信告诉我，叶珩是我的亲骨肉。"叶家明的声音开始颤抖起来。

男声低笑一声："看来你真的爱极了那个女人，爱到盲目相信她的话。叶家明，这是你应得的报应！"

叶珩还在分析对白中的信息，耳边声音却停了下来。接着，一个陌生男人从里面步出。他戴墨镜、鸭舌帽，身穿一件黑T，正是监控里的那个神秘男人！

男人眸光一低，劈手就去夺叶珩的手机。叶珩往后一躲，快手拉住男人胳膊，顿时心惊！

那不是人类的皮肤！

趁叶珩一愣神的工夫，男人顺势一推，挣脱开叶珩，扭头往外跑去。叶珩提步去追，可是那个黑衣男人已经没了踪影。

凭借着监控录像的印象，叶珩快步走下扶梯，果然看到黑衣男人正往出站口跑去。他大喊一声："抓住他！"

众人回头去看那男人，黑衣男人却滑得像一条鱼，一眨眼就冲了出去。等到叶珩追出去的时候，男人早就没影了。

叶珩气喘吁吁，心里懊恼无比。

"小珩？"身后传来叶家明的声音。

叶珩回头，看到叶家明正用一种古怪的眼神打量自己。他知道那眼神代表着什么。

平心而论，这十五年来叶家明对他百般宽容，甚至纵容，都是基于叶家明以为他是自己亲生儿子这个认知。现在这层假象被人戳穿，叶家明杀了他的心都应该有。

可是，如果叶家明当年不作恶，也不会落得如此下场。

叶珩的心情莫名畅快了一些，勾住叶家明的肩膀，佯装热情地道："爸，你脸色怎么这么差？是不是哪里不舒服？"

"你怎么突然来接机？刚才在哪里？"叶家明冷不丁地问。

叶珩打哈哈："刚才就在机场大厅到处找你来着！说实话，我不是来接机的，是来巴结你啊！你看，你通过了我实验室的护肤品配方，我总得趁热打铁，做一个系列不是？这都得您来批准！"

"哦。"

"爸，来的时候妈叮嘱过，说你心脏不好，又坐了这么久的飞机，一定要先吃点药才行。"叶珩掏出那瓶硝酸甘油，"我从药店买的，还没拆封。"

叶家明可能真的有些胸闷，犹豫了一下，打开那瓶硝酸甘油的塑封包装，掏出一粒放入口中。他这才露出笑容："这才像我的儿子。"

就在这时，一个司机打扮的板寸头青年火急火燎地赶来，见到叶家明就鞠躬哈腰："对不起董事长，路上堵车，我来晚了。"

叶珩忍不住腹诽，这大半夜的，又不是上班高峰，哪儿堵车！这小司机说谎也不打草稿。

果然，叶家明眉头紧皱，眼看就要发火。叶珩赶紧给他顺毛："爸，消消气，年轻人都这样，你就当他是我，别怪他了。我开车送你！别看我那车就几万，不比玛莎拉蒂差！"

"胡说。"叶家明虽然语中充满鄙夷，却放松下来。

叶珩按捺住心头涌上的不耐烦，极尽狗腿之能事，让叶家明上了自己的车。他观察了下叶家明的脸色，发现一切如常，才松了口气。

不管叶家明受了怎样的刺激，他服了药，应该不会发病了吧。


拿驾照四年了，叶珩还是第一次车载叶家明。车窗外灯光昏黄，流光飞影，车内他心情复杂，一边开车，一边不时看一眼时间。此时，正是晚上10点32分，距离叶家明病发还有八分钟。

蓦然，叶家明开了口："小珩，你知道吗？我其实最喜欢你针对我的样子，不喜欢你对我笑。"

叶珩半开玩笑地说："爸，真看不出来你有'斯德哥尔摩综合征'。"

"被虐症？我没有。"叶家明坐在后座上，大半个身体都浸在黑暗里，"我只是觉得，你应该恨我，但凡你态度转好，一定有两个原因。"

"哪两个？"

"一、有求于我。"叶家明顿了顿，"二、加害于我。"

叶珩冷冷一笑："你怎么能这样想我，啊？我要害你，这十五年里我有五千多个机会！我干过吗？"

"你是错过了五千多个机会不假，可那是因为你在这之前，并不知道是我害得你父亲自焚而死。"

这句话如魔鬼之音，响在车厢，撞在心头，炸裂在理智之上！

短短的一秒钟，叶珩脑中已经闪过无数个念头，所有念头汇聚成一句话：

杀了他！

欺母恶人、杀父凶手就坐在他身后，叶珩只要一踩油门，就能让他一了百了，还父母公道！

"嘀！"刺耳的车鸣声在耳边响起。

叶珩一回神，这才发觉他没有打转向灯就下了高速路桥，导致后方的车辆差点撞上来。骂骂咧咧声隐约传来，随着夜风迅速远去，可是他的头脑却异常清醒起来。

"这就下高速路桥？你要去哪里？"叶家明警惕起来。

"医院，心内科。"叶珩咬牙说。

"我没病！"

"是我有病，救你这种罪人！"叶珩一踩油门，"你到底对我父亲做了什么，你说，说啊！"

叶家明丝毫不惧，淡淡地说："好，我说！我曾经是个化学疯子，研究过人类返祖现象的基因病，拼尽全力去研发新药。可是我没想到，这种新药居然让你父亲产生了返祖现象。我和他聊过，尊重他对科学实验所做的贡献，将来新药研发成功，上市后也会给他分成，让他一辈子都不会为钱发愁，谁承想他居然这样想不开……"

"闭嘴！"叶珩打断了他的话，"你没有那么崇高的理想，你不过是想丑化我父亲，让我母亲离开他！"

叶家明不辨喜怒："其实我很感动，从古至今，人为财死，可是这世界上还有不被金钱所打动的人，和爱情。"

"你这份情怀，就等着在牢房里消化吧！"

"牢房？"叶家明哼笑，"你有证据吗？就算你的车载记录仪录下了我的声音，也只能说明证据不足。这注定是一桩悬案。"

叶珩愤怒到极点，几乎握不住方向盘。

"杀了我，叶珩！"叶家明突然厉声喝道，"这世间已经没有什么能惩罚我，能惩罚我的只有你！"

叶珩目光如炬，几乎控制不住自己的手。脑中一直有个声音在叫嚣：杀了他，杀了他！

千钧一发的瞬间，叶珩猛然一踩刹车。刺耳的刹车声响彻这个雨夜，车子堪堪停在道路中央。

"你以为我和你一样浑蛋吗？"叶珩咬牙，"我不会杀人，不会！"

叶珩回头看着叶家明。然而这一眼，让他立即睁大了眼睛。

只见叶家明半躺在后座，双眼微睁，满脸痛苦神色。叶珩意识到了什么，回头一看，车载时间上正显示是10点40分！

"这位同志，你违反了交通规则，现在请出示你的驾照！"一名交警透过车窗命令，却在看到叶家明之后，顿时失色，"这位先生怎么了？醒醒！能听到我说话吗？喂，120吗？这里有一位病人……"

黑暗中，叶珩看着叶家明，满脸泪水。

十分钟后，交警将发病的叶家明送到医院。可是剧本依然没有改变走向，叶家明抢救无效死亡。

只是，叶家明的右手成拳，攥得过紧，堪比钢筋水泥。医生宣布死亡时间后，费了好大工夫才掰开那只右手。

手心里，居然躺着一枚白色药片。

硝酸甘油。

他没吃。

所以，叶家明最终死于巨大刺激下，突发的心脏病。

当医生将这个情况反馈给叶珩的时候，叶珩只觉得可悲又可笑。纵横商场的老狐狸，一生都在怀疑别人挖坑害他，因此在接过叶珩递来的药时，并没有真的服下，而是偷偷吐出来，藏在手心。

就因为这点疑心，叶家明错过了最后的善意，自己给自己挖了个坑。

叶珩坐在医院的休息椅上，心里说不清是什么滋味。他独自蹲在吸烟区，脑子里像过电影般迅速回忆了这么多年的生活，可是关于未来的设想，却是空白剧本。

支撑了他十五年的，是仇恨。所以当叶家明这个目标倒下之后，他不知道该怎么面对接下来的路。

当唐爱赶到医院的时候，叶珩正打算离开。他看向唐爱，疲惫一笑："抱歉，计划有瑕疵，我没抓住那个黑衣男子。再见了。"

"叶珩，你去哪儿？"唐爱突然预感不妙，抓住他的胳膊。她觉得叶珩不太对劲。

"只要我不出现，你就是一个正常人，所以我会离你远远的。唐爱，对不起，我们以后就当没遇见过。"叶珩甩开胳膊，打算离开。

"可是还没抓住那个黑衣男子，万一他对你不利怎么办？"唐爱追上去，"他针对的是叶家，难保不会针对你！"

"我以后和叶家没有半点联系了！"叶珩猛然顿步，咬牙切齿地说，"我以后是白珩，不是叶珩！"

唐爱怔怔地看着叶珩，终于松手。叶珩深深地看了她一眼，这一眼几乎要将她的样子刻在心里，然后才重新提步。

然而，林密挡住了他的去路。

"林警官，请让开。"叶珩看着挡在自己面前的林密，语气不善。

林密看了一眼周围，淡声说："你现在还不能离开。"

"为什么？"

"因为监控里出现的那个黑衣男人，"林密的表情很奇怪，"抓住了。"

叶珩和唐爱异口同声："真的假的？"

那个滑不溜丢、神龙见首不见尾的男人，居然落网了？

林密沉重地点了点头："真的，他就是——雷鸣。"

叶珩静默两秒，忽然笑了起来："他还真是人如其名，一出来就自带震撼效果。"

雷鸣，三十四岁，男，本市人，研究生学历，于两年前经营一家心理健康咨询工作室，在这之前是一家全球500强上市企业的高管。

这里是审讯室外的监控室，中间有一道玻璃，两台监控设备正在运转。两个监控屏幕里，分别呈现出室内整体情况和嫌疑犯的表情容貌。

叶珩从监控屏幕里打量着雷鸣，有些意外。雷鸣浓墨长眉，方正脸，一双眼睛平和温润，并不是他想象中穷凶极恶的模样，相反，雷鸣给人的印象是非常温文儒雅。

当然，也多金。

从头到脚，雷鸣身上的名牌不下于五件，连带着他的气场也够强大。如果不是一米八的身高，熟悉的下颌，叶珩真的无法将他和监控视频里那个黑衣男子联系起来。

小五走进监视室，将本子往桌上一拍："嘴挺硬的，怎么问都给我们绕圈子，一直打马虎眼。"

唐爱和叶珩对视一眼，有些不安。

"那个，我们看这个可以吗？"唐爱指了指监控屏幕。

小五喝了口茶水，点头："头儿说你们是目击者，协助调查的，可以接触一些办案情况。"

叶珩若有所思地点头，突然问："你们控制他多久了？"

"十个小时了。"

"这么久！"叶珩看了一眼手机，现在是6月12号上午10点。也就是说，叶家明去世后两个小时，林密就控制了雷鸣。

可是当时在机场，叶珩打林密的手机，她根本没有接听，也没有按照计划进行布控。她是怎么认出雷鸣是凶手的？

审讯室里，林密一脸冷肃，用公式化的口吻问："姓名，年龄？"

"林密，这些你都知道的。"雷鸣脸上浮着温然笑意。

林密冷笑，敲了敲桌子："你现在不是我的老熟人雷鸣，而是犯罪嫌疑人雷鸣！好好回答！"

"雷鸣，三十四岁。"

"昨天晚上9点到11点，你在哪里？"

雷鸣目光坦然，流畅地说："9点20分，工作室来了一位老顾客。她叫林密，虽然穿上警服的时候很有高冷范儿，但是日常，她是一个很可爱很漂亮的女人……"

"说重点！"林密呵斥，白皙的脸上渐现怒容。

"重点是我很爱她，从她家搬来我家隔壁的那一天，我就喜欢她。我很高兴，她特别信任我。为了不辜负她的信任，我拼命努力，拼命工作！这一切很有成果，她长大了，上大学了，毕业了，有了挫折，受了情伤，都会第一时间向我倾诉。我很幸福，真的！唯一让人不开心的是，她喊我哥，可是我却没有把她当作妹妹。"雷鸣语气忧伤。

林密抬头看他，目光里有意外，也有震惊。

她从来都当他是个可靠的大哥，相识多年，他在她心里已经相当于亲人。他却在这种场合下……

这番告白，一字不漏地通过监控系统传到监视室里。唐爱眨巴了两下眼睛，小五满脸尴尬，叶珩则勾唇一笑："在这种地方告白，真够可以的。"

"那个……我什么都没听见，你们也都没听见，对吧？"小五蹩脚地掩饰着问。

"我们耳朵都没问题，都听见了！"叶珩白了他一眼，"锒铛入狱之前，勇敢地向暗恋的人告白，多感人啊。"

小五气得将杯子重重一放，指着叶珩说："你别乱说啊！哪里感人了？他这是美男计，愚蠢，差劲，无能！头儿是最正直的人，是不会被他的美色和甜言蜜语蛊惑的！"

然而这句话说完，小五就后悔了。

因为审讯室里，林密抬起眸光，神色里已经有了许多凄楚，显然已经被雷鸣所打动。

"为什么说这些？"

"因为人是我杀的，再不让她知道我的心意，就来不及了！"雷鸣声音微微哽咽。

　　林密呆呆地问："你是怎么做的？"

　　"两年前，我深入调查家政市场，选择了五六个合适的人选，然后对她们进行包装培训，让她们应聘叶家的保姆。最终，有一个成功进入叶家。我制好假药片，让她偷偷换掉了叶家明的药。"

　　林密看着眼前的审讯笔录本，右手却僵硬无力，一个字都写不出。

　　雷鸣叹了口气："继续刚才的问题，你不是想知道昨天晚上9点到11点，我在哪里吗？我现在就告诉你。"

　　林密抬眸，眼中已有痛意。

　　"我的工作室里，来了一位熟客……林密也是我生命中最重要的女人。她要我为她催眠，说要找回丢失的记忆。虽然我不知道她丢了什么记忆，但是我很乐意为她服务。只是她来得不巧，因为我已经打探到，叶家明今天晚上会有一趟飞机落地。报仇心切的我，将林密催眠之后，就走出了家门。"

　　林密扶住额头，似乎在努力控制自己的情绪。雷鸣并没有停下来，而是继续说："我来到机场，在D23行李处旁边的卫生间里，见到了叶家明。我亲口告诉他，他是个傻子，被人骗了，他最后的希望——叶珩，根本不是他的亲儿子！我相信，这是对他最大的刺激，也是他自作自受！果然，他承受不住，心脏病发身亡。"雷鸣咬字很重，几乎是咬牙切齿。

　　林密放下手，问："然后，你就回到了工作室。"

　　"还有个小插曲，走出卫生间的时候，我撞见了叶家明的养子叶珩，他居然在录音！"雷鸣笑着摇头，"他不肯给我手机，我就去夺，结果反被他抓住了胳膊。我不想暴露身份，只好逃了！你说叶珩这个人有多好笑！我做过很多调查，知道叶珩可能比我更恨叶家明！可是他却……"

　　他摇了摇头，似乎觉得自己在阐述一件很可笑的事情："他应该先我一步杀了叶家明！"

　　林密迅速在记录本上写字，只是写写停停，很久之后才放下笔。

　　"我能问问，我是怎么暴露的吗？"雷鸣问，"我回到工作室的时候，你明明还没有醒来。"

　　林密抬起眼睛："是玄关。"

　　昨天晚上，她来到雷鸣的心理咨询工作室。在被雷鸣催眠之前，她记住了工作室里所有的细节。

　　催眠结束，她缓缓睁开眼睛之后，接过雷鸣递来的热水，一边和他聊天，一边开始观察周围。工作室里所有的细节都能对得上，只有一个除外。

　　玄关处的地板比其他地方颜色略深，有些湿润，明显被清理过。还有，入门地毯上留下一个泥水点。

　　"因此我判断，在我被催眠之后，你离开过工作室，去了机场见叶家明。"林密说。

　　雷鸣定定地看着林密，林密也坦然迎接他的目光。时间一分一秒地过去，一个目光终于失去定力，散乱如絮；一个目光终于不再坦然，红了眼眶。

　　"是，本来想制造一个不在场证明的，结果还是被你识破了。"雷鸣苦笑。

　　监控室里，三个人目睹此情此景，都松了一口气。

　　"各种细节都对得上，昨天出现在机场的黑衣男子，就是他。"叶珩看着监控视频说。

　　"真想不到啊！这个叫雷鸣的嫌疑犯对头儿招得这样痛快……我们问他，他怎么也不说。"小五惊呆了。

　　唐爱指着屏幕说："雷鸣的美男计，得逞了。"

　　屏幕里，林密脸上的悲戚越来越重，终于掩盖不住。她那双黑且亮的眼睛里充满了泪水，终于有一滴滑下脸庞。

　　她霍然起身，向雷鸣喊："为什么！你为什么要杀人！你很优秀，你没必要这样毁灭自己的人生！"

　　"我的人生已经被他毁了！我爸向他借了高利贷，被他逼死……我恨他！"雷鸣嗓音里有了哭腔，"林密，这就是全部事实。"

　　林密捂住嘴巴，抑制着自己的哭声。

　　雷鸣也悲伤不已，两手举起，扶住额头，肩膀一耸一耸，似乎在哭泣。

　　唐爱在监控室看着这一幕，不由得唏嘘。然而就在这时，她看到雷鸣的右手腕露了出来。

原本，雷鸣穿的是一件长袖衬衫。可是他露出了手腕，于是他的蜗形线也相应地暴露在唐爱的视线之下。

他的蜗形线，居然是全黑的。

蜗形线全黑，就表明雷鸣的生命走到了尽头。

唐爱呆住了。她记得时间循环之前，她在监控里看到过雷鸣的蜗形线。当时，银色段很长，他明明还有三十年的生命时间！

"小五警官，雷鸣有双胞胎兄弟吗？"唐爱问。

小五诧异，摇了摇头："没有，他是家中独子。"

"那雷鸣得绝症了吗？或者，监狱的环境靠谱吗？雷鸣会在几天之内意外死亡吗？"唐爱迟疑地问。

小五凌乱了，瞪着唐爱问："你这都是什么怪问题？明确地告诉你，按照事情的进展，雷鸣应该会被收监，然后等待公诉审判。在这之前，他不可能死！如果他得了绝症，我们出于人道主义也会给他治疗，不会让他几天就挂！"

唐爱再次看向监控视频，仔细看雷鸣的身形。没错，尽管他换了衣服，但对比监控里的身形，那个人的确是他！

可是，他的生命时间为什么突然没有了？一个人原本可以再活三十年，突然要死，总得有个理由吧？

在监狱里，他不可能被谋杀。

除非，自杀也算一种谋杀。自己被自己杀死，自己就是凶手！


审讯结束，林密走出来。小五赶紧迎了上去："头儿。"

林密将口供记录本递给小五，上面密密麻麻记满了文字，只是最下面的几个字被泪水晕开，糊黑一片。

"调查雷鸣的通话记录，看看他还有没有同伙。"林密对小五说。小五答应一声，心情复杂地抱着记录本离开了。

监视室里只剩下三个人，空气立即凝重得连呼吸声都听得到。

唐爱首先打破了沉默："林警官，你注意一下，雷鸣这几天很可能会自杀。"

林密一悚，猛然回头去看监视器。屏幕上，雷鸣依然低着头，面部埋在阴影里，像是一尊雕塑。

"你看到了？"林密问。

唐爱点头。

林密蹙起秀气的长眉，声音颤抖："好，我会安排人给他搜身，不让他有可乘之机。"

唐爱从口袋里掏出纸巾，递给林密。林密谢过，用纸巾擦了擦眼角泪痕，继续说："雷鸣以前住在我家隔壁，大我六岁，就和我亲哥哥一样。他上了大学后不久，全家就搬走了，听说他爸爸背上了高利贷，房子卖了……我没想到，和叶家明有关。"

"他没和你提过高利贷的事情？"唐爱问。

林密摇头："他没说，我也没问。他搬走以后，我们有书信来往。叶珩，他真的是一个很上进、很努力的人！我可以给你看他所有的信件！"

叶珩面无表情地靠在桌子边棱上，目光里无悲无喜："林密，这个你口中很上进很努力的人，杀了人。虽然杀的是一个浑蛋，但也是杀了人。"

"他是有苦衷的，如果再给他一次机会，他一定不会这样做！"林密祈求地望着叶珩。

唐爱愣了一下，顿时明白了林密的用意。

还没等她开口，叶珩已经拒绝："我知道，你想让我不要关闭时间循环，把6月11号再来一遍。这是不可能的！"

"为什么？"

"因为我已经给过你机会了！"叶珩冷冷地说，"仅凭一个小泥点，你就判断雷鸣去过机场，这推理也太玄幻了！全世界的泥点千千万，为什么你只用了不到一个小时，就认定雷鸣工作室玄关地毯上的泥点，是从机场那条路带回来的？"

　　林密没有回答，而唐爱猜到了另一种可能性，立即捂住嘴巴。

　　"你从一开始，就认出机场监控里的黑衣男子是雷鸣！你和他一起长大，又去过他工作室很多次，没有人比你更熟悉他了。"叶珩咬字很清晰，"可是，你没有向我透露一个字！"

　　林密扭过头，看着监控屏幕里的视频，许久才收回目光。

　　"没错，叶家明第一次死亡之后，我调取了机场监控，立即认出那个黑衣男子可能是雷鸣。我入职多年，第一次面对犯罪嫌疑人的时候犹豫了。那个人不是我的亲人，却相当于我的亲人。"林密眼中泪光闪闪，"就在我不知道该怎么办的时候，叶珩，是你，决定启动时间循环！时间可以倒退回6月11号这一天！我心里想，机会来了，我要挽救雷鸣！"

　　唐爱怔住了："我想起来了，你当时叮嘱叶珩，一旦时间倒退到11号晚上，就立即打电话通知你，先去雷鸣心理咨询工作室恢复记忆，然后再去机场布控。"

　　叶珩自嘲一笑："其实，林密你根本不会去布控的，对吗？"

　　"是的，时间循环一旦启动，我会失去第一次6月11号的记忆，所以我想让你提醒我去雷鸣的工作室……拖住雷鸣。"林密长长地叹了口气，"还有，我的身份是警察，我希望能对雷鸣起到震慑作用，让他悬崖勒马，回头是岸。"

　　可是，雷鸣并没有勒马，也没有回头。

　　林密去了心理咨询工作室，却没能拖住雷鸣。雷鸣趁她不备，将她催眠之后，立即换装去了机场。

　　"叶珩，我知道雷鸣有罪！我这样做不是帮他避罪，而是想让他遭受的惩罚少一些。"林密上前一步，恳求说，"只要叶家明不死，雷鸣的杀人罪就不成立，只是伤害罪。"

　　叶珩狠狠瞪着林密。

　　眼前这名女警，曾经豪气万丈地说："叶珩，我要让你知道，不是你一个人心里有赤诚！"

　　她曾经陪他出生入死，曾经不假思索地选择相信他。可是现在，她的热血呢，她的赤诚呢？

将时间拨回6月11号，去改变即将发生的事情。说白了，这种行为是在作弊。

"不，我拒绝。我说过，我只能救叶家明一次。"叶珩说，"除非你们给我让我信服的理由，否则我会在今天晚上9点之前，结束这次时间循环！"

结束之后，时间会嘀嘀嗒嗒继续前行，所有尘埃都会落定。雷鸣将会接受审判，走向覆灭，或者是无期徒刑。

林密再也说不出什么，无奈地低下头。叶珩冷冷看她一眼，提步走出了监控室。

唐爱追了出去，扯了扯他的衣袖："叶珩！"

叶珩猛然回身，怒气冲冲地将她的手扯开："别想说服我！你以为你是谁，别自以为是……"

他突然说不下去了。

唐爱捏着那枚八心八箭的钻戒，举在他面前。

第二个大雨滂沱的6月11号，他们没有吵架，蛋糕并没有砸，戒指也没有扔，只是那份心意已经荡然无存。

叶珩曾经以为，自己永远都送不出这份礼物了。没想到此刻，唐爱将那枚钻戒拿在手上，目光灼灼地看着他。

"你什么意思？"叶珩的语气中冒着森森寒气。

"你想利用我查什么都可以，只要能做到，我就算死也会答应！"唐爱拉下自己手腕上的护腕，露出皮肤上的银色蜗形线，"你能不能考虑下林警官的请求？"

叶珩苦涩一笑。

原来，她并不是回心转意，而是当了林密的说客。

"你把自己看得太重了。你以为你来求我，我就会答应？我本来就是为了利用你才接近你的，对你没有真心。"叶珩歪着头看唐爱，语气戏谑。

唐爱脸色发白："一丝一毫、一秒一瞬的真心，也没有？"

"没有。"叶珩强迫自己硬起心肠，"唐爱，事情已经结束了，眼下是最

好的结局！我不能，也不会对这个结局做任何改变！以后我们各走各路，形同陌路。再见！"

语毕，他决然回身，渐行渐远。

唐爱无力地垂下手来，那枚钻戒叮的一声掉落在地上，一直滚到一双皮鞋前。

小五弯腰，将钻戒捡起来，递给唐爱。唐爱看了一眼，迅速挪开目光，怅然说："不要，帮我扔了吧。"

"这么贵重的钻戒……"小五还想劝说。

唐爱没接话，扭头回了监控室，将门狠狠一关。小五本想跟着进去，被门板一挡，差点撞到鼻子。

小五后怕地揉着鼻子，咕哝："一个个都没整明白，这是我的地盘！我的！"

说着，他仰天长叹："我连个女朋友都没有呢，一个个就给我看这些……我要是当一辈子单身狗，你们要负80%的责任！"

"林警官，我要继续协助查案。"唐爱走进监视室的时候，林密正呆呆地望着窗外，阳光洒在她身上，晕染了一圈光晕。

林密很意外，扭头看她："其实你的义务已经尽到了，没必要再掺和进来。"

"没有啊，事情还有很多疑点，而且叶家明的罪行还没有真正挖掘出来，怎么能算结束？"唐爱握紧拳头。

"可是叶家明已经死了。"

唐爱抬眼，眸光里透着坚定："就算是死亡，也不能消除罪行。"

死亡是最大的惩罚，所以才会有"人死债消""死者为大"的说法。死亡也是最大的挡箭牌，能阻隔任何罪行。

然而她偏不信邪，就是要追查到底！

林密似乎也被感染，重重地点了点头："好，我会尽快查出更多的细节！其实我也感觉奇怪，这个案子所有的入口，只有雷鸣。"

如果她没有从监控里认出雷鸣，那么叶家明的死就会被伪装成一场意外。而且常言说得好，冤有头债有主，雷鸣有动机去杀叶家明，却没有动机去害唐佳佳。和一个孕妇作对，这不是雷鸣的风格。

可是雷鸣现在一口咬定，所有的事情都是他做的，和其他人无关。

"头儿，雷鸣最近三个月的通话记录出来了，还有他办理过的所有手机号码，也都在这里。"两个小时后，小五走进办公室。

林密拿起厚厚的一沓资料，一页一页地翻开。根据她的经验，通话记录并没有什么疑点，应该都是心理咨询的客人。

她将资料递给唐爱："能看出什么吗？"

其实这样问的时候，林密也没有抱太大希望。唐爱却认真地翻看起来，摇了摇头："好像……都挺正常的。"

"那是，我们专业的都看不出来，更何况……"小五在旁边插嘴。林密飞过去一个眼刀，他立即乖乖闭嘴。

唐爱没有理会，依然认真地看着资料，每一个号码都停留几秒钟。突然，她看到最下面两三个手机号码，其中一个特别眼熟。

她指着那串号码，激动得心脏怦怦跳了起来："这……这个号码是……"

"哦，这个是雷鸣十几年前用过的一个旧号码，大概四年前已经注销了吧。这个号码几易其主，现在是别人在使用。"

"唐爱，这个号码有什么问题吗？"林密问。

唐爱盯着那串号码，几乎要哭出来："我知道雷鸣是谁了！"

雷鸣可能还有另一个身份，连最熟悉他的林密都不知道的身份……


下午5点，夕阳西下。

因为欠电费，所以空调未开，整个房间如同蒸笼。胖子肉多，本来就怕

热，早早地出门去跟看门大爷套近乎，好在岗亭里蹭空调。

叶珩颓然坐在地上，地上横七竖八地躺着许多只啤酒易拉罐。就着蔷薇色的阳光，他抬头看手里的一个黑色U盘。

这是车载记录仪，录下了他和叶家明最后的对话。难得的是，叶家明终于承认了自己的罪行。

不够，远远不够。

他失去了双亲，十五年来寄人篱下，这些用什么来弥补？

叶珩颓唐一笑，拿起罐装啤酒，又喝了一口。清凉酒水刚进入胃里，他就听到有人在外面用力敲门。

"屋里的人死了，明天再来收尸！"叶珩没好气地嚷了一声。

不料，外面居然传来了唐爱的声音："叶珩，开门！"

叶珩全身一凛，快步走到门口从猫眼向外看，发现唐爱和林密都在门外。两人一脸志在必得，气场强大到不可直视。

这是打定主意，要强迫他必须将6月11号再来一次！

叶珩一巴掌拍在门上，咬牙切齿地对着猫眼说："我已经把话说得很清楚，不会答应你们的，请回吧！"

门外，唐爱哼哼了两声："叶珩，你等着！"

叶珩没搭理，过了两分钟，他再从猫眼向外看，发现门外居然没人了。他说不上是庆幸还是失落，自言自语地道："走了好，别再回来了。"

结果，他一转身，就被另一幕给惊到了。

阳台上方，居然垂下一根软梯，两条大白腿正踩在其中一根梯杆上，尝试着跳进阳台。可是阳台有纱窗挡着，大白腿暂时还没办法进来。

大白腿的主人大概意识到这个问题，右脚狠狠一踩，窗纱颤了三颤。

叶珩以百米冲刺的速度跑到阳台上，一把拉开纱窗，将那对大白腿抱住。软香滑腻的皮肤在怀，他无心赏玩，仰头斜角一望，唐爱果然像蜘蛛侠一般伏在软梯上，正嘿嘿地向他笑。

他顿时勃然大怒，伸手按住她的后背，一旋身将她抱进阳台里。唐爱笑得灿烂："进来了！"

　　"你神经病啊！我不开门，你不会死皮赖脸地再敲啊？你知不知道掉下去人会摔成肉饼的！"叶珩气不打一处来。

　　唐爱笑得灿烂："这招还是你教我的，你忘了？"

　　叶珩想起以前自己是用过攀爬窗户的方法逼唐爱开门来着，顿时被噎得说不出话来。他伸出上半身，看到林密趴在楼上阳台上，笑眯眯地看着他。

　　叶珩瞪了林密一眼，"下来！我开门！"

　　五分钟后，林密走进出租屋，和唐爱击掌，以示胜利。叶珩冷哼一声："你们跟楼上邻居说了什么，人家愿意让你们攀爬？"

　　"我拿出警官证，然后告诉楼上房主，这房间里锁了个三岁娃娃，我们必须要下去救援。"

　　叶珩蔑视："真会编。"

　　"没编啊，你不就是那个三岁娃娃吗？"林密语气无耻。

　　"你们跟我打交道久了，学会耍无赖了是吗？"叶珩狠狠一甩手里的啤酒易拉罐，"我知道你们来干吗的，之前说了不行就是不行！用什么方法都不行。"

　　唐爱蹲下来，平视着他的眼睛："不，我只是来告诉你一件事，关于雷鸣真正的身份。"

　　"他是杀人犯。"

　　"他不仅仅是个杀人犯，他还是受害者。"唐爱看向林密。林密从包里拿出那份资料手册递给叶珩："你看最后倒数第二个号码。"

　　叶珩拿过来，看了一眼那行数字："不认识，怎么了？"

　　"这个电话号码，我曾经见过。"唐爱平静地说，"我和你回到十五年前，在医学院403职工宿舍里看到过这个号码。"

　　叶珩猛然抬头看向唐爱。

　　医学院403室，就是他父亲白京玏曾经住过的房间……

　　"当时情况紧急，我想找出更多线索，就搜查了白叔叔的书架，结果找到了一个纸盒。"唐爱说，"我找到了一张开有抑郁症药物的药房单据，还看到了一张写有手机号码的A4纸。可能白叔叔怕通讯录丢失，所以就将需要联系的

人的手机号码都写在纸上了。"

唐爱拿过资料单，指着倒数第二个号码："这个手机号码，就出现在那张A4纸上。雷鸣，认识白叔叔。"

叶珩立即猜到了某种可能，求证地看向林密。

林密像看透了他的心思，接着说道："没错，雷鸣当时十九岁，也参加了试药！他是另一名受害者。"

叶珩愣住了。

他想起了雷鸣胳膊上触感不正常的皮肤，问："那他也出现了后遗症？"

"是的，十五年前，雷鸣一家被高利贷逼破产之后，为了挣钱四处打工，结果误入叶家明的医药公司。叶家明将他和白京功一同当作新药试验品，可是这个药物从研发之初，目的就是邪恶的……雷鸣在出现返祖特征之后，努力掩饰自己。冬天还好，夏天炎热，他就用硅胶制作的仿生皮肤盖在身上，然后穿上长袖衬衫。他不敢体检，不敢与太多人交流，就连中暑，都不敢在医院久待！"林密语气悲伤，"雷鸣现在被逮捕，原本打算事情暴露之后自杀，幸好唐爱提醒了我，才没有发生悲剧。"

叶珩恍然大悟："那老狐狸见到雷鸣，被刺激得心脏病病发，也并不完全是因为雷鸣说了那些话。"

林密点头："是的，也是因为叶家明看到雷鸣身上的毛发，那些返祖特征……叶家明心里清楚，雷鸣就是当年参与试药的志愿者。雷鸣的存在，会对他的公司和产业造成巨大的威胁。"

"果真是人为财死，鸟为食亡。"叶珩呆呆地看着地板，心里五味杂陈。如果他的父亲当年活下来，过的可能也是雷鸣这样人不人鬼不鬼的生活。

"叶珩，你能再给雷鸣一次机会吗？"唐爱恳求，"只是改变某一个细节、某一个决定，一个人的人生就完全可能改变走向，不亚于重生。你愿意让他重生吗？"

叶珩低下头，头发落下，遮住了他的眼睛。

许久，他才说："我要想一想。"

室内的光线迅速暗淡下去。

叶珩没有开灯，独自坐在沙发上，看迅速西落的太阳。

叶珩想起了自己经常做的一个梦。梦中杂乱无章，黑幕中不停有敌手登场，他以一戮十，再敌百，后抗千，可最后回头，战场上却是空空如也。

谁赢了？谁输了？

叶家明这只老狐狸死了，叶珩也失去了敌人，从此输赢全都没有意义。

## Chapter 13

# 输局可以，输你不行

我一直以为你是个风流鬼，可是没想到却是一个大情圣。

晚上8点40分，万家灯火。

唐爱和林密站在阳台上，望着眼前广袤的黑暗，心潮起起伏伏。只剩二十分钟了，如果再不做决定，时间真的要往前流动，再也不会回到6月11号。那样，谁的命运都不会被改变。

"林姐，如果叶珩的想法还是没有改变，怎么办？"唐爱焦急地往室内望了一眼。叶珩已经把自己关在房间里一个小时了。

林密叹了口气："不知道，尽量去帮他做一些减刑吧。"她扭头看向唐爱，苦苦一笑，"以前他像大哥哥一样引导我，现在该我保护他了。"

唐爱难过地垂下眼睛。

就在这时，卧室的房门突然开启，一道亮光劈开黑暗，叶珩背光向阳台走来。唐爱和林密顿时全身紧绷，等待着他的决定。

"我决定了，继续循环。"叶珩淡淡地说。

林密闭上眼睛，长舒一口气："谢谢你，叶珩。"

唐爱激动地扑上去，抱住他的脖子。叶珩轻轻拍着她的后背，低声说："当年我救不了爸爸，但是今天，我可以救一个和爸爸相同命运的人。谢谢你，让我看到了这样一个机会。"

"叶珩……"唐爱扭头看他，眼睛里噙满泪水，也盛满了情意。叶珩像被针扎一般，松开唐爱，掩饰地扭过头："时间所剩无几，我们准备一下就可以开始了。"

唐爱忍不住失落，但很快就打起精神。

夜风习习，温柔了这个夏夜。在这不足十平方米的阳台上，升起一个金黄色的光团，照亮了三个人的脸庞。

叶珩伸出手，将浮在半空的金色寿蜗转动了一个方向。时间在瞬间倒退，拨向另一个起点。

挂在客厅墙上的挂钟，指针忽然疯狂地逆时针运转起来。

这座城市的某个房间里，台式日历忽然颤动起来，被翻过去的一页猛然翻了回来，显示6月11号。

原本晴朗的夜空里，乌云在疯狂地集聚，豆大的雨滴疯狂地扑向大地。

高档别墅区门口，工人们正在安装新的道闸，已经断裂的道闸被扔在一旁。然而此时，工人们像回放电影一般迅速后退，消失。那两根被抛弃在一旁的断裂道闸也突然跃起，飞到原本的位置上，成为一根完整无缺的黄色道闸。

睡在病房里的唐佳佳，渐渐消失在床上。床头柜上的闹钟，日期突然一跳，从12号变成了11号。

太平间里，一具尸体也渐渐消失。

整个世界，都回到了6月11号，为了拯救一个人。

大雨滂沱，街上行人匆匆忙忙，偶尔只有公交车疾驰而过。唐爱举着一把透明的伞，怔怔地站在雨中。

她又回到了6月11号！

"佳佳……"她想到了什么，赶紧掏出手机拨通了唐佳佳的电话。过了一会儿，唐佳佳接听："喂，姐……"

"佳佳，你听我说，不要喝那杯牛奶！"唐爱语速飞快。

唐佳佳一愣："你怎么知道我每天晚上要喝牛奶？"

"叶家的保姆有问题，她会在牛奶里下堕胎药！你不要喝，我马上过去找

你。"唐爱几乎在央求，"相信姐姐，好吗？"

手机那端沉默了一秒钟，唐佳佳的声音再次传来："好的，我相信你。姐，我等你过来。"

唐爱放下电话，松了一口气。与此同时，身后传来了楚轩平愤怒的喊声："唐爱，你们有完没完？"

"你又做了一半手术？"唐爱转过身，平静地看着那辆黑色路虎。

楚轩平从车上下来，一贯儒雅的他抑制不住自己的恼火："我之前已经告诉你们了，8点多到11点，我在加班做手术！加上这次，这个手术已经做三次了！三次！"

唐爱似笑非笑地看着他："活该。"谁让他以不正当手段得到银色寿蜗的能力？这就是代价。

两人对峙的一幕全部落在叶珩眼中，他此时正坐在驾驶座上，一边操控着方向盘，一边和林密对话："……雷鸣会在今天晚上杀人，所以你必须在九点半之前，带人去他的心理咨询室将他控制起来……对，相信我。"

挂上电话，他踩下油门。

车子疯狂地冲向前方，然后叶珩猛然一踩刹车，溅起的雨点落了楚轩平一身。楚轩平掸了掸身上的泥点，冷冷地看向叶珩："你的出场方式，倒是和上次没有改变。"

"楚医生，有个事拜托你。"叶珩向他露出一个笑脸，然后掏出一只药瓶，"这是硝酸甘油，没有拆封，请你去机场等候我二爸，见到他之后让他赶紧吃药！做病人的，最听你们当医生的。"

楚轩平傲娇无比："我凭什么听你的？"

"就凭12号晚上你要加班做一台手术。"叶珩勾起唇角，"难不成，你想把那台手术做第四遍？"

楚轩平立即抢过药瓶，冷着脸说："好吧，算你狠！"

"谢了。"叶珩向唐爱一甩头，唐爱立即心领神会地去开车门。然而叶珩却一把拎起蛋糕，说："你坐副驾驶座。"

唐爱一头雾水，但情势已经不容她思考。她坐上副驾驶座，叶珩才将蛋糕从车窗扔了出去，正好扔到楚轩平怀里。

"送给你的！"叶珩扬声说，"你要是不喜欢，就扔了！"

"喂！"唐爱跳了起来，"那个蛋糕是送给我的……"

叶珩一把将她按在座位上，看着被雨水冲刷的车前镜："唐爱，我已经说了很多遍了，我接近你是为了利用你的银色寿蜗，不是真的爱你！所以那个蛋糕，不送也罢！"

车内蓦然变得十分安静，只有狂躁的雨声汹涌传来。唐爱难过到心脏抽痛，喃喃地说："请你看着我的眼睛，把这句话再说一遍。"

叶珩没有动，也没有再说话。

"看着我！"唐爱提高声音，"看着我的眼睛，把刚才的话再说一遍，我不信！"

"系上安全带，开车了。"叶珩咬着牙，一字一字说完。

"不！我要你……"

叶珩转过身体，猛地靠近唐爱。突然而来的压力，让唐爱惊叫一声。然而他并没有做任何出格的事情，只是抬手拉过安全带，为她系上。

等到车影消失在雨幕中，楚轩平才回到自己的车里。

他没好气地将蛋糕扔到副驾驶座上，自言自语："这东西高热量、高糖分，质量差的奶油还含有人体无法吸收和排解的植脂末，简直就是健康杀手，我们医生是不会吃的！"

然而经过一个绿色垃圾桶旁边的时候，楚轩平却犹豫了。

他拆开包装盒，嫌弃地打量着蛋糕上面的那句"圈你于心，一生宠爱"，评价了一句："肉麻。"

拿起透明的塑料刀叉，楚轩平皱着眉头吃掉一朵奶油玫瑰，再评价："味道还可以，偶尔吃吃也不会怎样。"

于是，第二口，第三口，第四口。

吃到第五口的时候，楚轩平扔下蛋糕，从嘴巴里掏出了一枚戒指。小小的钻戒，八心八箭。

"叶珩，"楚轩平目瞪口呆，"变态啊。"

大雨刷下，灵蛇般的闪电时不时劈开云层，瞬间将天地照得雪亮，也照出了一个在街道边上挪动的黑影。

雨帽之下，露出林密那张苍白而冷艳的脸。她在黑暗中迅速辨位，走到一处玻璃门前。玻璃门内黑乎乎的，依稀可见一楼是工业风的装修。闪电亮起时，就会凸显一楼小厅里黑色硬朗的线条。

这是一处新近开发的商业区，三层设计，连着一旁的写字楼。雷鸣租下这间店面当作心理咨询工作室，却大手笔地将一楼变成纯粹的休闲区。

林密曾经建议雷鸣，可以把一楼的空间另外租出去，不然真的超级浪费。

雷鸣却笑了笑，举起手中的咖啡，说，无所谓，我只是想让我的病人感到空间不那么局促。

现在想起来，雷鸣当时是说了一半实话，一半谎言。他是真的无所谓，但不是为了病人，而是心思根本不在事业上。

他要报仇。

林密不敢耽搁，立即掏出手机拨打雷鸣的电话。但是屏幕上很快出现了红色的叉号，显示电话并未接通。

她再仰起头，看到二楼黑着灯，秀美的眉毛立即紧紧蹙了起来。她迅速给小五打了个电话："小五，你还在办公室吗……嗯，帮我查个手机号码的定位，手机号是138……"

打完电话，林密又给叶珩打了个电话："你在哪里？"

"我正在往机场赶。虽然我把送药的任务给了楚轩平，但我还是不放心。"叶珩问，"你那边怎么样？"

林密语气冷肃："雷鸣不在工作室。"

叶珩正在开车，闻言心跳立即加快了一两拍："不是吧？"

"不在，工作室黑着灯。"林密又看了一眼二楼的窗户。窗户没有拉严实，但因为没有光线，委实看不清室内的情况。

"那他去哪里了？奇怪了，上一次循环中，你的确待在他的工作室一直到快11点。"叶珩坐在车里，两手紧握方向盘，盯着车前的雨幕，"按理说，我们不干预，就不会有变数！"

林密迅速想了一秒，问："上次循环还发生了什么？你现在要把重要的细节都告诉我。"

"他向你告白了。"

"我没开玩笑。"

"我说的是实话，他确实在审讯室里向你表白了！雷鸣，很爱你。"叶珩无奈地强调着。他知道，时间一旦从6月11号晚上重新来过，除了他和唐爱之外的每个人，都会失去上一个6月11号的记忆。

林密震惊得说不出话来。

雷鸣，居然一直爱着她？

"还有，雷鸣本来打算在坦白罪行之后自杀的。"叶珩继续说。

林密眸光冷锐，全身紧绷！

事情俨然出现了变数。

生与罪！

爱与死！

希望与复仇！

每一个，都是能够令雷鸣疯狂的人生命题。

"糟了，他一定去了机场！"林密迅速判断，"他本身就是心理医生，能够通过自我催眠，恢复上一个6月11号的记忆！"

一旦雷鸣知道阻碍复仇的人是林密，那么必然会不惜任何代价地避开她，提前完成复仇行动。

叶珩也紧张起来："你先别紧张，我应该会提前赶到机场，一旦见到雷鸣，我会不惜任何代价阻止他！"

"好！"

挂掉电话，林密迅速奔向不远处的停车坪，启动了一辆SUV，黑亮的SUV

像鬼魅一般冲进雨幕。


　　暴雨略小，转为哗啦哗啦的中雨。在路灯的照映下，路面上散发出星星点点的光亮。

　　红灯亮，林密不得不停车。

　　小五的电话在此时打来："头儿，我查了！"

　　林密精神为之一振："那个手机号码现在定位在哪里？"

　　"目前关机，查不到定位，但是可以查到这个手机在9点之前，位于……"手机里传来鼠标轮的声音，似乎是小五在放大电脑上的地图，"弓臣街附近，这是个还算繁华的商业区，具体是……"

　　"一家心理咨询诊所。"

　　"头儿，你怎么知道？"手机里传来了小五惊讶的声音。

　　林密挂断电话，干脆利落地转动方向盘。车子一个180度大转弯，向来时的方向疾驰而去。

　　一边开车，林密一边拨打雷鸣的手机，可是屏幕上无例外地出现了红色的叉号。

　　"雷鸣！接电话！求求你接电话！"林密沁出了眼泪。

　　往事一幕幕在她眼前闪现，那个在阳光下向她微笑的大哥哥，那个在球场向她招手的大男孩，那个有条不紊地为她煮咖啡的男人，还有那个为她擦掉眼泪的他……

　　这些全都重合起来，成了雷鸣。

　　他的目光从来都是暗含深情，可是她从来都没有发现过。或者说，没有关心过。



　　林密风驰电掣地回到原地，一出SUV，就快速冲向雷鸣的工作室。她正要抬脚踢碎玻璃，强行闯入，有人却猛然拉住了她的胳膊。

林密机警转身，刚要防卫，却发现那人居然是叶珩。

"你不是去机场了吗？"

叶珩长眉紧蹙，俊朗的面容上满是肃然："半路觉得不对劲，觉得还是应该来看看。"

"雷鸣就在里面，我必须要赶紧进去！"林密急得声音都变了。她一想起叶珩刚才提到，雷鸣可能自杀，就觉得不寒而栗。

"就算你要硬闯，也要先冷静！"叶珩说完，趴在玻璃门缝隙上嗅了嗅，"你闻闻这是什么味道？"

林密依言照做，顿时浑身冰冷。

煤气！

她办过不少小区煤气爆炸案，对这种味道太熟悉了。

林密立即从腰中掏出手电筒，照进玻璃门。果然，手电筒灯光所到之处，显出室内有四五根紧绷在半空中的尼龙绳。如果不仔细观察，根本发现不了。

"机关？"林密寒声。

"对，只要你硬闯进去，当推开玻璃门的那一刹那，就会触动这个机关！如果我没猜错，这个机关会触发一个打火装置。在煤气充斥的密闭空间里，一点点火星都能引发爆炸。"叶珩啧啧地感慨，"林密，爱上你的果然都是狠角色。"

林密咬牙切齿："废什么话！快疏散周围人群！"

这里是商业区，好在附近的住户并不算多，只有邻近几家店面还亮着惨淡的灯光。叶珩疏散完这些商家，回到原地，才发现林密已经身姿矫健地从下水管爬到二楼。

林密抬起大长腿，狠狠一踢，玻璃应声而碎。她跳进窗户，一抬头，就看到地上趴着一个男人，正是雷鸣。

"雷鸣！"林密被煤气熏得头昏脑涨。她架起雷鸣的一条胳膊，使劲将他扶起来，想把他推到窗前。

"不……"雷鸣发出微弱的声音，"别管我这个怪物……"

"你不是，你不是！"林密声音哽咽，"你是雷鸣，是我最看重的

朋友！"

雷鸣挣扎起来："我不是……我不能让他们知道……我是怪物……林密，求你了。"

挣扎之际，林密突然感到手上触感古怪。那是几丛又长又软的毛发，绝不似人类所有。

雷鸣像触电一样将手收回，疯了一样地往外推林密："走！你给我走！不要管我！"

这个房间充满着煤气，尽管开了窗户，林密还是觉得一阵头重脚轻。她咬着牙，使出擒拿的招式，想要制服雷鸣。可是雷鸣就算脚步踉跄，身手丝毫不输她，怎么都不肯就范。

这是一个人的尊严。

他不愿意让自己的伤痛暴露在世人面前，不要说嘲笑，就连同情对他而言都是一种侮辱。所以，他给自己安排了一种死法，在烈火中焚身而死。

烧毁肉身，也同样烧毁了禁忌。

就在两人纠缠之际，叶珩已经从下水管爬到二楼。他一脚踢碎另一块玻璃，冲进来揪住雷鸣就往外拖："给我走！你以为死能解决任何问题？除了让亲者痛，仇者快，什么用都没有！"

雷鸣一拳打过去，喘着粗气："你没有资格……说我！我想起来了，你救了叶家明，你还有血性吗？"

叶珩如遭雷击。

这是他内心深处最不愿面对的事实。他救了叶家明那老狐狸，救了那个害得他家破人亡的恶人……

抓住雷鸣衣领的手，渐渐松开。

"叶珩！别被他催眠，你没有做错！"林密发现叶珩脸色不对劲，忙出声提醒。

叶珩如梦惊醒，盯着雷鸣的眼睛，一字一句地说："我救老狐狸，不是因为我没有血性，而是我希望审判他的是正义，而不是死亡！"

黑暗中，眼前的年轻人眼睛里闪着不同寻常的微光。他好像在看着自己，可又不像在看自己。

那目光深沉执拗，穿透了十五年岁月的迷雾，看的却是另一个人。那个人和自己一样，在一步步变成怪物之后，义无反顾地选择了自焚。

"小心！"林密忽然惊叫。

半空中，一个黑影迅速逼近，转眼就飞入室内。

雷鸣脑子瞬间空白，猛地将林密推出窗户，吼道："走！"

千钧一发的时刻，叶珩揪住两人，一同跳下窗子。身后轰然一声巨响，热浪冲了出来，火舌狂舞，点燃了夜空。

晨光熹微。

叶珩醒来，立即被阳光刺痛双眼。他下意识地抬手，想遮住窗外射来的一小束阳光，肩膀上却一阵刺痛。

"该死！"叶珩回忆起那场煤气爆炸，知道肩膀还是烧伤了。

话音刚落，病房里就响起了胖子杀猪般的叫声："你醒啦！"

"医生！护士！林警官！"

"谢天谢地！"

叶珩被这一连串的叫声吵得脑仁生疼。他扭转视线，看着站在病床前的胖子，狠狠瞪过去："你戏精啊？别喊了！"

"老大，你都晕过去一天一夜了，我能不担心吗？"胖子哭丧着脸。

叶珩浑身一抖："现在是哪一天？"

"6月13号。"

叶珩怔住了，也就是说，距离6月11号这一天已经超过24小时，他再也不能轻易启动时间循环，改写任何过往。

他低头，发现自己穿着蓝白条纹的病号服，立即想起了什么，赶紧捋起袖子："我的护腕呢？"

"护腕在这里。"胖子赶紧将护腕递过去。

叶珩将护腕套在手腕上，遮住那根蜗形线，才继续厉声问："谁给我换的病号服？"

胖子吭吭哧哧没回答。

"说！"

"老大，你别跟失贞少女似的，是唐爱给你换的。嘿嘿，开心吧……"话没说完，胖子就看到叶珩脸色惨白。

他小心翼翼地问："老大，美……美女给你换衣服，你不开心吗？"

"真是她给我换的？"叶珩眼刀凌厉。

胖子咽了口吐沫，心里泛起了小嘀咕。在他的印象里，叶珩是在脂粉堆里打过滚的人，不可能抗拒女人给他换衣服这种事。可是看叶珩的脸色，的确差到了极点……

他只好说了实话："是我给你换的。"

"她没……"叶珩似乎难以启齿，"没乱动我身体吧？"

胖子瞪眼，想不通叶珩为什么突然变得这样保守。他死命摇头："你放心，唐小姐规矩得很。"

"那就好。"叶珩若有所思地摸着手腕。

就在这时，唐爱拿着化验单从外面进来，看到叶珩苏醒了，顿时惊喜。

"叶珩！"她立即扑了过去，"你醒了？担心死我了！感觉怎么样？有没有哪里不舒服？"

胖子立即很有眼力见儿地离开，估计去喊医生和护士了。

短短两天，唐爱瘦了很多，衣领处露出了高耸的锁骨，脸颊也没有以前那样丰盈圆润。乌发垂在颈窝里，颇有几分楚楚可怜。

叶珩问："我昏过去的时候，都发生什么了？"

"唐佳佳没事，你养父也活着。叶珩，我们成功了。"

叶珩一掀被子下床："老林呢？我去看看。"

"林警官的伤势最轻，已经出院了。只有雷鸣没有苏醒，还在重症监护室。"唐爱说，"他煤气中毒，又从二楼跌落下来，头部受伤，有5%的烧伤，不过经过抢救，没事了。"

叶珩沉默了一下，又问："还有呢？"

"还有……医生发现了他的病。"唐爱迟疑了一下才说。

雷鸣最不愿意让别人发现的返祖病症，还是曝光了。如果白京玏当年活下来，也要面临这样残忍的局面。

叶珩沉默了一下，低头揪住自己的头发。他心情复杂，不知是歉疚还是愤怒。唐爱弯下腰，轻声安慰："叶珩，这不是你的错。"

"是老狐狸的错，我要让他付出代价。"叶珩眼睛里隐有戾气。

唐爱蹲下来，仰头看他："会的，雷鸣会指控他的。"

"还有其他证据，也会指控叶家明这个黑心商人。"林密的声音突然在门口响起。

两人双双往门口看去，只见林密站在门口，精气神十足。爆炸的那一瞬间，雷鸣用身体为她挡住火浪，所以她受的伤最轻。

"雷鸣在拧开煤气罐之前，往我的邮箱里发送了一份资料，是关于叶家明的秘密工厂的。这么多年，叶家明一直研究各种禁药，在黑市上开出一个个天价，牟取暴利。"林密关上病房的门，平静地说，"叶家明已经被控制起来了，我们会查明他的罪行，让他受到应有的惩罚。"

叶珩哑然失笑，半晌才说："我误会雷鸣了。"

"原来雷鸣一直在收集叶家明的罪证。"林密长舒一口气，看着叶珩，"相信我，叶家明会被绳之以法。"

正义会迟到，但正义不会缺席。

叶珩微微一笑，却想起了另一个问题："对了，煤气爆炸的那一瞬间，你看到了什么？"

林密面色沉重起来："我看到了一个飞行的黑影……幸好我们反应够快，躲过了这场爆炸。"她略一沉吟，才说，"后来我们勘查现场，发现了一台损毁严重的无人机。有人操控这台无人机进入室内进行自爆，才引发了煤气爆炸。看来，有人想要我们的命！"

叶珩惊讶："但是在第二次的6月11号里，并没有出现无人机！"

这一次循环时发生的变数，未免也太多了！

"雷鸣通过自我催眠，恢复了第二次6月11号的记忆。他知道我会逮捕他，所以做出完全不同的决定——自杀。"林密推测说，"所以，恢复上一次6月11号记忆，是产生变数的根本原因。"

她看向唐爱和叶珩："在这个世界上，除了雷鸣和你们两个，还有没有其他人的记忆不会被覆盖？"

叶珩和唐爱对视一眼，两人同时想到了一个人。

"楚轩平。"唐爱肯定地说，"他盗取了我的血液，获得了银色寿蜗的能力。他的记忆不会被覆盖！"

林密立即掏出对讲机，命令道："第二分队注意，立即监视青松医院急诊部心脑神经科主任楚轩平！"

放下对讲机，林密叮嘱："从现在开始，你们不要和楚轩平接触，这个人可能是个潜在的犯罪分子！"

叶珩若有所思地点了点头。

他下意识地想起在第二次6月11号的暴雨中，他对楚轩平说过的话——

等这件事结束，我会跟你合作的，但目的不是让你改变世界！没错，就是你想的那样——给你，我的血。

如果楚轩平是一个更大的魔鬼，那他还把自己的血给楚轩平吗？

叶珩不动声色，将心头的疑问暂且按捺下去，抬头认真地看着林密："我想见见老狐狸，五分钟就行。"

"为什么？"

林密和唐爱异口同声，两人同时紧张起来。

叶珩捋了捋头发，眼眸浓黑如墨："魔鬼谢幕，所以要说再见。"


看守所里的光线很暗，角落里散发着夏季特有的溽热潮湿，让人皮肤上黏黏腻腻，很不舒服。

叶珩在谈话室外等候，表情平静，没有任何不耐烦。过了一会儿，铁门开了，狱警带着叶家明走进来。

叶家明木然看了叶珩一眼，在椅子上坐了下来，拿起话筒。

"知道我是来做什么的吗？"叶珩拿起话筒，表情淡淡。

叶家明动了动嘴唇，嗓子里挤出一句话："你是看笑话来了。"

"如果说你是一个笑话，那这个笑话也太冷了，一点也不好笑。"叶珩眸光顿时锐利起来，"叶家股票大跌，公司内部一片混乱……不过这都是你应得的！你制造了多少悲剧，你知道吗？"

叶家明用那双憔悴的眼睛看着他，没有说话。

"我是来告诉你，你死不足惜。"叶珩说，"违背人伦，罪恶滔天，世间的惩罚不会放过你！"

叶家明顿时脸色煞白。

"小珩，你不能这样说我！我们是父子！"叶珩正打算放下话筒，叶家明忽然涨红了脸。

叶珩一愣，脑中浮现出几块记忆碎片。

就在上一个6月11号，就在机场，雷鸣曾经当面揭发出，叶家明被人蒙骗了十几年，一直以为自己是他的亲生儿子。

想到这里，叶珩冷淡地笑了："我只有一个父亲，不是你。"

"不，我们有血缘上的联系……"叶家明激动起来。

"那是你被骗了，很遗憾。"叶珩打断了他的话。看着叶家明的脸色迅速变成猪肝色，又迅速发白，他并没有多少复仇后的快感，取而代之的，却是另一种压抑感。

话筒从叶家明手中落下，他神经质地摇着头："不，不可能！"顿了顿，他哆嗦着说，"为什么都不愿意跟我？明明我最有钱！我会给你们优质的生活，简直是天堂般的体验……"

"因为你的心是黑的。医学应该为人类的幸福而服务，而你是这个行业的蛀虫。你会永远被钉在耻辱柱上！"叶珩咬字很重，"没有人想跟你有关！认清楚现实吧！"

叶家明面如死灰地坐着。

叶珩站起身，正打算往外走，忽然听到身后又传来了叶家明的声音："小珩，如果你答应常来看看我，我会送你一个礼物。"

叶珩回过身，看到叶家明正死死地盯着他，那目光瘆人无比。他摇了摇头："不会了，你是一个句号。"

"句号？"

"我所有的恨，都因你而起。如今你锒铛入狱，我也该给这段生活画上句号了。"叶珩勾唇一笑，"永别了，老狐狸。"

那些屈辱的岁月，永别了。

那些涌动的仇恨，永别了。

就算等待他的是无底深谷，他也要往前迈步，不想再回头看上一眼。

从看守所出来，阳光正辣。

叶珩抬手遮了下阳光，从口袋里掏出车钥匙按开车锁。不料，刚打开车门，身后就伸出一只手拦住车门："叶珩。"

那只手白皙细嫩，在阳光的照耀下犹如一块白玉。

叶珩愣了一秒钟，扭头去看手的主人。唐爱站在眼前，正怯生生地看着他。她穿了一身湖蓝色雪纺长裙，身形晃动时，裙摆也跟着舞动，像是海水的波浪在轻轻摇摆。

"有事吗？"叶珩强迫自己将目光收回，却看着车玻璃。车玻璃上映出唐爱姣好的身形。

唐爱深吸一口气："我想回住的地方拿东西，你能陪我去吗？"

叶珩笑了一下："唐爱，跟我在一起这么久，你都没学会撒谎。胖子在家，你随时可以回去拿。"

"我……"

"你不就是怕我去找楚轩平吗？"叶珩打开车门，坐进驾驶座，将车门狠狠一关。

　　唐爱赶紧打开另一侧车门坐进来。她目光急切，似乎蓄着一汪水："楚轩平现在是犯罪嫌疑人，你真的不能和他见面！"

　　叶珩启动车辆，车子徐徐上路。

　　"我们去哪里？"唐爱警惕地问。

　　"你不是要回住的地方吗？我送你。"叶珩面上不起波澜。唐爱也只好沉默下来。

　　车内气氛沉闷，唐爱偷偷看叶珩，只见他目不斜视，注意力丝毫没有分给她一厘半毫，心情顿时抑郁起来。她是痛恨过他的薄情，可这种恨是因爱而起，她不能看着他去跟楚轩平这种危险分子接触。

　　他为什么就不能理解她的苦心呢？

　　为什么还要跟楚轩平这种危险分子斡旋呢？

　　唐爱感到茫然，太阳穴突突地跳着，总觉得有大事要发生。


　　到了家，胖子正看着地上几个大纸箱发呆。看到叶珩回来，胖子忙迎上去，苦着一张脸："老大，房子确定要退吗？"

　　这里不仅仅是他们的住处，也是他们的实验室。在这里，他们凝结了太多心血和热情。吵过的架，熬过的夜，开过的心，都已经成了记忆，和他们的骨血凝为一体。

　　胖子老早就下定决心要拎包走人，可是东西收拾到一半，双手却怎么都不听使唤。

　　叶珩看了一眼明显宽敞许多的客厅："不退了，继续住。"

　　胖子立即喜上眉梢："老大，咱们要继续研究寿蜗吗？"他不等叶珩回答，就去问唐爱，"唐小姐，是你说服了老大吗？"

　　唐爱尴尬地笑："我说话没那么大的分量。"

　　叶珩不理睬她语气里的嘲讽，从卧室里拿了一只牛皮袋就往外走："我出去一会儿，不回来吃饭了。"

　　胖子满心欢喜地答应。唐爱却急了，三步并作两步拦在玄关处："你去哪儿我就要去哪儿，不然你哪里也不能去！"

叶珩微微眯眼，眸光里散发着危险的气息："让开。"

"如果你要去找楚轩平，那我宁死也不让开！"唐爱斩钉截铁地说，"我今天，一定要说服你！"

叶珩没多废话，一把将唐爱打横抱起来冲进卧室，用腿将房门狠狠关上。胖子被这一幕惊得目瞪口呆，弱弱地嚷了一声："老大，我们都是守法公民，你可别……别犯罪啊！"

卧室里很快传出叶珩的怒吼："给我闭嘴！"

胖子缩了缩脑袋，转身去将打包好的仪器从纸箱子里再搬出来。

卧室里，唐爱被叶珩死死地压在床上，连双手也被他用手钳住，高高举在头顶。这个姿势又尴尬又暧昧，加上室温很高，她浑身发热，心脏更是怦怦乱跳。

这一幕落在叶珩眼中，却是那般美好——她躺在身下，软玉温香，长发如水倾泻在床单上，自然是美人横陈，乌发温柔。

"放开我！"唐爱挣扎。

叶珩轻佻一笑："你刚才还说要'睡服'我，那'睡'啊！"

"谁说要'睡服'你……我说的是说服！"唐爱惊呆了。

叶珩宠溺地用鼻尖碰了碰她的鼻尖，耍赖地一笑："我不管，你要'睡服'我，就要拿出行动来，不能言而无信。"

唐爱欲哭无泪："怎么会有你这种人啊？"

"要食言？那就算了。"叶珩松开她的手，作势要起身。

唐爱怔了怔，猛然坐起身，抱住他的腰："好，你要什么我就给你什么，只要你别去找楚轩平！"

叶珩扭头看她，只看到唐爱低着头，肩膀瑟瑟发抖，像一只受惊的小兔子。他一阵心酸，回身将她重新推倒。

唐爱紧紧闭上眼睛，全身绷紧。叶珩觉得好笑，轻声说："你这样是'睡'不服我的。说好了，光'睡'不行，还要让我服气！"

"那怎么……"

叶珩将脸凑过去："亲一下。"

唐爱挺起上半身，在他脸颊上亲了一口。叶珩立即笑容满面，在她身边躺下："好，我服了。"

"啊？"

"我说，你已经让我服了。"

唐爱哭笑不得，在叶珩肩膀上轻捶一拳："你又吓唬我！我还以为你要……"

"以为我要做什么？"叶珩故意问。

唐爱涨红了脸不说话，小模样惹人怜爱。叶珩将她抱在怀里，下巴抵在她的头顶，问："你爱我吗？"

"爱。"唐爱毫不犹豫，"那你爱我吗？"

这个问题很扎心。

叶珩想了一下："你可不可以当作我不爱你？"

"不可以。"

"是假装，假装觉得我不爱你。"

"就是不可以。"

叶珩低下头，正看到唐爱抬起头。她眼睛里弥漫着雾气，一字一字咬得很重："你一定是爱我的。"

她双唇娇艳，情话轻吐。在这样美好的时刻，最正确的事情是吻上去。可是叶珩却迟疑了。

他伸手捂住唐爱的嘴巴，唐爱没有防备，没怎么挣扎就昏了过去。叶珩松开手，手心里立即掉出一块浸了乙醚的手帕。

"对不起，我也爱你，很爱。"叶珩抱住唐爱，眼泪终于掉了下来，"我骗了你，但我发誓，这是最后一次。"

他在她脸上轻吻，几乎吻遍了每一寸肌肤，可是唯独没有去吻她的唇。他觉得自己没有资格，抑或是心虚。

许久，叶珩才坐起身。他将空调打到适宜的温度，又拿一块毛巾被盖在唐爱的腹部。做完这一切，他弯腰捡起了落在地上的牛皮纸袋。

门一开，胖子立即弯腰，装作擦桌子的样子。叶珩走到他身边："别装了，你都听到了吧？"

"老大，我没……"胖子讪笑。

"这是我的银行卡和信用卡，密码是312566，里面还有点存款，全给你了。"叶珩直接将钱包塞给胖子。

胖子嗫嚅："老大，你把钱给了我，那你呢？"

"我马上要发财了，所以提前给你钱堵你的嘴，不然到时候你又给我要分成。"叶珩拍拍胖子的肩膀，往外走去。

胖子喊了叶珩一声："老大，唐小姐不让你出去……"

"照顾好唐爱，我去去就回。"叶珩打开门，回头向胖子做出一个招牌式的笑容。那笑容极具感染力，胖子立即放下所有防备，连声答应："那我们就等你回来了，老大，你回来的时候给我带份大脸鸡脆骨呗，嘿嘿。"

"没问题。"

关上防盗门，叶珩的笑容瞬间消失。

他站在门前，站了许久。半晌，他才开口："再见，胖子。"

下午3点25分。

因为不是周末，所以城郊的圣玛丽教堂里并没有多少信徒。叶珩赶到的时候已是下午，拱形窗上的七彩都开始暗淡下去，更衬托得教堂正中央的十字架庄严肃穆。

祷告区是一排排长桌长椅，只有一个男人坐在中间。

叶珩走过去，挨着他坐下："为什么约在这里？"

楚轩平扭头看他："为了让你相信我，我是诚心诚意跟你合作。你把血给我，我就不再打扰你们的生活。"

"你想好了？一般人都不想变成我们这样的怪物。"

"怪物？"楚轩平自嘲一笑，"你以为做一个普通人，就很容易？"

叶珩微微被触动，扭过头看他。

"生活已经平庸无常，死水无澜，你在这样的生活里透不过气来，还要骗自己说这叫作'平凡是真'！尤其作为医生，无数次面对抢救不过来的病人，这种感觉更加强烈！我，只是一个普通人，我没办法对抗命运。"楚轩平加重了语气，"换作你，能忍耐这样的生活吗？"

"不知道。"

楚轩平摊手："所以，合作吧。"

叶珩将手里的牛皮纸袋递给他："我是有条件的。"

楚轩平半信半疑地打开纸袋，从里面掏出几张纸。他阅读了一两分钟后，猛然抬头看叶珩："你这是……"

"一份协议，是和我的工作室签约，内容是你甘愿将自己当成胖子的实验对象，每个月配合抽血，供他研究。胖子对你的研究在合法范围内，你不能违约。否则，胖子有权利公开寿蜗的秘密。"

楚轩平瞪眼。

"哦，忘了告诉你，胖子的真名叫贾凯。"叶珩一本正经地说，"违约的内容太多，但我可以给你总结最重要的两点，第一你不配合贾凯的研究，第二你伤害了唐爱。"

楚轩平怒极反笑："你这都是什么条件，凭什么？叶珩，我诚心诚意，你却给我玩花招？"

"你不能伤害唐爱，任何时间任何地点！关于凭什么，你应该知道，我的血是能量最大的。"叶珩说，"只有我靠近，银色寿蜗的能力才能发挥出来。这说明，存在于我体内的金色寿蜗的能量，占据主要地位。这一点，你承不承认？"

楚轩平看了叶珩两秒钟，突然从上衣口袋里掏出钢笔，在几份协议书上签字。然后，他掏出身份证拍在叶珩面前："够诚意了吧？"

叶珩将资料收好："不错。你敢这样做，我相信操纵无人机自爆的人，不是你。"

楚轩平没留意叶珩话中的信息，而是冷笑着说："你的真正目的是保护唐爱吧？其实你是多此一举。有你在，我能靠近她吗？"

叶珩动作一顿："我以后可能保护不了她了。"

"你又有新欢了？"

叶珩摇头。

"那就是她越过皮囊，看清了你的本质，跟你分手了呗。"楚轩平推了推眼镜，"早就说过，她应该选我。"

叶珩没直接回答，而是将手腕上的护腕取了下来。楚轩平只看了一眼，就倒抽冷气："你……"

原本全是金色的蜗形线，已经变成全黑，只有末端的一点金色在闪烁。

这种现象表明，叶珩的生命快要终结了。

"这是寿蜗蚕食的？"楚轩平好不容易才镇静下来。

叶珩平静地回答："不是，是第三次循环6月11号的时候，蜗形线就变成全黑了。当时我就决定，答应跟你合作。不管怎么样，胖子的研究要继续下去，唐爱还需要人保护，不能没有寿蜗的能力。"

"有人要杀你。"楚轩平判断。

"如果你害怕，那我现在就可以撕毁协议，我们之间的合作就当作没有发生过。"

楚轩平无所谓地说："我当然不怕！我只想知道，唐爱知道这件事吗？"

"不知道。"叶珩眼神里有一丝波动，"你不要告诉她！"

"为什么？"

"如果她知道了，肯定会千方百计找出那个凶手。可是我并不想让她这样做，这件事太危险了。"

一个从未谋面的凶手，一个躲过怀疑的幕后者，可能比叶家明还要阴险十倍、一百倍。

叶珩已经不想去试探人性了。他知道，那是一个无底洞。

楚轩平怔怔地看着叶珩，仿佛在打量一个陌生人。他看了叶珩好久，才说："我以为我们在合作，没想到你是在安排后事。"

"让你想不到的事情还有吗？"

"有。"楚轩平肯定地回答，"叶珩，我一直以为你是个风流鬼，可是没想到却是个大情圣。"

叶珩直接将手腕伸过来："开始吧。"

楚轩平弯腰从脚下拿起一只药箱，打开后取出一套抽血工具："你放心，我会善待你的血液的，我只要100毫升。"

红色的血液，慢慢涌入针管里。楚轩平拔出针头，让叶珩按压针眼，迅速处理完血液储存，才松了一口气，伸出右手："好了，我们合作愉快。"

叶珩握住他的手："最后一次合作愉快。"

楚轩平犹豫了一下："其实你没必要这么快放弃，还是可以尝试和凶手对抗一下。"

叶珩将护腕重新套上，语气淡淡："对抗的代价太大，我不愿意。"

"能有什么代价？"

从彩色玻璃窗透过的阳光洒了叶珩一身，让他周身都笼罩上一层光晕。在这样静谧的时刻，他的目光苍茫幽远："对抗的代价是，可能又会将她拉进这场阴谋旋涡里。她的愿望是平平稳稳地活到八十岁，而我最后的心愿，是实现她的愿望。"

命运已经出牌，他必须要输掉自己的所有，去保住另一个人的全部。因为关于她的一丝一毫，都是世间难得的珍贵。

十年前那场海难的记忆碎片，再一次浮现在脑海中。

叶珩仿佛听到唐爱在耳边低声细语，诉说着那个浪漫、极致又可怕的爱情故事。

你说你爱我，那你愿意为我去死吗？

他当时根本不相信世间有这样的爱。可是真正经历过，他终于放下所有的倔强，给出了一个连自己都不愿意相信的答案。

我爱你。

我愿意为你去死。

怀着这样的心情，叶珩转过身。他看到拱形门的地方出现了一个窈窕的身影。她穿着一袭长裙，走起路来裙角翩跹，像是海浪摇晃。

是唐爱。

叶珩不动声色地看着唐爱走过来，不自觉地将右手手腕藏在身后。在医院

里醒来的那一刻，他就担忧她看到自己全黑的蜗形线。他伪装，他试探，他演戏，全都是因为如果唐爱知道自己是一个将死之人，他不知道该如何面对。

一如此时此刻。

叶珩正在酝酿着第一句话，可是唐爱已经走到他面前，眼睛里噙满了泪水，晶晶亮亮的，仿佛下一秒钟就要垂落。

"最后的时刻你都不愿意让我陪伴吗？"她流着泪，却笑着说，"叶先生，你怎么能这样残忍？"

Chapter 14

# 给你极致的浪漫

可是，如果那个人是你，我愿意以命偿爱。

下午3点20分。

病床上的雷鸣缓缓睁开眼睛。呼吸机挂在鼻子上，他很困难地转动视线。渐渐地，世界在他眼前变得清晰起来。

"雷鸣醒了！"他听到一名小警察的声音。

原本安静的世界顿时开始嘈杂，有两名医生快速走到他床前，"感觉怎么样""能说话吗"的询问声撞入耳膜。

恍若隔世。

雷鸣花了十秒钟，才接受自己没有死去的事实。他翕动着嘴唇，呼吸罩上蒙起雾面，同时努力要将眼前再看清楚一点，可是他想找的人，却没有出现。

"什么，你说什么？"医生将耳朵靠近他。

雷鸣艰难地说："林密……"

"头儿，雷鸣想见你。"小五冲到门外。林密正抱肩靠墙站着，闻言，略微惊讶地扭过头。

她苦笑："正好，我正发愁怎么面对他呢。"

他默默爱着她，她将他绳之以法，这种关系总会让人纠结。

林密走进病房，坐到病床边，雷鸣的喘息立即激动起来。她心领神会，将他的手握住："有话慢慢说。"

"林密，离开我！我，我现在很危险……"雷鸣的嗓子里挤出一句话。

林密一凛，斩钉截铁地说："雷鸣，相信我，我不会让你有事！"

"不是……"雷鸣急了，闭上眼睛歇了几秒钟，才重新开口，"有人指使我，给我资金支持。我没见过他，只知道他的网络ID叫作'棋主'！我是一步废棋，注定要死！"

"你的意思是，让你去杀叶家明都是'棋主'的策划？"

雷鸣点了点头。

棋盘厮杀，从来都是你死我活。一旦目标无法达成，那么最先牺牲的就是棋子。

林密心头狂跳。从发现那架神秘的无人机开始，她就怀疑真正的幕后黑手开始了一场杀局。

"借刀杀人！既然'棋主'是一条漏网之鱼，那我更不可能放过他！"林密心头激荡，"放心吧，周围都已经布控，我们会把真凶一网打尽。"

"不，我太明白他的手段了……"雷鸣神色绝望，断断续续地说，"你不要管我，赶快离开医院……"

林密刚想说些什么，忽然看到外面半空中浮着一个黑点。那个黑点越来越大，直接往这边冲来！

无人机！

"戒备！"林密话音刚落，那架无人机就撞上玻璃，玻璃应声而碎，发出巨大的响声！

生死刹那，林密猛然想起了6月11号的夜晚，在煤气爆炸前也有这样一台无人机出现。无人机，俨然成了一个死亡的符号。

她咬了咬牙，当机立断，一把扯下雷鸣手腕上的输液管，迅速扭成一个圈套扔过去，准确地套住了那台黑色的无人机。接着林密猛地一拉，无人机嗡嗡地往地上栽去。

短短两秒钟，已经足够了。

林密飞起右脚，狠狠一踢。"铿！"的一声响，无人机被击出窗外。

她身形如豹，迅速扑到窗前。只见那架黑色无人机在空中翻滚，突然"轰"的一声炸成一团火球。

整个医院乱成一团，尖叫声、警报声、车鸣声接二连三地响起。林密后背大汗淋漓，几乎瘫软下去。

"炸了好，炸了好……"林密现在还在后怕，如果这个炸弹在落地时才炸会是个什么后果。不过，她很快就想到了另一个问题，有无人机黑飞，监控系统却没有报警！

这种情况，和6月11号那天晚上一样！

"小五，赶紧请求支援，联系恢复无人机监控系统！"林密一边吩咐小五，一边拖过推床，用力将雷鸣搬上去。

"林密，别管我……"雷鸣艰难地说，"'棋主'的风格，不放过任何人……你快联系叶珩……"

叶珩！

林密心头顿沉。

下午3点35分。

手机不停地在口袋里振动，叶珩掏出来，发现是林密的电话，默默地挂断。身旁的唐爱上前一步："叶珩……"

"非要逼我说绝情的话吗？我不希望你在我身边！"叶珩强迫自己硬起心肠，"今天给你的是乙醚，下一次可能是毒药！"

"你还在骗我！你的蜗形线其实我早就看到了！"唐爱终于忍不住，崩溃大喊。

在医院里，护士给叶珩插输液针头的时候，她就看到了那根几乎全黑的蜗形线。那一刻，世界寂灭，天旋地转。

她想不通，明明叶家明已经归案，还有谁会对叶珩下手。本以为出院后，她一直待在叶珩身边就能避免灾难，可没想到，他根本就存了独自赴死的心。

叶珩一狠心，转身拉过楚轩平："你，马上把她带走！立刻！这也是合作的一个条件！"

楚轩平二话不说，拽着唐爱就往外走。唐爱奋力挣扎："你放开我！"

"不想死就闭嘴！叶珩身边很危险，越早走越好！"楚轩平回头吼她，"就算你想死，也别拖累我！"

唐爱去掰楚轩平的手，可是他用了很大力气，哪怕手背被抓出几道血口也不松手。她不由得一阵绝望，回头看叶珩，只见他站在过道的那头看着自己，头顶上方就是十字架。

只看了一眼，唐爱陡然心惊。她将永远忘不掉叶珩此刻的眼神，那双漂亮的桃花眼里尽是悲哀，像在跟她永别。

"不！"唐爱使劲挣扎。

楚轩平不管她的挣扎，将她一直拖到教堂门口。然而就在这时，他突然停步，像看到了什么可怕的事情。

地平线上，出现了黑压压的乌云，如同蝗虫般向这边飞来。

无人机！

那是让人类引以为傲，却也给人类社会造成了困扰的一种科技成果。是工具还是武器，全在人类的善恶之间。

楚轩平一怵，忙快步后退，将教堂的铜门关上。他疯狂地奔向东边窗户，刚跃上窗户，却发现东边也飞来不少无人机。无奈之下，他只好将窗户关上。

"我们被包围了！"楚轩平愤怒地喊，"叶珩，真是被你坑惨了！"

叶珩已经意识到发生了什么，将唐爱护在身后，蹲在桌旁给林密打电话。林密在手机那头气急败坏："你疯了！为什么不接电话！"

"我们被包围在圣玛丽教堂，快来救援啊！"

"荒谬！猖獗！居然黑了监控系统！"林密咬牙切齿，"我正在往那边赶！叶珩，你能用特殊能力自救吗？"

叶珩低头看了看手腕上的蜗形线，叹气："我快没命了，可能寿蜗的能力受到限制，只能启动十分钟的时间循环。"

"开什么玩笑！"林密大喊。

叶珩还想说些什么，手机里却刺啦作响，接着电话断了。

"真的假的！"旁边，楚轩平震惊地看着自己手腕上的蜗形线。原本银色的蜗形线正在迅速发黑，转眼间只剩下末端的一点点银色。

这说明，他也会在无人机的攻击中死去。

叶珩眉间一凛，回身抓住唐爱的手腕，顿时心头一松。唐爱手腕上的那根蜗形线，还是正常的。

"唐爱，目前我们三个人当中，你活下来的概率最大！"叶珩快速说，"无人机是冲着我来的，所以等会儿我先冲出去，趁它们围攻我的时候，你快逃！"

唐爱忍着眼泪，拼命摇头。

说话间，无人机已经发动了进攻，无数道激光从窗户、墙壁射入教堂，桌椅顿时被打得稀巴烂。

"叶珩，你这浑蛋到底惹了什么人？人家这样下血本杀你！"楚轩平气得破口大骂，"我不想死，不想死啊！"

"给我闭嘴！"

叶珩挡在唐爱身上，抬头看到激光在墙壁上切割出直线，眼看就要划出一个正方形。

假如在墙壁上挖出一个洞，所有无人机拥入教堂，那么他们就真的避无可避了。

"等一下，我是无辜的！"楚轩平意识到了极度危险，猛然站起身，双手高举着大喊，"你们要杀的人不是我！我是路人！放我……"

那个"走"字还未出口，一道蓝色激光就射穿了他的胸膛。他瞪圆双眼看着自己的胸口，轰然倒地。

临死前，楚轩平的眼睛还大睁着，死不瞑目。

唐爱吓得一把抱住叶珩："叶珩，我们要死了！"

叶珩抱住她的头，在她额头上深深一吻。因为汹涌的泪意，他喉咙里像堵着一个硬物，什么也没能说出来。

没有时间了。

就算只有十分钟，那也是最后的机会。

千钧一发之际，叶珩下定决心，伸出手腕，看到手表上显示时间是下午3点45分。他拉下护腕，召唤出金色寿蜗，然后启动了时间循环。

半空中卷起透明的旋涡，整个世界都被席卷！

等到三人镇定下来的时候，发现教堂里各处都完好无损，阳光从七彩玻璃窗投进来。

没有无人机，没有杀人激光。他们回到了十分钟前！

"我活了？活了！"楚轩平摸着完整的胸口，心有余悸，"快走吧，无人机马上要来了！"

叶珩一把拉起唐爱的手："没时间了，一起走。"

唐爱顿时心安，和叶珩并肩跑出教堂。叶珩一边跑，一边给林密打电话："我在圣玛丽教堂，有人要杀我！"

"什么！"林密惊讶，"医院这边有无人机袭击雷鸣，监控系统也被黑了，看来'棋主'出手了！"

"棋主？"

"是雷鸣说的，他说这是幕后指使者，杀叶家明就是他布局的。叶珩，你知道'棋主'是谁吗？"

电光石火间，叶珩隐隐觉得真相即将浮出水面。他咬牙说："不知道！我现在只能逃！林密，圣玛丽附近，哪里不是人口密集区？"

"去春川路，那是新开的楼盘，最近停工了。"

"好！"叶珩眼眶发红，"我会死的概率比较大，你要全力保护唐爱。"

"叶珩，不要放弃希望，我们马上就……"电话里响起了刺啦刺啦的声音，接着断掉了。

楚轩平冲在最前面，已经坐上驾驶座。他向这边大喊："快上车啊！"

叶珩答应着，拉开后座车门，猛地将唐爱推进去，接着狠狠关上车门。唐爱这才反应过来，她被骗了！

"叶珩，你说的，要一起走！"唐爱去拉车门，却发现被锁死了。

"开车，还愣着干什么！"叶珩一拍车门。楚轩平这才如梦初醒，深深地看了叶珩一眼，狠踩油门，黑色路虎便疯狂地疾驰而去。

叶珩站在教堂门口，目送路虎离去。远处的地平线上，蝗虫般的无人机带着杀气，正从四面八方集聚而来。大地为靶环，叶珩就是靶心！

生死关头，叶珩却没有丝毫慌乱，而是看了身后的教堂一眼。

这里举行过无数次婚礼，可谓是恋爱的终结地。可是现在，有人却要将这里变成他叶珩的生命终结地。

车内，唐爱站起身，去夺方向盘："停车，我要下去！"

"我不会让你送死！"楚轩平猛地一打方向盘，路虎以匪夷所思的速度左拐，在惯性的作用下，唐爱重重地跌回座位上。

不仅如此，楚轩平故意将车子开得七扭八歪。这里是城郊，地势开阔，土路面坎坷不平，两边都是待开垦的荒地，更是给了楚轩平飙车的空间。唐爱即便想爬起来，也控制不住平衡。

"我恨你！"唐爱咬牙切齿，"叶珩危在旦夕，你却只顾自己逃命！我要死，你就让我去死好了！你管我干什么？"

楚轩平一怔，路虎稍微平稳了许多。

他咬牙切齿地说："我不能看着你去死。这是一名医生的本能，也是作为一个人的本能！"

唐爱冷笑："你配说这句话吗？"

"对于死过一次的人来说，还真的配！"楚轩平从后视镜上看到唐爱又要扑过来，又是猛打方向盘，唐爱又被甩到另一个方向。

"坐稳了！"楚轩平继续飙车。

另一边，叶珩风驰电掣地开在春川路上，无人机在后面五十米的地方疯狂追赶，不时射出蓝色激光。

几束激光差点命中车子，在路面上击出几个大坑。

叶珩暗骂一声，瞄了一眼导航系统。从地图上看，春川路中段左拐五十米，是一个人工湖。

他立即加速，猛打方向盘，车子拐入预定的方向。五十米，二十米，十米……黑色轿车撞断护栏，猛然飞起，跌入湖中。

轿车迅速下沉，湖面上不停地冒出气泡。无人机追到湖边，对着沉车的地方射入激光。在这样密集的攻击下，任谁也没办法逃脱。同时，五六架无人机似乎接到了某种命令，掉头向另一个方向飞去。

剩下的无人机在湖面上空等待了五分钟，湖面始终没有动静，没有人浮上来，甚至没有气泡。

就在这时，"乒乒！"两声枪响划破长空，一架无人机打着旋从半空跌落在水面。很快，它"砰"的一声爆炸，在水面上溅起了一人多高的水花。

五辆警车在湖边停下，林密从打头的车子上下来，对准无人机又是两枪，又有两架无人机冒着火星跌落在地面上。

"小心！"

那两架坠毁的无人机再次爆炸，产生了巨大的气浪，距离最近的一辆警车顿时被掀翻。

"该死！"林密彻底被激怒。

黑掉无人机监控系统，所有无人机都设置有自爆功能，这是摆明了不愿意留下任何证据。

剩下的两三架无人机趁着这个空当，往东北方向逃去。林密立即从车后站起，冲向人工湖。

其他警员赶紧拉住她："头儿，你不能下去，等专业打捞过来啊！"

"等他们到了叶珩就不行了！"林密撕心裂肺地喊。一想到叶珩在水下渐渐失去生命，她就心如刀绞。

"可是还有更重要的事！"小五搬过电脑，电脑上显示着全城地图，"刚才监控系统恢复了，无人机可能去追楚轩平和唐爱了！"

林密眉心一跳，愣住了。

这是要赶尽杀绝？

下午4点10分，红灯亮。

楚轩平停车，长长舒了一口气。这里已经靠近市中心，无人机应该不会追来了。

"停车干吗？反正你今天闯的红灯够吊销驾照了。"唐爱坐在后座上，嘲讽地说。

"我们逃命成功了，你不该庆幸吗？"楚轩平反问。

唐爱狠狠踢了下车门："开门！我要下车！"

"过了前面那个路口，我会把你放下的。"楚轩平语气不耐烦。

唐爱正想说什么，口袋里的手机突然响起。她接起，里面立即传来了林密的声音："唐爱，注意隐蔽，无人机去追你们了！"

"叶珩怎么样了？"唐爱心头一沉。

"两分钟后，会有警察赶到，在这之前你们注意隐蔽！"林密没有回答唐爱的问题。

"告诉我叶珩怎么样了？"唐爱提高了声音。

林密一怔，只好说："叶珩坠湖了，我们正在实施救援……"

不等林密说完，楚轩平已经启动车辆，往一条林荫小路飞驰而去。唐爱一个拿不稳，手机啪嗒掉下去。她恼火地问："你干什么？"

"你没听到吗？叶珩死了，无人机完成任务，来杀我们了！"

"我不管，赶紧回去找叶珩！"唐爱扑上去。

楚轩平急得额头上冷汗直冒："这不是任性的时候，我不能看着你送死，是叶珩把你托付给我的！"

"那你把我放下来！我自己回去找！"唐爱扳住楚轩平的肩膀，"我能用银色寿蜗救他，但是前提是我必须要在他身边，才能发挥这个能力！我要回去！只要我回去，就一定能救他！"

两人争夺方向盘的时候，路虎忽然打滑，哐的一声撞在树上！

车头冒起一股白烟，楚轩平趴在方向盘上，额头上汩汩流血，右手却在医药箱里摸索。他没有取纱布药棉，却把叶珩的那管血液攥在手里。

唐爱趴在靠背上，只觉得胸口痛得要命。她使劲撑起身体，伸出胳膊，用颤抖的手按下操控盘上的解锁键。

车门"啪嗒"一声，解锁。

唐爱推开车门，踉跄着下车，却因为体力不支而倒地。经过的两个女孩子正在打电话报警，看到她出来赶紧迎上去："你怎么样？能坚持吗？"

"车里还有人。我现在，需要一辆车，我要走……"唐爱只能说出断断续续的句子。

两个女孩子茫然："你要去哪里？放心吧，警察马上就到，车里的那个人也会没事的。"

"来不及了……"唐爱使劲撑起上半身，想要站起来。

就在这时，两个女孩子突然惊叫起来："咦？那是无人机吗？这么多，五六架吧？"

唐爱遍体生寒，抬头，惊恐地看到六架无人机飞向这边。她赶紧对女孩子说："赶紧走，走！"

"为什么？"两个女孩子对视一眼。

还没等话音落地，为首的一架无人机已经射出了蓝色激光。路虎被击中车身，顿时出现一个焦黑的大窟窿。

"啊！"两个女孩子惊慌而逃。远远看到这一幕的其他路人，也尖叫着四散逃开。

无人机再次射出激光，穿透了驾驶座上楚轩平的胸膛。一股焦肉气味传来，唐爱瘫坐在地上，不忍回头去看。

"叶珩，我可能没机会去救你了……"唐爱低下头，眼泪落在手背上。她从来都没有像现在这个时候，无比想要唤出银色寿蜗。只要能救下心爱之人的命，那就算是怪物，她也甘愿承受。

无人机慢慢降低高度，一副瞄准她心口的架势。

唐爱抬起泪眼，盯着那些无人机。她知道，这一次可能真的躲不过去了。

然而无人机却再没有杀人动作，而是缓缓降落在她面前。一眨眼的工夫，机身上的蓝色指示灯灭了。

唐爱愣住了。

她不知道现在是该等，还是该逃。

就在她迷茫的时候，为首的那架无人机里，突然传出了叶珩的声音："唐爱，别动，警察马上就到。"

"叶珩！"唐爱又惊又喜，"你……你怎么用无人机……"

"我没能救下楚轩平，真是抱歉。"叶珩的声音有些郁闷，"不过，好在我赶得及救你。"

唐爱捂住嘴巴，激动得眼泪直流。她忽然想到一个问题："林密说你坠湖了，我还以为……"

"我没那么容易死。"叶珩语气淡淡，"你要听话，赶紧坐警车去医院，等我回来。"

唐爱望向远处，警车正呼啸着向这边飞驰而来。

她温柔地笑起来："好，我等你回来。不过叶珩，你可不能食言，不然我也会失信。"

巨大的控制室里，叶珩正用匕首抵着一个人。那人背对着叶珩，高举双手，面前是白色的巨大仪器。

仪器上的控制屏幕上，显示出唐爱的脸。她温柔的声音传来："你可不能食言，不然我也会失信。"

接着，屏幕黑屏了。

"真感人的一对小情侣。"那人声音柔和，响在这个宽敞的空间里，却让人不寒而栗。

叶珩冷冷地说："你的演技也很感人，姑妈。"他顿了顿，"不，现在应该喊你'棋主'。"

那人慢慢地回身，笑容依旧挂在脸上，正是叶菲。

胖子正在仪器操控盘上运键如飞，十秒钟后才抬起头来："老大，确定了，那些无人机不会爆炸。"

"好。"叶珩盯着叶菲，"我已经给林密发了地址，通知她赶紧过来抓人。姑妈，你完了。"

叶菲抿唇一笑，眼神里透着森冷："叶珩，你这是何必呢？就算我用无人机追杀过你，可你现在还是毫发无损地站在我面前！更重要的是，我利用雷鸣去杀叶家明，从这个角度上看，我们还是盟友呢！"

"谁和你这个杀人凶手是盟友！"

"别生气啊，叶珩。现在叶家的股票正在大跌，那跌的都是我的钱，我才更应该生气！"叶菲目露凶光，咬着牙说，"如果我哥心脏病死掉，那就是皆大欢喜的结局。结果呢？你安排楚医生给叶家明送药，让他活了下来。雷鸣背叛我，居然收集了叶家企业的种种黑幕！明明我已经允诺给他花不完的钱，只针对叶家明一个人就好，为什么他宁愿自杀，也要背叛我！我不懂你们，你、雷鸣还有我，明明可以好好合作！"

叶珩轻蔑地说："我和你之间，不可能合作。毕竟我差点被你的无人机杀死！"

就在二十分钟之前，他还开着一辆千疮百孔的车子在逃亡，车后是紧追不舍的无人机。

春川路中段往左拐，因为正在规划公园，所以开辟了一个人工湖。他将电脑揣在怀里，在车子拐弯的瞬间跳了车，然后快速翻滚到两个垃圾桶后面。在他藏好的瞬间，无人机呼啸着从头顶飞过。

那种感觉，不啻和死神擦肩而过。

之后，胖子赶到，他以最快的速度扑上车，然后离开了春川路。

在车上，他打开电脑，侵入了一架无人机系统，找到了命令的来源——市中心高级写字楼的顶层。

叶珩和胖子火速赶到地方，将保安打倒，闯入最高层，冲进去之后，却发现真正的幕后黑手居然是自己的姑妈。

那个笑起来满脸和蔼的妇人，那个从来都是和事佬的姑妈，居然坐在一间颇有科技感的控制室内，操纵着一架架杀人无人机。至此，叶珩才将眼前这位

看起来很普通的贵妇人，和那个凶残神秘的"棋主"重合在一起。

叶珩来不及救楚轩平，但在紧要的关头，他关闭了发送给无人机的指令，救下了唐爱。

"真难以想象，这十几年来，你伪装得这样好！"叶珩用刀指着叶菲，感觉心很痛，"你这样做是为什么呢？就算你杀了老狐狸，你也得不到叶家的财产！"

"我姓叶，我是叶家的人，谁说我得不到！"叶菲面目狰狞，"我嫂子无能懦弱，没有主见，只要杀了我哥，大权早晚是我的！"

她突然想起了什么，笑着看了看一头大汗的胖子，又看着叶珩："小珩，姑妈疼你十几年，现在也不打算让你吃亏。只要你放过我，帮我做掩护，我可以把公司分给你一半。"

叶珩冷眼看着她，没有说话。

"叶家明虽然收养了你，但是并没有办收养手续。要不是我骗他，说你是他的亲生儿子，他能这样容忍纵容你？"叶菲提高声音。

"那封信是你伪造的？我母亲根本就没有给老狐狸写过任何信！"叶珩怒气冲冲。

叶菲挑了挑眉："对，是我伪造的。你能想象吗？我哥那样冷酷的人，却因为一封信就盲目相信，居然从未怀疑过。看来，你母亲在我哥心里，真的是最美好的存在……"

"别说了！"叶珩暴怒，冲上去用刀刃狠狠抵住叶菲的脖子。他命令胖子："把她捆上！"

胖子找出绳索，将叶菲的手绑在背后。

叶珩狠狠一推叶菲："现在说什么也没用了，你将为你犯的罪行，付出代价！"

"叶珩，难道你甘心吗？这么多年，你在叶家过的是富家大少的日子，你舍得舍弃吗？"叶菲这才露出一丝惊慌，"我可以让你有这辈子都花不完的钱，让你……"

"姑妈，这是我最后一次叫你。你说的那些所谓的钱，我从未在乎过，只让我感觉恶心。"叶珩咬字很重，"不是所有的人，都能变成你的棋子。"

远处，警车的呼啸声隐约传来。

"老大，我们赢了！"胖子满脸激动。

叶菲怨毒地瞪了他一眼："小珩，你会后悔的。"

叶珩没有理她，押着叶菲向外走去。越过地上横七竖八的保安，他看到林密带领着警察冲过来，才终于松懈下来。

这一次，是真的结束了。

叶珩松开手，看林密押过叶菲，露出了一个疲惫的笑容。

世界陡然安静下来，一呼一吸都被无限放大。所有的声音都像是来自遥远的未来，又像是慢速放音，是那样模糊，凝滞。

叶珩，你还好吗？

这是林密的询问，模模糊糊地传入耳中。叶珩木然地看着她，点了点头，又摇了摇头。

经历了生死刺激，他也说不上好，还是不好。

叶珩低头拨开护腕，看自己的蜗形线。那根线还是黑色的，但是可以肉眼看出，银色段在慢慢增加。

果然，想让他丧命的人就是叶菲。叶菲现在被抓，无人机的问题也解决了，那他现在就死不了了吧？

叶珩无声地笑了一下，抬头，看到唐爱往这边跑过来。她头发凌乱，湖蓝长裙因为跨步而来回摇曳，像是海浪翻卷。

"叶珩，你没事就好！"唐爱扑上来，搂住他的脖子。

世界在这一瞬间清晰起来。叶珩胸腔里涌动着感动，紧紧抱住她："不是让你去医院治疗，等我吗？"

"我要见到你没事，才能安心治疗。再说几个小擦伤，去什么医院。"唐爱缠住他的胳膊，歪着头俏皮地回答。

走在身后的胖子，咳嗽了一声。

叶珩看了看前后，警员们正收拾现场，没人看向他们，可他还是觉得脸上发烧。他低声说："那个，这么多人都在呢。"

"我不管，你不是风流惯了吗？还在乎这个？"唐爱点了点他的领口。

叶珩一笑，不好意思地转过视线，恰好看到林密押着叶菲向外面走去。很奇怪地，叶菲双手虽然被绑在身后，却不安分地扭动着手指，解开了手腕上的一只黑色腕表。

这个动作诡异，多余，没有必要。

叶珩脑中闪念如飞，几乎是一瞬间脱口而出："趴下！有炸弹！"

伴随着最后一个字的，是震天动地的一声巨响。整个写字楼都嗡嗡颤动，控制室被炸了一个大洞，硝烟迅速从黑洞蹿上天空。

林密被巨大的冲击推到地上，咳嗽着抬起头，却依然没有松开叶菲。她刚想起身把叶菲拉起来，叶菲就伸出一脚，狠狠将她踢到一边。

"浑蛋！"

林密忍住剧痛，正要冲上去，却看到叶菲身下的地板猛然陷落，叶菲消失在她的面前！

那是一处早已设定好的机关。林密跳下地板下的四方形洞穴，掏出腰里的配枪指着叶菲。

叶菲已经挣脱了绳索，正高举着那只腕表向她得意地笑。这是顶楼下面一层，全是普通办公室的装修。狡兔三窟，她为了退路，把这层也买了下来。

"头儿！"

其他几名警员从爆炸的余波中清醒过来，也跟着跳下来。只是看到叶菲手里的腕表，都没敢贸然上前。

"都别过来！这只腕表只要感受不到我的脉搏，就会引爆炸弹！"叶菲慢慢后退，"刚才只是第一个，三分钟后会有第二个，以此类推，直到……"她夸张地说出一个拟声词，"轰！！整栋楼都毁于一旦！"

"我警告你，别冲动，不然你会付出代价！"林密紧紧盯着叶菲手里的腕表。

叶菲将腕表慢慢放在腕上："我把表戴上，只要它能感受到脉搏，就不会爆炸，但是你要放我走！林警官，这个交易很划算吧？"

林密慢慢放下枪："一言为定。"她回头对身后的警员说，"你们也把枪放下！"

警员们十分无奈，纷纷照做。

叶菲惊喜，瞪着眼睛说："林警官，你很好，比叶珩懂事多了。"说着，她快速往外面逃去。

然而她刚打开门，就被一个黑影扑倒在地。叶珩按住叶菲，迅速夺下腕表扔给林密："快戴上！"

林密戴上腕表，黑色表盘上的计时器顿时停止。警察们一拥而上，将叶菲制服，在她手腕上铐上手铐。

叶菲眼中闪过一丝恨意，右手紧攥成拳。这个诡异的动作顿时让叶珩心生寒意，没等他反应过来，就听到林密的叫声："叶珩，小心！"

叶珩眼角瞥见一架无人机向自己冲来，想要跳开的时候，腹部却一阵剧痛，烧灼感弥漫全身。

他后仰着倒在地上。

警察们抬枪射击，无人机轰然爆炸。几块碎片射入叶菲体内，她在地上翻滚几圈后，不动了。

鲜血从她的身下流淌而出。

"叶珩！"唐爱从地板的洞口跳进来，扑到叶珩身边，捂住他的腹部，眼泪一滴滴地流下来，"坚持住，救援马上就到了。"

叶珩想笑一下，嘴角却流出了鲜血。

他昏了过去。


当叶珩再次醒来的时候，发现自己躺在救护车上，脸上全是冰凉的眼泪。

他动了一下身体，发现唐爱正紧紧握着自己的手。看到他醒了，唐爱哽咽着说："叶珩，坚持一下，医院马上就到了。"

叶珩吃力地笑了一下："怎么样？我……刚才倒地的姿势……帅吗？"

唐爱哭得更厉害了："都这个时候了，你还开这种玩笑。"

"唐爱，我希望最后看到的……是你的笑容。"叶珩艰难地说。旁边的医护人员立即安慰："小伙子，别放弃，你还有希望。"

叶珩轻轻地摇了摇头，示意唐爱看自己的手腕："你看到这个，就明白，我是没救的……"

唐爱一边哭，一边摇头。叶珩手腕上的蜗形线，只有一点点银色，小得几乎看不到。这表示，他的生命开始倒计时。

"叶珩，我会救你，你坚持一下啊！"唐爱痛哭出声，"我刚才试着召唤银色寿蜗，可是它不出现。我想它一定在等……"

到了这一步，她再也不管有没有人知道她的秘密。哪怕全世界当她是个怪物也好，只要能救回他，她什么都愿意做。

叶珩却轻轻摇了摇头，干裂的嘴唇微微动了下，半晌才说："不要……你看，你平平稳稳活到八十岁的梦想，就要实现了。"

唐爱怔然去看自己的手腕，发现皮肤上的蜗形线正在渐渐消失。她意识到了什么，使劲去搓揉皮肤："不，不可能！你不能走！留下来！"

当金色寿蜗死去，银色寿蜗失去感应，也会消失在这世间。唐爱从来没有什么时候，这样渴望银色寿蜗能够存活下来。她抱着自己的手腕，哭着祈求："不要走，救救他……"

"不好，病人有情况！"医护人员惊叫。

唐爱赶紧去看叶珩，发现他已经闭上了双眼。医护人员开始给他做胸部按压，可是心电仪器上依然是一条直线。

他死了。

"不……"唐爱将叶珩的手焐在手心里，想让那只手重新出现温度。可是他还是一寸一寸地，僵冷下去。

她的心像被人揪住，狠狠地撕扯。最后，她痛得弯下腰去，喉咙里的哭声无助而破碎。

她想起初见叶珩时，他开着一辆玛莎拉蒂，整个人沐浴在夕阳的柔光里，向她露出好看优雅的微笑。那时，她完全想不到，有一天会为他如此心碎。

就在这时，手腕上突然传来烧灼感。

唐爱抬起头，看到眼前浮起了那只银色寿蜗，散发着淡淡的银色光芒。

没有人看到寿蜗，只有她看到了。

唐爱伸出双手，以一种虔诚的、认真的方式捧住。她记得很清楚，上一次只是将蜗口倒转向上，整个世界的时间就发生了倒流。

如果将寿蜗进行正反面的翻转，空间是不是也能跟着倒流？

唐爱还记得上一次，寿蜗蜗口反转后自己产生的耳石症幻觉，像是一直从高崖坠落。可是她全然顾不上了，叶珩已经死了，就算前方是火海地狱，她也万死不辞。

没有丝毫犹豫地，唐爱集中意念，拼尽全身力量将寿蜗反转过来，然后将蜗口向上。

银色寿蜗上的黑色时间刻度，突然疯狂地转动起来。唐爱怔怔地看着，喃喃自语："求你……一定要成功。"

"你怎么了？"一名医护人员发现了她的异样，伸出手来想要推推她。然而那只手还没够到唐爱，就像中了科幻影视剧里的粒子枪一般，整条手臂化作了散沙，四散开来。

车内的两名医护人员先是大面积地粉化，然后如同裂开的雕像一般，突然坍塌。不仅如此，整个救护车也在迅速沙化瓦解。

世界化为齑粉。

最后的清醒时刻，唐爱紧紧抱住叶珩，不忍松手。


"唐爱，再不起床，点名就赶不上了。"素妮的声音响在耳畔，将唐爱从混沌中惊醒。

"叶珩！"唐爱猛然清醒，一骨碌从床上坐起来，环顾四周，发现自己居然身处大学宿舍。

素妮刚换好衣服，被她吓了一跳，随即笑得暧昧："哎哟，叶珩是谁呀？交男朋友啦？"

唐爱惊恐地看着素妮，大脑有些转不过圈来。上一个记忆，她还在一辆迅速崩溃的救护车里，抱着身体冰冷的叶珩。她什么时候回到大学校园的？

而且，她已经把行李从宿舍里搬走了，宿舍早就退掉了，谁让她又回到这里的？

"素妮，现在是哪一年？"唐爱下床。

素妮吓了一跳："唐爱，现在是2022年，你不会忘了吧？我知道了，你肯定看穿越小说看多了！"

2022年！

她回到了一年前！

唐爱没说话，慌慌张张地换衣服。素妮在一旁不安地问："唐爱，你真没事吗？我看你脸色好差……哎，你去哪儿啊？不拿课本就走……"

身后传来素妮的碎碎念，唐爱充耳不闻，抱着手机就往外跑。她一边下楼，一边拨打了叶珩的手机。

可是直到唐爱下了楼，手机也没能接通。

"你好，你所拨打的电话不在服务区。"僵化的系统声音像是死刑审判，让唐爱顿时失去了浑身力气，慢慢蹲了下来。

明明站在大太阳底下，她却浑身发抖。叶珩不在这个世界上，她费尽心机也没能挽救他。

身边有许多人经过，不时有人停下问她是不是病了。唐爱不理不顾，抱着双腿号啕大哭。

蓦然，头顶落下一个清亮的声音："你的愿望不是平平稳稳地活到八十岁吗？为什么反悔？"

唐爱心跳停了一拍，抬头便看到一个熟悉的身影站在面前。他略微弯腰，伸手在她面前，那双桃花眼里满是温良。

她慢慢站起身，激动地凝视着他。他的温度，他的呼吸，他的所有细节都是那样真实可感。这真是世界上最美妙的事情。

"你说什么，我听不到。"唐爱挪不开自己的目光。

叶珩伸开双臂抱住她，在她耳边轻声问："为什么要强行使用寿蜗？我死了，你就能摆脱怪物……"

唐爱伸出手指，挡在叶珩的嘴唇上。

她笑着说："如果没有你在身边，就算是永生，也是折磨。"

那一刻，天地希声，尘埃宁静，周围喧嚣全部消失，她所有的感官只为眼前这一人。

生活回到了一年前，美好得像梦境。

在这个世界上，还有什么比劫后余生更幸福的呢？虽说一年后，他们还是要面临各种危险，但他们已经有了十足的把握去改变一切。

他们像普通恋人一样，手拉手地徜徉在校园里，不时相视而笑。逛累了，两个人就坐在草地上吹泡泡。蘸一点泡泡水，用罩子一挥，一个泡泡就晃悠悠地飞了起来，在阳光下散发出五彩斑驳的色彩。

叶珩眯着眼睛看那些泡泡，忽然很有感触："唐爱，你说这些泡泡也算是一个世界吧？就算存在的时间再短暂，也会有生命在里面经历一生。"

唐爱摇头："不懂。"

叶珩说："佛说，刹那者为一念，二十念为一瞬，二十瞬为一弹指，二十弹指为一罗预，二十罗预为一须臾，一日一夜为三十须臾。可能这些泡泡存在的时间只是一弹指，有些生命却会短暂到一瞬间。他们在这一弹指里，已经经历了二十生、二十死。"

唐爱心头涌动，干脆将头靠在叶珩肩膀上："不想懂这些。叶珩，我希望我们活在当下，这些泡泡都只是泡泡而已。"

叶珩无奈地笑："唐爱，我们总归要面对现实。"

时间从2023年拨到2022年，一切都没有改变，可是他们手腕上的蜗形线却消失了。

寿蜗是和他们同体存在的，假如寿蜗消失，那他们算是生，还是死？

在叶珩的说服下，唐爱还是答应去物理学院找胖子。

胖子已经失去了这一年的记忆，但还记得叶珩。他掏出油腻腻的饭卡，给叶珩和唐爱刷了个开小灶的单间。等炒菜上齐，胖子才搓着手嘿嘿地笑："老大，咱们的研究已经有了重大进展，我现在就给你报告……"

"不用说了，我都知道了。"叶珩打断了他的话，"我其实已经经历了一次2023年。"

胖子瞪眼，一块蒜蓉虾从嘴巴里掉落出来。

叶珩将事情前前后后讲述了一遍，然后才伸出手腕说："我和唐爱的蜗形线全部消失，你知道这代表着什么吗？"

胖子神情失落："老大，蜗形线消失……很可能是你死了，唐爱的能力也消失了。"

"胡说，我没死。"叶珩伸手拧起了胖子的脸。胖子疼得龇牙咧嘴："老大，松手啊，我是说，你们可能活在一个虚假的世界里，比如虫洞之类的，要做好心理准备……"

叶珩一愣，松了手。

虫洞？

唐爱也在琢磨这个词。时空虫洞，是1916年提出的概念，即是连接两个时空的空间隧道。穿过时空虫洞，他们可以快速从一个时间点去到另一个时间点，这的确可以解释他们一下子从2023年回到2022年的现象。

胖子揉着脸："老大，你再想想看，这里的时间进度不正常，要不怎么能叫虫洞呢？"

叶珩忽然想到了什么，猛然起身走出包间。唐爱赶紧跟了上去："叶珩，你想到什么了？"

她没有得到回答。

叶珩匆匆上了食堂二楼。在他的记忆力，物理学院食堂二楼楼梯口的墙壁上，挂着一面时钟。

在看到那只时钟的一刹那，两人都怔住了。

那只时钟里的指针，在疯狂地逆时针转动！

"唐爱，这不是正常的时空！"叶珩声音颤抖，抓住她的手，"这里可能是虫洞，时间过得飞快。"

唐爱难以置信，扭头去看窗外的夕阳。

西边天空，夕阳如同火球，正在迅速沉入黑暗。只是眨了眨眼睛，黑暗就吞噬了这个世界。

"啊！"唐爱惊叫着醒来。

她发现自己躺在家中卧室的床上，身上是粉红色的毛巾被，床头还放着她最喜欢的小棕熊布偶。

床头柜上，一只时钟正在快速变换着数字。唐爱大致分辨了一下，时间在快速地倒退。

"姐！饿死了，快起来做饭啊！"门外传来唐佳佳的声音。

唐爱忙乱地将衣服穿好，迅速跑到门口看了一下日历，一个头顿时变成两个大。现在是2021年的6月20号。她回到了两年前！

房门被推开，唐佳佳噘着嘴巴站在门口："姐，都几点了，快做早饭啊！"

"自己叫外卖。"唐爱塞给唐佳佳一把零钱，风一般地冲到玄关换鞋。

唐佳佳生气了，在唐爱耳边唠叨："哎，爸妈不在家你就跟变了个人似的，像不像话啊？敢情爸妈临走前，你说的话都像空气？"

唐爱猛然顿住，盯着唐佳佳："爸妈去非洲了？"

"对啊，我们昨天刚去机场送他们啊……"

唐爱一拍脑门，心头开始有记忆闪现。两年前的夏天，爸妈的确接到上级任务，去非洲进行医学援助……

不等唐佳佳说什么，她冲出家门，快速下楼。刚出单元门，她就迎面撞上了一个人，正是叶珩。

"唐爱，这里的时间在疯狂地后退，一天就后退一年！"叶珩一把抱住

她，"你试试能不能把寿蜗唤出，把时间恢复正常？"

唐爱伸出手腕，发现皮肤上干干净净，什么也没有。她无奈地摇了摇头："不行，连蜗形线都没有。"

"走，去找胖子。"叶珩引她去车上。

半个小时后，胖子一肚子怨气地坐在他们面前。

这里是自习专用的教室，因为是上课时间，一个学生也没有。

"叶珩，你们把我从课堂上拉回来，我得赶紧回去，不然导师要扣我平时分的。"胖子不情不愿，"说吧，什么事啊？"

"胖子，出事了。"叶珩将事情的前前后后都描述了一遍，才发现胖子的表情像在听天方夜谭。

他张口结舌，半晌才说："你的意思是，最坏情况，我们只剩下20天的时间了？"

叶珩和唐爱对视一眼，彼此眼中都有忧虑。他们现在是20岁，如果消失了，那这个世界会不会也跟着消亡？

"差不多吧，胖子，我现在需要你的建议。"叶珩诚恳地说。

胖子瞬间变身为中二少年，叉起腰夸张地笑了两声："哈哈，太好了，我小时候就想成为拯救世界的超级英雄。"

"别废话，明天如果回到一年前，我们就不认识了。"

胖子一愣，重新坐下来，认真地看着两人："根据我为数不多的物理知识，我要进行一个大胆的猜测，那就是问题出在唐爱身上。"

唐爱沮丧："我知道，肯定是我……"

"金色寿蜗和银色寿蜗，是互补存在的。只有叶珩在你身边，你才能发挥银色寿蜗的能力。叶珩如果死了，你的能力就会消失。可是在2023年的6月底，叶珩死去的一刹那，你用银色寿蜗启动了时间倒流。那你的能力，是该存在还是不该存在？"胖子用手指点着桌面，"所以，这就是个悖论。"

唐爱听得一头雾水："你的意思是，这是前后矛盾的？"

"时间虫洞，也是时间的裂缝，我们这个世界陷在了裂缝里，没办法正常前行。"胖子叹气，"唐小姐，你可以为了任何一个人，让时空发生倒流，偏偏叶珩不行！因为那一刻他死了，而他是你使用时空倒流能力的前提。"

唐爱面如死灰，什么话也说不出来。

"说重点，那我们该怎么办？"叶珩霍然起身。

胖子被叶珩的神情吓到了："既然是悖论，那就一定要消除矛盾的点啊！让你的能力恢复，或者让唐爱……"

他意识到了什么，忙用手捂住嘴巴。

"不用说了！"叶珩瞪了胖子一眼，气冲冲地拉着唐爱走出教室。他的手干燥而温暖，将暖意一点点过到她的手心。

"叶珩，"唐爱眼眶发热，"我死了，就彻底没有这个悖论了。"

"我不许你再有这样的想法！"叶珩脸色铁青。

唐爱笑着看他，原来这就是二十岁时的叶珩，眉眼间初露风流，脸庞却稚气未脱。这是最好的年华，她要狠狠心才能说出再见。

"你还记得我给你讲的那个故事吗？图兰朵公主。"唐爱低下头，"其实当时，我一点都没相信过那个故事。"

叶珩愣住了。

你说你爱我，那你愿意为我去死吗？

她的答案和叶珩一样，也是不相信这世上有那样浓烈执着的爱。

可是，如果那个人是你，我愿意以命偿爱。

唐爱深深地看了叶珩一眼，忽然转身向电梯里跑去。叶珩意识到她要做什么，一把拽住她："你别乱来！"

"叶珩，现在只能试试看了！"唐爱挣扎着，"如果我的死能换来一个秩序正常的世界，那我义不容辞！"

叶珩不肯松手："你忘了吗？我给了楚轩平100毫升的血液！"

唐爱一惊。

"我们去找楚轩平，说不定他能帮助我们。别忘了，他身体里有银色寿蜗的能力，说不定有什么转机。"

唐爱沉默。如今，也只能这样了。

可是事情并没有那么简单。

唐爱凭借记忆拨通了楚轩平的手机，却被告知机主并不是楚轩平。两年前，他还没有使用这个号码。

他们去了青松医院，却发现所有人都不认识楚轩平。

护士站的宋汀歌已经不认识唐爱了，她礼貌一笑："抱歉，我们这里真的没有一名叫楚轩平的医生。"

唐爱在脑海中搜索，依稀记得楚轩平在毕业典礼上做过的那一场报告。他说过，他曾经去美国深造过。

去美国洛杉矶的飞机，足足有12个多小时的航程。算上买票、候机、登机的时间，估计他们刚飞到一半，就会被虫洞里的引力拉到了去年。

唐爱失魂落魄地从青松医院出来，踉跄着走下台阶。天下之大，竟然拘泥于24小时之内的时间囚笼，浩浩荡荡地奔赴终点。

更难以想象，这一场盛大的毁灭，是由她一手促成的。

唐爱无意识地在街头走了好久，等回神后，却发现叶珩不在身后。

"叶珩！"

她顿时惊慌起来，沿着街边寻找。可是天光一寸一寸暗淡下去，她仍没看到叶珩的踪影。

难道他被虫洞吞噬了？

难道连20天都不到，这个世界就要开始土崩瓦解了？

唐爱呆立在街头，茫然望着川流不息的人群。

就在这时，身后的街头甜品店里忽然响起了一首日文歌，歌词大意是，你在眼前莞尔一笑，我便缴械投降。

清亮的少年音越来越近，唐爱猛然回头，看到一个人戴着巨大的玩偶道具头套，举着麦克风，一边唱歌一边向自己走过来。

那个人走到面前，在她耳边打个响指，手上便出现了一朵火红的玫瑰花。

他一弯腰，将玫瑰花交到唐爱手上。

唐爱低头吻了一下玫瑰，顿时破涕为笑，将玩偶头套摘下来。叶珩正充满柔情地看着她。

"以后不许玩突然失踪，刚才吓了我一跳。"唐爱用玫瑰花轻轻打了叶珩额头一下。

叶珩笑起来："我只是想让你明白一个道理。"

"什么？"

"我永远都比其他人重要。我消失了，比楚轩平消失更可怕。"叶珩将玩偶头套抱在怀里，"我们就好好地度过最后的时光，不好吗？"

甜品店的店员都是十八九岁的小姑娘，她们在玻璃窗后面兴致勃勃，显然已经看到了全过程。

唐爱脸红了，扭头要走。

叶珩一把拉住她："要把头套还回去的，还要把买下来的冰激凌吃光。"

他拉着她的手，带她坐在玻璃窗边，将一盒草莓味的冰激凌放到她面前。远处，夕光只剩下最后一点点。

仿佛怕没有机会，唐爱赶紧往嘴里送入一口冰激凌。凉意沁人，甜蜜一直到心里。

"唐爱，记住这一刻，是甜的。"叶珩平静地看着她。

唐爱重重地点了点头。


世界再次陷入黑暗。

太阳再次升起来的时候，唐爱回到了2020年的夏天。

那是她十九岁时的模样，头发没现在长，更黑更亮，脸上带着一点婴儿肥，胸部却让人郁闷地小了点。

她和叶珩心照不宣地在医学院的门口遇见。叶珩比昨天更清爽一点，穿着大学普通男生都会选择的蓝格棉衬衫和牛仔裤。

他别别扭扭地走向唐爱，拨了拨头发："咳咳，真没想到三年前的我挺土的，意外啊。"

唐爱扑哧一声笑出来："我觉得挺好。何其有幸，能看到三年前的你。"

"今天想干什么？"

"去迪士尼乐园吧！约会的必选之地。"唐爱想了想说，"说起来真是心酸，我们还没有约！过！会！"

叶珩不管周围投来的异样目光，轻轻抱住她的双肩："那一次补上。你想去的地方，也是我想去的。"

但愿每一天醒来，都能看到你。

但愿我们终究能够殊途同归。

但愿这一切，都能如我们所愿。


两人去了迪士尼乐园。

叶珩买了VIP通道，带她将所有项目都玩了一遍，惊险刺激的过山车，童话浪漫的小飞侠，奇幻瑰丽的加勒比世界……每一次，他们都像寻常的恋人那样，双手紧握，心跳同律。

在冰雪奇缘的小剧场里，女演员们的造型和电影里别无二致，在台上引吭高歌。在剧情的最高潮，剧院上空飘下了仿真雪花。

"For the first time in forever, I won't be alone……"

雪花曼舞中，唐爱将头轻轻靠在叶珩肩膀上。她揉了揉发热的眼眶，如鲠在喉。

"这样，算不算我们一同见识过了初雪？"

叶珩静默很久，才扭头在她额上落下一个轻吻。

"算。"

蜉蝣未见星空，夏虫不知冰雪，何尝不是一种悲哀。这世间有千万般美妙，唯有和你一起见证，才算解得其中意味。

他们的生命可能永远只能停留在这个夏季。以这种形式共同见证雪花飘落，也只能是一种带着遗憾的幸福。

　　夕阳西下，只有他们两人一起走出迪士尼乐园。

　　烟火表演是在晚上八点的时候开始，许多游客不肯过早出园，就是在等那一场美轮美奂的表演。

　　没人知道，他们其实等不到了。

　　"马上要日落了，现在先约好，明天你想去哪里？"叶珩温声问。

　　唐爱想了一会儿，突然看到二十米远的草坪上，有个男人正在疯狂地大叫。她有些害怕，往叶珩身边靠了靠："那边有个疯子在看我们。"

　　叶珩微眯双眼，忽然说："去看看。"

　　两人走到跟前，终于看清了那个男人的模样。他胡子拉碴，头发也很久没有修整，蓬乱卷曲，遮住了眼睛。

　　要不是他穿得还算体面，唐爱都要以为他是乞丐了。

　　"楚轩平，是你吧？"叶珩啧啧出声，"你不是典型的衣冠禽兽吗？怎么把自己弄成了这副德行？"

　　"衣冠楚楚，不是禽兽！"楚轩平气得瞪眼，"你们看到我居然不兴奋！今天一醒来，我发现自己从美国回到学校，知道我有多高兴吗？"

　　唐爱心疼地打量着他满脸胡须："看来当年学长毕业考托福的时候，也是费了一番功夫。"

　　"那是……这不是重点！"楚轩平从口袋里掏出一管血液，"无论多少次黑夜白天，这管血液都没有消失。我想，可能是因为我体内有唐爱的血液……"

　　是叶珩在圣玛丽教堂里被抽取的100毫升血液。在夕阳的照耀下，血液散发着淡淡的金色。

　　胖子的话在两人脑海中回响：既然是悖论，那就一定要消除矛盾的点啊！让你的能力恢复……

要恢复这个世界的正常时间秩序，第一步是必须要让金色寿蜗重现。

"你愿意把血注射回我体内？"叶珩有些不敢相信。这是楚轩平一直想要的东西，他居然愿意拱手相让？

楚轩平耸了耸肩膀："作为一个死过两次的人，活过来之后，就连皇帝的宝座都能放弃！我真的不想再死第三次了。"

叶珩和唐爱用十分嫌弃的目光看着他。

楚轩平顿觉失言："我的意思是，肯定会死第三次，但不是20天后。"

叶珩点了点头，接过那管血液。楚轩平蹲下身，打开一只小医药箱，取出了输血工具。

唐爱忽然害怕起来，拉着叶珩的衣袖："叶珩，如果仍然没能改变现状，该怎么办？"

叶珩一笑，桃花眼弯起："那就继续在校门口等我，我们一同庆祝自己重回十八岁。"


太阳再次沉入黑暗，世界轮转进巨大的阴影里。

当太阳再次升起，唐爱醒来，发现自己躺在宿舍的床上，时间回到了2019年的夏天。

她抬起手腕，看着皮肤上的银色蜗形线，笑了。

经过意念的召唤，银壳寿蜗浮现在面前，上面的黑色时间刻度清晰可见。她轻轻将寿蜗拨回到正常位置，正面朝前，蜗口朝下。一阵天旋地转之后，时间开始滴滴答答地向前流动。

墙上时钟，不再疯狂地逆时针转动。

素妮没有察觉到异样，在卫生间里哼着歌洗脸。唐爱冲出宿舍楼，向楼下跑去。迎面而来的，是嘻嘻哈哈的女生，她们手里的早餐冒着热气。

整个世界都是这样，没有发现自己被拯救过。

如果知道，将会更加幸福吧。

宿舍一楼竖着一面穿衣镜，唐爱经过的时候，看到了十八岁青涩的自己，形象和传说中的校园女神相差甚远。

可是那又怎样呢?

她知道有个人在等着她，他们一见面，就会热烈地拥抱，再不分开。

因为他们共同经历过生和死。

爱，向死而生。

——完——

**图书在版编目（CIP）数据**

时光之蜗 / 莲沐初光著. —长沙：湖南文艺出版
社，2019.1
ISBN 978-7-5404-8729-4

Ⅰ.①时… Ⅱ.①莲… Ⅲ.①长篇小说—中国—当代
Ⅳ.①I247.5

中国版本图书馆CIP数据核字（2018）第108818号

**上架建议：长篇小说·言情**

SHIGUANG ZHI WO
**时光之蜗**

作　　者：莲沐初光
出 版 人：曾赛丰
责任编辑：薛　健　刘诗哲
监　　制：于向勇　秦　青
策划编辑：徐　娅
营销编辑：刘晓晨　刘　迪　初　晨
版式设计：潘雪琴
封面设计：VIOLET
封面插图：CaringWong
出版发行：湖南文艺出版社
　　　　　（长沙市雨花区东二环一段508号　邮编：410014）
网　　址：www.hnwy.net
印　　刷：北京京都六环印刷厂
经　　销：新华书店
开　　本：875mm×1230mm　1/16
字　　数：350千字
印　　张：23
版　　次：2019年1月第1版
印　　次：2019年1月第1次印刷
书　　号：ISBN 978-7-5404-8729-4
定　　价：45.00元

若有质量问题，请致电质量监督电话：010-59096394
团购电话：010-59320018